Victoria Lundt
Das Jade-Medaillon

PIPER

Zu diesem Buch

1914: Der junge Kaufmann Erich konnte aus dem japanisch besetzten Tsingtao per Flugzeug entkommen und weiß nicht, wo seine Frau Helene ist und ob er sie jemals wiedersehen wird. So macht sich Erich auf die Suche nach ihr. Helene arbeitet währenddessen im chinesischen Hinterland in einer Missionsstation und hat in der Versorgung der Kranken einen neuen Lebenssinn gefunden. Außerdem tröstet sie die Arbeit darüber hinweg, dass Erich sie damals nur zur Frau nehmen wollte, weil er ihre Schwester nicht haben durfte. Als Erich dann tatsächlich eines Tages vor der Tür des Krankenhauses steht, ist sie nicht glücklich über das Wiedersehen. Zu tief sitzt noch die alte Wunde. Doch er bringt ihr Helenes altes Jade-Medaillon mit, jenen Anhänger, den ihr einst ihr Vater geschenkt hatte und den Erich während der ganzen Zeit ihrer Trennung bei sich trug …

Victoria Lundt wurde in Schanghai als Tochter eines dänischen Diplomaten und einer deutschen Cellistin geboren. Sie hat als Auslandskorrespondentin viele Teile der Welt bereist, sich aber immer eine besondere Zuneigung zu ihrem Geburtsland China bewahrt. Wenn sie nicht auf Reisen ist, lebt sie mit ihrem Mann, einem Hund und drei Katzen auf einem ehemaligen Bauernhof an der Ostsee. Nach »Der Kuss der Schmetterlinge« ist »Das Jade-Medaillon« ihr zweiter Roman.

Victoria Lundt

Das Jade-Medaillon

Roman

Piper München Zürich

Mehr über unsere Autoren und Bücher:
www.piper.de

Von Victoria Lundt liegen bei Piper vor:
Der Kuss der Schmetterlinge
Das Jade-Medaillon

Originalausgabe
August 2014

Umschlaggestaltung: Johannes Wiebel | punchdesign
Umschlagabbildung: Stephen Rudolph (Landschaft/Pavillon),
Konstanttin (Blüten), Barrawel (Muster), Raresirimie (Medaillon)
Satz: Fotosatz Reinhard Amann, Memmingen
Gesetzt aus der Fairfield
Papier: Pamo Super von Arctic Paper Munkedals AB, Schweden
Druck und Bindung: CPI books GmbH, Leck
Printed in Germany ISBN 978-3-492-30475-7

Kein Weg ist länger als der Weg vom Kopf zum Herzen.

(Chinesisches Sprichwort)

Prolog

Qingdao, im September 2012

»Christa, hallo, geht es Ihnen gut?«

Durch Christas Körper ging ein Ruck, und sie schlug die Augen auf. Für ein paar Sekunden hatte sie die Orientierung verloren und blickte sich verwirrt um.

Sie saß an einem Tisch bei Kaffee und Kuchen, und ihr Gegenüber war eine hübsche Chinesin, deren Alter sie auf fünfundzwanzig bis achtundzwanzig schätzte. Yan-Tao, das war ihr Name, fiel es Christa wieder ein. Sie saßen im offenen Dachgarten eines Hochhauses und hatten einen guten Blick auf die Stadt am Gelben Meer: Qingdao.

»Geht es Ihnen gut, Christa?«, wiederholte Yan-Tao ihre Frage. »Sind Sie von der langen Reise erschöpft?«

»Ja, das wird es sein. Mein Lufthansa-Flug hatte ja einige Verspätung.« Christa lächelte der Frau zu, die sie erst seit wenigen Stunden persönlich kannte. »Umso dankbarer bin ich Ihnen, dass Sie mich vom Flughafen abgeholt haben.«

Sie griff nach ihrer Tasse und fragte sich, ob es wirklich nur die Ermüdung nach der langen Reise war. Vor zwei Tagen war sie von Berlin nach Frankfurt geflogen und hatte dort eine Nacht im Hotel verbracht. Gestern Abend hatte sie dann den Airbus bestiegen, der fast elf Stunden bis zur chinesischen Industriemetropole Shenyang gebraucht hatte. Dort hatte sich der eigentlich recht kurze Weiterflug nach Qingdao verzögert. Sie war wirklich hundemüde, obwohl sie endlich hier war – in Qingdao!

Aber vielleicht lag es nicht nur an der anstrengenden Reise. Vielleicht, dachte Christa, lag es auch an ihren Medikamenten. Oder an der Krankheit, die sie zwang, diese Medikamente einzunehmen. Aber das blieb sich letztlich gleich.

Hatte sie sich zu viel vorgenommen, als sie beschloss, im fernen Tsingtau, wo ihre Großeltern sich vor mehr als hundert Jahren kennengelernt hatten, auf Spurensuche zu gehen?

Würde sie hier fündig werden?

Es war so ganz anders als die Stadt, von der ihre Großeltern erzählt hatten.

Sie blickte abermals hinunter auf die pulsierende Großstadt. Ein Häusermeer mit mehr als acht Millionen Einwohnern. Wolkenkratzer reckten ihre Spitzen in den smogbleichen Himmel.

Nein, das war nicht mehr das bei aller Geschäftigkeit beschauliche Tsingtau, in dem Amelie und Tian sich kennengelernt hatten. Dies war eine pulsierende Industrie- und Hafenstadt, wie es viele gab im ständig wachsenden modernen China.

»Natürlich habe ich mich vorher über das heutige Qingdao informiert«, seufzte sie, nachdem sie ihren Kaffee ausgetrunken hatte. »Aber ich habe es mir doch ein wenig anders vorgestellt.«

»So wie aus den Erzählungen Ihrer Großmutter Amelie?«, fragte Yan-Tao.

Die Chinesin sprach ein perfektes Englisch, viel besser als Christa. Aber immerhin, Christas Englisch genügte, um sich fließend mit ihr zu unterhalten.

»Ein wenig schon, ja. Wenn meine Großmutter die Stadt beschrieb, sprach sie von einem süßen, honiggleichen Duft und von Hügeln in der Stadt und ringsum. Hier sehe ich kaum welche, und auch von dem alten Straßenbild ist nur wenig zu erkennen.«

»Viele Hügel wurden eingeebnet, um Platz für neue Wohngebiete zu schaffen. Früher war die Kolonialzeit kein beliebtes Thema in China, und viele der alten Gebäude wurden abgerissen. Was noch da ist, zeige ich Ihnen gern in den kommenden Tagen. Heute stehen wir der damaligen Zeit viel unbekümmerter gegenüber und bauen ganze Wohnsiedlungen ›in deutscher Art‹, wie wir es nennen.«

Christa horchte auf.

»In deutscher Art?«

»Keine Hochhäuser, sondern kleinere Gebäude, die sich in die Landschaft einfügen und eben deutsch aussehen.« Yan-Tao musste lachen. »Na ja, jedenfalls unserer Ansicht nach.«

»Das würde ich mir gern einmal ansehen«, sagte Christa.

»Schön, es ist die richtige Jahreszeit für Ausflüge. Der September ist vom Klima her ein guter Monat in Qingdao. Mildes Wetter, sehr angenehm.«

Christa nickte. »Auch Amelie und Helene sind im September hergekommen, im September 1908.«

Ihr Gegenüber strahlte plötzlich über das ganze Gesicht.

»Ich finde es einfach toll, dass Sie hier sind, Christa! Als ich Ihre Anfrage im Forum las, konnte ich es kaum glauben: ›Nachfahrin von Liu Tian und Amelie Liu, geborene Kindler, sucht Informationen über Erich Schweiger und Helene Schweiger, geborene Kindler.‹ Ich wollte schon so lange mehr über das Schicksal von Amelie und Liu Tian erfahren! Deshalb habe ich mich auch in dem Internetforum über das historische Tsingtau angemeldet. Aber dass ich Sie dort finde, unglaublich!«

»Denken Sie, so alte Leute wie ich benutzen kein Internet?«

Yan-Tao maß sie mit einem kurzen Blick.

»Wieso, Sie sind doch allenfalls Anfang fünfzig.«

»Danke für die Blumen«, lachte Christa. »Ich habe ja schon gehört, dass die Chinesen sehr höflich sein sollen.«

»Älter hätte ich Sie wirklich nicht geschätzt.«

»Schön für mich, aber Sie können da noch mal satte zehn Jahre draufschlagen.«

Die Chinesin aß ein Stück von der Kirschtorte nach Schwarzwälder Art, die hier im Deutschen Kaffeehaus als Spezialität angeboten wurde, und sagte: »Auch wenn es Ihr Bild von den höflichen Chinesen zerstört, darf ich Sie zuerst bitten, mir über Amelie und Liu Tian zu erzählen? Ich bin schon so gespannt. Soviel ich weiß, haben die beiden Tsingtau im Frühjahr 1919 mit dem Schiff in Richtung Europa verlassen. Sind sie jemals wieder zurückgekehrt?«

»Nie wieder«, sagte Christa und bestellte bei einem vorbeieilenden Kellner noch einen Kaffee. »Sie haben sich mit ihrem kleinen Sohn Erich Cheng, meinem Vater, in der Nähe von Berlin niedergelassen. Dort hatten sie später, als ich ein Kind war, ein kleines Haus mit einem schönen Garten. Ich bin immer gern bei ihnen gewesen und habe mir die Geschichten von China angehört.«

Christa erzählte von ihren Großeltern, von deren Erlebnissen in Tsingtau und ihrem späteren Leben in Deutschland, bis es dunkel wurde und sie immer öfter gähnen musste.

»Jetzt habe ich Sie derart lange aufgehalten, obwohl die Reise Sie so sehr ermüdet hat«, sagte Yan-Tao. »Ich bringe Sie jetzt zu Ihrem Hotel, und dort schlafen Sie sich richtig aus. Ich habe morgen Frühdienst. Aber am Nachmittag hole ich Sie ab und zeige Ihnen etwas von Qingdao und auch vom alten Tsingtau, wenn Sie möchten.«

»Liebend gern, Yan-Tao, aber vielleicht können wir das an einem der nächsten Tage machen. Vorher würde ich gern hören, was Sie zu erzählen haben. Über damals, meine ich. Ich bin nämlich auch schon so gespannt.«

»Oh, natürlich. Dann fahren wir einfach zu mir, und ich koche etwas für uns. Da sind wir ganz ungestört.«

Als sie am nächsten Tag mit dem Taxi vom Hotel zu Yan-Tao fuhren, war Christa überrascht. Die Chinesin wohnte in einer der »deutschen Siedlungen«, von denen sie gestern erzählt hatte.

Die Häuser waren dicht an ein Stück Wald gebaut. Auf den ersten Blick konnte man wirklich glauben, sich in einem Vorort irgendwo in Deutschland zu befinden.

Yan-Tao führte Christa in ihre stilvoll eingerichtete Zweizimmerwohnung im ersten Stock und fragte: »Möchten Sie deutschen Kaffee oder chinesischen Tee?«

»Ich versuche es mit dem Tee«, sagte Christa und ließ sich auf dem hellblauen Sofa nieder.

Die Zeit, die ihre Gastgeberin in der Küche verbrachte, gab ihr Gelegenheit, eine ihrer Pillen zu nehmen.

Die Chinesin kam mit einem großen Holztablett zurück und setzte sich in den Sessel zu Christas Rechten.

»Chrysanthemententee. Ich hoffe, er schmeckt Ihnen.« Sie sah Christa an. »Ich habe ja noch viele Fragen zu Ihrer gestrigen Erzählung über Amelie und Tian, aber heute bin ich wohl erst einmal mit dem Erzählen an der Reihe.«

»Das wäre schön«, sagte Christa und probierte eins von den kleinen Gebäckstücken. »Sie sagten, Sie seien in gewisser Weise eine Nachfahrin meiner Großtante Helene. Das hat mich natürlich neugierig gemacht. Offiziell galt Helene ja als tot. Zum vermuteten Zeitpunkt ihres Todes hatte sie keine Kinder gehabt.«

Yan-Tao nickte.

»Man hielt sie für tot. weil sie auf dieser Insel über die Klippen gestürzt ist, ich weiß.«

»Großmutter Amelie erzählte mir, später sei Helenes Jade-Medaillon mit dem Abbild eines Hundes wiederaufgetaucht, und daraufhin habe ihr Mann Erich sich auf die Suche nach ihr begeben.«

»Mit dem Flugzeug, das er zusammen mit seinem Freund Jakob gebaut hatte«, ergänzte Yan-Tao.

»Ja, das stimmt. Er ist nachts gestartet, weil die Japaner Tsingtau besetzt hatten. Amelie, Tian und ein paar Freunde haben ihn zum Flugplatz begleitet, um ihm beim Start zu helfen. Das war im November 1914. Erich ist mit seinem Flugzeug, dem *Adler von Tsingtau*, im Nachthimmel verschwunden. Das ist das Letzte, was meine Großeltern von Erich gesehen oder gehört haben. Auch von ihrer Schwester Helene hat Amelie nie wieder etwas gehört. Wir haben uns immer gefragt, ob Helene wirklich noch am Leben war – und ob Erich sie gefunden hat.«

»Wenn Sie möchten«, sagte Yan-Tao gedehnt, »kann ich Ihnen das verraten.«

Christa legte beide Hände zusammen wie ein kleines Kind, das artig »Bitte, bitte« machte.

»Ich bitte sehr darum, Yan-Tao, deshalb bin ich ja hier.«

Die Chinesin lächelte.

»Meine Geschichte beginnt da, wo Ihre aufhört. Es war im November 1914 …«

Erster Teil:

Im Tal der Lotosblumen

1

Es war November, und in der alten Heimat, in Deutschland, mochte bereits Schnee liegen, mochte die Luft schon vor Frostkälte klirren. Davon war hier nichts zu spüren. Die Provinz Schantung an der chinesischen Ostküste hatte im Winter ein mildes Klima, was die deutsche Handelsniederlassung Tsingtau zu einem beliebten Kur- und Erholungsort hatte werden lassen. Deutsche und andere Europäer, die rund um das Gelbe Meer lebten, waren in den Wintermonaten gern nach Tsingtau gereist, und man hatte die geschäftige Stadt wegen der internationalen Prägung das »chinesische Monte Carlo« oder das »Neapel am Gelben Meer« genannt.

Vor Helenes innerem Auge tauchten die Bilder der Vergangenheit auf: Tsingtau mit seinen teils deutsch geprägten, teils chinesischen Straßenzügen. Rikschaläufer, die eilfertig deutsche Geschäftsleute durch die Straßen zogen. Geschäftsleute wie ihren Vater Heinrich Kindler und ihren Bruder Fritz. Sie sah das Villenviertel der wohlhabenden Europäer, die Handwerkergassen der Chinesen, die Strandpromenade und den Badestrand mit den vielen Badehütten und dem dreistöckigen Strandhotel.

Vor die Straßen und Gebäude schoben sich Gesichter: ihre Eltern, ihr Bruder und ihre Schwester Amelie, an der sie sehr gehangen hatte und von der sie doch so enttäuscht worden war.

Ein weiteres Gesicht verdrängte, wie so oft in ihren Erinnerungen an das verlorene Leben, alle anderen. Das Gesicht eines Mannes, gut geschnitten, bartlos, mit graublauen Augen. Ein kräftiger roter Haarschopf verlieh der Erscheinung eine besondere Prägung.

Sie hatte sich sofort in diesen Mann verliebt, als seine Familie sie, ihre Eltern, ihren Bruder und ihre Schwester zum Essen eingeladen hatte. Liebe auf den ersten Blick, so nannte man das wohl in den Romanen von Hedwig Courths-Mahler, von E. Marlitt oder von Wilhelmine Heimburg. In all den Büchern von großer, scheinbar unerfüllbarer Liebe einfacher Frauen zu Männern, denen sie ganz und gar verfallen waren.

Zu Männern wie jenem, dem Helene ganz und gar verfallen war.

»Erich!«

Ohne es zu wollen, hatte sie den Namen laut ausgesprochen. Sie ärgerte sich darüber, dass ihr das noch immer passierte, hatte sie ihn doch seit mehr als zwei Jahren nicht mehr gesehen. Wenn es nach ihr ging, würde sie ihn auch nie mehr wiedersehen.

Er hatte sich für eine andere entschieden und hatte es nicht einmal fertiggebracht, es ihr offen zu sagen. Aber nur zu gut erinnerte sie sich an die eindeutige Szene auf der Insel Schui ling schan und auch an den Namen, den Erich oft voller Verlangen geflüstert hatte.

Nicht ihren Namen, sondern den ihrer drei Jahre älteren Schwester: Amelie.

Amelie, die nicht nur an Jahren reifer war als sie. Amelies ganzes Wesen war erfahrener, erwachsener. Sie konnte aus sich herausgehen und zeigen, wenn ihr etwas gefiel. Oder jemand.

Jemand wie Erich. Auch Amelie hatte sich an jenem Abend in den großen, rothaarigen Kaufmann verguckt, dessen Leidenschaft der Fliegerei galt. Das war ein Schock für Helene gewesen, hatte sie doch gewusst, dass sie gegen ihre Schwester niemals eine Chance haben würde.

Nicht äußerlich, da waren sich die beiden Töchter des Kaufmanns Heinrich Kindler sogar sehr ähnlich. Beide waren hübsch und hatten das gleiche dunkelblonde, lockige Haar. Nein, nicht mit ihrem Aussehen war Amelie der Schwester überlegen, sondern mit ihrem offenen, einnehmenden Wesen.

Und natürlich war es Amelie gewesen, die Erich an jenem Abend darum gebeten hatte, ihn zu einem Rundflug über Tsingtau zu begleiten, nicht Helene. Wobei Helene, wenn sie ehrlich zu sich war, nicht wusste, ob sie denselben Mut wie Amelie hätte aufbringen können und zugesagt hätte. Das war eben der Unterschied zwischen ihr und Amelie.

Dass schließlich Helene und nicht Amelie Erichs Frau geworden war, hatte sie damals als eine Fügung des Schicksals aufgefasst. Eine glückliche Fügung, hatte sie gedacht, aber wie sehr hatte sie sich da getäuscht!

Amelie hatte sich in den Chinesen Liu Tian verliebt und ihn gegen alle Widerstände geheiratet, obwohl sie mit Erich bereits verlobt gewesen war. Als Erich daraufhin Helene einen Antrag gemacht hatte, hatte sie gedacht, das

Schicksal oder der liebe Gott meine es gut mit beiden Schwestern.

Zu diesem Zeitpunkt hatte sie noch nicht gewusst, dass Erich nur Amelie in ihr gesehen und gesucht hatte. Dass er sie lediglich deshalb geheiratet hatte, weil sie ihn so sehr an ihre Schwester erinnerte.

Wenn sie aufrichtig mit sich war, dann musste sie sich eingestehen: Vielleicht hatte sie es geahnt. Aber diese schwache Ahnung, den Hauch einer Vermutung, hatte sie schnell und konsequent verdrängt. Ganz so, wie man ein lästiges Insekt mit einer Handbewegung verscheuchte. Sie würde Erich eine gute, treue Frau sein, und er würde sie dann um ihrer selbst willen lieben und nicht, weil er in ihr eine zweite Amelie sah.

So oder ähnlich musste sie damals gedacht haben, sie wusste es nicht mehr genau. Für sie hatte nur gezählt, dass Erich, der Unerreichbare, um sie geworben und sie gebeten hatte, seine Frau zu werden. Ohne zu überlegen, hatte sie Ja gesagt und war mit ihm zurück nach China gegangen, zurück in die deutsche Handelsniederlassung Tsingtau.

»Vorbei, für immer vorbei!«, sagte sie halblaut zu sich selbst und schüttelte sich heftig, als könne sie die Bilder aus ihrem früheren Leben auf diese Weise loswerden.

Da hörte sie ein Räuspern hinter sich und eine männliche Stimme: »Ist Ihnen kalt, Helene? Soll ich Ihren Mantel holen?«

Helene drehte sich um und sah Dr. Ehrmann in der Tür stehen, die sie nicht hinter sich geschlossen hatte. Sie war unter das Vordach getreten, um die noch frische Morgenluft zu genießen, bevor die Arbeit begann.

Rudolf Ehrmann war ein kleiner, drahtiger Mittfünfziger mit kurz geschorenem eisgrauen Haar und einem ebenfalls grauen Bart um Mund und Kinn. Er war der Leiter dieses Hospitals, zugleich seine gute Seele – die Kraft, die alles zusammenhielt. In dem schmalen Körper steckte eine enorme Energie, und einiges davon schien auf Helene übergegangen zu sein, seitdem sie mit ihm zusammenarbeitete.

Sie hatte sich verändert, zu ihrem Vorteil, wie sie selbst fand, und das verdankte sie zu einem nicht geringen Anteil Dr. Ehrmann.

Helene lächelte leicht und sagte: »Ich friere nicht, vielen Dank, Herr Doktor.«

»Ich dachte, Sie hätten gezittert.«

»Das habe ich, aber nicht wegen der Temperatur. Es war etwas anderes.«

Für einen Augenblick las sie Zweifel und Besorgnis im Blick seiner graubraunen Augen, dann bemühte auch Dr. Ehrmann sich um ein Lächeln.

»Seien Sie nicht zu leichtsinnig. Die Sonne, die sich da über die Hügel schiebt, kann einen leicht täuschen. Wir haben November. Und noch etwas: Vergessen Sie nicht zu frühstücken, bevor Sie zum Dienst erscheinen!«

»Ich habe gar keinen Hunger.«

»Spielt keine Rolle, Sie frühstücken!«, sagte er zwar streng, aber doch mit einem Schmunzeln um die Mundwinkel.

»Ist das eine ärztliche Anordnung, Herr Doktor, oder gar ein dienstlicher Befehl?«

»Ein wohlgemeinter Rat, und ein egoistischer noch dazu.«

»Wieso das?«

»Na, wer soll Ihre Arbeit übernehmen, wenn Sie mir zusammenklappen, Schwester Helene?«

Nach diesen Worten verschwand er im Halbdunkel des Hauses, und Helene stand wieder allein auf der großen Veranda des Lián-Hospitals.

Der Name hätte nicht passender gewählt sein können. »Lián« war das chinesische Wort für den Lotos, und Lotosblumen wuchsen tatsächlich zahlreich in dem kleinen See unweit des Hospitals. Der Lotos war mit seiner Fähigkeit, Wasser und damit auch Schmutz von sich abperlen zu lassen, ein Symbol für Reinheit und Treue. Für ein Krankenhaus war das alles andere als ein schlechtes Aushängeschild.

Helene betrachtete den See, in dem im Sommer die rosafarbene Lotospracht erblühte, lauschte dem Quaken eines unsichtbaren Frosches und lächelte dabei leicht. Es war ein Lächeln der Zufriedenheit. Hier im Lián-Hospital schien alles andere so weit weg, weit genug, um sie nicht einzuholen. Vor allem die Stadt Tsingtau mit Amelie und Erich und all den bösen Erinnerungen.

War sie ein Feigling, dass sie davor geflohen war? Dass sie sich einfach davongestohlen und die anderen, ihren Mann und ihre Familie, über ihr Schicksal im Unklaren gelassen hatte?

Sie beantwortete sich diese Fragen nach inzwischen reiflichem Nachdenken mit einem deutlichen Nein.

Warum hätte sie sich selbst weiter quälen sollen? Was hätte ihr oder den anderen das genutzt?

Was ihr auf der Insel Schui ling schan zugestoßen war,

war vielleicht vom Schicksal so beabsichtigt gewesen. Helene wollte nicht zurück in ihr altes Leben, auf keinen Fall.

Deshalb war es vielleicht am besten, dass alle anderen sie für tot hielten. Oder wie Dr. Ehrmann zu sagen pflegte: »Ein klarer Schnitt ist oft die beste Lösung.«

Und doch quälte sie sich selbst in dieser Zeit der Unruhe und des Krieges mit der Frage, ob sie richtig handelte. Wie oft war sie in den letzten Wochen von einem schlechten Gewissen gepackt worden, wenn sie an die blutigen Kämpfe dachte, die Tsingtau auszustehen hatte.

Drüben in Europa waren alle verrückt geworden und hatten sich gegenseitig den Krieg erklärt, nachdem der österreichisch-ungarische Thronfolger und seine Gemahlin bei einem Besuch in Sarajevo einem Attentat zum Opfer gefallen waren. Deutschland und Österreich-Ungarn kämpften gegen Serben und Russen, gegen Engländer und Franzosen und jetzt auch gegen die Japaner, die doch eigentlich so weit weg waren von Europa.

Letztere wollten sich die deutsche Handelsniederlassung Tsingtau einverleiben und hatten einen immer dichter werdenden Belagerungsring um die Stadt gezogen. In der alten Missionsstation in den Bergen hatten sie den Geschützdonner gehört, und sie hatten Verwundete gepflegt, manche schrecklich zugerichtet und einige mit tödlichen Wunden.

Hätte Helene nach Tsingtau zurückkehren müssen, um ihrer Familie beizustehen – und Erich?

Sie hatte oft darüber nachgedacht, aber dann hatte sie es doch verworfen. Dieses alte Leben war vorbei, und in ihrem neuen als Schwester Helene tat sie ihre Pflicht, häufig mehr als das, wenn sie sich bis zum Rande der Erschöpfung um Kriegsverletzte kümmerte.

Auch das lag jetzt zum Glück hinter ihr. Die Missionsstation in den Bergen war von ihrer Betreiberin, einer kleinen evangelisch-lutherischen Gemeinschaft, unter dem zunehmenden Druck der Kampfhandlungen aufgegeben worden.

Aber Dr. Ehrmann wollte sich weiterhin um die Einheimischen kümmern, gerade in dieser schweren Zeit, und hatte ein Angebot des Chinesischen Roten Kreuzes angenommen, das weiter im Hinterland der Provinz Schantung gelegene Lián-Hospital zu leiten. Helene war überglücklich gewesen, als Ehrmann sie mitgenommen hatte, hierhin, an diesen idyllischen Ort, wo Hass und Krieg und Gewalt so weit weg waren. Kurze Zeit war sie erst hier, und doch fühlte sie sich schon heimisch und wollte gar nicht mehr fort.

Ihr Blick glitt hinüber zu den Hügeln, die das lang gestreckte Tal von der kriegerischen Welt abschirmten. Durch den kleinen Fluss, der das Tal in der Mitte durchschnitt und in den See am Hospital mündete, war dies eine sehr fruchtbare Gegend, und wie die Perlen an einer Schnur reihte sich ein kleines Bauerndorf an das nächste.

Dort arbeiteten einfache Menschen, pflanzten Hirse und Mais an und waren doch zufrieden mit dem wenigen, das sie hatten. Im Gegensatz zu vielen Europäern, deren Bekanntschaft Helene in ihrem früheren Leben gemacht hatte und die umso gieriger wurden, je mehr sie besaßen.

Dies war jetzt ihre Welt, und sie war zufrieden hier, zufriedener als jemals zuvor in ihrem Leben.

Sie verließ den hölzernen Vorbau, um sich mit einem

kleinen Spaziergang am See den nötigen Frühstückshunger zu holen. Das Quaken des einsamen Frosches verstummte, als fühle er sich durch sie gestört. Dafür hörte sie etwas anderes.

Waren es Stimmen?

Leises Getuschel?

Am Seeufer blieb sie stehen und lauschte. Nein, sie musste sich getäuscht haben. Da war nichts sonst, nur das leichte Rascheln des Schilfgrases in der Morgenbrise.

Sie wollte gerade weitergehen, als sie erneut Stimmen zu hören glaubte.

Zu ihrer Linken, keine hundert Meter entfernt, bewegte sich das Schilfgras. Es sah aus, als liefen darin große Tiere, die vor ihr Reißaus nahmen.

Ihr Herz schlug schneller, und ein Anflug von Furcht erfasste sie. Ihre Nackenhaare sträubten sich bei dem Gedanken an wilde, gefährliche Tiere, die sich nicht weit von ihr herumtreiben mochten. Aber dann sagte sie sich, dass es in dieser Gegend überhaupt keine wilden Tiere gab, jedenfalls keine von gefährlicher Größe.

Das Schilfgras war wieder still, beugte sich nur leicht im Wind, und auch die an Stimmen erinnernden Geräusche waren nicht mehr zu hören.

Hatte Dr. Ehrmann recht, fehlte ihr einfach ein gutes Frühstück?

Sie dachte an seinen »wohlgemeinten Rat« und wollte schon zurück ins Haus gehen, um sich an den Frühstückstisch zu setzen, aber ihre Neugier hielt sie davon ab. Da war bestimmt etwas gewesen, und sie wollte herausfinden, was hier vor sich ging.

Zögernd setzte sie einen Fuß vor den anderen und näherte sich der Stelle, an der sie die Bewegungen im Schilfgras erstmals wahrgenommen hatte.

Sie sah etwas Großes, Dunkles, das am Rand des Schilfes lag, ganz still, wie ein riesiger Stein oder ein totes Tier.

Aber als sie näher trat, erkannte sie die Wahrheit: Es war ein Mensch, ein Mann, und er war offenbar verletzt.

2

Als er zu sich kam, fühlte er sich wie zerschlagen. Er lag im hohen Gras und musste mühsam seine Erinnerung zusammenklauben.

Wo war er?

Wie war er hierhergekommen?

Er lag auf dem Rücken und starrte in einen blauen Himmel, der nur wenige Wolken kannte. Die Sonne stand niedrig – war es Abend oder Tagesanbruch? Irgendwo in seiner Nähe plätscherte etwas, vielleicht ein Bach. Der Gedanke machte ihm bewusst, wie durstig er war. Er musste unbedingt zu diesem Bach, um etwas zu trinken.

Bei dem Versuch, sich aufzurichten, schoss ein jäher Schmerz durch seinen rechten Arm. Es war unmöglich, sich damit abzustützen.

Er sackte zurück und lag wieder auf dem Rücken wie ein umgeworfener Riesenmaikäfer. In seinem Kopf brummte es kräftig, als habe sich dort ein ganzer Bienenschwarm eingenistet.

Eine ganze Weile blieb er so liegen, atmete tief durch und sah in den weiten Himmel über sich. Die Sonne stieg langsam höher, also war es Morgen.

Plötzlich erinnerte er sich an seine Flucht aus Tsingtau und an seinen nächtlichen Flug mit dem *Adler von Tsing-*

tau, wie Jakob Winterkorn und er ihr selbst gebautes Flugzeug genannt hatten. Ganz deutlich sah er jetzt alles vor sich.

Tsingtau.

Die Belagerung durch die Japaner.

Die Aufklärungsflüge mit dem *Adler* bei der ständigen Gefahr, von japanischer Artillerie oder japanischen Flugzeugen abgeschossen zu werden.

Sein Freund Jakob Winterkorn, der nach einem Absturz mit dem *Adler* im Lazarett gelegen hatte.

Die Flucht aus der Stadt, nachdem die deutschen Verteidiger kapituliert und Tsingtau ehrenvoll an den Feind übergeben hatten.

Begleitet von guten Freunden hatte er sich nachts zum Iltisplatz geschlichen und den gefährlichen Start in der Finsternis gewagt. Nur weil er den Flugplatz so gut kannte wie seine Westentasche, war dieses Unterfangen geglückt.

Der *Adler* hatte sich in die Lüfte erhoben, höher und höher, und hatte Tsingtau auf seinem Flug landeinwärts hinter sich zurückgelassen.

Aber die Hoffnung, die Linien der Japaner in der Dunkelheit unbeschadet hinter sich lassen zu können, hatte sich nicht erfüllt. Er dachte zurück an die Scheinwerfer, die plötzlich unter ihm aufgeflammt waren und die den *Adler* schon bald erfasst und in ihren grellen Lichtkegel getaucht hatten.

Dem gleißenden Scheinwerferlicht folgten Detonationen: Geschütze, die unter ihm ihre tödlichen Granaten in den Himmel spuckten.

Er hatte den Kurs noch zu ändern versucht, aber zu spät: Die linke Tragfläche war getroffen worden, zersplitterte, und der verwundete *Adler* trudelte abwärts.

Er hatte sich bemüht, den flügellahmen Vogel so lange wie möglich in der Luft zu halten, um einen großen Abstand zu den feindlichen Linien zu gewinnen. Aber schließlich war der Boden, in der Nacht nichts als eine dunkle Fläche, doch rasend schnell näher gekommen. An diesem Punkt setzte seine Erinnerung aus.

Er hatte überlebt, so viel stand fest. Damit war es ihm besser ergangen als seinem Flugzeug, dessen Trümmer um ihn verstreut im Gras lagen. Wie das zerlegte Skelett eines urzeitlichen Riesenvogels.

Der *Adler von Tsingtau* würde sich nie wieder in die Lüfte erheben. Große Traurigkeit erfüllte ihn, als er daran dachte, wie viele Stunden ihrer freien Zeit, abends, nachts und an den Wochenenden, Jakob und er in den Bau ihres Eindeckers investiert hatten.

Aber er musste an das Positive denken: Er lebte und war offenbar in einer so großen Entfernung zu den japanischen Linien heruntergekommen, dass die Japaner ihn bisher nicht gefunden hatten.

Dass sie ihn suchten, stand für ihn außer Frage. Sie würden wissen wollen, wen sie abgeschossen hatten und ob jemandem die Flucht aus Tsingtau gelungen war. Vielleicht jemandem, der wichtige Dokumente aus der Stadt herausgebracht hatte. Ein Geheimkurier, ein Verräter oder ein Spion.

In der Dunkelheit war es schwierig für sie gewesen, ihn zu finden. Aber jetzt, wo die klare Novembersonne höher kletterte und das Land unter sich flutete, war es nur eine Frage der Zeit, bis die japanischen Patrouillen die ersten Wrackteile aufspüren würden. Von den Trümmern bis zu dem Piloten war es kein weiter Weg, jedenfalls im Augenblick. Er musste von hier verschwinden, so schnell wie möglich.

Vorsichtig erst, dann energischer, bewegte er Arme und Beine. Fast alle seine Glieder schmerzten, aber es fühlte sich nicht so an, als habe er sich etwas gebrochen. Nur Prellungen, vielleicht Verstauchungen, mehr nicht.

Er hatte das sprichwörtliche Glück im Unglück gehabt. Offenbar hatte seine gut gepolsterte Pilotenkleidung einiges abgefangen. Seine Verletzungen waren zwar schmerzhaft, aber darauf konnte er jetzt keine Rücksicht nehmen.

Bevor er den zweiten Versuch unternahm, sich zu erheben, fuhr seine rechte Hand unter die Lederjacke und nestelte einen kleinen Gegenstand aus einer Tasche seines Uniformhemds. Er betrachtete den grünen Anhänger, ein Jade-Medaillon. Es zeigte einen Hund, weil die Frau, der das Medaillon gehörte, im Jahr des Hundes geboren war.

Die Frau, die er suchte. Die er liebte, auch wenn er das spät erkannt hatte.

Zu spät?

»Ich werde dich finden, Lene, ich werde dich finden!«, sagte Erich Schweiger leise, fast flüsternd, aber mit Nachdruck, als er seinen Oberkörper allen Schmerzen zum Trotz erhob.

Mitten in der Bewegung hielt er inne, weil er ein Geräusch gehört hatte. Es hörte sich an wie Schritte, die näher kamen, zögernde Schritte.

Er wagte kaum zu atmen, und eine einzige Frage schoss ihm durch den Kopf: Freund oder Feind?

3

Helene hatte den Mann im Schilfgras fast erreicht und sah auf ihn hinab. Er war groß und breitschultrig, und seine Statur erinnerte sie an Erich.

Aber der Mann vor ihr hatte schwarzes Haar und nicht rotes, und das längliche Gesicht trug eindeutig chinesische Züge.

Dieses Gesicht war gut geschnitten, eine weitere Gemeinsamkeit mit Erich, aber ihr fiel es schwer, sich die markanten Züge lächelnd vorzustellen. Die Mundwinkel deuteten leicht nach unten und verliehen dem Antlitz einen sehr ernsten Zug.

Der Mann lag auf dem Rücken, hatte die Augen geschlossen und atmete flach, ungleichmäßig. Sein Hemd war zerrissen, bestand nur noch aus Fetzen, und sein muskulöser Oberkörper war mit mehreren provisorischen Verbänden umwickelt. Schmutzige Verbände. Ein paar der Wunden waren aufgebrochen, und das Blut begann, den Stoff der Verbände mit seinem kräftigen Rot zu durchtränken.

Plötzlich zitterten die Lider, und die eben noch geschlossenen Augen öffneten sich weit. Hatte der Mann Helene gehört oder ihr Kommen gar gespürt?

Die Augen des Verwundeten waren fast so schwarz wie

sein Haar. Helene las weder Furcht noch Flehen in seinem Blick. Nur eine Frage des Chinesen lag darin: Würde man ihm helfen?

Helene kniete sich neben ihn und achtete nicht darauf, dass das feuchte Schilfgras ihre dunkelblaue Arbeitshose durchnässte. Sie trug diese Hose, wie sie auch von vielen Chinesen und Chinesinnen benutzt wurde, weil sie sich bei der täglichen Arbeit im Hospital einfach als praktisch erwiesen hatte.

Mit der flachen Hand strich sie sanft über die schweißnasse Stirn des Mannes und sagte: »Keine Sorge, wir werden uns um Sie kümmern. Ich werde Hilfe holen, und dann bringen wir Sie ins Haus.«

Sie hatte deutsch gesprochen, was hier in Schantung von vielen Chinesen verstanden wurde, aber zur Sicherheit wiederholte sie ihre Worte in der Landessprache.

Die beherrschte sie dank ihrer Tätigkeit erst in der Missionsstation und jetzt hier im Hospital recht ordentlich, wenn auch noch nicht perfekt. Das Chinesische war eine schwierige Sprache, in der ein Wort schon durch eine leicht andere Betonung eine vollkommen neue Bedeutung erhalten konnte.

Hatte der Unbekannte sie verstanden? Sie wusste es nicht. Seine Mundwinkel zuckten leicht wie zu einem Lächeln, aber vielleicht war es auch nur ein Ausdruck der Schmerzen, die er gewiss empfand.

Sie strich noch einmal über seine Stirn und erhob sich dann, um zum Haus zurückzulaufen. Dabei rief sie laut, dass sie dringend Hilfe brauche, erst auf Deutsch, dann auf Chinesisch.

Dr. Ehrmann erschien auf der Veranda und blickte sie irritiert an.

»Was ist denn, Helene?«

Sie blieb stehen und zeigte zum Schilf.

»Da drüben liegt ein Verletzter.«

»Wie …«, begann der Arzt, weiter kam er nicht.

»Er hat mehrere Wunden und scheint mir sehr schwer verletzt zu sein. Wir müssen ihm umgehend helfen, Herr Doktor!«

Ehrmann rief in Richtung des Hauses: »Tao-Wei und Zhong, kommt schnell nach draußen und bringt eine Trage mit!«

Tao-Wei war der Koch des Hospitals, und Zhong arbeitete hier als Kuli, was in diesem Fall so etwas wie ein – männliches – Mädchen für alles bedeutete.

Der Arzt wartete nicht auf die beiden. Er lief zu Helene und ließ sich von ihr zu dem Verwundeten führen. Auch Ehrmann ließ sich auf die Knie nieder, um den ungewöhnlich hochgewachsenen Chinesen, dessen Augen inzwischen wieder geschlossen waren, zu untersuchen.

Es dauerte nicht lange, und er sagte zu Helene: »Es war gut, dass Sie mich gleich gerufen haben, Schwester. Wir müssen sofort operieren. Die Kugeln stecken noch in seiner Brust.«

»Also sind es Schusswunden, das dachte ich mir.« Helene erhob sich. »Ich werde schon vorgehen und alles für die Operation vorbereiten.«

»Das tun Sie nicht. Nicht, bevor Sie etwas gefrühstückt haben!«

»Dazu ist jetzt keine Zeit«, widersprach sie.

Dr. Ehrmanns Brauen zogen sich zusammen wie Wolken bei einem drohenden Gewitter. Ein sicheres Zeichen dafür, dass er keinen Widerspruch duldete.

»Wenn Sie mir mitten in der Operation zusammenklappen, hat niemand etwas davon, dieser Mann hier am allerwenigsten. Also essen Sie bitte etwas, trinken Sie eine Tasse Kaffee, und dann machen wir uns an die Arbeit! Haben wir uns verstanden?«

»Ja, Herr Doktor«, antwortete Helene leicht missgestimmt, was sie vor dem Arzt gar nicht zu verbergen versuchte.

Vermutlich, wahrscheinlich sogar, hatte er ja recht mit seiner Ermahnung, aber sie befürchtete, dass jede Minute, die verstrich, über Leben und Tod des Verwundeten entschied.

Als sie sich umdrehte, sah sie Tao-Wei und Zhong, die im Laufschritt herbeikamen. Der bullige Kuli hatte sich eine zusammenklappbare Trage unter den Arm geklemmt.

Helene fragte sich, ob der Verletzte überhaupt stark genug war, um den kurzen Transport ins Hospital zu überstehen. Er musste es einfach, sie hatte es ihm doch versprochen.

Mit schnellen Schritten lief sie zum Hospital zurück und bat den Koch um ihr Frühstück.

Während sie im Speiseraum saß, den viel zu dünnen Kaffee trank, den Tao-Wei einfach nicht stärker hinbekommen wollte, und sich zwang, zwei der frisch zubereiteten und noch ofenwarmen Hirseküchlein zu verdrücken, versuchte sie sich mit dem Gedanken zu trösten, dass Rudolf Ehrmann ein hervorragender Arzt war. Ein Mann, der schon vieles gesehen und erlebt hatte und der unbedingt wusste, was er tat. Sie würde ihm vertrauen müssen, da blieb ihr ebenso wenig eine Wahl wie dem verwundeten Fremden.

4

Halb aufgerichtet verharrte Erich bewegungslos im hohen Gras und lauschte.

Er glaubte, nur die Schritte eines einzelnen Menschen zu hören. Aber wenn es ein Japaner war, dann waren dessen Kameraden bestimmt nicht weit.

Erichs Rechte fuhr zu der ledernen Pistolentasche an seiner rechen Hüfte und öffnete sie. Seine Finger glitten über den Knauf der Luger, und er fühlte sich ein bisschen sicherer. Besonders, als er die Waffe durchgeladen und entsichert in der Hand hielt.

In Gedanken verfluchte er den Umstand, dass er auf einer großen Lichtung lag. Sie bot ihm außer dem Gras keine Deckung, machte ihn zu einem leichten Ziel für jeden Feind. Andererseits: Hätten an dieser Stelle Bäume gestanden, hätte er sich bei seiner Bruchlandung wohl sämtliche Knochen gebrochen.

Man kann halt nicht alles haben, sagte er sich und dachte dabei an jene Zeit zurück, als er Helene an seiner Seite, aber nur Augen für ihre Schwester Amelie gehabt hatte.

Wie dumm er gewesen war! Und wie ungerecht Helene gegenüber!

Das nahe Knacken eines Zweigs alarmierte ihn, und die

Mündung der Luger schwenkte in die Richtung, aus der das Geräusch gekommen war.

Dort wucherte ein Gestrüpp aus ihm unbekannten Sträuchern, und hinter dem Gestrüpp schob sich jetzt die schlanke Gestalt eines Mannes hervor.

Er war Chinese, kein Japaner, trug keine Uniform, sondern einen blauen Kittel und eine Hose in gleicher Farbe. Auch lag kein Karabiner in seinen Händen, er stützte sich nur auf einen Bambusstab.

Der graue Zopf, der unter seiner ausgebleichten Kappe hervorlugte, war die traditionelle Kopfzier der chinesischen Männer. Aber jetzt, wo das chinesische Kaiserhaus nicht länger an der Macht war, hatten sich viele Chinesen den Zopf, ein Symbol für die Unterordnung gegenüber der kaiserlichen Dynastie, abgeschnitten. Hier im Hinterland war die neue Mode offenbar noch nicht angekommen.

Oder der Mann fühlte sich einfach zu alt, um neue Moden mitzumachen. Als der Chinese näher trat, erkannte Erich, dass er die Blüte seiner Jahre längst überschritten hatte und, vom Alter gebeugt, etwas krumm ging. Ein dünner grauer Bart lag um Mund und Kinn, und zahllose Falten und Fältchen verdeckten das wahre Alter mehr, als dass sie es preisgaben.

Abrupt blieb der Fremde stehen, hob beide Hände bis in Schulterhöhe, wobei er mit der Rechten weiterhin den Bambusstab hielt, und sagte auf Deutsch: »Bitte du nicht schieß, deutscher Mann. Schieß nicht auf Ho Dewei, den guten chinesischen Mann. Oder du etwa bist böser japanischer Mann?«

»Sehe ich aus wie ein Japaner?«, erwiderte Erich, ohne die Luger auch nur einen Millimeter zu senken.

»Nein, ein böser japanischer Mann bestimmt nicht hat so rotes Haar wie du. Du aussiehst wie ein guter deutscher Mann, der böse gefallen ist vom Himmel.«

»Warum magst du die Japaner nicht?«

»Alles war gut, als die deutschen Männer hier das Sagen hatten. Ich hatte Arbeit in Fabrik in Tsingtau. Dann kamen die bösen japanischen Männer und haben geschossen alles kaputt mit Bomben und Granaten. Fabrik kaputt, Bruder kaputt, Sohn verschwunden. Japaner nicht gut, sie böse!«

»Hast du Japaner gesehen?«

»In Tsingtau?«

»Nein, hier. Heute Morgen.«

»Nein, keine Japaner hier. Nur ich und Mann vom Himmel, den ich gesucht habe.«

»Du hast mich gesucht? Warum?«

»In der Nacht ich habe das Licht von Riesenlampen gesehen und gehört das Geräusch von Schießen. Ich bin gekommen, um zu sehen, ob ich kann helfen.«

Der Alte hatte ein ehrliches Gesicht, und Erich entschloss sich, ihm zu vertrauen. Er sicherte die Luger-Pistole und steckte sie zurück in die Ledertasche, ließ diese aber offen.

»Du kannst mir helfen, hier fortzukommen, Ho Dewei. Die Japaner werden mich suchen. Wenn sie mich finden, war alles umsonst.«

»Dann deine Mission ist so kaputt wie dein Fluggerät?«

»Was weißt du von meiner Mission?«, fragte Erich mit neu erwachter Skepsis.

»Nichts, gar nichts. Aber du musst eine wichtige Mission haben, sonst hättest du dich nicht in die Lüfte erhoben wie ein kühner Adler.«

»Wie ein Adler, wie wahr«, murmelte Erich und sah dem Chinesen in die Augen. »Ich habe tatsächlich eine Mission: Ich suche die Frau, die ich liebe, meine Frau.«

Ho Dewei hielt seinem Blick stand, antwortete aber nicht sofort. Erich hatte das Gefühl, sein Gegenüber blicke ihm mit seinen alten, erfahrenen Augen direkt in die Seele.

Schließlich öffneten sich seine dünnen, rissigen Lippen, und er sagte bedächtig: »Dann bist du auf der wichtigsten Mission, die ein guter Mann haben kann. Komm jetzt mit, ich bringe dich in mein Haus.«

»Ist das weit von hier?«

»Weniger als eine halbe Stunde für alten Mann, wie ich bin. Für halb kaputten Mann wie dich wohl etwas mehr.«

»Halb kaputt, so fühle ich mich tatsächlich.« Erich sah den hilfsbereiten Chinesen an. »Du bist ein guter Mensch, Ho Dewei. Ich bin dir sehr dankbar für deine Hilfe, und deshalb lehne ich sie ab.«

Der Alte legte den Kopf schief.

»Ich bin alt und höre nicht mehr gut. Du hast bestimmt nicht gesagt, dass du nicht willst meine Hilfe, deutscher Mann?«

»Das habe ich auch nicht. Deine Hilfe ist mir willkommen, sehr willkommen sogar. Trotzdem lehne ich sie ab. Gerade weil ich dein Angebot zu schätzen weiß.«

»Bist du mehr kaputt, als ich dachte?«, fragte der Chinese. »Bist du vielleicht aus Himmel da oben auf deinen Kopf gefallen?«

»Möglich ist es«, ächzte Erich, der von einer Übelkeitsattacke heimgesucht wurde. »Aber auch wenn es so ist, kann ich noch klar denken. Ich will dich und die Deinen nicht in Gefahr bringen. Und das wärt ihr unweigerlich, würdet ihr mir Zuflucht gewähren. Es ist nur eine Frage der Zeit, bis die Japaner das Flugzeugwrack entdecken. Wenn sie mich nicht finden, werden sie weitersuchen. Sie werden auch zu deinem Haus kommen, Ho Dewei. Mich bei dir zu verbergen kann für dich und deine Leute böse enden. Vielleicht nimmt man euch nur gefangen, vielleicht nimmt man euch aber auch das Leben.«

»Aus deinem Mund Wahrheit und Sorge sprechen, deutscher Mann. Du wirklich bist guter Mann, und gerade darum ich dir helfen will. Sorge dich nicht um mich und meine Leute. Ich gutes Versteck für dich habe.« Der Alte trat näher und streckte eine Hand aus. »Komm jetzt, steh auf. Wir besser verlassen diesen Ort.«

Erich ergriff die ausgestreckte Hand und kam schwankend auf die Beine. Der linke Fuß tat ihm besonders weh, und er vermutete eine Verstauchung.

Solange das nicht besser wurde, würde er kaum große Strecken zurücklegen können, jedenfalls nicht auf Schusters Rappen. Dagegen waren die Schmerzen an mehreren anderen Körperstellen zu vernachlässigen.

Sorgen bereitete ihm noch sein Kopf. War er tatsächlich darauf gefallen? Sein Schädel fühlte sich halb benommen an. Am liebsten hätte er sich ganz benommen gefühlt, dann hätte er die heftigen Anfälle von Übelkeit, die ihn schubweise überfielen, nicht so stark wahrgenommen.

»Vorwärts nun, ein Fuß vor den anderen«, verlangte der

Chinese, während er Erich stützte. »Auch auf dem Weg zu großem Ziel der kleinste Schritt es wert ist, getan zu werden.«

»Ist das eine alte chinesische Weisheit?«, fragte Erich verwundert.

Ho Dewei verneinte und sagte: »Das nur die Weisheit eines alten Chinesen ist.«

5

Es war ein langer Kampf gewesen. Etliche Stunden. Helene hatte sie nicht gezählt. Dr. Ehrmann und sie hatten alles dafür getan, um das Leben des Verwundeten zu retten. Vier Kugeln hatte Ehrmann aus seiner Brust herausgeholt, und besonders bei der letzten hatte er sich schwergetan. Die Kugel saß so nah beim Herzen, dass selbst ein so erfahrener Arzt wie Ehrmann fast verzweifelt wäre. Aber dann war es doch gelungen.

Der Kuli Zhong und der Boy Wu hatten den durch den Blutverlust arg geschwächten Patienten auf ein kleines Zimmer gebracht, das er für sich allein hatte.

»Er braucht jetzt Ruhe«, hatte Ehrmann gesagt und dabei selbst erschöpft geklungen. »Ruhe, Ruhe und nochmals Ruhe.«

Das Wasser in der breitrandigen Blechschüssel färbte sich rot, als sie sich mit einem großen Stück Kernseife Hände und Arme abschrubbte. Der operierte Chinese schien ein kräftiger Mann zu sein, aber er hatte so viel Blut verloren, dass er von seiner Körperkraft in den kommenden Tagen kaum etwas haben würde. Augenblicklich war er so schwach wie ein kleines Kind.

Als Helene sich endlich gesäubert hatte und durch das schmale Fenster des Waschraums nach draußen blickte, sah sie, dass die Sonne längst im Zenit stand. Es war Mittag.

Mein Gott, dachte sie, wir haben wirklich lange gebraucht!

Im Gegensatz zu heute Morgen hatte sie jetzt wirklich Hunger und ging in den Speiseraum, wo sie zu ihrer Verwunderung noch allein war. Müde ließ sie sich an einem Fenstertisch nieder und lächelte dankbar, als der Koch ihr eine heiße Hühnerbrühe und einen Teller mit kleinen Teigfladen servierte.

Sie aß mit großem Appetit, sehr zur Freude von Tao-Wei, der ihr ungefragt eine zweite Schale Brühe brachte. Während sie die Hühnerbrühe löffelte, dachte sie über den Mann nach, den sie heute Morgen im Schilfgras aufgefunden hatte.

Ein geheimnisvoller Mann. Er hatte keinerlei Papiere bei sich gehabt.

Wie war er mit seinen Wunden hergekommen? Wer hatte auf ihn geschossen und warum?

Stammte er aus einem der umliegenden Dörfer? Unwahrscheinlich, denn keiner der Chinesen im Hospital schien ihn zu kennen.

Ganz in ihre Gedanken über den Fremden versunken, bemerkte Helene wohl erst nach einiger Zeit, dass jemand energisch an ihrem linken Ärmel zupfte. Irritiert sah sie zur Seite. Dort stand Ah-Kum, ein chinesisches Mädchen mit einem so niedlichen Gesicht, dass man die Kleine schon beim ersten Anblick gernhaben musste. Auch Helene hatte sie sofort in ihr Herz geschlossen, als sie ihr das erste Mal begegnet war.

So erging es allen im Hospital, und Ah-Kum konnte sich darum so manche Freiheit herausnehmen. Was sie aber niemals ausnutzte, um sich selbst einen Vorteil oder gar anderen einen Nachteil zu verschaffen. Auch wenn sie dank der allgemeinen Zuwendung um einiges zutraulicher geworden war, im Grunde ihres Wesens war sie schüchtern, geradezu verschlossen.

Vermutlich hing das mit den Erlebnissen Ah-Kums zusammen, bevor sie in die Missionsstation gekommen war. Aber niemand außer ihr kannte diese Erlebnisse, und niemand kannte ihren wahren Namen.

Ah-Kum war stumm.

Sie war gleich zu Beginn der Belagerung Tsingtaus durch die Japaner in der Mission aufgetaucht. Hatte sie ihre Familie durch japanischen Granatbeschuss verloren oder durch chinesische Banditen, die sich die allgemeine Unordnung für ihre Raubzüge zunutze machten?

Niemand konnte das sagen, aber Helene und auch Dr. Ehrmann vermuteten etwas in dieser Richtung. Unklar blieb auch, ob das ungefähr fünf- oder sechsjährige Mädchen den Weg zur Missionsstation allein gefunden hatte ober ob jemand anderes sie zu früher Morgenstunde einfach vor der Tür ausgesetzt hatte, Nachbarn oder Verwandte vielleicht.

Dr. Ehrmann fand schnell Gefallen an dem Kind und nannte es oft seinen kleinen Schatz. Daher der Name Ah-Kum, die chinesische Bezeichnung für Schatz.

Als die Mission geräumt wurde, war es Ehrmann nicht schwergefallen, die Kleine mitzunehmen. Er hing wirklich sehr an ihr, täuschte aber ein medizinisches Interesse vor.

Seiner Meinung nach war das Mädchen aufgrund dessen, was sie erlebt hatte, verstummt.

»Eines Tages wird Ah-Kum wieder sprechen, so wahr ich Ehrmann heiße!«, hatte er einmal zu Helene gesagt.

Natürlich wollte er das erreichen, dessen war sich Helene gewiss. Aber Ehrmanns eigentlicher Antrieb war seine Zuneigung zu Ah-Kum, da konnte er ihr nichts vormachen.

Während Ah-Kum mit einer Hand an Helenes Ärmel zupfte, hielt sie mit der anderen den braunen Plüschteddy fest, den Ehrmann ihr noch in der Missionsstation geschenkt hatte und den die Kleine seitdem hütete wie ihren Augapfel.

Helene streichelte sanft den Kopf des Mädchens.

»Guten Tag, Ah-Kum, wir haben uns heute noch gar nicht gesehen. Ich hoffe doch, dir und deinem Teddy geht es gut. Was möchtest du denn, hm?«

Sie hatte deutsch gesprochen und ging davon aus, dass die kleine Chinesin diese Sprache zumindest ansatzweise verstand. Wie die anderen Waisenkinder auch nahm Ah-Kum, obwohl sie stumm war, an dem von Helene gegebenen Deutschunterricht teil.

Ah-Kum jedenfalls schien den Sinn ihrer Worte begriffen zu haben. Sie ließ Helenes Ärmel los und deutete auf den Teller mit Teigfladen.

Helene hatte nur einen der kleinen Fladen gegessen, die anderen lagen unberührt auf dem Teller. Sie nahm den Teller und hielt ihn dem Mädchen hin.

Ah-Kum ließ sich nicht lange bitten, ergriff einen der Fladen und verspeiste ihn mit sichtlichem Wohlbehagen. Der kleine Mund war bis zum Rand gefüllt und schien jeden Augenblick platzen zu können, während das Kind kaute und kaute.

Der Speiseraum füllte sich zusehends, und Dr. Ehrmann trat an ihren Tisch.

Auch er streichelte den Kopf des Mädchens, während er zu Helene sagte: »Schön, dass Sie sich ein wenig um Ah-Kum kümmern. Darf ich mich zu Ihnen setzen?«

»Gern«, antwortete Helene. »Das wird sicher auch Ah-Kum freuen. Übrigens kümmert sie sich genauso um mich.«

Prompt erschien der Koch, um Ehrmann Brühe zu servieren. Außerdem stellte er einen neuen Teller mit Teigfladen auf den Tisch. Der Arzt nahm Ah-Kum auf den Schoß, und sie vertraute ihm tatsächlich ihren Teddy an, den er sorgsam auf den leeren Stuhl neben sich setzte. Nachdem Ah-Kum sich vergewissert hatte, dass es ihrem kleinen Plüschfreund gut ging, nahm sie einen weiteren Fladen vom Teller, diesmal mit beiden Händchen, und biss herzhaft hinein.

Als Ehrmann auf seine zweite Schale Brühe wartete, fragte er: »Wie haben Sie das eben gemeint, Helene? Dass Ah-Kum sich genauso um Sie kümmere?«

Helene berichtete ihm von den tausend Gedanken, die sie sich um den Mann mit den Schussverletzungen machte, und fügte hinzu: »Dank Ah-Kums Erscheinen konnte ich mich von dem Wirrwarr in meinem Kopf ein wenig befreien.«

»Sie machen sich ähnliche Gedanken wie ich«, sagte Ehrmann und blickte besorgt drein. »Ich hoffe sehr, wir haben uns mit dem neuen Patienten keine Schwierigkeiten ins Haus geholt.«

»Wieso Schwierigkeiten?«

»Offenkundig hat jemand versucht, dem Mann das Leben zu nehmen. Vier Kugeln in der Brust fängt man sich nicht durch einen Zufall oder ein Versehen ein. Wer immer dahintersteckt, könnte versuchen, das zu beenden, was ihm nur beinah gelungen ist. Dann wäre unser Hospital in unmittelbarer Gefahr.«

»Von wem droht uns diese Gefahr?«

»Wenn ich das wüsste«, seufzte Ehrmann und zog, ein plötzliches Lächeln auf sein Gesicht zaubernd, den Teller mit den Teigwaren näher zu Ah-Kum heran.

»Banditen?«, fragte Helene. »Oder die Japaner?«

»An die Japaner glaube ich nicht, jedenfalls nicht zu diesem Zeitpunkt. Gegenwärtig dürften sie noch weit genug von uns entfernt sein. Wir müssen aber damit rechnen, dass sie weiter ins Landesinnere vordringen, sobald Tsingtau gefallen ist. Banditen, das wäre die eine Möglichkeit. Ein Streit unter Dorfbewohnern wird es kaum gewesen sein. Danach sieht mir die ganze Sache nicht aus.« Ehrmann sah zum Fenster hinaus auf die fernen Hügel, die das Tal umschlossen, als stünde dort die Wahrheit zu lesen. »Wenn wir Pech haben, ist es mit dem Frieden hier schon bald vorbei.«

Helene wollte sich das gar nicht vorstellen. Als sie vor ein paar Wochen das Hospital übernommen hatten, war sie überglücklich gewesen, einen Ort gefunden zu haben, an dem Ehrmann und sie ihr Wirken aus der Missionsstation fortsetzen konnten.

Sollte das Glück nur so kurz währen?

Nein, sie wollte wirklich nicht daran denken, aber das

half nichts. In der Vergangenheit hatte sie, die einstmals wohlbehütete Kaufmannstochter aus gutem Haus, auf bittere Weise lernen müssen, sich den Realitäten des Lebens zu stellen.

»Woran denken Sie noch, Herr Doktor?«, fragte sie daher. »Sie sprachen von der einen Möglichkeit, den Banditen. Dann muss es noch mindestens eine weitere Möglichkeit geben.«

»Das wären dann die Kriegsherren oder Warlords, wie sie sich gern von uns Europäern nennen lassen. Bei den meisten von ihnen ist allerdings die Abgrenzung zu Banditen sehr fließend. Wären sie nicht ehemalige Offiziere und hätten sie nicht häufig große, ehemals reguläre Truppenteile unter sich, würde man wohl ganz klar von Banditen sprechen. Der Untergang der Qing-Dynastie und die damit einhergehende Auflösung des Kaiserhauses haben leider auch zu einer Auflösung, besser gesagt, einer Zersplitterung des chinesischen Militärs geführt. Überall im Land gibt es größere und kleinere lokale Machthaber, ehemalige Offiziere und Provinzgouverneure, die ganz nach ihrem Belieben über vormals reguläre Truppenteile und frisch angeworbene Rekruten verfügen, manchmal nur über kleinere Einheiten, manchmal auch über ganze Armeen.«

Helene hatte sich darüber bisher kaum Gedanken gemacht. Die Umwälzungen, die das riesige China seit zwei, drei Jahren erfasst hatten, waren für die Menschen im deutschen Pachtgebiet Kiautschou und seiner näheren Umgebung nicht so einschneidend gewesen wie im Rest des Landes. Die militärische Präsenz der Deutschen hatte hier Banditentum und Ausschreitungen im Zaum gehalten.

Aber jetzt standen die Japaner kurz davor, die Stadt Tsingtau und ganz Kiautschou in ihre Gewalt zu bringen. Vielleicht hatten sie es auch schon vollbracht. Nachrichten benötigten lange, um in dieses stille Tal zu gelangen. Die Anwesenheit der Japaner jedenfalls änderte die Verhältnisse und führte möglicherweise zu größeren Unruhen in der Gegend.

Helene wollte Dr. Ehrmann nach seiner Meinung dazu fragen, aber Ah-Kum, die noch auf seinem Schoß saß, war offenbar gesättigt und rutschte unruhig hin und her.

»Du findest unsere Unterhaltung wohl nicht sonderlich spannend, hm?«, lächelte Ehrmann die Kleine an. »Da müssen wir eine andere Beschäftigung für dich finden.«

Er rief dem Kuli Zhong, der gegessen hatte und gerade von seinem Tisch aufstand, etwas zu, und kurz darauf brachte der kräftige Chinese eine Pappschachtel mit Buntstiften und einen Block weißen Papiers zu ihnen. Das war genau das Richtige für Ah-Kum, die liebend gern malte, besonders Bilder, auf denen ihr Teddy im Mittelpunkt stand. Auch jetzt war ihr Plüschtier das Erste, was sie zu Papier brachte.

Helene sah ihr eine Weile zu und wandte sich dann wieder an den Arzt.

»Glauben Sie, wir werden hier Schwierigkeiten mit diesen … diesen Warlords bekommen?«

»Ich befürchte es. Die deutschen Truppen in Kiautschou sind so gut wie besiegt. Bevor die japanischen Sieger zu mächtig werden, wird der eine oder andere Warlord versuchen, ihnen die Macht streitig zu machen. Chao Li-Hu zum Beispiel, der als unversöhnlicher Feind der Japaner gilt.«

»Wird er es schaffen?«

»Vermutlich nicht. Die Japaner sind nicht dumm und haben einen anderen der hiesigen Warlords auf ihre Seite gebracht, einen gewissen Lin Gang. Sie unterstützen ihn wohl mit Geld und Waffen. Das Ergebnis ist, dass die beiden Kriegsherren sich untereinander bekämpfen, sodass die Japaner den Rücken frei haben, um den letzten deutschen Widerstand niederzuringen.«

Helene fühlte, wie die kalte Hand der Angst nach ihrem Herzen griff. Das Hospital war ihr Heim, Dr. Ehrmann und die anderen hier ihre Familie. Wenn er mit seinen Ausführungen recht hatte, dann war beides in großer Gefahr.

»Herr Doktor, woher wissen Sie das alles?«

»Ich ziehe viele Erkundigungen ein, bei unseren chinesischen Helfern, aber auch bei den Patienten. Schließlich trage ich als Leiter des Hospitals auch die Verantwortung für die Sicherheit der Menschen hier.«

»Warum haben Sie niemandem davon erzählt, auch mir nicht?«

Ehrmann lächelte schwach, fast ein wenig entschuldigend. »Reicht es nicht, wenn ich mir Sorgen mache?«

Helene wusste nicht, was sie darauf antworten sollte. Sie dachte wieder an den frisch Operierten und betrachtete ihn nach den Ausführungen des Arztes in einem ganz neuen Licht.

»Was denken Sie über unseren Verwundeten?«, fragte sie schließlich. »Gehört er zu einem dieser Warlords?«

Tao-Wei servierte ihnen Tee, und der Arzt nahm genüsslich einen Schluck, bevor er antwortete: »Mit großer Wahrscheinlichkeit gehört er den Truppen Chao Li-Hus oder seines Gegenspielers Lin Gang an. Die schweren Schusswunden sprechen nicht gerade für einen Streit unter Bauern oder Dörflern. Da geht es eher handfest zur Sache. Auch hätte man den Verwundeten dann wohl auf normalem Wege zu uns gebracht. Diese Heimlichtuerei heute Morgen spricht eine andere Sprache. Offenbar haben ein paar Kameraden den Verletzten still und leise hergebracht und sind dann ebenso still und leise wieder verschwunden.«

»Aber warum fürchten sie uns? Wir können ihnen doch nichts tun.«

»Vielleicht fürchten sie Verrat. Die Gegenseite könnte Spione hier haben und durch sie erfahren, dass ihre Feinde in der Nähe sind.«

»Spione? Unter unseren Helfern?«

Sie dachte an den fleißigen Kuli Zhong, an den fürsorglichen Koch Tao-Wei, an die beiden Hausboys Wu und Hao und an die alte Fang. Sollte wirklich ein Verräter unter ihnen sein?

Ehrmann hob langsam die Schultern und ließ sie dann wieder sinken.

»Weiß man es?«

Helene schüttelte den Kopf und seufzte: »Mir ist das alles zu kompliziert. Vielleicht sollte ich mir weniger Gedanken machen und mich einfach um unseren neuen Patienten kümmern. Er kann gute Pflege vertragen, um wieder auf die Beine zu kommen.«

»Das kann er ganz sicher«, stimmte Ehrmann zu und beugte sich zu Ah-Kum vor. »Und was hat meine Kleine da Schönes gemalt?«

Bereitwillig zeigte das Kind ihm sein Bild. Es zeigte unverkennbar den Plüschteddy in einem ganzen Haufen anderer Tiere, die eher nach Ameisen oder Käfern aussahen.

»Da hat dein Teddy aber eine Menge Spielkameraden«, lachte Ehrmann. »Wo hat er die denn her? Hat er etwa ein Warenhaus ausgeplündert?«

Ah-Kums Gesicht blieb ernst. Offenbar verstand sie ihn nicht.

Helene sah an diesem Tag stündlich nach dem operierten Chinesen, der meistens fest schlief. Den Schlaf der Erholung und Gesundung, wie sie hoffte.

Ihr fiel erst bei ihrem zweiten oder dritten Besuch in seinem kleinen Zimmer auf, dass er keinen Zopf trug, so wie all jene chinesischen Männer, die ihre Abkehr von der alten Kaiserherrschaft nach außen bekunden wollten. Hier auf dem Land, unter lauter Bauern und gewöhnlichen Leuten, war das eher selten.

Aber der Unbekannte war gewiss kein Bauer, kein gewöhnlicher Mann, das sah sie ihm an. Selbst in seinem geschwächten Zustand umgab ihn eine Aura des Bedeutungsvollen. Sie konnte sich das nicht näher erklären, sie spürte es einfach.

Gegen Abend, als sie erneut nach ihm sah, schlug er plötzlich die Augen auf. Sein Blick war auf sie gerichtet, fast so, als wolle er sie damit verschlingen.

Ein seltsames Kribbeln erfasste sie, und ein Schauer lief

über ihren Rücken, aber ihr war nicht unwohl dabei. Im Gegenteil: In dem Blick lag etwas Anziehendes, eine magnetische Kraft.

Ähnlich war es damals bei Erich gewesen, als sie sich Hals über Kopf in ihn verliebt hatte.

Sie musste sich eingestehen, dass sie sich zu dem chinesischen Patienten hingezogen fühlte.

Zu dem Mann, den sie erst heute Morgen aufgefunden und mit dem sie noch kein einziges Wort gesprochen hatte. Von dem sie nicht wusste, wer er war und ob man nicht vielleicht ganz zu Recht auf ihn geschossen hatte.

Vielleicht war er ein brutaler Bandit, der Angst und Schrecken verbreitete und der Mord und Plünderung zu verantworten hatte. Wenn dem so war, dann versteckte er sich einfach nur vor dem Arm des Gesetzes und nicht vor den Truppen eines rivalisierenden Warlords.

Aber je länger sie in seine dunklen Augen sah, desto weniger konnte sie ihn für einen Mörder und Räuber halten. Wahrscheinlich war er ein unbeugsamer Mann, jemand, der seinen Willen gegen andere auf Biegen und Brechen durchsetzte. Aber ein ungerechter Mann, ein Verbrecher, der Schwache unterdrückte, um sich selbst zu bereichern? Nein, das konnte sie sich nicht vorstellen.

Er öffnete die Lippen und brachte mit zitternder Stimme ein Wort hervor: »Danke!«

Seine Augen schlossen sich wieder, und er fiel in den Schlaf zurück.

Was hatte ihn überhaupt geweckt? Hatte sie beim Eintreten ein lautes Geräusch verursacht? Oder hatte er ihre Anwesenheit gar gespürt?

Erst mit einiger Verzögerung wurde ihr klar, dass der Chinese sich auf Deutsch bedankt hatte.

Aber mehr noch als die Sprache hatte sie seine Stimme beeindruckt. Trotz seines geschwächten Zustands war sie tief und klangvoll. In dieser Stimme klang etwas mit, das sie seltsam berührte.

Noch vor dem Einschlafen sann sie darüber nach, was das sein mochte – vergebens. Dann, im Traum, hörte sie die Stimme wieder, wie sie sanft und zärtlich einen Namen aussprach: »Helene!«

6

Erich schrak zusammen, als er die Schritte hörte. Er benötigte einen Augenblick, um sich zu orientieren. Dann wusste er wieder, wo er war.

Der flackernde Schein eines Talglichts fiel auf die rauen, kalten Wände seines Verstecks. Nackter Fels. Der alte Ho Dewei hatte ihn hergebracht. In eine Höhle, die ungefähr fünfzehn Minuten von dem Hof des Chinesen entfernt lag.

Eine gute Idee, fand Erich. Falls die Japaner bei Ho Dewei nach dem abgeschossenen Flieger suchten, würden sie ihn nicht finden. Spürten sie ihn aber in seinem Versteck auf, so fiel kaum ein Verdacht auf den hilfsbereiten Chinesen. Außerdem konnten Ho Deweis Angehörige weder absichtlich noch unabsichtlich etwas verraten, wussten sie doch von nichts.

Ho hatte Erich mit allem Nötigen versorgt: mit Decken, Lebensmitteln, Wasser und sogar mit einer Flasche selbst gebranntem Kornschnaps.

»Macht Feuer von innen, wenn Nacht ist kalt«, hatte der Chinese beim Überreichen der Flasche gesagt. »Das besser als gar kein Feuer.«

Womit er recht hatte, denn ein Feuer anzuzünden, das wagte Erich nicht. Wenn in dieser Höhle der Rauch nicht richtig abzog, konnte er leicht ersticken. Zog er aber ab, konnte das Erich verraten. Selbst wenn man den Rauch in der Nacht nicht sah, man konnte ihn riechen.

Erich hatte, bevor er sich zum Schlafen hinlegte, zwei, drei Schlucke von dem Schnaps getrunken, und der Fusel brannte tatsächlich wie ein Feuer in ihm. Danach hatte Erich tief und fest geschlafen. Er wusste nicht, ob das aufgrund des Gesöffs oder der hinter ihm liegenden Strapazen passiert war.

Die Schritte, die ihn aufgeweckt hatten, wurden lauter.

Japaner?

Waren sie seiner Spur vom Flugzeugwrack bis hierher gefolgt?

Oder hatte ihn jemand verraten?

Ho Dewei?

Vielleicht einer seiner Angehörigen, der doch etwas mitbekommen hatte?

Erich zog die Luger und lud sie mit einer schnellen Bewegung durch.

Das metallische Klacken des Durchladens, das in der Höhle viel lauter klang als im Freien, war offenbar gehört worden. Die Schritte verstummten schlagartig.

»Nicht schießen, Mann mit rotem Haar«, bat eine Männerstimme auf Chinesisch. »Hier nur ist der gute Ho Dewei.«

»Und wen hat der gute Ho Dewei mitgebracht?«, rief Erich in die Dunkelheit, die sich rings um ihn jenseits des begrenzten Lichtkreises des Talglichts ausbreitete.

Er hatte deutsch gesprochen wie auch der Chinese. Falls

Japaner bei ihm waren und ihn zwangen, Erichs Versteck zu verraten, bestand gute Aussicht, dass diese kein Deutsch beherrschten. Das wiederum gab Ho Dewei die Gelegenheit, Erich eine Warnung zukommen zu lassen.

Erich war bereit, das Licht jederzeit auszublasen, um kein zu leichtes Ziel zu bieten.

Neben ihm lag eine Schachtel Sturmzündhölzer. Kurz dachte er daran, ein Zündholz anzureißen und in die Finsternis vor sich zu werfen.

»Ich allein bin«, beantwortete der Chinese endlich Erichs Frage. »Ich jetzt komme, wenn guter Mann mit rotem Haar nicht schießt auf mich.«

»Tritt vor. Wenn du wirklich allein bist, hast du nichts zu befürchten.«

Erich hörte wieder die Schritte, sehr zögerlich jetzt, und dann trat der alte Chinese in den unsteten Lichtkreis. Er trug ein Bündel über der Schulter, das er vor Erich absetzte.

»Noch mehr Vorräte, nicht kann schaden«, erklärte Ho mit einem Lächeln. »Auch noch eine Flasche Kornschnaps für Wärme von innen.«

»Warum tust du das alles für mich, Ho Dewei?«, fragte Erich, während er die Pistole weglegte.

»Japaner böse sind. Gute Männer aus China und Deutschland müssen halten zusammen gegen sie.«

»Leider hat die chinesische Regierung das nicht so gesehen und ist neutral geblieben«, sagte Erich mit einem Anflug von Bitterkeit. »Hätte China sich gegen Japan gestellt, hätten wir Kiautschou vielleicht erfolgreich verteidigen können.«

Ho Dewei nickte. »Wer sich verlässt auf Regierung, der verlassen ist.«

»Noch eine Weisheit eines alten Chinesen?«

»Ja, Mann mit rotem Haar.«

»Mein Name ist Erich. Du kannst mich ruhig so nennen, Ho Dewei.«

Der Chinese wiegte den Kopf hin und her. »Schwieriges Wort. Mann mit rotem Haar einfacher ist.«

»Na dann.«

Als Erich den Chinesen näher ansah, bemerkte er frische Wunden und Blutergüsse in dessen Gesicht.

»Was ist dir zugestoßen, Ho Dewei?«

»Die Japaner.«

»Sie sind da?«, stieß Erich erregt aus, und unwillkürlich zuckte seine Rechte in Richtung Luger.

»Sie da waren, aber längst sind wieder fort. Von der Höhle hier sie nichts wissen.«

»Was wollten sie?«

»Dich. Sie die Reste von deinem großen Vogel gefunden haben und jetzt überall suchen nach dir. Ich ihnen gesagt habe, wir nichts wissen von dir. Aber sie mir erst geglaubt haben, als sie mich mit ihren Gewehren geschlagen und getreten mit ihren Stiefeln.«

»Die Schweine!«, entfuhr es Erich, und er ballte vor Wut die Hände. »Ich würde es ihnen am liebsten Hieb für Hieb und Tritt für Tritt heimzahlen!«

»Schon gut«, beschwichtigte Ho Dewei. »Wir glimpflich davongekommen sind.«

»Danach bist du gleich zu mir gekommen, um es mir mitzuteilen?«, fragte Erich besorgt.

»Mann mit rotem Haar kann sein beruhigt, niemand mir gefolgt ist. Ich gewartet habe viele Stunden. Es schon nach Mitternacht ist.«

»Du bist ein guter, kluger und umsichtiger Mann, Ho Dewei.«

«Deshalb in Fabrik in Tsingtau ich Vorarbeiter werden sollte.«

Erich öffnete die bereits angebrochene Schnapsflasche und reichte sie dem Alten. »Setz dich doch und erzähl mir, was in der Fabrik geschehen ist, als die Japaner angriffen. Falls du magst.«

Ho Dewei nahm zwei kräftige Schlucke, wischte sich mit dem Ärmel über den Mund und gab die Flasche an Erich zurück.

»Unsere Fabrik am Hafen stand. Die Japaner von ihren großen Kriegsschiffen schossen, und eine Granate das Dach traf. Es einstürzte, und mein Bruder darunter war. Ich nicht konnte zu ihm durchkommen. Feuer ausgebrochen war und von ihm mich trennte. Aber mein Sohn auf der anderen Seite war und meinem Bruder half, während geflohen alle anderen sind. Er befreien konnte meinen Bruder, seinen Onkel. Aber die Beine meines Bruders kaputt sind. Er nie mehr wird laufen.«

»Und dein Sohn? Was geschah mit ihm? Du sagtest, er sei verschwunden.«

Der Chinese seufzte schwer.

»Das Dach einstürzte vollends, und das Feuer stärker wurde. Ich meinen Sohn nicht wiedergesehen habe. Manche sagen, er verbrannt im Feuer. Ich sage, er verschwunden. Das doch besser klingt, oder?«

»Viel besser.«

»Ja, viel besser. Auch für seine Mutter. Sie jeden Tag die Geister unserer Ahnen bittet, sie mögen Shuo lassen zurückkehren. Sie jetzt sehr viel mehr als früher betet, und ich das tue auch.«

Erich nahm einen Schluck von dem teuflischen Schnaps.

»Wofür betest du, Ho Dewei?«

»Für meine Frau. Dafür, dass sie nicht verlieren möge ihre Hoffnung und auch nicht ihren Verstand. Auch wenn eine Mutter so etwas zugibt niemals, Shuo ihr Lieblingssohn ist. Hast du schon Kinder, Mann mit rotem Haar?«

»Nein«, antwortete Erich leise. »Ich habe meiner Frau nicht die Liebe gegeben, die sie verdient hat. Als ich diese Liebe dann für sie empfand, da hatte sie mich bereits verlassen, und das mit Recht.«

»Wo sie lebt jetzt?«

»Manche sagen, sie sei tot, und für einige Zeit glaubte ich das auch. Jetzt aber glaube ich, dass sie am Leben ist und dass mich das hier zu ihr führt.«

Er holte das Jade-Medaillon hervor und zeigte es dem Chinesen.

»Eine sehr schöne Arbeit«, stellte dieser fest. »Und wohl sehr traurige Geschichte.«

»Dass sie so traurig ist, das ist allein meine Schuld«, sagte Erich und begann zu erzählen.

Vielleicht war es der hochprozentige Kornschnaps, der seine Zunge lockerte. Aber vielleicht war es auch einfach sein Bedürfnis, sich jemandem mitzuteilen. Jemandem, der sein Vertrauen genoss. Und das tat Ho Dewei, auch wenn Erich ihn erst kurze Zeit kannte.

Er erzählte dem Chinesen von den beiden jungen Schwestern, die eines Tages nach Tsingtau kamen, die lebensfrohe Amelie und die zurückhaltende Helene. Von seiner Liebe zu Amelie und davon, wie sie einem anderen Mann den Vorzug gab und ihn heiratete, einen Chinesen. Von seiner Heirat mit Helene, die er deshalb zur Frau nahm, weil sie ihrer Schwester äußerlich so ähnelte. Von Helenes Enttäuschung, als sie die Wahrheit erkannte.

Und er erzählte von jenem Sommertag auf der Insel Schui ling schan, als er unvermittelt auf Amelie traf, die ihn beschwor, ihre Schwester gut zu behandeln. Erich aber hörte gar nicht richtig hin und versuchte verzweifelt, Amelie von seiner Liebe zu ihr zu überzeugen.

Als er Amelie an sich zog, um sie gegen ihren Willen zu küssen, war plötzlich Helene erschienen und hatte geglaubt, ihr Mann und ihre Schwester hätten sich hier verabredet, um ihrer heimlichen Leidenschaft zu frönen. Helene hatte sich enttäuscht und verletzt umgedreht und war davongelaufen, in Richtung der steilen Klippen.

Sie hatten Helene nicht wiedergefunden, aber sie hörten ihren spitzen Schrei, und sie fanden ihren Strohhut, der unter ihnen an einer Felsnadel hing. Trotz aller Suchmaßnahmen, an denen sich sogar das in Tsingtau stationierte Militär beteiligte, blieb sie verschwunden, und schließlich gingen alle von ihrem – gewollten oder ungewollten – Ableben aus.

»Eine böse Geschichte«, befand Ho Dewei und deutete auf den Jadehund. »Was hiermit ist?«

»Das Medaillon hat Helene gehört, ein Geschenk ihres Vaters. Sie trug es auch an dem Tag, als sie … verschwand.

Zwei Jahre später, als die Japaner Tsingtau angriffen, traf ein Freund von mir im Hospital auf einen Verwundeten, der dieses Medaillon bei sich hatte. Bevor wir ihn befragen konnten, starb er. Aber er soll in einer Missionsstation hier in den Bergen gewesen sein, bevor er mit einem Verwundetentransport nach Tsingtau kam.«

»Ich weiß«, sagte der Chinese zu Erichs Überraschung und nickte leicht.

»Was weißt du?«

»Ich die Missionsstation kenne.«

Die Hoffnung, Helene bald zu finden, flackerte in Erich auf, und er fragte erregt: »Wie weit ist sie von hier entfernt?«

»Ungefähr einen Tagesmarsch.«

»Dann muss ich dorthin, so bald wie möglich!«

»Das du besser bleiben lässt, Mann mit rotem Haar.« Ho Dewei schüttelte heftig den Kopf. »Nein, nein, das dir nicht nützlich ist. Ist nur Umweg für dich.«

»Das verstehe ich nicht.«

»Es keine Mission mehr ist. Es jetzt ein Stützpunkt der Japaner ist. Die Missionare die Station haben aufgegeben, als der Krieg rückte näher und näher. Sie sich wollten durchschlagen nach Tsingtau. Ich nicht weiß, ob sie das konnten.«

»Aber das hieße ja, dass Helene mit ihnen nach Tsingtau gegangen ist!«

Wieder überraschte der Alte Erich, als er sagte: »Das ich nicht glaube. Wenn deine Frau war dort, dann sie bestimmt in andere Richtung gegangen ist, zum Tal der Lotosblumen.«

»Wie kommst du denn darauf?«

»In der Mission ein deutscher Arzt war, der zu diesem Tal gegangen ist, um dort das Hospital vom Roten Kreuz zu übernehmen. So man hat es mir erzählt.«

»Ja, und?«

»Ich auch von einer deutschen Frau gehört habe, die eines Tages wie aus dem Nichts in der alten Mission ist aufgetaucht und dem deutschen Arzt geholfen hat bei seiner Arbeit. Es heißt, sie ihn ins Tal der Lotosblumen begleitet hat.«

Erich befand sich in einem seltsamen Zustand. Er war innerlich so angespannt, dass er den alten Mann am liebsten gepackt und geschüttelt hätte, um alle Informationen über Helene sofort und vollständig aus ihm herauszuholen. Andererseits war er Ho Dewei sehr dankbar, für dessen Fürsorge, aber vor allem für das, was der Chinese ihm über die Missionsstation und Helene erzählte. Erich musste sich einfach an die etwas umständliche Art seines Gegenübers gewöhnen und sich in Geduld üben.

Darum fragte er in innerlich erzwungener Ruhe: »Wie heißt diese deutsche Frau, von der du sprichst?«

»Das ich nicht weiß.«

»Wie sieht sie aus?«

»Das ich auch nicht weiß. Ich sie nie gesehen habe. Vermutlich sie aussieht wie alle weißen Frauen. Ihr Weißen euch alle sehr ähnlich seht, wenn ihr nicht gerade habt rote Haare.«

»Wie weit ist dieses Tal von hier entfernt?«

Nach kurzem Überlegen antwortete Ho Dewei: »So ungefähr sieben Tagesreisen.«

»Gut, ich werde morgen dorthin aufbrechen!«

Ein ernster, strenger Blick seines chinesischen Helfers traf Erich.

»Morgen?«, wiederholte Ho Dewei. »Das ich dir nicht erlauben kann, Mann mit rotem Haar. Du viel zu schwach bist, weil du aus Himmel gefallen bist. Erst du musst dich ausruhen. Außerdem die Japaner noch nach dir suchen. Böse Menschen das sind, du weißt. Auch deshalb es ist besser, du ein paar Tage vergehen lässt.«

»Aber ich muss Helene finden!«

»Wenn du zusammenbrichst oder fällst in Hände der Japaner, du sie niemals finden wirst.«

Erich ließ sich auf sein Lager zurücksinken.

»Du hast ja recht, Ho Dewei, ich muss mich in Geduld üben.«

»Und du dich vorbereiten solltest darauf, dass die Frau im Tal der Lotosblumen nicht deine Frau ist, Mann mit rotem Haar.«

Erich sah ihn überrascht an und fragte: »Wie kommst du darauf? Nach allem, was du erzählt hast, muss sie es einfach sein.« Er betrachtete noch einmal das Medaillon. »Wie sonst sollte dieser Verwundete an den Anhänger gekommen sein?«

»Deine Frau nicht ist die einzige gute deutsche Frau, die arbeitet hier in China als Krankenschwester«, sagte Ho Dewei mit eindringlicher, mahnender Stimme. »Bereite dich vor auf eine Enttäuschung.« Er seufzte schwer. »So wie auch meine Frau, die so sehr hofft auf ihren verschollenen Sohn, sich eines Tages muss vorbereiten auf eine Enttäuschung.«

Erich war in Gedanken ganz bei Helene und sagte: »Doch, sie ist es, Helene, ganz bestimmt!«

»Wenn es so ist, dann nutze die Zeit und bete zu den Geistern deiner Ahnen, dass die Frau, die du liebst, dir möge verzeihen!«

7

»Vielen Dank, Schwester! Danke, dass Sie mich gerettet haben!«

Er war wieder bei Bewusstsein, sah sie an, sprach zu ihr. Sie hatte darauf gewartet und gehofft, aber sie hatte sich auch ein wenig davor gefürchtet. Jedes Mal an diesem Tag, wenn sie sein Zimmer betreten hatte, um nach seinem Befinden zu sehen.

Helene konnte sich beim besten Willen nicht erklären, weshalb der verwundete Chinese sie so beeindruckt hatte. Es schien etwas Unsichtbares zu sein, das er ausstrahlte und das sie fesselte, sie in seinen Bann zog.

So sehr, dass sie in der Nacht davon geträumt hatte, wie er nach ihr rief, wie sie sich gegenüberstanden und wie er sie schließlich fest in seine Arme nahm.

Ein heißer Schauer durchlief sie bei der Erinnerung daran, was er mit ihr im Traum getan hatte. Sie konnte nur hoffen, dass der Mann in dem Krankenbett nicht bemerkte, wie aufgewühlt sie war.

Oder sollte sie besser sagen, durcheinander?

Vielleicht war das wirklich die treffendere Bezeichnung. Schließlich war es Unsinn, von dem Mann zu träumen, von dem sie nichts wusste, nicht einmal den Namen. Mit dem sie keine fünf Worte gewechselt hatte.

Sie dachte an ihre Gefühle für Erich und daran, wie sehr sie von ihm enttäuscht worden war. Vor mehr als zwei Jahren war das gewesen.

Jetzt führte sie ein erfülltes Leben, ging einer Aufgabe nach, die ihr Freude bereitete und anderen Menschen half. War das nicht viel besser, als unrealistische Träume von irgendwelchen Männern zu haben?

Reiß dich endlich zusammen, Helene!, ermahnte sie sich selbst und zwang sich, dem magischen Blick aus den dunklen Augen des Chinesen standzuhalten.

»Ich freue mich, dass Sie sich etwas besser fühlen«, sagte sie mit einer betont sachlichen Stimme. »Schön, dass Sie unsere Sprache sprechen, Herr …«

»Kang«, sagte er. »Nennen Sie mich einfach Kang. Ganz ohne Herr.«

»Kang?«, sann sie laut nach. »Das bedeutet in Ihrer Sprache so viel wie sich wohlfühlen, nicht wahr? Dann hoffe ich, dass Ihr Name ein gutes Omen für eine baldige Gesundung ist!«

Er lächelte nur leicht und nickte ihr zu, um sich für den guten Wunsch zu bedanken.

»Und wie ist Ihr Name?«, wollte Kang wissen.

»Helene«, sagte sie und fügte dann schnell hinzu: »Schwester Helene.«

Ein Lächeln glitt über sein Gesicht, und es sah aus, als amüsiere er sich.

»Nochmals vielen Dank für meine Rettung, Schwester Helene. Sie waren es doch, die mich draußen aufgefunden hat, nicht wahr?«

»Ja. Aber für Ihre Rettung sollten Sie sich lieber bei dem

Leiter dieses Hospitals bedanken, Doktor Ehrmann. Er hat nämlich die Kugeln aus Ihrem Körper geholt, und das war nicht leicht. Wie ist das überhaupt passiert? Wer hat auf Sie geschossen?«

»Ich wurde von Banditen überfallen und angeschossen. Zwar bin ich fremd in dieser Gegend, aber zum Glück hatte mir ein Bauer von diesem Hospital erzählt. Ich konnte mich gerade noch bis hierher schleppen. Die Götter waren mit mir.«

Helene musterte ihn ernst und fragte sich, warum er log und ob sie ihn in seiner jetzigen Verfassung darauf hinweisen sollte. Aber wer lügen konnte, der konnte auch dafür geradestehen, sagte sie sich schließlich.

»Nicht nur die Götter sind mit Ihnen gewesen, Kang«, bemerkte sie spitz.

»Wie meinen Sie das, Helene?«

Sie schluckte bei dieser vertraulichen Ansprache. Vertraulich wie in ihrem Traum. Aber dies hier war kein Traum, und sie durfte sich von dem Fremden, so anziehend sie ihn auch finden mochte, nicht vereinnahmen lassen. Sie spielten kein harmloses Spiel, das bewiesen seine Schusswunden. Wenn eine Todesgefahr für Kang bestand, waren vielleicht auch die anderen Menschen im Lián-Hospital gefährdet.

»*Schwester* Helene, bitte!«, wies sie ihn zurecht, um die nötige Distanz zwischen Schwester und Patient aufrechtzuerhalten.

Kang lächelte, als mache ihm das nichts aus.

»Schön. Also, wie meinen Sie das, Schwester Helene?«

»Sie waren gar nicht in der Verfassung, sich irgendwohin zu schleppen. Ich hatte vielmehr den Eindruck, ein paar Freunde hätten Sie hergebracht und dann seltsamerweise im Gras abgelegt.«

»So?«

Helene nickte und fuhr fort: »Außerdem hatten Sie Verbände um Ihre Brustwunden, die Sie sich unmöglich selbst hätten anlegen können.«

»Das ist in der Tat seltsam«, gestand er ein. »Sind Sie sich da sicher?«

»Ja, Herr Kang, ich verstehe etwas von Verbänden.«

»Ohne *Herr*, bitte!«

»Wie Sie wollen, Kang.« Als er nichts weiter sagte, fragte sie: »Und Sie haben keinen Verdacht, wer Ihnen geholfen haben könnte?«

»Ehrlich gesagt, nein«, seufzte er mit bedauernder Miene. »Die Banditen, die auf mich geschossen haben, werden es kaum gewesen sein. Vielleicht waren es ein paar Bauern oder andere Leute aus der Gegend, die mich zufällig gefunden haben.«

»Weshalb sollten die Sie heimlich im Schilfgras ablegen und verschwinden? Es wäre doch wohl besser gewesen, diese Leute hätten Sie ganz offiziell bei uns eingeliefert.«

»Möglicherweise wollten sie nicht erkannt werden, um sich Ärger mit den Banditen zu ersparen. Die Unruhen im Land lassen diese Banden immer mächtiger werden. Wenn man, wie ich, durchs Land reist, spürt man überall die Angst der Menschen.«

»Wohin waren Sie denn unterwegs, Kang?«

»Durch den Angriff der Japaner habe ich meine Arbeit in

Tsingtau verloren. Ich wollte zurück in meine Heimat, zu meinen Eltern und Geschwistern.«

»Woher kommen Sie?«

»Aus einem kleinen Dorf in der Nähe von Tsi nan fu.«

»Ein weiter Weg. Da frage ich mich ...«

Eine Stimme in ihrem Rücken unterbrach sie: »Genug der Fragen einstweilen, Schwester Helene. Wir haben den Mann erst gestern an mehreren Schusswunden operiert, da müssen Sie ihm nicht noch zusätzliche Löcher in den Bauch fragen.«

Die Stimme gehörte Dr. Ehrmann. Er stand in der offenen Tür, die Hände in den Taschen seines weißen Kittels vergraben, und wirkte gar nicht so streng, wie er sich angehört hatte. Eher leicht erheitert.

An den Patienten gewandt sagte er: »Sie sind ja schon recht munter, wenn ich mir Ihren Plausch mit Schwester Helene so anhöre, Herr ...«

»Kang«, sagte Helene anstelle des Chinesen und fügte mit einem aufgesetzten Lächeln hinzu: »Ohne Herr.«

Helene hatte sich ein wenig schnippisch angehört und fragte sich augenblicklich, ob sie sich nicht im Ton vergriffen hatte. Schließlich hatte der Chinese ihr nicht das Geringste getan. Im Gegenteil, er war sehr höflich gewesen.

Sie wollte es sich nicht eingestehen, aber tief im Innern kannte sie den Grund für ihre schnippische Art: Sie wollte dadurch Distanz schaffen, einen Schutzwall errichten zwischen sich und dem Mann im Krankenbett, dessen Anziehungskraft, die er auf sie ausübte, ihr unheimlich war.

»Ich habe wohl lange geschlafen«, sagte Kang. »Jedenfalls habe ich Hunger wie ein Bär.«

Ehrmann lächelte. »Wenn Patienten Hunger haben, ist das immer ein gutes Zeichen.« Er wandte sich an Helene. »Schwester, holen Sie doch bitte eine kräftige Brühe für Kang, während ich ihn untersuche.«

»Es ist Nachmittag, da müsste Tao-Wei wohl eigens etwas zubereiten.«

»Dann soll er das tun, dafür wird er schließlich bezahlt.«

Als Helene das Zimmer verließ, rief Kang ihr nach: »Das ist sehr freundlich von Ihnen, Schwester Helene.«

Das Wort »Schwester« betonte er dabei besonders. Offenbar ging es ihm schon wieder so gut, dass er seinen Spott mit ihr treiben konnte.

Aber sie war ihm deshalb nicht böse. In Wahrheit war sie sehr froh darüber, dass er anscheinend über den Berg war. Das Geheimnis, das ihn zu umgeben schien, machte ihn in ihren Augen nur noch interessanter.

»Warum Brühe, wenn nicht Mittag und nicht Abend?«, knurrte Tao-Wei.

»Weil Doktor Ehrmann es angeordnet hat«, erklärte Helene ruhig. »Der neue Patient hat Hunger.«

»Warum er nicht wartet bis Abend, dann Hunger noch mehr?«

Helene beschloss, es mit gezielter Schmeichelei zu versuchen.

»Er hat lange nichts zu sich genommen und ist geschwächt. Eine kräftige Brühe von dir ist für ihn wie Medizin, sogar besser.«

Tao-Weis ohnehin zerknittertes Gesicht wies ein paar

zusätzliche Falten des Missmuts auf, als er erwiderte: »Ich bin Koch und kein Arzt.«

Helene lächelte süßlich. »Du bist sogar ein sehr guter Koch, Tao-Wei. Nur deshalb hat Doktor Ehrmann verlangt, dass ich dem Patienten etwas von deiner Brühe bringe.« Sie legte jetzt einen verschwörerischen Tonfall in ihre Worte: »Ich glaube fast, der Doktor hat mehr Zutrauen in deine Brühe als in seine Medizin.«

»Glauben Sie wirklich, Schwester?«

Sie nickte heftig.

»Ich bin davon überzeugt. Ohne deine Kochkunst wäre der Doktor in vielen Fällen aufgeschmissen.«

Tao-Weis Körper straffte sich, seine Brust schwoll vor Stolz an, der Chinese wuchs um mehrere Zentimeter.

»Sie eine sehr kluge Frau sind, Schwester. Ich habe noch etwas von der Schweinefleischbrühe von heute Mittag. Die ich kann aufwärmen.«

»Tu das bitte, Tao-Wei!«

Da hatte der Koch aber ein hübsches Theater aufgeführt, ging es Helene durch den Kopf. Er hatte nur so getan, als habe er keine Brühe mehr, um ein bisschen Lob einzuheimsen. Aber sie kannte ihn mittlerweile gut genug, um mit seinen Eigenarten vertraut zu sein und sich nicht weiter darüber aufzuregen.

Als Helene mit einem Tablett in Kangs Zimmer zurückkehrte, wollte Dr. Ehrmann gerade gehen.

»Und?«, fragte sie. »Ist er so munter, wie er sich fühlt?«

»Sieht ganz so aus, erstaunlich«, erwiderte der Arzt. »Kang scheint die Konstitution eines Ochsen zu haben.

Manch anderer an seiner Stelle wäre längst tot. Aber er wird es schaffen, da habe ich keinen Zweifel. Umso mehr, wenn er jetzt etwas von Tao-Weis Brühe zu sich nimmt. Hat der gute Tao-Wei sich sehr geziert?«

»Kaum, nachdem ich ihm versichert habe, dass eigentlich sein Essen und nicht die von Ihnen verordnete Medizin die Patienten hier wieder auf die Beine bringt.«

Ehrmann lachte.

»Na, so falsch ist das ja nicht. Schade nur, dass sein Kaffee so scheußlich schmeckt.«

Der Arzt verließ das Zimmer, und Helene wandte sich an den Patienten. »Sind wir denn schon wieder so kräftig, dass wir einen Löffel halten können?«

Der Mann im Bett grinste frech. »Wir nicht, aber Sie bestimmt.« Zum Beweis hob er die Arme ein wenig an und ließ sie gleich darauf wieder aufs Bett fallen. »Ich glaube, Sie müssen mich füttern, *Schwester* Helene.«

»Und ich glaube, Sie übertreiben jetzt.«

»Nein, wirklich nicht«, versicherte Kang. »Ich bin auf Ihre Hilfe angewiesen. Sie müssen mich wohl oder übel füttern.«

Seufzend ließ sie sich auf dem Stuhl neben seinem Bett, dem einzigen im ganzen Raum, nieder und tauchte den großen Löffel in die Schale mit der Schweinefleischbrühe.

»Darf ich Ihnen ein paar Fragen stellen, Kang, oder strengt Sie das zu sehr an?«

»Nein, fragen Sie nur.«

»Was wissen Sie über die Warlords in dieser Gegend, Chao Li-Hu und Lin Gang?«

Kang hätte sich fast an der Brühe verschluckt und

musste heftig husten. Helene wischte seinen Mund und sein Kinn mit einer Serviette ab.

»Was haben Sie, Kang? Möchten Sie nicht über die Warlords sprechen?«

Er hatte sich wieder gefangen. »Ich kann Ihnen zu dem Thema absolut nichts sagen. Ich bin noch keinem Warlord begegnet.«

»Und die Schüsse, die man auf Sie abgegeben hat?«

»Was soll damit sein?«

»Kann es nicht sein, dass keine Banditen auf Sie geschossen haben, sondern die Soldaten eines Warlords?«

»Möglich ist alles. Die Männer haben sich mir nicht vorgestellt, und ich hatte auch nicht das Bedürfnis nach einer näheren Bekanntschaft. Aber nicht umsonst sagt man wohl, dass so mancher Warlord vom Anführer einer Räuberbande nicht weit entfernt ist. Wie kommt es, dass Sie sich für dieses Thema so interessieren?«

»Ich mache mir Sorgen, Sorgen um dieses Hospital«, sagte Helene und berichtete von ihrem gestrigen Gespräch mit Dr. Ehrmann. »Dieses Hospital ist das einzige weit und breit. Für die Menschen in diesem Tal wäre es schlimm, wenn es wegen der Übergriffe von Warlords oder Banditen oder was auch immer geschlossen werden müsste.«

»Da haben Sie recht«, sagte Kang und wirkte auf einmal sehr nachdenklich. »Die einfachen Menschen haben stets am meisten unter dem Krieg zu leiden.«

»Sprechen Sie aus eigener Erfahrung?«

»Das zu behaupten wäre übertrieben. Ich habe durch den Angriff der Japaner zwar meine Arbeit in Tsingtau verloren, aber das ist nichts Unersetzliches. Andere haben einen Arm, ein Bein, das Augenlicht oder gar ihr Leben durch den Krieg verloren. Nein, da darf ich mich nicht beklagen.«

»Wo haben Sie eigentlich so hervorragend Deutsch gelernt, Kang? Sie sprechen es ohne jeden Akzent.«

»Ich war schon als Kind auf einer deutschen Missionsschule. Später in Tsingtau habe ich weiteren Unterricht in der Fabrikschule gehabt.«

»Viele Ihrer Landsleute haben Deutschunterricht, aber kaum einer spricht unsere Sprache so perfekt wie Sie.«

»Vielen Dank, Schwester Helene. Meine Lehrer haben auch immer gesagt, ich sei begabt.«

»Ich habe zu danken.«

»So?« Kang zog die Brauen hoch. »Wofür?«

»Zum ersten Mal habe ich keinen ironischen Unterton herausgehört, als Sie mich eben als *Schwester* Helene ansprachen.«

Ihre Blicke begegneten sich, und beide fingen gleichzeitig an zu lachen.

8

Helene und Kang sprachen und lachten in den folgenden Tagen viel miteinander. Sie fühlte sich wohl in seiner Nähe, sehr wohl, und ihm schien es mit ihr nicht anders zu gehen.

Dr. Ehrmann ermahnte Helene irgendwann, dass es auch noch andere Patienten gebe, die ihrer Fürsorge bedurften, und fügte augenzwinkernd hinzu: »Ich glaube wirklich, Schwester, dass Kang jetzt allein essen kann.«

Helene ließ sich dadurch nicht abschrecken und leistete Kang in ihrer freien Zeit umso mehr Gesellschaft.

Ausgerechnet in diesen so unbeschwerten Tagen holten die Schatten der Vergangenheit Helene ein. Häufig musste sie an ihre Schwester Amelie denken, die sich auch in einen Chinesen verliebt hatte, in den Kaufmannssohn Liu Tian. Die Verbindung zwischen einer deutschen Frau und einem chinesischen Mann war im Pachtgebiet Kiautschou zwar nicht gesetzlich verboten, ganz im Gegensatz zu vielen anderen deutschen Kolonien, aber eine deutsche Frau tat so etwas einfach nicht, da waren sich alle einig.

Amelie hatte es doch getan, allen Widerständen zum Trotz. Auch ihre Familie hatte sich gegen Amelie gestellt, aber schließlich hatten Amelie und Liu Tian ihre Liebe über alles andere gestellt und in Berlin geheiratet.

Helene, schon immer die Zurückhaltendere, Ängstlichere der beiden, hatte ihre Schwester für deren Entschlossenheit und Mut bewundert – und um die tiefe, scheinbar alles überwindende Liebe beneidet, die Amelie und Liu Tian verband.

Bis zu jener verhängnisvollen Begegnung auf der Insel Schui ling schan, die für Helene alles verändert hatte. Der Augenblick, als sie ihren Ehemann Erich und ihre Schwester Amelie eng umschlungen erblickte, hatte sich unauslöschlich in ihr Gedächtnis gebrannt. Für Helene war es gewesen, als habe man ihr den Boden unter den Füßen weggezogen.

Helene hatte damals bereits gewusst, dass Erich noch immer Amelie liebte und nicht sie. Was sie so sehr erschüttert hatte, war der Umstand, dass sie von ihrer eigenen Schwester hintergangen wurde. Sie hatte Amelie für ihre Freundin gehalten, für die Person, mit der sie über all ihre Sorgen reden konnte, auch über ihre Probleme mit Erich. Amelie hatte die Fürsorgliche gespielt, hatte versucht, Helene zu trösten, und hatte ihr Möglichkeiten aufgezeigt, mit der Situation umzugehen.

Und dann das: Erich und Amelie, Ehemann und Schwester, in inniger Umarmung – etwas Schlimmeres hätte Amelie ihr nicht antun können!

Die Frage, die sich Helene jetzt erst richtig aufdrängte, war: Was war mit der großartigen Liebe zwischen Amelie und Liu Tian, wenn ihre Schwester Zärtlichkeiten mit einem anderen Mann – ihrem Schwager noch dazu – austauschte? War die Liebe abgekühlt? Oder war sie vielleicht nie so großartig gewesen, wie Amelie getan hatte?

Und wenn die Liebe zwischen zwei Menschen etwas so Flüchtiges war, ergab es dann überhaupt einen Sinn, sich auf Kang einzulassen – sich zu verlieben?

Nicht alle Menschen sind gleich, gab sie sich die Antwort – die einzige, die ihr Hoffnung machen konnte. Nicht alle Menschen sind gleich, auch nicht alle Männer.

Und Kang war nicht Erich.

Erich war Vergangenheit. Sie würde ihn niemals wiedersehen.

Die Gegenwart, das sagte sie sich immer und immer wieder, hieß Kang.

Kang – das hieß im Chinesischen so viel wie sich wohlfühlen. Einen passenderen Namen hätte er, wenn es nach Helene ging, nicht haben können.

In der Nacht, als sie sich entschieden hatte, ihrer Zuneigung zu dem Chinesen eine Chance zu geben, fand sie einfach keinen Schlaf. Sie wusste nicht, ob Kang ihre Gefühle erwiderte, aber sie war entschlossen, es herauszufinden.

Früher hätte sie so etwas kaum gewagt. Die zwei Jahre ihrer Arbeit für Dr. Ehrmann hatten Helene verändert, sie hatte gelernt, sich zu vertrauen und wertzuschätzen, und damit hatte sie ein größeres Selbstbewusstsein entwickelt.

Vielleicht tat sie etwas Verrücktes, schoss es ihr durch den Kopf, als sie in ihre Pantoffeln schlüpfte und sich ihren Morgenmantel überwarf. Aber war es nicht das, die Fähigkeit, sich auf etwas scheinbar Verrücktes einlassen zu können, um das Helene ihre Schwester Amelie immer beneidet hatte?

Leise und vorsichtig wie ein Dieb schlich sie durch die Flure des Hospitals, bis sie schließlich vor Kangs Zimmer stand. Noch konnte sie zurück, machte sie sich bewusst. Noch war nichts passiert. Es wäre sicher vernünftig gewesen, jetzt auf dem Absatz kehrtzumachen und in ihr eigenes Zimmer zurückzugehen – in ihr eigenes Bett.

Aber in ihr war etwas, das stärker war als alle Vernunft: die Sehnsucht, die sie spürte, das Verlangen nach Kang. Nach seiner Nähe, seinen Berührungen, der Wärme seines Körpers. Ganz vorsichtig öffnete sie die Tür, schlüpfte in Kangs Zimmer und schloss die Tür sofort wieder hinter sich.

Helenes Herz klopfte bis zum Hals, als sie in dem kleinen Raum stand, zu dem Patientenbett blickte und lauschte. Das blasse Licht der Gestirne, das durch das einzige Fenster hereinfiel, enthüllte die Umrisse von Kangs Körper unter der Decke und seinen Kopf auf dem Kissen. Sie konnte nicht sehen, ob er die Augen geschlossen hatte, aber er lag ganz still, und sein ruhiger, gleichmäßiger Atem war der eines Schlafenden.

War es nicht falsch, was sie vorhatte? Verboten sogar? Schließlich war er ein Patient und sie die Krankenschwester, der seine Pflege oblag. Aber er schlief ja. Sie würde nur zu seinem Bett gehen und ihn im milchigen Licht der Nacht aus der Nähe betrachten, mehr nicht.

Langsam trat sie an das Bett und streckte eine Hand nach dem markanten Gesicht aus, das sie jetzt deutlicher sehen konnte. Kang hatte die Augen tatsächlich geschlossen. Im letzten Augenblick zögerte sie, und ihre Bedenken nahmen überhand.

Unentschlossen schwebte ihre Hand in der Luft, aber bevor Helene auch nur den Versuch unternehmen konnte, sie zurückzuziehen, schoss eine kräftige Männerhand unter der Decke hervor und hielt ihr Handgelenk fest. Im selben Augenblick schlug Kang die Augen auf, und ein Lächeln umspielte seine Lippen.

»Nicht wieder weggehen, Schwester Helene!«, sagte er leise, aber eindringlich. »Bitte nicht! Ich brauche Sie!«

Helene schluckte und fragte ebenso leise: »Sie haben gar nicht geschlafen, Kang?«

»Nicht, seitdem Sie das Zimmer betreten haben.« Er zog sie noch näher zu sich heran. »Ich bin so froh, dass Sie gekommen sind. Sie ahnen nicht, wie sehr ich mich danach gesehnt habe, Schwester Helene.«

»Nicht!«, stieß sie leise hervor, als er sie zu sich ins Bett ziehen wollte. »Ich kann nicht.«

»Nicht?«, fragte er und sah sie verwundert an. »Sind Sie nicht deshalb hergekommen?«

»Ich meine, ich kann das nicht, wenn Sie mich ›Schwester‹ nennen.«

Kang lachte leise. Es war ein warmherziges Lachen, und er machte sich damit nicht über sie lustig. Im Gegenteil: Sie fand es anziehend.

»Dann komm jetzt bitte zu mir, Helene!«

Sie zögerte nicht länger. Das Verlangen in ihr wurde übermächtig, sandte abwechselnd heiße und kalte Schauer durch ihren ganzen Körper. Helene legte den Morgenmantel ab, streifte das Nachthemd über ihren Kopf und schlüpfte zu Kang unter die Decke.

Als er die Decke über Helene weiter hochhielt, fragte sie: »Was ist los, Kang?«

»Ich schaue dich an, Helene«, sagte er. »Du bist wunderschön.«

Er beugte sich vor und küsste sie. Als ihre Lippen sich trafen und seine Zunge den Weg in ihren Mund suchte, erschauerte Helene.

Sehr vorsichtig, um dem Genesenden keinen Schmerz zuzufügen, begann sie, Kang das Nachthemd auszuziehen. Ihre Hände strichen dabei über seinen warmen Körper, glitten über seine sanfte Haut, und sie spürte, wie jede ihrer Berührungen ihn erregte.

Bald schon verschmolzen nicht nur ihre Münder, sondern beider Körper in dem schmalen Bett miteinander, und Helene verlor vor Erregung fast den Verstand, als Kang in sie eindrang.

Am nächsten Morgen – dem zwölften nach jenem, an dem sie Kang vor dem Hospital aufgefunden hatte – ging sie, aufgrund ihres nächtlichen Erlebnisses von einer inneren Hochstimmung erfüllt, mit einem großen Tablett zu seinem Zimmer, um ihm das Frühstück zu bringen. Noch immer spürte sie die Erregung der vergangenen Nacht, wenn sie an die gemeinsamen Stunden mit Kang dachte. Erregung und Glück. Helene konnte es kaum erwarten, ihn wiederzusehen.

Anklopfen konnte sie nicht, ohne Gefahr zu laufen, das Tablett fallen zu lassen. Also stieß sie einfach mit dem Ellbogen die Tür auf und wünschte gut gelaunt auf Deutsch wie auch auf Chinesisch einen guten Morgen. Aber sie erhielt keine Antwort. Mehr noch, Kangs Bett war leer, von ihm selbst war nichts zu sehen.

Hatte Dr. Ehrmann ihn zu einer Untersuchung abgeholt? Sie blickte durch das Fenster nach draußen, wo es noch dunkel war. Eine Untersuchung so früh am Morgen? Nein, das glaubte sie nicht. Es passte nicht zu Ehrmann.

Aber vielleicht war es ein Notfall. Vielleicht war es Kang in der Nacht schlecht gegangen und er brauchte dringend Hilfe.

Hastig stellte sie das Tablett auf dem einzigen Stuhl ab und machte sich auf die Suche nach Kang und Ehrmann. Den Arzt fand sie im Speiseraum, wo er wohl gerade einen Schluck von Tao-Weis Kaffee getrunken hatte. Das schloss sie aus der Leichenbittermiene, die Ehrmann aufsetzte, während er seine Tasse in einer Hand hielt.

Sie grüßte ihn knapp und fragte ihn nach Kang.

»Kang?«, wiederholte Ehrmann. »Ich verstehe Ihre Frage nicht, Schwester. Haben Sie ihm denn nicht sein Frühstück gebracht?«

»Das wollte ich«, sagte Helene, »aber Kang war nicht da.« Sie erzählte Ehrmann von dem leeren Zimmer. »Ich hatte gehofft, dass er vielleicht bei Ihnen ist.«

»Bei mir?« Der Arzt schüttelte den Kopf. »Er hat zwar schon ein paarmal versucht aufzustehen, aber ich glaube dennoch, dass er derzeit sein Frühstück lieber in liegender Position einnimmt.«

»Und doch ist er verschwunden«, blieb Helene beharrlich.

Seufzend stellte der Arzt seinen Kaffeebecher ab und erhob sich.

»Dann lassen Sie uns nach dem Rechten sehen, Schwester. Vermutlich war er nur kurz mal aus dem Zimmer und liegt längst wieder in seinem Bett.«

Hoffentlich, dachte Helene. Hoffentlich!

Unruhe machte sich in ihr breit, die sich zu Angst auswuchs, als sie mit Ehrmann Kangs Zimmer betrat und es leer vorfand. Das Frühstückstablett stand noch so auf dem Stuhl, wie sie es zurückgelassen hatte.

»Kang kann doch allenfalls mühsam gehen«, sagte sie. »Wo ist er bloß?«

»Weg«, kam es von Ehrmann, der den schmalen Spind geöffnet hatte. »Er hat seine Kleider angezogen. Ich glaube kaum, dass er sich noch im Hospital aufhält.«

»Er ist doch noch viel zu schwach. Draußen kann ihm Gott weiß was passieren. Wir müssen ihn suchen!«

Ehrmann ging zum Bett und schlug die Decke beiseite. Darunter lag das Nachthemd, das Kang zuletzt getragen hatte. Der Arzt legte eine Handfläche auf die Matratze.

»Noch warm, er kann noch nicht lange fort sein«, stellte er fest.

»Dann sollten wir augenblicklich das Gelände rings um das Hospital absuchen, vielleicht finden wir ihn noch!«

»Die Chancen dazu stehen gut, obwohl es draußen noch dunkel ist. Die Frage ist nur …«

»Was?«, fragte Helene, als Ehrmann nicht zu Ende sprach. »Was ist die Frage?«

»Möchte er überhaupt gefunden werden? Will Kang unsere Hilfe?«

»Warum sollte er sie nicht wollen?«

»Aus demselben Grund, weshalb er sich still und heimlich davongestohlen hat.«

»Und der wäre?«

Helene fiel kein Grund ein, weshalb Kang das Hospital

hätte verlassen sollen. In seinem Zustand. Und ohne sich von ihr zu verabschieden.

Was für einen Grund konnte er dafür haben? Hatte er ihr in der Nacht nur etwas vorgespielt, als er sie an sich gedrückt und ihr ins Ohr geflüstert hatte, dass er sie begehre wie noch nie eine Frau zuvor?

Vergebens zermarterte sie sich das Gehirn. Sie fühlte sich kaum fähig, einen klaren Gedanken zu fassen. Ihr war heiß, und das Blut pochte in ihren Schläfen. Leichter Schwindel packte sie. Sie wollte nicht schon wieder einen Menschen verlieren, an dem ihr Herz hing. Nicht schon wieder!

Sie spürte Ehrmanns Hände auf ihren Schultern, als er sagte: »Setzen Sie sich besser hin, Schwester. Sonst kippen Sie mir noch um!«

Er drückte sie sanft auf das Krankenbett, damit sie sich beruhigen konnte.

Sie blickte zu ihm auf, Tränen in den Augen. »Ich kann mich nicht ausruhen, Herr Doktor. Ich muss doch nach Kang suchen!«

Ehrmann blickte sie mitfühlend an. »So schlimm ist es?«

Helene nickte nur.

»Sie ruhen sich aus, bis es Ihnen wieder besser geht, Schwester, das ist ein Befehl!«, sagte er streng. Sanfter fügte er hinzu: »Ich schicke alle zur Verfügung stehenden Leute los, damit sie sich auf die Suche nach Kang machen.«

Mit Laternen ausgestattet suchten die Männer die engere Umgebung des Hospitals noch vor Morgengrauen ab – ohne Erfolg.

Als es hell war, schickte Dr. Ehrmann einen Suchtrupp unter der Führung des Kulis Zhong los, um nach einer Spur des Verschwundenen zu fahnden. Aber je mehr Zeit verstrich, desto geringer wurde Helenes Hoffnung.

9

Als die Mittagssonne aus dem so gut wie wolkenlosen Novemberhimmel ihre fast sommerlichen Strahlen zur Erde niederschickte, stieß Hao einen schweren Seufzer aus und hockte sich auf einen niedrigen Stein. Schweiß stand auf seiner Stirn, und er wischte mit dem Ärmel darüber. Sein spitzes, an eine Maus erinnerndes Gesicht verzog sich zu einer Grimasse des Unwillens, als er die beiden anderen ansah.

»Was wir hier tun, ist doch völlig nutzlos«, sagte er. »Wir haben keine Ahnung, wohin sich Kang gewandt hat. Er kann überall sein.«

»Wenn wir wüssten, wo er ist, müssten wir ihn nicht suchen«, sagte gleichmütig Yang Zhong, der den kleinen Suchtrupp anführte.

Neben ihm stand der Dritte und Letzte im Bunde, der untersetzte Wu. Er war, wie auch der hagere Hao, noch jung an Jahren und ebenso als Hausboy im Hospital angestellt.

Die beiden Boys mussten, genau wie der Kuli Zhong, sowohl Hausarbeiten verrichten als auch Pflegedienste an den Patienten leisten. Es war ein arbeitsreiches Dasein, aber Dr. Ehrmann war ein guter Chef, und das Chinesische Rote Kreuz bezahlte einen anständigen Lohn. Zhong jedenfalls gefiel die Arbeit im Lián-Hospital sehr, und er hätte sie nicht missen wollen.

Zhong sah Wu an, dass er ähnlich dachte wie Hao. Aber Wu trug sein Herz nicht auf der Zunge. Seine angeborene Zurückhaltung und der Respekt vor Zhong hielten ihn von Unmutsbekundungen ab.

Wus Blick wanderte zwischen den beiden anderen hin und her, darauf wartend, wer von ihnen sich durchsetzen würde. Vermutlich setzte er seine ganze Hoffnung auf Hao mit seinem Hang zur Nörgelei.

Der Chinese mit dem Mausgesicht zeigte auf das ansteigende Gelände vor ihnen, übersät von Felsbrocken und wild wucherndem Buschwerk.

»Aber warum suchen wir Kang ausgerechnet in dieser unwirtlichen Gegend? Wir könnten ihn genauso gut drüben in der Ebene suchen, wo es feste Wege gibt und Dörfer und Höfe, die zur Rast einladen.«

»Aha, feste Wege, Dörfer und Höfe zum Ausruhen«, kam es von Zhong. »Glaubst du wirklich, dass wir Kang dort finden?«

Hao stützte das spitze Kinn auf eine Faust und blickte schräg nach oben, um Zhongs Blick zu erwidern.

»Wieso denn nicht?«

»Ich glaube nicht, dass ein Mann, der sich still und heimlich in der Morgenfrühe davonstiehlt, einen Weg wählt, auf dem ihm alle möglichen Menschen begegnen. Es ist doch klar, dass Kang nicht gesehen werden wollte. Daher glaube ich, er ist eher in die Wildnis gegangen«, erwiderte Zhong.

»Und wenn schon«, blieb Hao hartnäckig. Seine ausgestreckte Hand beschrieb einen weiten Bogen. »Hier überall ist unbewohntes Gelände. Warum nehmen wir ausgerechnet diesen Pfad hier, wenn man das überhaupt so nennen kann, und keinen anderen?«

Zhongs Erklärung war schlicht und einfach: »Irgendeinen Weg müssen wir nehmen.«

Hao, der seine Wasserflasche, die er an einem Schulterriemen trug, öffnen wollte, hielt mitten in der Bewegung inne, sein Gesicht ein einziger Ausdruck der Überraschung.

»Es ist reiner Zufall, dass wir hier sind? Wir könnten also genauso gut bei jenen Hügeln dort rechts oder da links bei dem Hohlweg sein?«

»Sozusagen. Ich bin einfach in die Richtung gegangen, von der ich glaubte, sie sei richtig.«

Hao nahm zwei, drei kräftige Schlucke von dem Wasser und verschloss die Flasche wieder.

»Aber, Yang Zhong, du weißt doch gar nicht, wohin er will.«

»Das stimmt«, gab Zhong zu und trank ebenfalls Wasser.

»Na schön«, seufzte Hao. »Da sind wir also, mitten im Nichts, wissen nicht, wohin wir gehen sollen, und haben so gut wie keine Aussicht, Kang zu finden. Eigentlich ist das genau der richtige Moment, um zum Hospital zurückzukehren. Nicht war, Yang Zhong?«

»Der Doktor hat uns den Auftrag gegeben, nach Kang zu suchen.«

»Also tust du das für den Doktor?«

»Für ihn und für Schwester Helene. Sie ist eine gute

Frau, immer freundlich. Jetzt aber ist sie betrübt, weil Kang verschwunden ist.«

»Du meinst …« Hao brach mitten im Satz ab, rieb mit der flachen Hand erst über die eine Wange, dann über die andere und setzte erneut an: »Ehrenwerter Yang Zhong, willst du damit sagen, die weiße Schwester und Kang sind …«

Diesmal war es Zhong, der mit einer schroffen Geste Hao unterbrach.

»Gar nichts will ich sagen. Wir haben schon genug geredet. Dazu sind wir nicht hier. Und du, Hao, wirst dich hüten, irgendwelche Gerüchte zu verbreiten!«

»Ich werde schweigen wie ein Fisch im Wasser«, grinste der Boy. »Aber wir haben Wu noch nicht gefragt, was er von dieser sinnlosen Suche hält. Na, Wu, was denkst du? Umkehren oder weitergehen?«

Wu stand wie angewurzelt vor ihnen, ohne zu antworten. Er schien Haos Frage nicht einmal gehört zu haben. Er stand nur still da und starrte hinauf in den blauen Himmel.

Hao stand auf, ging zu ihm und rüttelte ihn fest an der Schulter.

»Wu, ich spreche mit dir. Hörst du nicht zu?«

Wus Kopf senkte sich, und er blickte Hao an. Sein Blick kehrte ins Hier und Jetzt zurück, und plötzlich begann er zu zittern.

»Was zitterst du denn so?«, fragte Hao. »Mensch, die Sonne scheint, und es ist fast so warm wie im Sommer. Wie kann man da nur frieren?«

»Ich friere nicht«, sagte Wu leise.

»Ach nein. Warum zitterst du dann?«

»Weil … weil ich Angst habe. Ich werde diesen Tag nicht überleben!«

Hao wandte sich wieder an Zhong. »Die Sonne hat Wu das Gehirn verbrannt. Noch ein Grund umzukehren.«

»Habt ihr denn den Storch nicht gesehen?«, fragte Wu mit zitternder Stimme.

Als Zhong das hörte, begann er zu verstehen: Der Storch galt als Todesbote.

»Hier war kein Storch«, brummte Hao. »Außer uns ist niemand hier.«

»Er flog über uns hinweg, und er … er rief meinen Namen.« Wu stand vor ihnen wie ein Häufchen Elend und schluckte mehrmals. »Ich werde sterben!«

Zhong hatte nicht auf den Himmel geachtet, als er sich mit Hao stritt. Aber ein Storch, der Wus Namen rief, das wollte er dann doch nicht glauben.

»Hier ist kein Storch vorübergeflogen, Wu«, sagte er mit ruhiger, fester Stimme. »Du musst dich getäuscht haben. Vielleicht hat Hao recht, und die Hitze hat dir etwas vorgegaukelt. Trink einen Schluck aus deiner Wasserflasche, und dann setzen wir unseren Weg fort. Wenn wir innerhalb der nächsten zwei Stunden keine Spur entdecken, kehren wir zum Hospital zurück.«

Gehorsam trank Wu von dem Wasser, aber Zhongs Worte hatten ihm nicht die Angst genommen.

Als die kleine Gruppe weiter auf die Hügel zuging, hielt er sich hinten. Er war blass im Gesicht und sah aus, als müsse er sich zu jedem Schritt zwingen. Immer wieder blickte er, die Augen mit der flachen Hand abschirmend, in den Himmel, als fürchte er, der Todesvogel könne zurückkehren.

Der Boden war steinig und das Vorankommen für den kleinen Suchtrupp entsprechend beschwerlich. Oft rutschten die drei auf geröllhaltigem Boden aus, oder eine plötzliche Barriere aus Dornensträuchern behinderte sie.

Kein Wunder, dass es hier keine Siedlungen gab, noch nicht mal einen abgelegenen Bauernhof, dachte Zhong. Weiter unten im Tal, in der Nähe des schmalen Flusses, war der Boden viel besser – viel leichter und ertragreicher zu bewirtschaften.

Hier aber, zwischen den schroffen Felsen, kargen Sträuchern und verkrüppelten Bäumen, hielt sich wohl nur auf, wer es unbedingt musste. So wie ein Mann auf der Flucht, der nicht gesehen werden wollte.

Aber Zhong hatte nichts als seine Vermutung. Ob Kang wirklich hier war oder ganz woanders, dafür hätte er seine Hand nicht ins Feuer legen mögen.

In regelmäßigen Abständen blieb Zhong stehen, wischte sich den Schweiß von der Stirn und beschattete dann die Augen mit der Hand, um das vor ihnen liegende Gelände nach Hinweisen auf den entflohenen Patienten abzusuchen.

Bei einem dieser kurzen Halts spritzte unvermittelt der Boden neben seinen Füßen auf, und dann hörte er auch schon eine trockene Detonation. Waren es Sekunden oder nur Sekundenbruchteile, die er benötigte, um zu begreifen?

»In Deckung!«, schrie er dann über die Schulter. »Werft euch flach auf den Boden, man schießt auf uns!«

Kaum hatte er die Warnung ausgestoßen, lag er auch

schon bäuchlings hinter einem abgestorbenen Tempelbaum, der allerdings nur unzureichende Deckung gewährte. Er blickte hinter sich und sah, dass Hao ebenso rasch gehandelt hatte wie er selbst und hinter einem kleinen Felsen hockte. Wu aber stand ganz aufrecht da, als habe er weder den Schuss noch Zhongs Warnung gehört.

»Geh in Deckung, Wu!«, ermahnte Zhong den Boy. »Wirf dich auf den Boden!«

Aber Wu blieb stehen, und seine Lippen formten ein paar Worte, ohne dass er einen Ton hervorbrachte. Trotzdem hatte Zhong sie verstanden: *Ich werde sterben!*

Er machte sich Vorwürfe, dass er nicht umgekehrt war, als Hao das verlangt hatte. Möglicherweise lauerten hier jene Männer, vor denen auch Kang auf der Flucht war.

Oder waren es gar Freunde von ihm? Vielleicht auch japanische Soldaten? Oder nur Strauchdiebe, denen sie zufällig über den Weg gelaufen waren?

Wer auch immer geschossen hatte, Zhong fühlte sich verantwortlich, als er Wu so starr und hilflos dastehen sah.

Was ihm dabei auffiel: Der Boy zitterte nicht mehr. Er schien sich in sein Schicksal ergeben zu haben.

Wieder krachten Schüsse, zwei oder drei, aber er konnte nicht sehen, wo die Kugeln einschlugen.

Zhong und die Boys hatten keine Schusswaffen und konnten nichts anderes tun als warten. Noch immer stand Wu aufrecht und schien unverletzt zu sein. Das ließ in Zhong die Hoffnung aufkeimen, sie würden alle mit dem Leben davonkommen.

Erneut krachten Schüsse, schlugen Kugeln in ihrer unmittelbaren Nähe ein, und unter lautem Geschrei kamen ein paar Gestalten, die sich hinter Büschen und Felsen verborgen hatten, auf sie zugestürmt.

Sie trugen Gewehre in den Händen. Zhong zählte fünf Mann, nicht mehr, und war überrascht. Der Lärm, den sie veranstalteten, hatte ihn auf mindestens die doppelte Anzahl schließen lassen.

Sie trugen blaue Uniformen mit ebenfalls blauen Schirmmützen und weißen Gamaschen. Soldaten also, schoss es ihm durch den Kopf, chinesische Soldaten.

Aber er war nicht wirklich erleichtert darüber. Sie benahmen sich wie Banditen.

Doch wer konnte heutzutage schon sagen, ob ein Bewaffneter ein Soldat oder ein Bandit war? China befand sich im Umbruch, in Aufruhr, und mancher frühere kaiserliche Offizier machte sich jetzt seine eigenen Gesetze.

»Aufstehen und keine Bewegung!«, rief einer der Uniformierten, offenbar ihr Anführer. »Wer auch nur den geringsten Widerstand leistet, wird erschossen!«

Er war ein großer, klobiger Mann, der es an Körperkraft wohl mit dem bulligen Zhong aufnehmen konnte.

Das Gesicht des Mannes hatte etwas Glattes, Puppenhaftes an sich. Erst bei näherem Hinsehen erkannte Zhong, woran das lag: Er schien nicht über den geringsten Haarwuchs zu verfügen, soweit das unter der Mütze zu erkennen war. Auch Brauen oder Wimpern hatte er nicht. Vermutlich war Bartwuchs ein Fremdwort für ihn, was das Puppenhafte in seinem Gesicht erklärte.

In einem groben Kontrast dazu stand eine dicke, fingerlange Narbe, die sich feuerrot über seine linke Wange zog und dem Antlitz einen deutlich grausamen, brutalen Zug verlieh. Wenn Zhong die Rangabzeichen richtig las, war dieser Mann ein Feldwebel.

Zhong folgte der Aufforderung und stand auf. Ganz wie von selbst streckte er die Hände weit über seinen Kopf, als sich zwei Gewehrläufe auf ihn richteten. Aus den Augenwinkeln nahm er wahr, dass auch Hao sich hinter dem Felsen erhoben hatte.

»Wen haben wir denn da?«, fragte der Feldwebel spöttisch. »Drei seltsame Figuren in dieser unbewohnten Gegend, das ist reichlich ungewöhnlich. Oder sind gar noch mehr von euch in der Nähe?«

Zhong schluckte den Kloß in seiner Kehle hinunter und antwortete: »Nein, nur wir drei, Herr.«

Die wimpernlosen Augen richteten sich auf ihn. »Nenn mich Herr Feldwebel oder Feldwebel Sung. Und wer bist du?«

»Yang Zhong ist mein Name, ich bin Kuli im Lián-Hospital.«

»Aha. Und die beiden anderen?«

»Wu und Hao, sie arbeiten als Boys im Hospital.«

»Aha«, machte Feldwebel Sung wieder, ohne eine Miene zu verziehen. »Wenn das stimmt, was tut ihr dann hier, mehrere Stunden Fußmarsch vom Hospital entfernt?«

»Wir sind ein Suchtrupp, Herr Feldwebel.«

Kaum hatte Zhong ausgesprochen, da las er auch schon den Unglauben in Feldwebel Sungs kaltem Blick.

»Wen oder was sucht ihr denn hier? Ein paar Felsblöcke oder einen Dornbusch?«

»Wir suchen einen Mann.«

»Wen sucht ihr und warum?«

»Der Mann war Patient im Hospital. Er war auf dem Weg der Besserung, aber noch längst nicht gesund. Trotzdem hat er sich heute noch vor Sonnenaufgang davongestohlen. In seinem Zustand ist es nicht ungefährlich, allein in der Gegend herumzulaufen. Der Doktor hat uns beauftragt, nach dem Mann zu suchen, um ihn ins Hospital zurückzubringen.«

Hätte der Feldwebel Augenbrauen besessen, er hätte sie wohl so hoch wie möglich gezogen, bis unter den schwarzen Mützenschirm.

»Diese verrückte Geschichte soll ich dir wirklich glauben, Kerl?«

»Es ist die reine Wahrheit«, beteuerte Zhong, wobei er sich insgeheim eingestehen musste, dass er an der Stelle des Feldwebels auch Zweifel gehabt hätte.

Sung sprach kurz mit dem Soldaten zu seiner Linken. Der hob seinen Karabiner, legte auf den unverändert starr stehenden Wu an und schoss.

Ungläubig und starr vor Entsetzen musste Zhong mit ansehen, was geschah.

Die Kugel traf den Boy mitten in die Stirn, genau über der Nasenwurzel. Es sah aus wie ein drittes Auge, das sich plötzlich aufgetan hatte. Ein blutrotes Auge.

Ohne ein Wort oder einen Schrei stolperte Wu ein, zwei Schritte rückwärts und fiel dann rücklings zu Boden. Er verlor seine Mütze, und sein Zopf lag neben seinem Kopf im Dreck wie eine zusammengeringelte Schlange.

Ein unterdrückter Schrei ertönte. Hao hatte ihn ausgestoßen.

Zhong aber blieb stumm, starrte nur fassungslos auf Wus

reglosen Körper. Das Loch in Wus Stirn ließ keinen Zweifel daran, dass er tot war.

Also hatte Wu vorhin doch den Storch gesehen, den Todesvogel, und seinen Ruf vernommen. Ein Schauer lief über Zhongs Rücken, und abermals machte er sich schwere Vorwürfe, weil er nicht den Befehl zur Umkehr gegeben hatte.

Er dachte an Wus Familie, die in einem der um das Hospital verstreuten Dörfer wohnte. Seine Eltern waren so stolz auf ihn gewesen, als er die Anstellung im Hospital bekommen hatte.

Wu war ein sparsamer Mensch gewesen: Den Großteil seines Lohns hatte er seiner Familie geschickt, um seine Eltern und seine Geschwister zu unterstützen. Und jetzt war dieses einfache, den Göttern wohl sehr gefällige Leben ausgelöscht – sinnlos ausgelöscht.

Schließlich sah Zhong wieder den Feldwebel an und brachte mit zitternder, sich fast überschlagender Stimme ein einziges Wort hervor: »Mörder!«

»Ich bin kein Mörder«, sagte Sung ebenso ruhig wie bestimmt. »Ich bin Soldat und handle auf höheren Befehl. Wer sich mir widersetzt oder mir etwas verschweigt, wird mit dem Tod bestraft. In diesem Fall wurde der Zopfträger da an deiner Stelle bestraft, Yang Zhong. Lass es dir eine Lehre sein, und sag mir jetzt gefälligst die Wahrheit!«

Zopfträger!

Erst jetzt, als er dieses mit deutlicher Verachtung ausgesprochene Wort hörte, wurde Zhong bewusst, dass der Feldwebel und seine Männer sämtlich zopflos waren. Ein deutliches Zeichen dafür, dass sie mit dem alten Kaiserhaus gebrochen hatten. Zhong und die beiden Boys dagegen trugen ihre Zöpfe noch.

Zhong war kein Anhänger oder gar glühender Verteidiger der Kaiserherrschaft, es war mehr die Macht der Gewohnheit. Zhongs Vater hatte einen Zopf getragen, ganz so wie dessen Vater und so weiter.

Hier in dieser Gegend, weitab von den großen Städten und der großen Politik, trugen alle chinesischen Männer einen Zopf. Wer keinen getragen hätte, wäre unangenehm aufgefallen, hätte sich vielleicht sogar Spott oder Anfeindungen anhören müssen. Dann aber fiel Zhong ein Chinese ohne Zopf ein: Kang.

»Sie sprechen von höheren Befehlen, Herr Feldwebel«, sagte Zhong. »Wessen Befehle sind das?«

Sung warf sich in die Brust, als er antwortete: »Die meines obersten Kriegsherrn, des mächtigen und ehrenwerten Generals Lin Gang. Sein Name dürfte selbst euch Bauern und Kulis in dieser Einöde ein Begriff sein.«

Der Feldwebel hatte recht, General Lin war kein Unbekannter für Zhong. Einst Offizier in der kaiserlichen Armee, hatte Lin Gang, wie so viele andere, mit dem Hereinbrechen der Revolution die Gunst der Stunde genutzt, um sich selbst als lokaler Herrscher aufzuspielen.

Er erhob Steuern und sonstige Abgaben, aber nicht für eine ferne Regierung oder gar für ein Kaiserhaus, sondern für sich selbst. Er rekrutierte und bezahlte damit seine Soldaten, die nichts anderes waren als seine Privatarmee. Wenn die Einnahmen nicht ausreichten oder wenn den Soldaten danach war, überfielen und plünderten sie Reisende oder auch ganze Dörfer.

Vielleicht waren Zhong und die beiden Boys einem solchen Trupp von Plünderern in die Hände gefallen. In diesem Augenblick wünschte er sich nichts sehnlicher, als jetzt im Lián-Hospital aufzuwachen und festzustellen, dass dies alles nur ein böser Traum gewesen war.

Aber es war kein Traum. Sung und seine Männer standen da vor ihm.

Der Feldwebel hob seinen Karabiner ein Stück an und zielte jetzt auf Zhongs linke Brust.

»Ich warte immer noch auf eine vernünftige Antwort, Kuli. Weshalb treibt ihr euch hier herum?«

»Aber ich habe die Wahrheit gesagt«, beteuerte Zhong. »Wir haben diesen Fremden gesucht, den Mann mit den vielen Schusswunden.«

Sung horchte auf.

»Ein Fremder, sagst du, mit Schusswunden? Hat er keinen Namen genannt?«

»Doch. Er sagte, sein Name sei Kang.«

»Kang, aha. Und weiter? Der volle Name?«

»Den weiß ich nicht.«

»Woher kam dieser Kang?«

»Das weiß ich auch nicht.«

»Wie sah er aus?«

Zhong beschrieb Kang und endete mit der Bemerkung: »Genauso wie Sie und Ihre Männer trug er keinen Zopf.«

»Hm, das könnte er sein«, sagte der Feldwebel leise und schien dabei mit sich selbst zu sprechen. Lauter und an Zhong gewandt fragte er: »Wann ist dieser Fremde zu euch gekommen?«

Zhong dachte kurz nach und antwortete: »Vor zwölf

Tagen, wenn ich richtig rechne. Wir fanden ihn verletzt in der Nähe des Hospitals.«

»Wie ist er dahin gekommen?«

»Niemand weiß das. Aber er war sehr schwach und hat es kaum aus eigener Kraft geschafft. Vermutlich hat ihn jemand dort abgelegt, damit wir ihn finden.«

»Und wer sollte das getan haben?«

»Ich weiß es wirklich nicht«, seufzte Zhong. »Wir haben niemanden gesehen.«

Feldwebel Sung stieß ein Knurren aus, als sei er mit der Antwort nicht zufrieden.

»Wenn jemand einen Schwerverletzten, der dringend Hilfe benötigt, zu einem Hospital bringt, sollte er doch umgehend dem Personal Bescheid geben. Nur so ist schnelle Hilfe gewährleistet, oder?«

»Das ist richtig, Herr Feldwebel.«

»Aber warum ist das in diesem Fall nicht geschehen? Warum hat man den Fremden hilflos liegen lassen?«

Erneut antwortete Zhong: »Ich weiß es nicht.«

Sung blickte ihn zweifelnd an.

»Du weißt ziemlich wenig von dem Mann, den ihr angeblich hier gesucht habt. Ich glaube nicht, dass du mir die Wahrheit erzählst.« Er spie aus, sah zu dem toten Wu hinüber und fuhr fort: »Du solltest mich wirklich ernster nehmen, Zhong. Vielleicht brauchst du einfach noch eine Ermahnung.«

Wieder sprach der Feldwebel kurz mit einem seiner Männer, und dieser legte den Karabiner auf Hao an.

Der Boy fiel zitternd auf die Knie und bettelte um sein Leben.

»Verschonen Sie mich, bitte! Zhong hat die volle Wahrheit gesagt.«

»Pech für dich«, erwiderte der Feldwebel. »Aber dein Freund Zhong scheint dringend eine weitere Warnung zu benötigen.« Er wandte sich an den Soldaten, der auf Hao zielte, und sagte scharf: »Schieß endlich!«

»Nein, nicht!«, rief Zhong.

Aber es war schon zu spät: Die Detonation rollte über ihre Köpfe hinweg.

Seltsamerweise war es nicht Hao, der zusammenbrach, sondern der Soldat mit dem angelegten Karabiner. Er senkte die Waffe und drehte sich halb um die eigene Achse, bevor er einknickte und zu Boden sackte. Die Waffe entglitt seinen Händen, und er blieb reglos liegen.

Zhong starrte wie alle anderen auf den Mann und bemerkte erst bei näherem Hinsehen den Fleck, der sich auf dessen Rücken ausbreitete. Es musste Blut sein, aber der dunkelblaue Stoff seines Uniformhemds ließ das nicht so genau erkennen.

Erst jetzt wurde Zhong bewusst, dass die zweite Detonation anders geklungen hatte als die vorherige: heller und leiser.

Feldwebel Sung gewann als Erster seine Fassung wieder und rief hastig: »Wir werden beschossen. Geht in Deckung, Männer!«

Ein weiterer Schuss, der scheinbar aus dem Nichts kam, riss ihm die Schirmmütze vom Kopf.

Zhong erkannte jetzt, dass dem Feldwebel tatsächlich jegliches Haupthaar fehlte.

Es folgte noch ein Schuss, und einer der Soldaten ließ

seinen Karabiner fallen. Aufstöhnend fasste er sich an den rechten Ellbogen, und Blut rann zwischen den Fingern seiner linken Hand hervor.

»Wir müssen her weg!«, stieß der Verwundete hervor. »Wir sind umzingelt und werden von überall beschossen. Lauft, Kameraden!«

Feldwebel Sung wollte seine Männer zurückhalten, aber er kam gegen die allgemeine Panik nicht an. Seine Befehle wurden gar nicht gehört. Ihm blieb nichts anderes übrig, als fluchend den Soldaten zu folgen, die auf eine Reihe Deckung versprechender Felsen zuliefen.

»Runter, Hao, duck dich!«, rief Zhong dem hageren Boy zu und ließ sich selbst fallen. »Ich bin mir nicht sicher, ob wir schon außer Gefahr sind.«

Hao ging ebenfalls zu Boden und fragte: »Ehrenwerter Yang Zhong, werden wir das überleben?«

»Bis vor Kurzem hätte ich das verneint. Aber offenbar haben wir einen unsichtbaren Helfer.«

»Warum verstecken wir uns dann?«

»Aus zwei Gründen. Erstens kennen wir diesen Helfer und seine Absichten nicht. Zweitens kann es sein, dass Sung und seine Männer noch in der Nähe sind. Hast du schon vergessen, wie leicht es denen fällt, auf Unbewaffnete zu schießen?«

Zhong spähte zu den Felsen hinüber, hinter denen die Soldaten verschwunden waren. Von ihnen war nichts mehr zu sehen oder zu hören.

Aber vielleicht lagen sie in der Sicherheit ihrer Deckung auf der Lauer. Möglicherweise waren sie vor lauter Panik auch weitergelaufen, aber wer wusste das schon? Er hatte nicht vor, sein oder Haos Leben aufs Spiel zu setzen, um das herauszufinden.

Seine Augen suchten das vor ihm liegende Gelände nach dem bislang unsichtbaren Helfer ab, aber auch der blieb im Verborgenen.

War er wirklich ein Freund? Oder hätte er auch auf Zhong und Hao geschossen?

Minute um Minute verstrich unendlich langsam. Die Zeit kroch geradezu im Schneckentempo dahin. Zhong spürte Hunger und Durst in sich aufsteigen, blieb aber weiterhin reglos liegen. In der Deckung abzuwarten, das schien ihm im Augenblick das Sicherste zu sein.

Da meldete sich Hao: »Wie lange müssen wir uns noch hier verbergen, Zhong? Ich habe Hunger und Durst.«

»Mir geht es nicht anders, aber wir müssen erst in Sicherheit sein.«

»Und wann sind wir das?«

Die Antwort kam nicht von Zhong, sondern von einer fremden Stimme in einem gebrochenen Chinesisch, wie es die wenigen unter den Europäern sprachen, die sich die Mühe gaben, die Sprache dieses Landes zu erlernen.

»Ich glaube, ihr seid jetzt in Sicherheit.«

Der Sprecher erhob sich hinter einem Gebüsch ganz in der Nähe. Zhong fragte sich, wie er dorthin gekommen sein mochte. Die Schüsse waren ohne Zweifel aus größerer Entfernung abgegeben worden. Der Unbekannte musste sich vorsichtig herangeschlichen haben. Oder waren es mehrere Männer, die auf Feldwebel Sung und seinen Trupp geschossen hatten?

Er war tatsächlich ein Europäer, sehr groß und mit auffallend rotem Haar. Der Mann machte einen ramponierten, abgerissenen Eindruck, als habe er einen weiten, mühsamen Weg hinter sich. In der rechten Hand hielt er eine automatische Pistole.

»Wieso sind Sie plötzlich hier bei uns?«, rutschte es Zhong heraus. »Oder haben Sie noch verborgene Helfer?«

»Nein, ich bin allein, und ich habe mich angeschlichen wie Old Shatterhand an die Kiowa.«

»Wie wer?«

»Ach, schon gut. Wichtiger ist jetzt, dass wir von hier verschwinden. Die getürmten Soldaten könnten auf den Gedanken kommen umzukehren.«

Wie zur Unterstreichung seiner Worte ertönte ein Schuss. Der Mann mit dem roten Haar stöhnte auf und griff instinktiv zum linken Oberschenkel, wo ihn eine Kugel erwischt hatte. Das austretende Blut verfärbte seine ohnehin schmutzbefleckte Hose noch mehr.

»Weg hier!«, rief er. »Da vorn ist eine Senke, wo sie uns nicht treffen können.«

Ohne abzuwarten, ging er zu Boden und kroch auf die Senke zu.

Erst folgte Zhong ihm kriechend, dann auch Hao.

Der rothaarige Europäer hatte bereits damit begonnen, mit einem großen Taschentuch sein verletztes Bein zu verbinden.

Zhong half ihm und sagte: »Also sind wir doch nicht in Sicherheit.«

»Wir müssen hier ausharren, bis es dunkel wird. Im Schutz der Nacht sollte es uns gelingen, diesen ungastlichen Ort zu verlassen.«

»Ja, das könnte wirklich gelingen«, stimmte Zhong dem Fremden zu. »Wir bringen Sie dann in das Hospital, in dem wir arbeiten.«

»Ein Hospital?«, fragte der Rotschopf mit deutlichem Interesse. »Etwa das Hospital des Chinesischen Roten Kreuzes im Tal der Lotosblumen?«

»Genau das. Wir nennen es das Lián-Hospital.«

»Dahin wollte ich«, sagte der Fremde zu Zhongs großer Verwunderung. »Ich suche dort jemanden.«

»Wen?«, fragte Zhong mit plötzlichem Misstrauen.

Er dachte an den geheimnisvollen Kang und an die Soldaten, die Wu ermordet hatten.

»Ich suche meine Ehefrau.«

»Ihre Ehefrau?«, wiederholte Zhong. »Wer soll das sein?«

»Sie heißt Lene, so nenne ich sie. Eigentlich heißt sie Helene.«

»Meinen Sie etwa unsere Schwester Helene?«

Der Europäer zog eine abgegriffene Brieftasche hervor und klappte sie auf, um ihm eine darin befindliche Fotografie zu zeigen. Die Fotografie einer hübschen jungen Frau, die verhalten, fast ein wenig scheu, lächelte.

»Das ist meine Ehefrau, Helene Schweiger«, sagte der Rothaarige.

»Ja, das ist sie«, sagte Zhong. »Das ist Schwester Helene.«

Er sah, wie sich auf dem Gesicht des Europäers eine unsagbare Erleichterung zeigte.

10

Die große Laterne, die unter dem Dach des Vorbaus hing und ihren leicht flackernden Schein auf den Vorhof des Hospitals warf, zog zahlreiche Insekten an. Eifrig umschwirrten die Tierchen Helene, die ihnen kaum Beachtung schenkte. Eine fast mechanische, eher beiläufige Handbewegung, um sie zu verscheuchen, mehr Aufmerksamkeit erhielten sie nicht von der Frau in weißer Schwesterntracht.

Helene stand am Verandageländer und blickte angestrengt in die Finsternis jenseits des gelben Lichtkreises, als könne sie die drei Vermissten allein durch die Stärke ihrer Konzentration herbeiholen. Diese drei und den vierten Mann, den sie suchen wollten.

Kang!

Wenn Helene ehrlich zu sich war, war er derjenige, um den sie am meisten bangte. Mit Abstand. Er war noch längst nicht genesen, und mit jeder Stunde, die er ohne ärztliche Hilfe war, wuchs die Gefahr, dass es zu gesundheitlichen Komplikationen kam.

Aber sie sorgte sich nicht nur in medizinischer Hinsicht um Kang. Bei dem Gedanken an den großen, breitschultrigen Chinesen mit den dunklen Augen klopfte ihr Herz schneller, und sie erschauerte. Wie sehr wünschte sie sich jetzt einen zärtlichen Blick von ihm, eine Umarmung durch seine starken Arme, einen nicht enden wollenden Kuss.

Noch immer konnte sie nicht recht begreifen, weshalb er das Hospital so klammheimlich verlassen hatte. Auch wenn Kang gute Gründe für sein Vorgehen haben mochte, hätte er Helene nicht mindestens darüber in Kenntnis setzen müssen? Nach allem, was in der letzten Nacht zwischen ihnen gewesen war! Oder bildete sie sich zu viel ein? Hatte ihm die Nacht nicht dasselbe bedeutet wie ihr? Hatte er gar nicht ähnlich für sie empfunden wie sie für ihn?

Sie hatte den Eindruck gehabt, dass sie sich von Tag zu Tag besser verstanden hatten. Aber vielleicht war das, was sie für einen Gleichklang ihrer Seelen gehalten hatte, von seiner Seite aus viel oberflächlicher gewesen. Hatte er sich nur rein körperlich zu ihr hingezogen gefühlt? Möglicherweise war es einfach ein klein bisschen mehr als bloße Höflichkeit einer Krankenschwester gegenüber, die ihn aufgelesen hatte und ihn pflegte. Vielleicht hatte er geglaubt, ihr das zu schulden, hatte dabei aber nicht tiefer für sie empfunden.

Gewiss, sie hatten ihrer Leidenschaft freien Lauf gelassen, aber vielleicht war das für Kang nicht mehr gewesen als ein flüchtiges Abenteuer. Vielleicht sagte er jeder Frau, mit der er schlief, dass er sie begehre wie keine andere zuvor.

Wenn es so war, konnte sie ihm das vorwerfen?

Wohl kaum, musste sie sich eingestehen. Sie konnte ihn nicht für seine Gefühle verantwortlich machen – weder dafür noch für das Fehlen derselben. Gefühle konnte man nicht erzwingen, nicht erkaufen, nicht erbitten. Nur erhoffen, aber das mochte fatal enden, wie sie bitter hatte erfahren müssen.

Damals, als sie Erich geheiratet hatte, obgleich eine warnende innere Stimme ihr zugeflüstert hatte, dass sie für ihn nur ein Ersatz war. Ein Ersatz für ihre Schwester Amelie, die ihre Verlobung mit Erich aufgelöst hatte, um den Chinesen Liu Tian zu heiraten.

Helene hatte all ihre Bedenken verdrängt, weil sie Erich schon lange aus tiefstem Herzen liebte. Eines Tages würde er für sie so empfinden, wie sie es sich wünschte, hatte Helene sich eingeredet. Sie brauchte nichts anderes als Geduld.

Doch sie hatte sich getäuscht. Schon lange hatte sie geahnt, dass sie für Erich das blieb, was sie von Anfang an gewesen war: eine Ersatz-Amelie. Aber erst auf der kleinen Ausflugsinsel Schui ling schan war ihr das ganze Ausmaß ihrer Selbsttäuschung bewusst geworden. Als sie Erich und Amelie gesehen hatte, in inniger Umarmung.

Warum nur musste sie in letzter Zeit immer wieder daran denken, wo sie sich doch so bemüht hatte, das alles zu vergessen?

»Hüten Sie sich vor zu vielen Sorgenfalten, Schwester Helene!«

Die unvermutete Stimme ließ sie leicht zusammenfahren. Sie hatte nicht bemerkt, dass Dr. Ehrmann neben sie auf die Veranda getreten war.

Er hatte den Arztkittel mit einer abgewetzten Lodenjacke vertauscht und sich eine seiner geliebten Adres-Zigarren angezündet, mit denen er sich abends nach getaner Arbeit zu belohnen pflegte. Es war fast schon ein Ritual. So sehr, dass Helene einen entspannenden Abend unwillkürlich mit dem Geruch des Tabaks verband.

Die Insekten schienen den Geruch dagegen gar nicht zu mögen: Sie hielten respektvollen Abstand zu Dr. Ehrmann und dem Zigarrenrauch, der sich im Laternenlicht kräuselte.

Helene blickte den Arzt an und bemühte sich um ein Lächeln.

»Sieht man mir die Sorgen wirklich so deutlich an, Herr Doktor?«

Ehrmann nickte. »Überdeutlich. Aber Sie können noch so lange in die Finsternis starren, das bringt unseren Suchtrupp auch nicht schneller zurück – und ebenso wenig Kang.«

»Ich kann es nicht leugnen, Herr Doktor, Sie haben mich erwischt.«

»Vielleicht ist es unangemessen von mir, Ihnen einen Rat zu geben«, sagte der Arzt zögernd. »Zumindest einen, der nichts mit Ihrer Tätigkeit als Schwester in diesem Hospital zu tun hat, sondern …«

»Sondern?«, fragte sie, als er den Satz nicht beendete und stattdessen an der Zigarre zog.

Ehrmann stieß ein paar dicke Rauchkringel aus.

»Sondern mit Ihrem Gefühlsleben, Helene. Ich kann gut verstehen, dass Kang in Ihnen Empfindungen geweckt hat, wie sie nicht jeder Patient in Ihnen hervorruft. Er ist ein starker, auf seine Art bestimmt gut aussehender Mann, hilfsbedürftig und von einem Geheimnis umgeben. Das alles muss auf eine Frau wirken, die ihre meiste Zeit mit einem alten Missionsarzt verbringt.« Seine Augen fixierten sie. »Oder täusche ich mich da?«

Helene lächelte schwach, ein wenig verlegen.

»Ganz und gar nicht, Herr Doktor. Sie haben mich durchschaut wie eine blitzblanke Fensterscheibe.«

Er räusperte sich, bevor er mit dem ihm offensichtlich etwas unangenehmen Thema fortfuhr: »Ich möchte Sie nur vor einer Enttäuschung bewahren. Schließlich sind Sie, wie Sie mir erzählt haben, schon einmal von einem Mann schwer enttäuscht worden.«

»Kang ist nicht Erich«, sagte sie leise.

»Natürlich nicht, aber darauf will ich auch nicht hinaus. Selbst falls Kang Ihre Gefühle erwidern sollte, halte ich eine Annäherung zwischen Ihnen beiden für höchst bedenklich.«

»Weil er ein Chinese ist und ich eine Europäerin?« Unwillkürlich dachte sie an ihre Schwester Amelie und Liu Tian. »Das ist in der Tat nicht einfach, jedenfalls nicht für die lieben Mitmenschen. Wäre meine Schwester hier, könnte sie Ihnen ein Lied davon singen.«

»Das glaube ich Ihnen, aber auch auf dieses Thema, das man gewiss bedenken sollte, ziele ich nicht in erster Linie ab. Mich beschäftigen vielmehr die mysteriösen Umstände, unter denen Kang bei uns aufgetaucht und auch wieder verschwunden ist. Und dann seine schweren Verletzungen, Schusswunden. Man braucht kein Sherlock Holmes zu sein, um auf den Gedanken zu kommen, dass er gesucht wird und sich verstecken muss.«

»Aber weshalb?«

Ehrmann zuckte mit den Schultern.

»Was weiß ich. Er hat uns ja nichts über sich erzählt. Aber dieses Land befindet sich gerade in einer Umbruchphase. In einer sehr gewalttätigen Umbruchphase. Der Krieg daheim in Europa hat seine Schatten auch auf China geworfen. Denken Sie nur an die Japaner, die Tsingtau belagern. Und denken Sie an die Warlords, über die wir bereits gesprochen haben. Ganz zu schweigen von den Banditen, die jede Schwächung der Staatsmacht ausnutzen, um sich durch Raub und Erpressung zu bereichern.«

»Ich glaube nicht, dass Kang ein Bandit ist!«, sagte Helene mit Nachdruck und kam sich, kaum dass sie es ausgesprochen hatte, reichlich dumm vor. Sie wusste nichts über Kangs Herkunft und Vergangenheit. Sie wusste nicht einmal, woher seine Schusswunden rührten. Damit war sie alles andere als qualifiziert, um ein Urteil über ihn zu fällen. Sie hatte lediglich ihr Herz auf der Zunge getragen.

»Glauben heißt nicht Wissen«, erwiderte Ehrmann. »Und genau das ist der Punkt: Wir wissen rein gar nichts über Kang. Vielleicht erwidert er ja Ihre Gefühle, aber äußere Umstände, die uns gänzlich unbekannt sind, könnten ihn daran hindern, Sie jemals wiederzusehen.«

Er holte tief Luft und seufzte, den Blick mitfühlend auf Helene gerichtet.

»Ich will und kann Ihnen nichts ausreden«, fuhr er fort. »Aber ich möchte, dass Sie Ihre Zuneigung zu Kang nicht über alles andere stellen. Es ist nur zu Ihrem Besten, Helene.«

»Das weiß ich, Herr Doktor.« Sie lächelte wieder. »Ich

bin Ihnen zutiefst dankbar für Ihre Fürsorglichkeit. Es ist schön zu wissen, dass es jemanden gibt, der sich Gedanken um mein Wohlergehen macht.«

Jetzt lächelte auch der Arzt.

»Ich bin sehr erleichtert, dass meine Fürsorglichkeit Ihnen nicht auf die Nerven geht. Aber Sie sind ganz allein hier, und ich bin Ihr Vorgesetzter, zudem Deutscher wie Sie. Wer sollte sich väterlich um Sie kümmern, wenn nicht ich?«

Sie legte eine Hand auf seinen Unterarm.

»Vielen Dank. Ich bin sicher, dass mir unter Ihrer Obhut nichts Schlimmes widerfahren kann.«

Ehrmanns Miene verdüsterte sich, und er schüttelte den Kopf.

»Wir sollten uns nichts vormachen. Wir sind hier in einem fremden, nach unseren Begriffen recht wilden Land. In einer Stadt wie Tsingtau mag man sich leicht einreden können, Kontrolle über die Einheimischen zu haben, ja sie zu beherrschen. Hier draußen sieht das ganz anders aus. Hier sind wir auf das Wohlwollen der Chinesen angewiesen, bezüglich allem, auch was Leib und Leben betrifft. Nur allzu leicht kann uns eine Entscheidung das Leben kosten, mag sie auch von vornherein nicht einmal als Fehler erkennbar sein.«

Helene hatte ihm aufmerksam zugehört und dabei sein kantiges, schon von vielen Falten durchzogenes Gesicht genau betrachtet. Darin spiegelte sich etwas wider, das über die Anteilnahme an ihrem Schicksal hinausging: eine große Betroffenheit. Ohne es zu wissen, ahnte sie, dass der Arzt aus leidvoller persönlicher Erfahrung sprach.

»Sie haben einmal eine solche Entscheidung getroffen?«, erkundigte sie sich vorsichtig.

Er nickte und räusperte sich erneut, das war seine ganze Antwort.

»Aber es hat Sie nicht das Leben gekostet, Herr Doktor.«

»Mich nicht, aber Karoline«, sagte er mit rauer Stimme.

»Karoline? Wer ist das?«

»Meine Frau.«

Helene wusste, dass Dr. Ehrmann Witwer war, aber den Namen seiner Frau hatte sie nicht gekannt. Alles, was sie wusste, war, dass Ehrmanns Frau ihm in der alten Missionsstation als Krankenschwester assistiert hatte. Ein Foto des Ehepaars Ehrmann stand auf seinem Schreibtisch. Darauf standen die beiden vor dem Strandhotel in Tsingtau. Sie lächelte offen, er blickte eher ernsthaft drein. Sie war eine kleine, zierliche Person gewesen, mit einem energischen, aber freundlichen Gesicht.

»Es war im Frühsommer 1910, da wurden die Berge rings um Tsingtau von einer gefährlichen Bande unsicher gemacht«, begann Ehrmann zu erzählen. »Diese Banditen waren noch gemeiner und rücksichtsloser als die meisten anderen. Nicht umsonst nannte man sie die Reißenden Tiger. Sie waren zahlreich genug, um ganze Dörfer zu überfallen und auszuplündern. Sie töteten die Männer oder pressten sie in ihre Reihen. An den Frauen und oft auch an den Kindern vergingen sie sich ohne Hemmungen. Eins der von ihnen geplagten Dörfer hieß Nanhou. Es lag keine zehn Kilometer von der Mission entfernt. Als meine Frau und ich von dem Überfall erfuhren, brachen wir sofort nach Nanhou auf, um den Überlebenden medizinische Hilfe zu bringen.«

Er sprach nicht weiter, sondern starrte mit zusammengekniffenen Augen in die Nacht hinaus, als sehe er dort die Vergangenheit wieder vor sich. So deutlich, dass sie ihn erschreckte. Das jedenfalls schien sein bewegter Gesichtsausdruck Helene zu verraten.

»Was Sie in Nanhou vorfanden, war bestimmt schlimm«, sagte Helene vorsichtig, um Ehrmann aus seiner Erstarrung zu befreien.

»Schlimm, sehr schlimm, das ist wahr«, murmelte er und fuhr dann lauter fort: »Wie sich herausstellte, gab es viele Schwerverletzte, sehr viele. Wir konnten nicht alle in dem kleinen Missionshospital behandeln. Sie kennen ja selbst die beengten Verhältnisse dort, Schwester. Also beschlossen wir, nur die schwersten Fälle in unser Hospital zu bringen. Alle anderen, die medizinischer Hilfe bedurften, sollten mit einer Karawane aus Tragetieren und menschlichen Trägern nach Tsingtau gebracht werden. Karoline wollte diese Karawane begleiten, um während des Transports für medizinische Hilfe zu sorgen. Ich stand dem ablehnend gegenüber, wusste ich doch, dass es, gerade für eine Europäerin, ein gefährlicher Weg war.«

Ehrmann fuhr mit der Hand durch sein graues Haar und starrte erneut in die Nacht hinaus, als blicke er durch die Dunkelheit zurück in die Vergangenheit.

»Was ist geschehen?«, fragte Helene, als er keine Anstalten machte, seinen Bericht fortzusetzen. »Oder möchten Sie lieber nicht darüber sprechen?«

»Wenn ich nicht darüber spreche, ändert das auch nichts.« Mit weiterhin von Helene abgewandtem, in die Nacht gerichtetem Blick erzählte er: »Meine Karoline hatte ein freundliches Wesen, aber sie konnte stur sein wie eine ganze Herde Esel. Hatte sie sich erst einmal etwas in den Kopf gesetzt, war es so gut wie unmöglich, es ihr auszureden. Auch ich hatte mit meinen Bedenken keinen Erfolg, und so ließ ich sie schließlich ziehen, schweren Herzens und voller böser Ahnungen. Ahnungen, die sich leider bald bewahrheiten sollten.«

Ehrmann schüttelte den Kopf und sagte leise, fast flüsternd: »Hätte Karoline doch nur auf mich gehört. Warum konnte sie nicht einmal, ein einziges Mal, nachgeben?«

Er sah jetzt Helene an, als könne sie ihm diese Frage beantworten.

»Ich war noch nicht lange zurück in der Mission, als ich die schreckliche Nachricht erhielt«, setzte er den Bericht, jetzt wieder mit deutlich vernehmbarer Stimme, fort. »Ein Mann aus Nanhou, der als Träger bei der Karawane gewesen war, schleppte sich verletzt und blutüberströmt zur Mission. Er berichtete von einem Überfall der Tigerbande auf die Karawane. Nach seinen Worten hatten die Banditen tatsächlich wie wilde Raubtiere gewütet.«

»Und Ihre Frau?«

»Er wusste nicht, was mit ihr geschehen war. Am Vorabend hatte eine deutsche Militärpatrouille die Mission erreicht, um sie vor Überfällen zu schützen. Ich brach sofort mit einem Trupp berittener Infanterie auf, aber wir kamen zu spät. Zu spät für die Überfallenen und zu spät, um die Banditen zu stellen. Wir fanden nur noch Tote und einige wenige Verwundete vor. Auch Karoline war unter den Toten. Die Banditen hatten sie …«

Bei den letzten Worten wurde seine Stimme leiser und

begann zu zittern. Er musste den Satz nicht beenden. Helene hatte auch so eine deutliche Vorstellung von dem Schrecklichen, das die Banditen seiner Frau angetan hatten.

Sie fror plötzlich, als sei die Temperatur auf der Veranda von einem Augenblick zum anderen gleich um ein paar Grade gefallen.

Als sie aufstand, drehte sich Ehrmann zu ihr um.

»Habe ich Sie mit meiner Schauergeschichte verschreckt? Das täte mir leid.«

Sie schüttelte den Kopf.

»Mir ist nur etwas kühl geworden. Ich hole mir eine Decke und komme gleich zurück.«

»Vielleicht sollten Sie einfach schlafen gehen, Helene. Es war ein langer Tag – und ein sorgenvoller für Sie.«

»Ich bin noch nicht müde. Irgendwie fühle ich mich aufgekratzt. Außerdem bin ich dankbar für Ihre Gesellschaft.«

»Schön«, sagte der Arzt und schien die Erinnerung an das schlimme Schicksal seiner Frau beiseitegeschoben zu haben. »Dann hole ich uns etwas zu trinken.«

Im Durchgang zu ihrem Zimmer blieb Helene erschrocken stehen, weil unvermittelt eine männliche Gestalt vor ihr aufgetaucht war, ein Chinese.

Bei genauerem Hinsehen erkannte sie die sehnige Gestalt des Waisenjungen Meng, der mit seinen ungefähr fünfzehn Jahren zu den ältesten Waisenkindern hier gehörte. Wie hatte sie bloß so erschrecken können?

Sie schob es auf Dr. Ehrmanns Erzählung von den Reißenden Tigern und dem grauenhaften Schicksal seiner Frau.

Aber vielleicht zerrte auch die Anspannung dieses Tages, das ungewisse Schicksal Kangs, an ihren Nerven.

Von Meng ging gewiss keine Gefahr aus. Seine Eltern und seine Geschwister waren bei einer Choleraepidemie gestorben, und seitdem war er allein auf der Welt. Die Waisenkinder hier ersetzten seine Familie, und für sie war er wie ein großer Bruder. Er war recht groß und von guter Auffassungsgabe. In dem Deutschunterricht, den Helene dreimal wöchentlich den Waisenkindern erteilte, machte er sich hervorragend. Er sah aus, als habe er auf Helene gewartet.

»Gibt es etwas, Meng?«

»Wir warten auf Sie, Schwester Helene«, sagte der Junge in seinem zwar akzentbehafteten, aber sonst fehlerfreien Deutsch.

»Wer wartet auf mich?«

»Wir alle. Sie haben heute noch nicht für uns gesungen.«

Jetzt begriff Helene. In letzter Zeit hatte es sich eingebürgert, dass sie für die Waisenkinder ein deutsches Schlaflied sang. Auch wenn nicht alle Kinder alles verstehen mochten, sie schienen Helenes Gesang zu lieben.

»Dann wollen wir die anderen nicht länger warten lassen«, sagte sie und ging mit Meng zum Waisentrakt.

Unterwegs fragte er: »Gibt es etwas Neues über den Mann, der entlaufen ist?«

»Nein, leider nicht. Auch der Suchtrupp ist noch nicht zurück.«

»Es sind gefährliche Zeiten«, sagte Meng im Tonfall eines reifen, lebenserfahrenen Mannes. »Banditen, Japaner, Warlords, da kann einem leicht etwas zustoßen.«

Von einer Ahnung erfüllt blieb Helene stehen und legte die Hände auf seine Schultern.

»Meng, weißt du etwas über Kang? Etwas, das wir anderen nicht wissen?«

»Nein, Schwester Helene. Was sollte das sein?«

»Vielleicht etwas, das er dir gesagt hat. Hast du dich mit ihm unterhalten?«

»N-nein«, sagte er zögerlich.

Sie sah ihm an der Nasenspitze an, dass er log.

»Habe ich dir etwas Böses getan, Meng? Oder gibt es einen anderen Grund dafür, dass du mich belügst?«

»Ich … ich habe es versprochen.«

»Was? Mich zu belügen?«

»Nein. Ich habe Kang versprochen, nichts von dem zu erzählen, was er mir gesagt hat.«

»Aber Kang ist verschwunden. Er hat das Hospital verlassen, obwohl er noch längst nicht gesund ist. Wenn wir ihn nicht finden, muss er vielleicht sterben. Alles, was wir über ihn erfahren, kann uns helfen, ihn zu finden. Oder möchtest du, dass er stirbt?«

Meng wurde blass um die Nase. »Nein, das möchte ich nicht!«

»Erzählst du mir dann, was Kang zu dir gesagt hat?«

»Ja, es ist wohl besser«, sagte er nach kurzem Nachdenken. »Als ich ihm einmal das Essen brachte, da fragte ich ihn nach seinen Verletzungen. Ich habe ihn gefragt, wer auf ihn geschossen hat.«

»Was hat er geantwortet?«, fragte Helene gespannt.

»Er erzählte von den Japanern, die in China eingefallen sind. Angeblich wollen sie nur die Deutschen vertreiben und sich deren Gebiete aneignen. Aber Kang sagte, dass sie sich damit nicht zufriedengeben werden. Er sagte, die Japaner seien hungrig nach Land und Macht, viel hungriger als die Deutschen. Deshalb würden sie weiter ins Landesinnere vordringen, wenn sie die Deutschen erst besiegt hätten.«

»Dann haben die Japaner auf ihn geschossen?«

»Nein, die nicht. Es waren Chinesen.«

»Woher weißt du das?«

»Weil Kang dann von den beiden Kriegsherren erzählte, die einander bekämpfen. Der eine, General Lin Gang, wird von den Japanern bezahlt und mit Waffen versorgt. Dafür hilft er ihnen in Kampf gegen ihre Feinde. Der andere ist der General Chao Li-Hu. Er kämpft für die Unabhängigkeit Chinas, gegen Lin Gang und die Japaner. An diesem Kampf teilzunehmen ist eine gute Sache, sagte Kang, auch wenn man dabei verwundet wird oder stirbt.«

»Wenn ich dich recht verstehe, haben General Lins Soldaten auf ihn geschossen.«

Meng nickte.

»Und Kang gehört demnach zu den Soldaten von General Chao?«

Wieder nickte der Junge.

»Kang sagte, auch ich würde einen guten Soldaten abgeben. Männer wie ich seien in Chao Li-Hus Armee immer willkommen.«

Unverhohlener Stolz schwang bei diesen Worten in der Stimme des Fünfzehnjährigen mit.

Helenes Sorge um Kang, die sie den ganzen Tag erfüllt hatte, wurde jetzt von einem anderen Gefühl verdrängt: Wut. Wut auf Kang. Meng war doch noch ein Junge. Wie kam Kang dazu, ihn für einen dieser dubiosen Warlords anwerben zu wollen?

»Vielleicht sollte ich es tun«, fuhr Meng nachdenklich fort. »Kang sagte, General Chao zahlt einen guten Sold und obendrein eine Prämie für Freiwillige. Dann hätte ich zum ersten Mal eigenes Geld.«

»Willst du etwa so enden wie Kang?«, fragte Helene erbost. »Von Kugeln durchlöchert und jetzt vielleicht …«

Sie brach ab.

Und jetzt vielleicht schon tot, hatte sie sagen wollen, aber das hatte sie nicht fertiggebracht.

Allein der Gedanke daran genügte, um die Wut auf Kang so schlagartig zu vertreiben, wie sie in ihr aufgestiegen war. Was blieb, war die Sorge um den Mann, von dem sie so wenig wusste und der ihr seltsamerweise so viel bedeutete.

Im großen Aufenthaltssaal des Waisentrakts, der während des Unterrichts als Schulzimmer diente, warteten die zwei Dutzend Jungen und Mädchen auf sie und Meng. Als Helene sich auf einen freien Stuhl in der Mitte setzte, dauerte es nicht lange, und die kleine Ah-Kum saß auf ihrem Schoß. Während Helene *Guten Abend, gute Nacht* sang, strich sie hin und wieder sanft über das Haar der Chinesin. Die wiederum hielt ihren Plüschteddy eng an sich gepresst, als wolle sie ihn vor allem Übel dieser Welt beschützen.

Nach dem Lied brachte Helene Ah-Kum zu Bett und gab ihr einen Kuss auf die Stirn. Das Mädchen hielt den Teddy hoch, und Helene musste auch ihn auf die Stirn küssen. Danach drückte Ah-Kum ihn wieder eng an sich. Unzertrennbar wie einander liebende Geschwister, ging es Helene durch den Kopf.

Als Helene, eine Wolldecke um die Schultern geschlungen, zurück auf die Veranda trat, saß Dr. Ehrmann in einem Korbsessel und hielt ein Weinbrandglas in der Rechten.

»Nanu, noch auf den Beinen?«, wunderte er sich. »Ich dachte schon, die Müdigkeit habe Sie doch übermannt.«

»Ich hatte vergessen, dass die Kinder noch auf ihr Schlaflied warteten«, sagte Helene und erzählte von ihrer Begegnung mit Meng. »Der Junge hat mir etwas Seltsames berichtet.«

Ehrmann wies auf das bunte Holztablett mit Flaschen und Gläsern, das neben ihm auf einem kleinen Tisch stand.

»Womit kann ich Sie bestechen, damit Sie mir von Ihrem Gespräch mit Meng erzählen? Weinbrand, Likör, Wodka?«

Helene setzte sich in den zweiten Korbsessel und sagte: »Am liebsten mit Zitronenlimonade.«

Der Arzt lachte.

»Sie wollen sich doch nicht etwa betrinken?«

»Lieber nicht. Sie dürfen etwas Wodka miteingießen, aber nur einen ganz kleinen Spritzer.«

»Ich werde mein Möglichstes tun.« Er füllte ein Glas und reichte es ihr. »Voilà, Zitronenlimonade mit einem Hauch von Wodka, wie Sie es wünschen.«

Helene trank und lehnte sich zurück. Dabei spürte sie,

wie die Anspannung ein wenig nachließ. Sie fühlte sich wohl in Dr. Ehrmanns Gesellschaft, und darüber war sie sehr froh. War er doch für sie die Familie, die sie verloren hatte.

Sie erzählte ihm alles, was sie von Meng erfahren hatte, und der Arzt hörte ihr mit wachsendem Interesse zu.

»Das ist ja ein Ding«, sagte er schließlich. »Da hat sich der geheimnisvolle Kang doch ausgerechnet unserem Meng anvertraut.«

»Wahrscheinlich war Kang nur auf eine Prämie aus«, sagte sie bitter.

»Was für eine Prämie?«

»Meng erzählte von dem guten Sold, den General Chao seinen Männern angeblich zahlt. Und von einer Prämie, die Freiwillige für ihre Verpflichtung erhalten sollen. Liegt da die Annahme so fern, dass Kang auch für die Anwerbung eines Freiwilligen eine Prämie erhält?«

»Das nicht. Aber ob jemand in Kangs Lage an so etwas denkt, das darf man zumindest bezweifeln.«

»Warum sonst hätte er Meng von General Chao und dessen guten Absichten vorschwärmen sollen?«

»Vielleicht ist Kang der Armee von General Chao nicht wegen des Geldes beigetreten, sondern weil er hinter der Sache steht, die Chao vertritt.«

»Mag sein, mag auch nicht sein«, sagte Helene leise. »Ich kann jedenfalls nichts Gutes daran finden, halbe Kinder in die Armee zu locken. Mag diese Armee kämpfen, für was sie will.«

Ein ungewohntes breites Grinsen überzog Ehrmanns Gesicht.

»Was ist mit Ihnen, Herr Doktor? Lachen Sie mich an oder aus?«

»Ich schmunzle nur ein wenig über das Ganze. Was Meng Ihnen erzählt hat, scheint Ihre Vorstellung von Kang etwas verändert zu haben.«

Helene seufzte. »Sie haben ja recht. Ich bin da wohl etwas blauäugig gewesen.«

»China ist ein Land mit eigenen Gesetzen, und die Chinesen sind ein Volk mit eigenen Ansichten. Wenn Kang wirklich an die Sache des Generals Chao glaubt, dann hat er nach seinen Maßstäben nichts Verwerfliches getan. Im Gegenteil.«

»Sie halten es nicht für verwerflich, ein Kind zu verlocken, Soldat zu werden?«

»Meng ist fast ein Mann. In den Armeen der Warlords dürften Sie so manchen finden, der nicht älter ist als er.«

»Jetzt verteidigen Sie Kang auch noch, Herr Doktor!«

»Ja, nicht wahr. Wo das doch eigentlich Ihre Aufgabe wäre.«

Ihre Blicke trafen sich, und beide begannen wie auf ein geheimes Kommando zu lachen. Für Helene war es ein befreiendes Lachen, mit dem sie die Last dieses Tages wenigstens für einen Augenblick von sich abschüttelte.

Obwohl es allmählich wirklich kühl wurde, verspürte Helene keine Lust, zu Bett zu gehen. Sie genoss den Abend mit Dr. Ehrmann auf der Veranda, soweit es die Sorge um den verschwundenen Kang gestattete. Ihren Gedankenaustausch, der von einem Thema zum nächsten wechselte. Die frische Luft, die Geist und Körper guttat. Den mit unzähligen Sternen geschmückten Himmel, der sich jenseits des Verandadaches erstreckte, so weit das Auge reichte. Den würzigen Duft von Ehrmanns Adres-Zigarren, der sie zudem vor den Insekten schützte. Und die Zitronenlimonade mit einem »Hauch von Wodka«, die ihre Kehle hinunterrann. Von ihr aus hätte der friedvolle Abend niemals enden mögen.

Doch er endete jäh, als Stimmen an ihre Ohren drangen. Stimmen und Schritte, und schließlich traten schemenhafte Gestalten in den schwachen äußeren Bereich des Lichtscheins ihrer Laterne.

Es waren drei Männer, und der mittlere wurde von den beiden äußeren gestützt. Er schien Schwierigkeiten beim Auftreten zu haben, vermutlich war er verletzt.

Die kleine Gruppe trat langsam näher, und sie erkannte die beiden äußeren Männer: den bulligen Kuli Zhong und den hageren Hausboy Hao.

Aber der Mann in ihrer Mitte war nicht der andere Boy, Wu. Und es war auch nicht Kang, wie Helene für einen kurzen, hoffnungsvollen Augenblick, der ihr Herz schneller schlagen ließ, geglaubt hatte.

Obwohl der verletzte Mann ebenfalls hochgewachsen war. Aber er war kein Chinese, sondern ein Europäer. Ein Deutscher, um genau zu sein. Ein Mann, von dem sie geglaubt hatte, dass sie ihn niemals wiedersehen würde.

Bei seinem Anblick entglitt das halb volle Glas ihrer Hand und zerschellte auf den Holzdielen, auf die sich die Limonade als dunkler Fleck ergoss. Ihre Hände zitterten, als sie sich aus dem Korbsessel erhob und langsam an das Geländer trat.

Helenes Blick hing an dem Gesicht des hochgewachsenen Mannes, der jetzt keine fünf Meter vor ihr stand. Es war schmutzig und unrasiert, ein Spiegelbild zahlreicher Strapazen, aber ein unsicheres Lächeln, das jetzt über das offene Antlitz huschte, wischte all das beiseite.

»Guten Abend, Lene. Wie schön, dich endlich wiederzusehen!«

Alles Mögliche hatte sie erwartet, aber das nicht. Binnen Sekunden war ihr Innerstes aufgewühlt von tausend Bildern, die so deutlich vor ihrem geistigen Auge zu sehen waren wie vor ihr liegende Fotografien.

Die Familien Kindler und Schweiger beim gemeinsamen Abendessen – ihr erstes Zusammentreffen mit Erich. Der Start des *Adlers von Tsingtau* auf dem Iltisplatz, als Erich ihre Schwester Amelie eingeladen hatte, ihn bei seinem Rundflug über Tsingtau zu begleiten. Erich und Amelie bei ihrer Verlobung in der Kindler-Villa am Wannsee. Und dann sie selbst und Erich, als sie einander das Jawort gaben.

Aber auch jener Erich, der Amelie auf der Insel Schui ling schan in den Armen hielt. Das letzte Bild von ihm, das sich in ihrem Gedächtnis eingebrannt hatte. Ein hässliches Bild, das Helene lange Zeit verfolgt hatte.

Bis sie endlich beschlossen hatte, nicht mehr an den Vorfall auf der Insel und auch nicht mehr an Erich zu denken. Dem Gesetz nach mochte er ihr Mann sein, für sie selbst war er ein Fremder.

Aber dann, in letzter Zeit, war dieses Bild wiederaufgetaucht. Wie ein Vorbote des Schicksals, das sie auf Erichs Erscheinen vorbereiten wollte.

Er löste sich von seinen chinesischen Begleitern und

humpelte bis vor die Veranda, wo er sich auf der anderen Seite am Geländer festhielt. Jetzt erst bemerkte sie den blutgetränkten Verband um seinen linken Oberschenkel.

Sein Gesicht war dicht vor ihrem, und sie sah, dass er in den zweieinhalb Jahren älter geworden war, deutlich älter. Trotz der inzwischen kühlen Nacht stand Schweiß auf seiner Stirn, ein Zeichen der übergroßen Anstrengung, die durch das Gehen verursacht wurde.

»Endlich habe ich dich wiedergefunden, Lene!«

Es klang wie ein Seufzer aus tiefstem Herzen, und seine graublauen Augen hingen dabei an ihrem Gesicht, warteten auf eine Antwort.

Sie blieb ihm die ersehnte Antwort schuldig, drehte sich wortlos um und ging zurück zu der Hauswand, an der die beiden Korbsessel und der Tisch standen. Und wo noch immer Dr. Ehrmann saß und alles aus aufmerksamen Augen verfolgte.

Als sie sich gerade wieder in den Sessel setzen wollte, ließ ein dumpfer Laut sie herumfahren.

Erich war verschwunden, schien sich geradezu in Luft aufgelöst zu haben.

War sein unerwartetes Erscheinen nur Einbildung gewesen? Hatte sie das bisschen Wodka nicht vertragen?

Aber dort standen noch die beiden Chinesen, Zhong und Hao. Der Kuli sprang eilig in Richtung Veranda und beugte sich über etwas, das am Boden lag.

Helene trat vor und sah, dass es Erich war. Lang ausgestreckt lag er auf der linken Seite und rührte sich nicht.

Zhong blickte zu Ehrmann auf und rief: »Kommen Sie schnell, Herr Doktor! Ich glaube, er ist tot!«

Tot!

Als sie dieses Wort hörte, fiel die Erstarrung von Helene ab. Die quälende Sorge, die sie den ganzen Tag über erfüllt hatte, war wieder da. Aber aus der Sorge um Kang war unerwartet die um Erich geworden.

Helene stürmte die kurze Treppe hinunter und rief: »Erich!«

11

Ein seltsames Gefühl beschlich Helene, als sie die Tür des Krankenzimmers öffnete. Es war dasselbe kleine Zimmer, in dem Kang nach seiner Operation gelegen hatte. Fast erwartete sie, ihn tatsächlich in dem einzigen Bett vorzufinden. War sie enttäuscht, als sie statt seiner Erich sah?

Nicht wirklich, musste sie sich eingestehen. Zu deutlich erinnerte sie sich an den Augenblick in der vergangenen Nacht, als Erich vor der Veranda zusammengebrochen war und Zhong ihn für tot gehalten hatte. Da hatte sie gedacht, ihr Herz bleibe stehen.

Ihre Gefühle für Erich waren stärker, als sie selbst geglaubt hatte. Die Frage war nur, ob das gut oder schlecht für sie war. Was nutzten solche Gefühle, wenn sie nicht erwidert wurden – aufrichtig erwidert wurden?

Sie wischte diese Gedanken beiseite, dafür war später noch Zeit. Jetzt ging es erst einmal um den Patienten Erich Schweiger – um seine Gesundheit.

Gott sei Dank hatte sich der Kuli geirrt, als er Erich tot wähnte. Erich war nur ohnmächtig gewesen, aufgrund von Erschöpfung und Blutverlust.

Dr. Ehrmann hatte ihn sofort in den Operationssaal bringen lassen und die Kugel aus seinem Oberschenkel geholt. Glücklicherweise hatte das Geschoss nur Erichs Fleisch aufgerissen, aber keine weitergehenden Verletzungen hervorgerufen.

Während der Operation hatte Helene gefühlt, wie zwei Seelen in ihrer Brust schlugen. Einerseits hatte sie geglaubt, nichts mehr für Erich zu empfinden. Andererseits sorgte sie sich um den Verwundeten, der sein Leben gewagt hatte, um Zhong und Hao zu retten.

Passte solch ein Verhalten zu einem Mann, der seine Frau mit deren Schwester betrog? Musste solch ein Mann nicht ein charakterschwacher Mensch sein – ein schlechter Mensch?

Nein, Erich war kein schlechter Mensch, war es nie gewesen.

Helene hatte sich das nur eingeredet, weil es so leichter für sie gewesen war, ihn zu vergessen. Den Mann, der sie geheiratet hatte, der aber ihre Schwester liebte. Der im Bett mit ihr Zärtlichkeiten austauschte und dann in höchster Erregung den Namen ihrer Schwester ausstieß. Der aber, das musste sie ihm zugestehen, vom Schicksal genauso genarrt worden war wie sie selbst.

Zwei Schwestern, die einander äußerlich stark ähnelten. Wer konnte Erich da verdenken, dass er die eine nahm, wenn er die andere nicht kriegen konnte?

Die Verlockung, auf diesem Umweg das erhoffte Glück zu finden, war einfach zu groß gewesen. Groß genug, um zu verschleiern, dass der vermeintliche Umweg nichts anderes war als ein Irrweg.

Helene stand vor dem Krankenbett, in dem Erich lag und schlief. Sein Atem ging tief und gleichmäßig, das war ein gutes Zeichen. Auch jetzt, unrasiert und von wer weiß welchen Strapazen gezeichnet, war er ein gut aussehender Mann.

Sie seufzte und schüttelte sich innerlich. So durfte sie einfach nicht denken.

Das da vor ihr war der Mann, der ihre Schwester von ganzem Herzen liebte. Es war sinnlos, über etwas anderes nachzudenken. Helene konnte vielleicht Erichs Dankbarkeit erringen, aber nicht seine Liebe.

Diese Lektion hatte sie auf äußerst schmerzhafte Weise gelernt, und sie wollte das beim besten Willen nicht noch einmal durchmachen. Sie nahm sich vor, ihre Gedanken über Erich in feste Bahnen zu lenken. Sie durfte nicht immerzu über das Vergangene grübeln, musste in ihm einen Patienten sehen, nicht mehr. Auch wenn es schwerfiel.

Da er noch fest schlief, wollte sie später am Vormittag wieder nach ihm sehen.

Leise ging sie zur Tür, da hörte sie plötzlich seine Stimme: »Lene!«

War er also doch wach?

Sie drehte sich zu ihm um, aber seine Augen waren geschlossen, und er lag in unveränderter Position da. Sie erkannte, dass er im Schlaf gesprochen hatte.

Was er jetzt wieder tat: »Lene, wo bist du?«

Sie war vollkommen verwirrt: Erich rief im Schlaf nicht nach Amelie, sondern nach ihr!

»Nicht mit offenen Augen schlafen, Schwester Helene!«

Das sagte Dr. Ehrmann wenige Minuten später zu ihr, als sie auf dem Weg in die Krankenaufnahme fast in ihn hineingelaufen wäre.

»Die Nacht war ebenso anstrengend wie die Nachtruhe kurz, das will ich ja zugeben«, fuhr er fort. »Aber in unserem Beruf können wir es uns nicht leisten, mit offenen Augen zu schlafen.«

Sie blickte zu ihm auf und sah an den tiefen Rändern unter seinen Augen, dass auch er von der letzten Nacht erschöpft war. Trotzdem hatte er keine Minute länger geschlafen als sonst und war pünktlich zum Frühstück erschienen. Jedenfalls hatte der Koch das Helene erzählt, die um eine geschlagene halbe Stunde verschlafen hatte.

»Verzeihung, Herr Doktor, aber diesmal lag es nicht an letzter Nacht. Ich komme gerade von Erich und war in Gedanken versunken.«

»Wie geht es ihm?«

»Er schläft.«

»Etwas Besseres kann er im Moment nicht tun.«

»Nein, wohl nicht.«

»Was hat Sie dann so verwirrt?«, fragte Ehrmann.

»Wieso verwirrt?«

»Da Sie Ihre geistige Abwesenheit mit Ihrem Besuch bei Ihrem Mann erklärt haben, frage ich mich, was in seinem Krankenzimmer vorgefallen ist.«

»Bei Ihrem Mann«! Das hatte Helene schon lange nicht mehr gehört, aber es klang nicht fremd für sie. Fast gefiel es ihr. Sie verband auch schöne Erinnerungen damit, einen Mann gehabt zu haben, jedenfalls für kurze Zeit.

»Erich hat im Schlaf gesprochen«, erzählte sie.

»Was hat er gesagt?«

Zögernd antwortete sie: »Er hat nach mir gerufen, zweimal.«

»Und?«

»Finden Sie das nicht ungewöhnlich, dass er mich ruft, obwohl er meine Schwester liebt?«

Ehrmann blickte ihr tief in die Augen.

»Tut er das wirklich? Liebt er Ihre Schwester? Oder liebt er vielleicht doch Sie, Helene?«

»Mich? Wie kommen Sie darauf?«

»Sie haben es selbst gesagt, er hat zweimal nach Ihnen gerufen. Außerdem ist er hier, oder? Wenn ich mir Ihren Mann so ansehe, habe ich nicht den Eindruck, dass es ein leichter, ungefährlicher Weg gewesen ist.«

»Ich weiß nicht, was ich davon halten soll. Es ist zweieinhalb Jahre her, dass ich ihn mit Amelie erwischt habe. Seitdem habe ich nichts mehr von ihm gesehen und gehört. Ich hatte nicht damit gerechnet, ihn überhaupt noch einmal wiederzusehen.«

»Aber jetzt ist er hier, bei Ihnen. Ich möchte Erich weder reinwaschen noch in Schutz nehmen, aber eins dürfen Sie nicht vergessen: Dass Sie und er zweieinhalb Jahre lang nichts voneinander gehört haben, liegt nicht zuletzt an Ihnen. Es war Ihre Entscheidung, Ihre Familie über Ihr Schicksal im Unklaren zu lassen und nicht nach Tsingtau zurückzukehren. Gerade Ersteres ist etwas, das ich übrigens nie gebilligt habe. Aber das wissen Sie, ich habe es Ihnen mehrmals gesagt.«

Helene beschloss, Ehrmanns letzte Bemerkung zu übergehen, und sagte nur: »Ich möchte wissen, wie er mich hier gefunden hat.«

Ihr Gegenüber lächelte leicht.

»Kennen Sie nicht das Sprichwort? Wen die Liebe treibt,

dem ist kein Weg zu weit. Aber lassen wir das Thema einstweilen ruhen, die Sprechstunde ruft. Später könnten wir uns zusammensetzen und Tao-Wei bitten, seinen scheußlichen Kaffee für uns zu kochen. Ich habe nämlich noch etwas mit Ihnen zu besprechen.«

»Um was geht es?«

»Später«, vertröstete er sie.

Sie gingen zur Krankenaufnahme, und Helene bereitete mit geübten Handgriffen das Ordinationszimmer vor.

Es schien eine der üblichen Sprechstunden zu werden. Ein alter Bauer aus dem Süden litt an einem schweren Husten. Ein Schuster aus dem Dorf Gaoyang hatte sich bei der Arbeit die Hand verletzt, und jetzt setzte der Wundbrand ein. Dazu ein Kuli mit angebrochenem Fuß, eine Näherin mit zugeschwollenem Auge und ein Fischer mit schwerem Rheuma. Den Schuster und den Kuli behielt Dr. Ehrmann im Hospital, die anderen schickte er mit einer Medizin wieder heim.

Als es schon so aussah, als sei die Sprechstunde beendet, ertönten laute Stimmen aus dem Wartezimmer. Helene steckte den Kopf durch die Tür des Ordinationszimmers und sah Zhong mit zwei blutüberströmten jungen Chinesen.

»Was ist mit den beiden?«, fragte Helene und trat ins Wartezimmer.

»Sie kommen aus dem Dorf Xinhan am Fuß der Berge«, erklärte der Kuli. »Soldaten haben es überfallen, und diese beiden hier konnten entkommen.«

Ehrmann war hinter Helene getreten und fragte: »Soldaten oder Banditen?«

»Soldaten, sagen sie«, antwortete Zhong. »Soldaten des Generals Lin. Sie haben das Dorf ausgeraubt, weil die Bewohner keine Abgaben an sie zahlen wollten. Und sie haben alle unverheirateten jungen Männer mitgenommen, um sie zu Soldaten zu machen. Nur diese beiden nicht.« Der Kuli grinste. »Sie wollen sich bald verheiraten und lieber Ehemänner sein als Soldaten.«

»Ein überaus nachvollziehbares Motiv«, sagte Ehrmann und nahm den ersten der beiden Verwundeten mit ins Ordinationszimmer.

General Lins Soldaten hatten den jungen Chinesen fürchterlich zusammengeschlagen, und er hatte mehrere gebrochene Rippen, eine gebrochene Nase und eine große Platzwunde am Kopf. Sein Kamerad hatte gleich zwei Kugeln in der rechten Schulter, die er sich bei seiner Flucht vor dem Zwangsdienst in Lins Armee eingefangen hatte. Ehrmann behielt beide im Hospital.

Als sie im Krankensaal lagen, sagte der Arzt: »Jetzt habe ich richtig Lust auf einen guten Kaffee. Den Kaffee bekommen wir von Tao-Wei, aber ob er gut wird?«

»Nur wenn heute Ostern und Weihnachten zugleich ist«, erwiderte Helene. »Vielleicht lässt Tao-Wei mich ja den Kaffee kochen.«

»Das bezweifle ich. Die chinesischen Köche wachen sehr eifersüchtig über ihren Kompetenzbereich.«

»Oh, damit habe ich meine Erfahrungen«, sagte sie und erzählte ihm von den Kalamitäten mit dem Koch Fang De, der für die Kindlers in Tsingtau gearbeitet hatte. »Er hat meine Mutter schier zur Verzweiflung getrieben. Und Mutter ihn. Sie nannte ihn übrigens Franz, weil chinesische Namen ihr ebenso fremd waren wie alles hier in China.«

»Na, dann versuchen Sie Ihr Glück«, kam es mit einem heiteren Unterton von Ehrmann. »Aber wenn Tao-Wei in den Streik tritt oder uns gar verlässt wie Ihr Fang De, dann verdonnere ich Sie zum Küchendienst, Helene!«

Sie wusste, dass sie bei Tao-Wei nur mit großem psychologischen Geschick Erfolg haben würde. Also lobte sie seinen Kaffee über alle Maßen und versprach, seine Kaffeekochkunst überall dort zu preisen, wohin sie käme, und sie endete mit einem lächelnd vorgetragenen Kompliment: »Dein Kaffee ist wirklich der zweitbeste, den ich je in meinem Leben getrunken habe.«

Das eben noch glückselige Lächeln des Kochs erstarb urplötzlich, und sein ohnehin schon reichlich zerknittertes Gesicht bekam noch ein paar Falten mehr.

»Der zweitbeste«, wiederholte er ganz langsam. »Wieso ist er nur der zweitbeste? Wer macht den besten Kaffee?«

»Den macht der berühmteste Kaffeekoch von ganz Deutschland. Er war einmal in unserer Villa in Berlin zu Gast und hat seinen in ganz Europa gelobten Kaffee für uns zubereitet.«

Jetzt nahm das Knittergesicht einen höchst interessierten Ausdruck an.

»Wissen Sie, wie er es gemacht hat, Schwester Helene?«

»Ja, er hat es mir gezeigt«, spann Helene ihre dreiste Lüge weiter. »Es ist gar nicht schwer. Aber dein Kaffee ist wirklich auch sehr gut, Tao-Wei. Du brauchst bestimmt keine Unterweisung von mir.« Damit wandte sie sich ab, als wolle sie die Küche verlassen.

»Schwester Helene, warten Sie bitte!«, bat der Koch. »Vielleicht sind Sie so gütig, mich in die Kunst des deutschen Meisterkaffeekoches einzuweihen?«

»Wenn du dir die Zeit nehmen willst, Tao-Wei.«

»Sehr gern,« sagte er schnell und nickte eifrig.

Sie unterdrückte ein Lächeln, als sie sich wieder zu ihm umwandte. »Dann pass auf, Tao-Wei, und du wirst der beste Kaffeekoch in ganz China sein!«

»Wäre ich ein Minister oder sonst ein hohes Tier daheim im fernen Berlin, ich würde Sie sofort für einen Orden vorschlagen oder Ihnen ein Denkmal errichten lassen, Helene, vielleicht sogar beides.« Dr. Ehrmann blickte sie mit strahlendem Gesicht an, nachdem er die ersten Schlucke von dem frischen Kaffee getrunken hatte. »Ich wusste gar nicht, dass Sie so eine gute Köchin sind.«

»Das kommt Ihnen nur so vor, weil Sie nichts Gutes mehr gewohnt sind. Aber ich hoffe, Tao-Wei hält sich fortan an mein Rezept. Er hat es mir jedenfalls versprochen.«

»Und er war kein bisschen beleidigt?«

»Im Gegenteil: Er hat mir seine tiefe Dankbarkeit versichert und mir gesagt, ich sei in seiner Küche ein stets willkommener Gast.«

»Dann haben Sie bei ihm wirklich einen Stein im Brett. Wenn ein chinesischer Koch so etwas sagt, ist das besser als ein Orden.«

»Oder ein Denkmal?«, hakte Helene nach.

»Oder ein Denkmal«, bestätigte der Arzt grinsend.

»Dann habe ich heute wohl meine Portion Lob für den ganzen Monat abbekommen.« Helene trank noch einen

Schluck Kaffee, der wirklich gut geworden war. »Aber Sie wollten mich ja nicht wegen des Kaffees sprechen, Herr Doktor. Worum geht es?«

»Um Meng.«

»Was ist mit dem Jungen?«

»Das möchte ich Sie fragen. Ich hatte heute Morgen die Idee, er könne Wus Stelle als Hausboy einnehmen. Er ist alt genug dazu. Aber besitzt er die nötigen Eigenschaften? Was denken Sie, Helene?«

»Ich halte ihn für geeignet. Er ist klug und verantwortungsbewusst. Schon jetzt kümmert er sich um die anderen Kinder wie ein großer Bruder.«

»Dann wird es ihn vielleicht freuen, wenn er dafür auch noch bezahlt wird.«

Helene dachte kurz nach und sagte dann: »Nicht ich habe einen Orden und ein Denkmal verdient, Herr Doktor, sondern Sie.«

»Ich?«, gab er sich ahnungslos. »Warum?«

»Weil Sie sich selbstlos für andere Menschen einsetzen. Sie helfen den kranken Chinesen hier, Sie haben sich um mich gekümmert, und jetzt kümmern Sie sich um Meng.«

»Aber all das ist doch nicht selbstlos. Für meine Tätigkeit hier im Hospital werde ich bezahlt. Mit Ihnen habe ich eine hervorragende Schwester gewonnen, und Meng wird eine – leider – fehlende Arbeitskraft ersetzen.«

»Sie haben aber einen Grund vergessen, weshalb Sie ihm Wus Stelle anbieten wollen.«

»Und der wäre?«

»Sie wollen ihm die Flausen aus dem Kopf vertreiben, die Idee, sich als Soldat bei General Chao zu verdingen und dadurch Geld zu verdienen. Geben Sie nur zu, dass Sie auch daran gedacht haben!«

»In der Tat halte ich es für sinnvoll, wenn Meng sich bei uns nützlich macht. Sinnvoller, als sich irgendwo da draußen erschießen oder totschlagen zu lassen.«

Helene sah durch das Fenster neben ihrem Tisch zu den fernen Bergen, die ganz friedlich unter einem wolkenbetupften blauen Himmel lagen. Unangebracht friedlich, dachte sie, als sie sich die jüngsten Ereignisse vor Augen führte.

»Der arme Wu, er war noch so jung«, seufzte sie. »Und jetzt liegt er irgendwo da draußen in der Wildnis, als Fressen für die Geier.«

Ihr fröstelte bei dem Gedanken.

»Ich habe kurz daran gedacht, einen Trupp Männer hinauszuschicken, um seinen Leichnam zu bergen«, sagte Ehrmann und schüttelte dann leicht den Kopf. »Aber unter den gegebenen Umständen ist das leider eine dumme, geradezu gefährliche Idee.«

»Sie meinen, der Bergungstrupp könnte ebenfalls eine unangenehme Begegnung mit General Lins Soldaten haben?«

»Ich befürchte es. Was wir heute über den Überfall auf das Dorf Xinhan gehört haben, erhärtet den Verdacht, dass Lins Truppen sich in diesem Gebiet breitmachen. Und wenn der verschwundene Kang tatsächlich einer von General Chaos Männern ist, liegt die Vermutung nicht fern, dass diese Gegend bald ein Kampfgebiet sein wird.«

Kang.

Als Ehrmann den Namen erwähnte, wurde Helene bewusst, dass sie heute nur selten an ihn gedacht hatte, gestern aber fast unentwegt.

Mit der Rückkehr von Zhong und Hao und vor allem mit dem unerwarteten Auftauchen Erichs hatten sich die Dinge schlagartig verändert. Eine tödliche Bedrohung lag plötzlich in der Luft, und die ließ wenig Raum für romantische Gefühle.

»Ob Kang dafür verantwortlich ist, dass sich so viele von General Lins Männern hier herumtreiben?«, dachte sie laut nach. »Vielleicht ist er ein Offizier oder ein Kurier oder sonst etwas Wichtiges. Lins Truppen scheinen ihn regelrecht zu jagen. Bei einem einfachen, unbedeutenden Soldaten würden sie das wohl kaum tun.«

»Gut möglich. Ihre Schlussfolgerung ist nicht von der Hand zu weisen.«

»Was soll's«, seufzte sie. »Vermutlich sehen wir Kang niemals wieder.«

Mit nachdenklichem Gesicht sagte der Arzt: »Vielleicht wäre das besser so.«

»Wissen Sie etwas über Kang, das ich nicht weiß, Herr Doktor?«

»Nein, keineswegs. Es ist bloß so ein Gefühl.«

»Ich dachte, für Gefühle seien wir Frauen zuständig.«

»Nicht ausschließlich«, sagte Ehrmann und goss sich noch einen Kaffee ein. »Mit dem Halbwissen, das wir bestenfalls von der Gesamtlage haben, ist es schwierig, Entscheidungen zu fällen. Auf was sollen wir uns da verlassen, wenn nicht auf unser Gefühl?«

»Heißt das, Sie denken über eine wichtige Entscheidung nach?«

Er nickte. »Ich frage mich, ob wir das Hospital evakuieren sollten.«

»Was? Ausgerechnet jetzt, wo die Menschen hier unsere Hilfe besonders nötig haben? Außerdem weht die Flagge des Roten Kreuzes über unserem Dach. Das werden auch General Lins Soldaten respektieren. Wenn es im Augenblick einen sicheren Ort gibt, dann das Hospital.«

»Ihr Wort in Gottes Ohr, Helene, Ihr Wort in Gottes Ohr. Warten wir also ab, wie sich die Dinge entwickeln. Aber wir sollten kein allzu großes Vertrauen in scheinbar sichere Orte setzen, schließlich ist auch Tsingtau trotz aller Gegenwehr in die Hände der Japaner gefallen.«

»Was sagen Sie?« Helene starrte ihn mit offenem Mund an. »Tsingtau ist gefallen?«

»Ja«, antwortete der Arzt mit ernstem Gesicht. »Das hat mir Zhong erzählt, der es wiederum von Ihrem Mann erfahren hat.«

»Die Japaner in Tsingtau«, sagte sie leise und konnte es immer noch nicht ganz glauben. »Hoffentlich sind sie so wie Herr Tanaka!«

»Wie wer?«, fragte Ehrmann.

»Herr Tanaka ist der Chefverkäufer im Laden meines Vaters. Ein sehr korrekter und auch ein sehr höflicher Mann. Sollten alle Japaner so sein wie er, hat die Bevölkerung von Tsingtau nicht zu sehr unter den Besatzern zu leiden.«

Sie wollte noch etwas sagen, schwieg dann aber und verfiel in ein dumpfes Brüten.

Ehrmann räusperte sich, um ihre Aufmerksamkeit zu erregen.

»Sie denken an Ihre Angehörigen, nicht wahr? An jene Menschen, die Sie so lange aus Ihren Gedanken verdrängt haben.«

»Ja«, seufzte sie. »Ich fühle mich irgendwie schuldig, weil ich mich nicht um sie gekümmert habe. Ich hatte alles in meinem Kopf verdrängt, aber mit Erichs Erscheinen ist es wieder da, auf einen Schlag. Hat Zhong vielleicht von Erich gehört, wie es meiner Familie geht?«

»Nicht, dass ich wüsste. Aber Erich wird Ihnen alle Auskünfte geben können, sobald er ansprechbar ist.«

»Erich.« Sie sprach den Namen schwerfällig aus, als bereite er ihrer Zunge Schwierigkeiten. »Wie ist er überhaupt aus Tsingtau herausgekommen?«

Ehrmann hob die Brauen an.

»Das ist wirklich ein interessanter Punkt. Er hat Zhong und Hao erzählt, er habe die Stadt mit einem Flugapparat verlassen, der dann aber abgestürzt ist oder abgeschossen wurde. Das bleibt sich wohl gleich.«

Helene klatschte in die Hände.

»Das ist typisch Erich! Ich hätte es mir denken können. Der *Adler von Tsingtau* hat ihn herausgebracht!«

Sie erzählte Ehrmann von Erichs Flugleidenschaft und von dem Flugzeug, dem *Adler*, den Erich gemeinsam mit seinem Freund Winterkorn konstruiert und gebaut hatte.

»Wie es scheint, ist Ihr Erich ein höchst bemerkenswerter Mann.«

»Zweifellos, das haben auch schon andere festgestellt«, sagte Helene, und bei den folgenden Worten wurde sie sehr ernst: »Die Frage ist nur, ob er *mein* Erich ist.«

12

Helene sah an diesem Vormittag mehrmals nach Erich, doch er schlief den festen Schlaf der Erholung.

Nach dem Mittagessen hielt sie für die Waisenkinder den Deutschunterricht ab. Wie jedes Mal nahm auch Ah-Kum daran teil. Sie sprach zwar nicht, aber sie verstand bereits viele deutsche Wörter. Helene prüfte das nach, indem sie auf verschiedene Gegenstände zeigte und dann mehrere deutsche Begriffe nannte. Ah-Kum antwortete auf jeden Begriff mit einem Nicken oder Kopfschütteln, und in vier von fünf Fällen lag sie richtig.

Eines Tages würde das Mädchen, so hoffte Helene, auf Deutsch schreiben können. Dann würde man wohl endlich mehr über Ah-Kums Schicksal erfahren.

Helene hatte die kleine Chinesin in ihr Herz geschlossen, und es tat ihr unendlich leid, nicht mit Ah-Kum über ihre Erlebnisse sprechen zu können. Hätte sie das gekonnt, wäre es ihr vielleicht möglich gewesen, Ah-Kum zu trösten, ihr auf irgendeine Weise zu helfen.

Einstweilen blieb Helene aber nichts weiter übrig, als Ah-Kum durch Zuneigung zu zeigen, dass sie nicht allein war. Dass es Menschen gab, die sich um sie kümmerten.

Nach dem Unterricht nahm Helene Meng beiseite, um mit ihm zu sprechen.

»Es geht um deine Pflichten hier im Hospital«, bedeutete sie ihm.

Der Junge riss überrascht die Augen auf.

»Habe ich einen Fehler gemacht? Oder bin ich nicht fleißig genug?«

»Nichts dergleichen«, beruhigte sie ihn. »Ganz im Gegenteil: Ich bin sehr damit zufrieden, wie du den anderen Kindern hilfst. Damit beweist du ein großes Verantwortungsgefühl. Das habe ich auch dem Doktor gesagt. Er möchte nämlich, dass du Wus Stelle einnimmst.« Nach einer kleinen Pause fügte sie hinzu: »Du weißt vermutlich, was Wu zugestoßen ist?«

Meng nickte.

»Das ist schlimm, sehr schlimm. Wann wird sein Leichnam geholt, damit sein Geist sich verabschieden kann?«

»Wohl gar nicht«, lautete Helenes zerknirschte Antwort. »Es wäre zu gefährlich, sich so weit hinauszuwagen. General Lins Soldaten durchstreifen diese Gegend.«

»Lin ist böse«, sagte Meng nachdrücklich. »Man muss ihn bekämpfen, mit dem Gewehr, mit dem Messer oder mit der bloßen Faust. Ihn und seine Armee zu vernichten ist eine große Heldentat!« Während er sprach, leuchtete es beinah fanatisch in seinen Augen auf.

Erschrocken fragte Helene: »Von wem hast du das, Meng? Das sind doch nicht deine eigenen Worte.«

Er sah sie an, schwieg aber, die Lippen trotzig zusammengekniffen. Doch er musste gar nichts sagen, sie kannte die Antwort auch so.

»Das hat Kang dir eingetrichtert, richtig? Du kannst es ruhig zugeben, ich weiß es ohnehin.«

»Ja, es war Kang. Er hat gegen Lin Gang gekämpft, bis ihn die Kugeln mehrerer Feinde trafen. Kang ist ein Held!«

»Ein Held, der mit seinem Leben spielt oder es vielleicht bereits verwirkt hat, weil er das Hospital zu früh verlassen hat.«

»Auch das war heldenhaft«, zeigte sich Meng beharrlich und reckte trotzig das Kinn vor.

»Inwiefern?«

»Wenn wirklich General Lins Soldaten in der Nähe sind, hätten sie Kang hier finden können. Dann hätten sie sich vielleicht an uns allen gerächt. Das hat Kang verhindert, als er heimlich wegging. War das etwa keine Heldentat?«

»So betrachtet, schon«, gab Helene zu.

Meng machte sich gerade, und sein ganzer Körper straffte sich. Er schien um mehrere Zentimeter zu wachsen.

»Ich möchte eines Tages genauso ein Held sein wie Kang!«

»Möchtest du auch gern von Kugeln durchsiebt sein?«, fragte sie mit einer sarkastischen Schärfe, die ihr gleich darauf schon leidtat.

»Wenn das hilft, General Lin und die Japaner zu besiegen, dann ja. Dann wäre ich ein großer Held wie Kang oder wie Ihr Mann mit dem roten Haar.«

»Erich?«, fragte sie verwundert. »Was hat er damit zu tun?«

»Er ist auch ein Held, weil er Zhong und Hao gerettet hat. Allein, nur mit einer Pistole bewaffnet, hat er gegen mehrere von Lins Soldaten gekämpft, und die hatten Karabiner. Die reichen viel weiter als eine Pistole.«

Helene sah ein, dass es im Augenblick sinnlos war, mit Meng über dieses Thema zu sprechen. Kang hatte einige fragwürdige Ideen von Heldentum in den Kopf des Jungen gepflanzt, und die jüngsten Ereignisse hatten Mengs Phantasie offenbar beflügelt.

Vermutlich kam man in diesem Fall mit Geduld weiter als mit noch so guten Worten. Die Gedanken des jungen Chinesen mussten sich mit anderen Dingen beschäftigen als mit dem Töten von Menschen.

»Was hältst du nun von Doktor Ehrmanns Vorschlag?«, fragte sie deshalb. »Wenn du Wus Position als Boy übernimmst, dann erhältst du selbstverständlich auch seinen Lohn.«

»Ist das wahr?«

»Wenn ich es dir sage.«

Meng strahlte über das ganze Gesicht und streckte seine Rechte aus.

»Schwester Helene, wir sind im Geschäft.«

Helene wollte Dr. Ehrmann von ihrem Gespräch mit Meng berichten und fand den Arzt schließlich in seinem kleinen Labor, über das Mikroskop gebeugt. Er war so in seine Arbeit vertieft, dass er sie nicht kommen hörte.

Schon mehrmals im Lauf der letzten zweieinhalb Jahre war ihr der Gedanke gekommen, dass Ehrmann ganz und gar für die Medizin lebte – und natürlich für die Menschen, die unter seiner Obhut standen.

Vielleicht war das früher anders gewesen, vor dem Tod seiner Frau. Danach jedenfalls schien er sein Leben ganz und gar auf das ausgerichtet zu haben, was ihm geblieben war. Vermutlich hatte die Arbeit ihm geholfen, über den Verlust seiner Karoline hinwegzukommen.

Bei Helene war es sehr ähnlich gewesen. Auch sie hatte vor den Scherben ihres bisherigen Lebens gestanden, mehr noch als der Arzt.

Ihr war buchstäblich nichts anderes geblieben als das, was sie am Leib trug. Als sie sich entschieden hatte, nicht nach Tsingtau und in ihr früheres Leben zurückzukehren, hatte sie es als großes Glück empfunden, dass Dr. Ehrmann ihr angeboten hatte, für ihn zu arbeiten.

»Auch wenn Sie keine ausgebildete Krankenschwester sind, Sie haben ein großes Talent für diesen Beruf«, hatte er zu ihr gesagt. »Wenn ich Sie unter meine Fittiche nehme, werden Sie mehr lernen als auf irgendwelchen Schwesternlehrgängen daheim in Deutschland. Aber täuschen Sie sich nicht, es ist eine Knochenarbeit. Gerade hier in unserer kleinen Missionsstation, wo wir auf uns allein gestellt sind. Oft werden Sie sehr hart arbeiten müssen, manchmal sogar bis zum Umfallen.«

Das hatte Helene nicht abschrecken können. Nein, sie war froh über die viele Arbeit. Hielt diese sie doch davon ab, an Tsingtau zu denken, an Amelie und an Erich.

Mehr noch, die Arbeit machte ihr großen Spaß. Ehrmann hatte sich in seiner Einschätzung, sie habe Talent für den Beruf der Krankenschwester, nicht getäuscht. Zum ersten Mal in ihrem Leben hatte sie das Gefühl, etwas wirklich Nützliches zu tun.

Was konnte es auch Nützlicheres geben, als anderen Menschen zu helfen?

Dr. Ehrmann hatte das schon viel früher erkannt, als er

sich dafür entschieden hatte, als Missionsarzt nach China zu gehen.

Sie bewunderte ihn für seine Haltung, und sie war ihm unendlich dankbar dafür, dass sie durch ihn gelernt hatte, diese Einstellung zu teilen.

Wären doch alle Europäer in China so wie er! Dann bräuchte es keine Kreuzer und Kanonenboote, um eine Machtstellung in China zu erringen, kein deutsches Militär und keine den Chinesen abgepressten Knebelverträge. Man hätte einfach versuchen sollen, durch Freundschaft, Offenheit und Menschenliebe die Achtung der Chinesen zu erringen!

Stattdessen hatten Deutschland und andere fremde Mächte China mit Waffengewalt und Einschüchterung dazu gebracht, ihnen Land und Bergbaurechte abzutreten.

Und wo endete es? Die Großmächte führten gegeneinander Krieg, erst in Europa und dann auch auf chinesischem Boden. Angestiftet von den Engländern, hatten die Japaner Tsingtau überfallen und, wie Helene seit Kurzem wusste, erobert. Und warum? Weil sie selbst ihre Machtposition in China ausbauen wollten.

Welch ein abstoßendes Beispiel für die Chinesen!

Aber dann dachte sie daran, dass die Chinesen einander auch bekriegten. Im eigenen Land kämpfte manchmal Bruder gegen Bruder, wenn sie sich in den Truppen verschiedener Warlords gegenüberstanden.

Sie war auf einmal ganz angewidert und konnte nur beten, dass dieser Wahnsinn bald ein Ende fand. In der Hoffnung darauf stieß sie einen tiefen Seufzer aus.

Der hatte Ehrmanns Ohren erreicht. Er hob den Kopf und sah sich zu ihr um.

»Helene! Ich habe Sie gar nicht gehört. Sie sind im Anschleichen ja ebenso geübt wie Wildtöter und Chingachgook.«

»Wie wer?«

Er lachte und wirkte dabei ein wenig verlegen.

»Sie haben wohl nie Coopers *Lederstrumpf*-Romane gelesen.«

Es war mehr eine Feststellung als eine Frage.

»Nein, ich fürchte nicht.«

»Mich haben die Bücher schon als junger Mensch beeindruckt. Und jetzt, im Alter, entdecke ich sie wieder. Sie sehen so ungläubig aus. Aber man kann doch nicht nur medizinische Fachbücher lesen, da wird man ja blöde im Kopf.«

»Ich habe früher viel Sherlock Holmes gelesen.«

»Ausgezeichnet, das fördert das logische Denken.«

»Bei mir wohl nicht. Ich habe selten gewusst, wie Sherlock Holmes seine Fälle löst.«

»Kein Wunder. Conan Doyle weiß schließlich schon vorher, wie die Abenteuer seines Meisterdetektivs ausgehen. Der Vorteil und das Vorrecht des Schriftstellers: Er ist der Kaiser und Gott seiner erdachten Welt.«

»Dann haben Sie wohl auch etwas von einem Schriftsteller, Herr Doktor.«

»Ich? Wie kommen Sie darauf?«

»Na, sind Sie nicht der Kaiser und Gott dieses Hospitals?«

Er lachte auf.

»So gesehen haben Sie natürlich recht. Aber ich nehme an, dass Sie nicht zu mir gekommen sind, um über den Unterschied zwischen erdachten Welten und der wirklichen zu diskutieren.«

»Das stimmt«, erwiderte Helene und berichtete Ehrmann von ihrem Gespräch mit Meng.

»Ich freue mich, dass er die Stelle als Hausboy annimmt. Das wird ihm hoffentlich helfen, seine wilden Heldentumsspinnereien loszuwerden. Helden, die mit der Waffe in der Hand dem Bösen gegenübertreten, gehören in Romane, nicht ins wirkliche Leben. Eine gute Nachricht also.« Ein Lächeln erschien auf seinem Gesicht. »Ich habe übrigens auch zwei gute Nachrichten für Sie. Erich ist aufgewacht und hat nach Ihnen gefragt. Ich hoffe doch, dass Sie beides als gute Neuigkeit ansehen.«

Ohne auf die letzte Bemerkung einzugehen, fragte sie: »Wie geht es ihm?«

»Wenn ich jetzt sage, den Umständen entsprechend, dann klingt das viel zu düster. Nein, wirklich, die Wunde wird, wie es aussieht, gut verheilen, und dann ist er bald wieder – im wahrsten Sinne des Wortes – auf den Beinen. Er ist ein kräftiger Bursche, hat sozusagen eine Pferdenatur. Aber das wissen Sie wohl besser als ich.«

»Dann sollte ich jetzt wohl zu ihm gehen«, sagte sie zögernd.

Ehrmann sah sie prüfend an. »Nur, wenn Sie es wirklich möchten.«

Vorsichtig, fast zaghaft, öffnete sie die Tür zu Erichs Krankenzimmer und steckte den Kopf durch den Spalt. Er schien schon wieder zu schlafen. Den Kopf halb zur Seite gedreht, mit geschlossenen Augen, lag er da. Sein Atem ging tief und gleichmäßig.

Helene verspürte eine heimliche Erleichterung darüber, nicht mit ihm sprechen zu müssen.

Gewiss, ihr lagen tausend Fragen auf der Zunge. Fragen danach, was sich zwischenzeitlich in Tsingtau ereignet hatte. Fragen nach dem Schicksal ihrer Angehörigen. Fragen nach Amelie und ihrem Verhältnis zu Erich.

Gleichwohl hatte sie Hemmungen vor einer Unterhaltung mit Erich.

War zwischen ihnen nicht längst alles gesagt?

Sie dachte wieder an die Szene auf der Ausflugsinsel. Zuweilen sprachen die Taten der Menschen für sich, sagten viel mehr als Worte.

Schweißperlen glitzerten auf seiner Stirn.

Auf der kleinen Anrichte stand eine Wasserschüssel neben einem sorgsam gefalteten Waschlappen und einem Stück Kernseife. Sie krempelte ihre Ärmel hoch, tauchte den Lappen ins Wasser und wrang ihn anschließend aus. Mit dem feuchten Lappen betupfte sie Erichs Stirn.

Plötzlich begann er, mit leiser Stimme zu sprechen, während seine Augen weiterhin geschlossen waren: »Ah, das tut gut, Lene.«

»Du träumst wohl gerade ganz das Richtige«, flüsterte sie.

»Aber nein, ich träume nicht«, sagte er und schlug die Augen auf. »Du bist es wirklich, nicht nur ein Traum, und das macht mich unendlich froh!«

Unwillkürlich trat sie einen Schritt zurück und runzelte die Stirn. »Dir scheint es ja schon wieder recht gut zu gehen, wenn du Spaß daran findest, mich zum Narren zu halten.«

»Verzeih mir, vielleicht habe ich es übertrieben. Aber als ich eben deine Schritte auf dem Flur hörte, dachte ich, dass du …«

»Ja, was?«

»Dass du vielleicht nicht hereinkommst, wenn du siehst, dass ich wach bin.«

»Wie kommst du darauf?«

Erich verzog das Gesicht, das Thema war ihm offensichtlich unangenehm.

»Na ja, damals auf der Insel bist du auch einfach weggerannt.«

»Auf Schui ling schan, meinst du? Da hatte ich wohl allen Grund, nicht auch noch mit dir und Amelie freundlich zu plaudern.«

»Amelie konnte nichts dafür. Es war ganz allein meine Schuld. Ich habe Liu Tians Abwesenheit ausgenutzt, um sie einfach zu umarmen, gegen ihren Willen. Ich war verblendet, ein regelrechter Idiot, der nicht akzeptieren wollte, dass Amelie sich längst für Tian entschieden hatte. Außerdem hätte sie sich niemals mit dem Mann ihrer Schwester eingelassen, so gut solltest du sie kennen!«

Helene hatte die Szene auf der Ausflugsinsel wieder vor Augen, so deutlich, als sei es erst gestern gewesen. Es war alles sehr schnell gegangen, und sie hatte Amelie und Erich keine Zeit für Erklärungen gelassen, als sie sich umwandte und blindlings davonstürzte.

Vielleicht war es so, wie Erich sagte. Vermutlich sogar.

Amelie wäre niemals so grausam gewesen, ihre eigene Schwester mit deren Mann zu betrügen.

Aber wieso hatte Helene das dann geglaubt?

Sie konnte es nur mit ihrer Enttäuschung und Verbitterung erklären. Vielleicht hatte sie die Schuld für Erichs Untreue auf Amelie geschoben, um sie nicht bei sich selbst suchen zu müssen.

War sie Erich vielleicht nicht die Frau gewesen, die er sich gewünscht hatte?

Der Gedanke, ihrer Schwester unrecht getan zu haben, quälte sie, und sie war über die Ablenkung froh, als jemand die Zimmertür öffnete.

Zu ihrer Überraschung erblickte sie Ah-Kum, die, ihren Teddy im Arm, zögernd eintrat. Die kleine Chinesin blieb stehen, sah erst Helene und dann Erich an, den sie neugierig betrachtete.

»Ah-Kum, was tust du denn hier?«, fragte Helene, obwohl sie keine Antwort erwarten durfte.

»Nanu, wer ist denn das?«, fragte Erich.

»Ah-Kum ist eins der Waisenkinder, die wir hier betreuen«, erklärte Helene.

»Dann ist das also nicht nur ein Hospital, sondern auch ein Waisenhaus?«

»Es hat sich so ergeben.«

Erich lächelte das Kind freundlich an.

»Du hast aber einen schönen Teddy. Wie heißt er denn?«

»Das weiß niemand«, sagte Helene. »Genauso wenig, wie jemand Ah-Kums richtigen Namen kennt.«

»Das musst du mir erklären, Lene.«

Sie tat es, und Erich hörte interessiert zu.

Anschließend klopfte er mit einer Hand auf den Bettrand und sagte: »Setz dich doch zu mir, Ah-Kum. Deinen Teddy kannst du selbstverständlich mitbringen.«

Ah-Kum hatte ihn offenbar verstanden. Sie trat näher und blieb dicht neben dem Bett stehen. Helene hob sie hoch und setzte sie neben Erich.

»Darf ich mir deinen Teddy einmal ansehen?«, fragte er das Mädchen.

Ah-Kum musterte ihn genau, als überlege sie, ob sie ihm den Teddy anvertrauen sollte. Auf einmal streckte sie beide Arme aus und hielt ihm ihr Plüschtier direkt vors Gesicht.

Erich nahm den Teddy vorsichtig an sich und sagte: »Guten Tag, Teddy. Du bist ja ein sehr geheimnisvoller Bär, genauso geheimnisvoll wie deine Freundin Ah-Kum. Ich frage mich, ob du mir euer Geheimnis verrätst.«

Er wartete ein paar Sekunden, hielt dann den Teddy an sein Ohr und tat, als lausche er andächtig.

Schließlich nickte er und sagte: »So ist das also. Vielen Dank für dein Vertrauen.«

Er gab den Teddy seiner Besitzerin zurück, die plötzlich über das ganze Gesicht grinste.

»Was hat der Teddy dir gesagt?«, fragte Helene.

Erich grinste jetzt auch.

»Er sagte, Geheimnisse heißen Geheimnisse, weil sie nun einmal geheim sind. Man verrät sie nicht jedem, sondern nur jemandem, der das Vertrauen verdient.«

»So, das hat dir der Teddy also gesagt«, seufzte Helene und heftete ihren Blick fest auf Erich. »Du scheinst heute ja sehr zum Spaßen aufgelegt zu sein. Man könnte glauben, Doktor Ehrmann habe letzte Nacht nicht dein Bein operiert, sondern deinen Kopf.«

»Vielleicht hat er das ja verwechselt«, witzelte Erich.

»Da ich die ganze Zeit dabei war, ist das auszuschließen.«

»Du hast ihm assistiert?«

Helene nickte.

»Da ich die einzige Schwester hier bin, blieb mir nichts anderes übrig.«

»Ich nehme an, du bist eine sehr gute Krankenschwester, obwohl du keine entsprechende Ausbildung hattest.«

»Ich hoffe, dass ich das bin. Schließlich hatte ich die beste Ausbildung, die man sich wünschen kann. Dr. Ehrmann hat mir alles beigebracht, was eine Krankenschwester wissen muss.«

»Du scheinst große Stücke auf deinen Doktor Ehrmann zu halten.«

»Es gibt keinen anderen Menschen, von dem ich so viel halte wie von ihm.«

Das war nicht nur ein Lob für den Arzt, sondern zugleich ein Hieb gegen Erich, und er nahm ihn wortlos hin.

Während sie sich unterhielten, hatte Ah-Kum begonnen, mit Erichs verfilztem roten Bart zu spielen. Fasziniert davon, hatte die Chinesin sogar ihren Teddy aufs Bett gelegt, um mit beiden Händen durch das rote Gestrüpp zu fahren.

»Das scheint ihr zu gefallen«, sagte er.

»Kein Wunder, dass dein Bart Ah-Kums Aufmerksamkeit erweckt hat. Rote Bärte sind in China ungefähr so häufig wie blaue Augen.« Helene musterte ihn zweifelnd.

»Eine wahre Manneszierde sieht aber anders aus. Du wirkst wie ein Pirat oder ein Raubritter aus einem Schmöker.«

»Ich habe den Bart nicht absichtlich wachsen lassen. Auf dem Weg hierher hatte ich keine Gelegenheit, mich zu rasieren. Zumal ich mein Rasierzeug in Tsingtau gelassen habe. Es war ein einigermaßen überhasteter Aufbruch, weißt du.«

»Du musst mir alles ganz genau erzählen, auch was mit meinen Eltern ist, mit Amelie und Fritz. Was deinen Bart betrifft, den kann Zhong dir abnehmen. Er verdient sich hier ein Zubrot als Barbier.«

»Dieser bullige Kuli mit den Bärenpranken? Den soll ich mit einem Rasiermesser an meine Kehle lassen?«

»Möchtest du lieber, dass ich dich rasiere?«

Erich grinste.

»Das muss ich mir gut überlegen.«

Jemand klopfte an die halb offene Tür, und Meng trat ein.

»Verzeihung, aber ich suche Ah-Kum. Oh, da ist sie ja. Ich bitte noch einmal um Verzeihung, aber irgendwie ist sie aus dem Waisentrakt entwischt.« Er trat zum Bett und nahm das Mädchen vorsichtig herunter. »Komm mit mir, Ah-Kum, Fang will dich baden.«

Er nahm sie an der Hand und führte sie hinaus. Vor der Tür drehte das Mädchen sich noch einmal um und winkte Erich zu, bevor die beiden auf dem Flur verschwanden.

»Wer ist Fang?«, fragte Erich.

»Eine alte Chinesin, die hier ihren Unterschlupf gefunden hat, nachdem sie bei einer Choleraepidemie ihre gesamte Familie verloren hatte. Sie kümmert sich um die Waisenkinder wie eine Großmutter um ihre Enkel.«

»Und wer ist der höfliche junge Mann?«

»Meng? Er hat heute seinen ersten Arbeitstag als Boy. Als Ersatz für Wu. Das ist der Chinese, der …«

»Ich weiß, wer Wu ist. Beziehungsweise, wer er war«, sagte Erich. »Leider bin ich zu spät gekommen, um auch ihn zu retten.«

»Es ist nicht deine Schuld. Was du getan hast, für Zhong und Hao, das war sehr tapfer von dir.«

»Wenigstens eine gute Eigenschaft muss der Mensch schließlich haben«, sagte er ernst.

Helene beschloss, diese Bemerkung zu ignorieren.

Sie blickte zu der Tür, die Meng hinter sich geschlossen hatte, und seufzte: »Hoffentlich endet Meng nicht auch einmal so wie Wu!«

»Was bringt dich zu der Annahme, es könnte so kommen?«

»In Mengs Kopf spuken wilde Ideen von Heldentum und vom Kampf gegen General Lin Gang herum. Wir hoffen, die Arbeit hier als Boy lässt ihn diese Ideen vergessen.«

»Wer ist wir?«

»Doktor Ehrmann und ich.«

Kaum hatte sie von Ehrmann gesprochen, da klopfte jemand an die Tür, und der Doktor trat ein.

»Störe ich?«

»Ein Doktor Ehrmann kann gar nicht stören«, entfuhr es Erich.

Auf dem Gesicht des Arztes zeigte sich leichte Verwirrung.

»Wie meinen Sie das, Herr Schweiger?«

»Lene hat in den höchsten Tönen von Ihnen gesprochen.«

»So, hat sie das?«

Als Ehrmann sie ansah, spürte Helene, wie sie errötete.

Rasch sagte sie: »Ich fürchte, ich habe Erich überanstrengt. Er beginnt zu phantasieren. Wir sollten ihm jetzt wieder etwas Ruhe gönnen.«

»Um dafür zu sorgen, bin ich gekommen. Sie beide werden noch Zeit genug haben, sich auszutauschen.«

Bevor sie den Raum verließ, blieb Helene stehen und sah noch einmal zu Erich.

»Wie hast du meine Schritte erkannt?«

»Wie bitte?«, erwiderte er.

»Du sagtest vorhin, du hättest dich schlafend gestellt, als du meine Schritte auf dem Flur gehört hast. Woher wusstest du, dass ich es bin?«

Erich lächelte. »Ich hatte es gehofft.«

13

Helene begleitete Dr. Ehrmann in den Krankensaal, um die Patienten zu versorgen. Eigentlich war es Routinearbeit, wie sie jeden Tag anfiel, aber heute musste sich Helene anstrengen, um keinen Fehler zu machen.

Immer wieder wollten ihre Gedanken zu dem Gespräch mit Erich wandern. Was er ihr über den Vorfall auf der Ausflugsinsel erzählt hatte, hatte das fest gefügte Bild, das sie sich seit zweieinhalb Jahren gemacht hatte, ins Wanken gebracht.

Sie war verunsichert, mehr noch, sie fühlte sich schuldig gegenüber ihrer Schwester.

Am liebsten hätte sie augenblicklich mit Amelie gesprochen und sich für die Vorwürfe entschuldigt, die sie ihr all die Zeit über in Gedanken gemacht hatte. Aber Amelie war nicht hier, war weit entfernt in Tsingtau, das jetzt von den Japanern besetzt war.

Zum ersten Mal seit langer Zeit dachte Helene wieder intensiv an ihre Familie und fragte sich, wie es ihren Eltern und Geschwistern gehen mochte. Sie hoffte, dass es allen gut ging, auch unter den japanischen Besatzern.

So bald wie möglich wollte sie Erich nach ihren Angehörigen fragen.

Erich.

Sie konnte noch gar nicht recht glauben, dass er plötzlich wieder in ihr Leben getreten war. Auf eine Weise, die es ihr nicht ermöglichte, ihn einfach von sich zu stoßen. Er war verletzt, war Patient im Lián-Hospital, und es war ihre Pflicht, sich um ihn zu kümmern.

Aber hätte sie ihn wirklich ignoriert oder gar fortgeschickt, wenn sie das gekonnt hätte? Die Antwort, das musste sie sich eingestehen, hieß Nein.

Zum einen schuldeten alle im Hospital Erich Dank dafür, dass er sein Leben für Zhong und Hao gewagt hatte. Erich war schon immer mutig gewesen. Andernfalls hätte er kaum die Fliegerei zu seinem Steckenpferd gemacht. Helene hatte ihn dafür bewundert – und auch geliebt.

Zum anderen war es wahrscheinlich gut für beide, dass sie und Erich Gelegenheit hatten, sich gründlich auszusprechen. Danach würde es ihr vielleicht endgültig gelingen, mit ihrer Vergangenheit – mit ihrem alten Leben – abzuschließen.

Die Frage war nur: Wollte sie das überhaupt? Oder war sie nicht insgeheim froh darüber, dass Erich sich für sie interessierte?

Erich hatte nach ihr gesucht und große Strapazen auf sich genommen, um sie zu finden. Aber warum, wenn es doch Amelie war, die er liebte?

Hegte er etwa doch echte Gefühle für Helene, so etwas wie Liebe?

Und sie selbst?

Empfand sie auch noch Zuneigung für ihn?

Noch vor vierundzwanzig Stunden hätte sie das mit einem kategorischen Nein beantwortet.

Aber als sie mit Erich gesprochen und seine unmittelbare Nähe gespürt hatte, war eine Art von Vertrautheit zwischen ihnen aufgekommen, die einerseits ein wohliges Empfinden in ihr auslöste und die ihr andererseits Angst machte. Angst, sich noch einmal an Erich zu verlieren und dabei letztendlich bitter enttäuscht zu werden.

Verrückt war das alles, vollkommen verrückt!

Gestern noch hatte sie um das Leben von Kang gebangt, und heute dachte sie an Erich.

Nein, sie hatte Kang nicht vergessen, aber im Augenblick war er für sie so wenig greifbar, wie Erich es zweieinhalb Jahre lang gewesen war.

Unwillkürlich stellte sie in Gedanken beide Männer nebeneinander, verglich sie miteinander, wie man in einem Warenhauskatalog zwei Kleidermodelle miteinander verglich. Dabei wusste sie doch so wenig über den Chinesen.

Äußerlich war es noch einfach: Beide Männer waren groß und muskulös, offenbar ein Männertyp, der ihr zusagte.

Aber was konnte sie schon über Kangs Gefühle und Gedanken sagen? Eigentlich so gut wie nichts.

Was wusste sie von ihm, außer dass er versuchte, Halbwüchsige für den Krieg gegen die Japaner und gegen General Lin zu rekrutieren? Und das sprach in ihren Augen eher gegen Kang als für ihn.

»Dumme Pute!«, beschimpfte sie sich schließlich leise selbst.

Was machte sie sich all diese Gedanken um Kang, wo sie ihn doch wahrscheinlich niemals wiedersehen würde?

»Was sagen Sie, Schwester?«, kam es von Dr. Ehrmann, der neben ihr am Bett des Schusters aus Gaoyang stand.

»Ach nichts, ich habe nur laut gedacht.«

»Soso«, brummte Ehrmann nur, bevor er sich wieder um die verletzte Hand des Schusters kümmerte, aber für einen flüchtigen Augenblick wirkte er erheitert.

Die Abenddämmerung hatte längst eingesetzt, als Helene mit einem großen Tablett in Erichs Zimmer trat. Er hatte das elektrische Licht eingeschaltet, das von einem Generator erzeugt wurde, und blätterte in einer der Zeitungen, die Helene ihm hatte bringen lassen. Es war eine alte Ausgabe der *Berliner Illustrirten Zeitung* mit einem Bericht über den Berliner Motorflugplatz Johannisthal-Adlershof.

Helene sah den Artikel, als Erich sie bemerkte und die Zeitung vor sich aufs Bett legte. Gleichzeitig sah sie sein glattes Gesicht, und für einen Augenblick war er in ihren Augen wieder der junge, unbeschwerte Kaufmannssohn, den sie vor sechs Jahren in Tsingtau kennengelernt hatte.

»Du hast Zhongs Rasur also überlebt und bist schon wieder mit der Fliegerei beschäftigt. Ich hoffe, du hast trotzdem Appetit auf dein Abendessen.«

»Appetit ja, aber Zweifel, ob ich diesen Berg vertilgen kann. Gehört es hier zur Therapie, die Patienten zu mästen?«

»Für dich ist nur die Hälfte. Ich dachte, wir nehmen das Abendessen zusammen ein. Das heißt, falls es dich nicht stört.«

»Mich stören? Ganz im Gegenteil, Lene, ich freue mich!« Er rutschte ein Stück zur Seite, so weit, wie es ihm möglich war. »Ich werde Tisch und Bett mit dir teilen, auch wenn es in diesem Fall ein und dasselbe ist.«

Helene überging die Anspielung, stellte das Tablett vorsichtig aufs Bett und setzte sich auf den Besucherstuhl.

»Auch für zwei Personen ist das reichlich bemessen«, stellte Erich fest.

»Tao-Wei, unser Koch, meint es gut mit mir. Er glaubt wohl, mir etwas schuldig zu sein, weil ich ihn kürzlich in der hohen Kunst des Kaffeekochens unterwiesen habe.«

»Und wer hat den Kaffee vorher gekocht?«

»Auch Tao-Wei, aber man konnte das Ergebnis kaum Kaffee nennen.«

»Du hast ihm also gezeigt, wie es geht, und er dankt dir dafür. Wie ungewöhnlich.«

Sie war irritiert.

»Wieso?«

»Die chinesischen Köche, die ich kenne, sind eifrig darauf bedacht, vor den anderen Bediensteten wie auch vor ihrer Herrschaft nicht ihr Gesicht zu verlieren. Was bedeutet, dass sie sich nur höchst ungern belehren lassen.«

»Es war niemand anders dabei. Ich denke, ich habe es sehr geschickt angestellt.«

»Das glaube ich gern.«

Während Erich das sagte, hob er die Brauen an, und der Blick seiner graublauen Augen schien Helene geradezu durchbohren zu wollen.

»Du siehst mich so seltsam an. Hat das einen bestimmten Grund?«

»Ich bin gerade dabei, dich neu kennenzulernen, Lene. Du hast dich sehr verändert.«

»Zweieinhalb Jahre sind eine lange Zeit.«

»Ich kenne Leute, die ändern sich in zwanzig Jahren

kein bisschen. Du aber hast dich verändert, als hätten wir uns zehn Jahre nicht gesehen.«

»Ich führe jetzt ein anderes Leben als damals.« Sie biss in eines von Tao-Weis mit Hühnerfleisch gefüllten Hirseküchlein, fühlte sich aber, während sie noch kaute, angehalten hinzuzufügen: »Eins, das mir gut gefällt.«

»Das glaube ich«, sagte Erich und nahm ebenfalls eins der Küchlein in die Hand. »Du bist viel selbstständiger geworden und sehr viel munterer. Als Krankenschwester lernt man vermutlich schnell, sich durchzusetzen.«

Helene nickte.

»Das ist wahr. Wie sagt doch Doktor Ehrmann: Nur einer kann den Krieg gewinnen, der Patient oder die Schwester.«

Erich machte ein ernstes Gesicht.

»Ich möchte keinen Krieg gegen dich führen, Lene, ganz im Gegenteil.«

Sie hielt mitten im Kauen inne und sah ihn ebenfalls ernst an.

»Womit wir ja schon bei des Pudels Kern wären, Erich, deiner Anwesenheit in dieser abgelegenen Gegend, weitab von jeder deutschen Niederlassung. Was willst du hier?«

»Dich«, sagte er nur und erwiderte ihren Blick.

Helene versuchte, in seinem Gesicht zu lesen, wollte herausfinden, was in Erich wirklich vorging. Sie konnte kein Falsch, keinen Hintersinn entdecken. Ganz offen blickte er sie an und – wie es schien – ehrlich.

Sie schluckte den Rest des Küchleins hinunter, ohne den Geschmack überhaupt zu bemerken, und fragte: »Warum willst du mich?«

Er sah ihr tief in die Augen, und sein Blick wirkte zutiefst ehrlich, als er antwortete: »Weil ich dich liebe, Lene.«

Noch immer verriet Erichs Gesicht keine Lüge und auch keinen versteckten Spott, und doch konnte sie nicht glauben, was er gesagt hatte. Als sie noch in Tsingtau gelebt hatte, war Erichs Zuneigung zu Amelie eindeutig gewesen.

»Kommst du dir nicht reichlich merkwürdig vor, wenn du das sagst, Erich? Nach allem, was gewesen ist. Nach so langer Zeit.«

In seinem Gesicht arbeitete es. Mehrmals öffnete sich sein Mund und schloss sich dann wieder, ohne etwas gesagt zu haben, als suche er vergeblich nach den richtigen Worten.

»Es ist die Wahrheit, Lene«, brachte er schließlich hervor. »Du magst es glauben oder nicht. Ich habe es nur zu spät erkannt. Viel zu spät. Leider. Es stimmt, ich habe Amelie einmal geliebt, und lange, viel zu lange, hat mir das die wahre Sicht auf dich versperrt. Vielleicht, weil du einfach zu still warst, zu zurückhaltend.«

»Dann ist es also meine Schuld, dass du mich mit meiner Schwester hintergehen wolltest?«, fragte sie in einem kühlen, aber scharfen Ton.

»Nein, so habe ich es nicht gemeint.« Erich breitete hilflos die Arme aus. »Ich weiß nicht, wie ich es richtig ausdrücken soll. Tausendmal habe ich darüber nachgedacht, habe ich nach den richtigen Worten gesucht, ohne sie zu finden. Bis ich mir gesagt habe, die Worte würden mir schon einfallen, wenn ich dich nur erst gefunden hätte. Aber jetzt? Was soll ich sagen? Ich bin hier!«

»Du musst schon entschuldigen, wenn ich dir nicht vor

Rührung und Liebe erbebend um den Hals falle wie in einem Roman von Courths-Mahler, aber die Zeit ist vorbei. Nicht, wo *du* bist, ist entscheidend, sondern wo *dein Herz* ist.«

»Gibst du mir denn gar keine Chance, Lene?«

In seiner Stimme und auch in seinem Blick lag ein Flehen, das ihr Herz früher gewiss erweicht hätte. Früher. Nach all ihren Erfahrungen aber war sie härter geworden und vorsichtiger.

»Ich werde darüber nachdenken«, sagte sie nach längerer Pause. »Außerdem …«

Helene brach den Satz ab.

»Außerdem?«, fragte Erich.

»Außerdem weiß ich nicht, ob ich dich noch lieben kann.«

Wieder herrschte für einige Zeit Stille, aber der Ausdruck auf Erichs Gesicht zeigte deutlich, wie tief ihn Helenes letzte Bemerkung getroffen hatte.

Endlich fragte er: »Gibt es einen anderen Mann in deinem Leben?«

»Wenn ich das wüsste«, seufzte sie.

»Also gibt es einen. Ist es dieser verschwundene Chinese, Kang?«

Sie fuhr zusammen wie ein beim Naschen ertapptes Kind.

»Wie kommst du darauf?«

»Als du von ihm erzählt hast, glaubte ich, deinen Worten eine gewisse Zuneigung entnehmen zu können.«

»Aber ich habe ihn doch dafür beschimpft, dass er Meng die ganzen Flausen von Heldentum in den Kopf gesetzt hat.«

»Das stimmt, aber du hast dich angehört wie jemand, der tief enttäuscht wurde.«

»Wirklich?«

Erich nickte.

Helene hob die Schultern etwas an und ließ sie dann mutlos wieder sinken.

»Nun ja, Kang ist spurlos verschwunden, und man darf wohl bezweifeln, dass ich ihn jemals wiedersehe.«

»Ich weiß nicht, ob ich mich darüber freuen soll. Wenn du Kang liebst, wirst du kaum mit mir als zweiter Wahl zufrieden sein.«

»Verrückt, nicht wahr?«, meinte sie. »Es ist fast wie vorher zwischen dir und Amelie. Als du sie nicht bekommen konntest, hast du mich genommen, als zweite Wahl, wie du es eben ausgedrückt hast.«

»Es hat dir kein Glück gebracht, und mir auch nicht.« Erich seufzte schwer und schloss die Augen. »Ich habe kein Recht, etwas anderes zu erwarten. Jetzt weiß ich wenigstens, woran ich bin.«

Seine Augen blieben geschlossen, und sein Atem ging gleichmäßig.

»Bist du müde?«, fragte Helene.

»Ja, lass mich bitte schlafen.«

Sie nahm die Zeitung beiseite und brachte das Tablett auf den Flur, wo sie es auf einem kleinen Tisch abstellte. Dann ging sie in Erichs Zimmer zurück, um das Licht auszuschalten.

»Gute Nacht, Erich«, wünschte sie.

Er antwortete nicht.

14

Nach einer unruhigen Nacht, in der sie immer wieder an das Gespräch mit Erich denken musste, war Helene am nächsten Vormittag froh, dass es im Hospital unerwartet viel zu tun gab. Das hielt sie von weiterer Grübelei ab.

Der Anlass war allerdings kein freudiger. Eine Handelskarawane war nur wenige Kilometer entfernt überfallen worden, und jetzt wollten vierzehn Verwundete verarztet werden.

Drei von ihnen war so schwer verletzt, dass Dr. Ehrmann sie dabehielt.

Anfangs wollten die Männer von der Karawane nicht recht damit herausrücken, wer sie überfallen hatte, ob Banditen oder Soldaten. Aus irgendeinem Grund schienen sie Angst davor zu haben, viel über den Überfall zu erzählen. Ein noch recht junger Chinese von siebzehn oder achtzehn Jahren, dem eine Kugel die linke Hand zerschmettert hatte, ließ sich schließlich von Ehrmann die Aussage entlocken, dass die Angreifer Soldaten gewesen seien.

»Also Männer von General Lin Gang«, sagte der Arzt wie beiläufig, während er den Verband um die verletzte Hand festzog.

»Nein, sie gehörten zu General Chao Li-Hu«, berichtigte der Patient, bevor er sich mit betretenem Gesicht auf die Unterlippe biss.

»Dann machen auch General Chaos Soldaten vor Raubzügen nicht halt«, stellte Ehrmann fest. »Was haben sie eigentlich erbeutet?«

»Mehr weiß ich nicht«, sagte der Verwundete mit belegter Stimme. »Mehr kann ich nicht sagen, wirklich nicht.«

»Ich verstehe«, sagte Ehrmann und drang nicht weiter in ihn.

Sowohl Ehrmann als auch Helene ließen das Mittagessen ausfallen, um die vielen Verwundeten zu versorgen. Ehrmanns Angebot, das Essen gemeinsam nachzuholen, lehnte Helene ab. Sie spürte keinen Hunger, dafür ein umso größeres Bedürfnis nach frischer Luft.

Es war zwar Ende November, aber das Wetter tagsüber noch recht mild. Vereinzelte Wölkchen am ansonsten blauen Himmel waren kein großes Hindernis für die wärmenden Sonnenstrahlen.

Also ging sie, nachdem sie eine wollene Stola über die Schultern gelegt hatte, hinaus zum See. Mit jedem Atemzug sog sie die erfrischende Luft in sich ein, eine willkommene Abwechslung zu der dichten Mischung aus menschlichen Ausdünstungen, Medizin und Desinfektionsmitteln im Ordinations- und im Operationszimmer.

War es ein Zufall, dass sie sich in der Nähe jener Stelle wiederfand, wo sie Kang aufgefunden hatte?

Helene lächelte bei dem Gedanken und konnte die Frage nicht beantworten. Gut möglich, dass ihr Unterbewusstsein und ihr nach wie vor starkes Verlangen nach einem

Wiedersehen mit dem geheimnisvollen Chinesen sie hergeführt hatten, mochte dieser Wunsch auch noch so unrealistisch sein.

Erichs Auftauchen hatte an alldem nichts geändert, bedeutete in ihren Augen nur eine Verkomplizierung der Dinge – besonders ihrer Gefühle.

Jetzt dachte sie nicht nur an einen Mann, den sie gern wiedersehen wollte, von dem sie aber nicht wusste, wo er sich aufhielt, geschweige denn, ob er überhaupt noch am Leben war.

Nein, jetzt war da auch noch der Mann aus ihrer Vergangenheit, ihr Ehemann, der sie unbedingt wiedersehen wollte. Noch immer war sie sich nicht ganz im Klaren, ob sie sich nun über Erichs Anwesenheit freuen sollte oder nicht.

Ohne Zweifel hatte er ein großes Wagnis auf sich genommen, als er das von den Japanern besetzte Tsingtau heimlich verlassen hatte, um sich auf die ungewisse Suche nach ihr zu begeben. Und ja, es schmeichelte ihr. Aber das konnte nicht genügen, um die erloschene Liebe zu ihm wiederzuerwecken. Kam Erich nicht mehr als zwei Jahre zu spät?

In das Quaken zweier Frösche, die miteinander im Wettstreit zu liegen schienen, mischte sich das Geräusch von Schritten, und Helene wandte den Kopf um.

»Erich!«

Wenige Meter von ihr entfernt stand er, auf zwei Krücken gestützt, im Schilfgras, glatt rasiert wie am vergangenen Abend, und lächelte sie an. Er hatte seine alten Kleider angezogen, die allerdings mehr als zerschlissen waren.

Noch etwas fiel ihr auf: An seiner rechten Seite hing eine lederne Pistolentasche.

»Guten Tag, Lene. Ich darf mich hoffentlich ein wenig zu dir gesellen?«

»Was ist, wenn ich Nein sage?«

Er grinste.

»Dann petze ich bei Doktor Ehrmann, dass du deine Patienten schlecht behandelst.«

»Das kann ich natürlich nicht in Kauf nehmen.« Helene deutete zu einer kleinen Bucht, keine zwanzig Meter entfernt. »Da gibt es eine Bank. Auf die Dauer ist es mit den Krücken bestimmt unangenehm.«

»Dann auf zur Bucht mit der Bank! Leider kannst du dich nicht bei mir einhaken.«

»Das habe ich lange Zeit auch nicht vermisst«, sagte sie spitz.

Als sie den Schatten sah, der daraufhin über Erichs Gesicht zog, kam sie sich schlecht vor. Sie musste lernen, die Vergangenheit endlich zu begraben und ihn nicht dauernd zu verletzen. Es war zu nichts gut, sondern schaffte höchstens böses Blut.

Als sie nebeneinanderher liefen und auf die Bucht zusteuerten, sagte sie: »Du hättest dir frische Kleidung geben lassen sollen. Deine alten starren vor Blut und Schmutz. Man müsste sie gründlich reinigen, am besten aber verbrennen.«

»Wer ist denn hier der Kleiderwart, etwa der allgegenwärtige Zhong?«

»Erraten. Er ist für alles zuständig, für das niemand sonst zuständig ist. Aber du brauchst dich nicht darum zu kümmern. Ich werde dir Kleider heraussuchen. Schließlich kenne ich deine Größe genau.«

»Was von einer Ehe übrig bleibt«, sagte Erich und ließ sich mit einem kleinen Stöhnen auf der Bank nieder. »Man kennt die Kleidergröße des anderen.«

Helene setzte sich neben ihn.

»Warum hast du deine Pistole umgeschnallt?«

»Zur Sicherheit. Zhong hat mir von dem Überfall auf die Karawane erzählt.«

»Und du glaubst, in unmittelbarer Nähe des Hospitals sei es gefährlich? Schließlich hängt die Rotkreuzflagge über unserem Dach.«

Erich blickte sich zum Hospital um, wo die rot-weiße Flagge leicht im Wind wehte, und seufzte: »Ja, ganz hübsch, aber selbst wenn du sie dir um den Leib bindest, macht dich das nicht kugelfest. Außerdem hast du hier schon einmal einen Verwundeten aufgefunden, den andere hergebracht haben. Soldaten des Generals Chao. Wie Zhong mir sagte, gehören auch die Männer, die für den Karawanenüberfall verantwortlich sind, zu Chao.«

Als Helene das hörte, dämmerte ihr, warum Erich nach draußen gekommen war – und warum er seine Pistole bei sich trug.

»Sag mal, hast du von Zhong etwa erfahren, dass ich zum See gegangen bin? Hast du dich aus dem Bett gequält und die Pistole mitgenommen, um mich vor irgendwelchen marodierenden Soldaten zu beschützen?«

»Und wenn? Schließlich bin ich dein Mann.«

Sie nickte leicht.

»Ich sehe, dass du deinen Ehering noch trägst.«

»Du deinen dagegen nicht«, stellte Erich fest. »Hast du ihn weggeworfen?«

»Nein, nur abgenommen. Es schien mir nicht mehr angemessen, ihn zu tragen. Nicht, nachdem ich dich und Amelie in inniger Umarmung gesehen hatte.«

»Ich verstehe«, sagte Erich. »Was ich allerdings nicht verstehe, ist, wie du dich damals vor uns verstecken konntest. Wir haben dich wirklich überall gesucht und waren schließlich der Meinung, es gäbe keine andere Möglichkeit, als dass du über den Rand der Klippen gefallen und in die Tiefe gestürzt sein müsstest.«

»Das bin ich auch.«

Erich sah sie entgeistert an. »Aber … wie hast du das überlebt?«

»Vielleicht hatte ich einen Schutzengel, ich weiß es nicht. Ich hatte das Gedächtnis verloren und kam erst wieder in einer Fischerhütte zu mir. Die Fischer hatten mich aus dem Wasser gezogen und mir damit das Leben gerettet. Aber auch das weiß ich nur, weil sie es mir erzählt haben. Erinnern kann ich mich daran nicht.«

»Wo lebten diese Fischer?«

»Auf Schui ling schan.«

»Aber wir haben auf der ganzen Insel nach dir gesucht, mithilfe der Polizei und des Militärs.«

»Als meine Erinnerung zurückkam, bat ich die Fischer, mich nicht zu verraten. Ich wollte mir erst darüber klar werden, ob ich in mein altes Leben zurückwollte.«

»Das nenne ich eine Chance nutzen, die sich unerwartet auftut. Um ehrlich zu sein, Lene, so etwas hätte ich dir niemals zugetraut.«

»Ist das ein Kompliment oder ein Vorwurf?«, fragte Helene.

»Beides. Oder nichts von beidem. Ich weiß es selbst nicht. Ich staune nur.«

»Über mich?«

»Ja. Und darüber, was alles in dir steckt. Ich glaube, ich habe dich bis jetzt gar nicht richtig gekannt.«

»Vielleicht deshalb, weil du immer nur Amelie in mir gesehen und gesucht hast.«

»Da mag etwas dran sein«, gab Erich zu. »Aber sicher auch, weil du dich in den vergangenen zwei Jahren weiterentwickelt hast.«

»Wenn das stimmt, dann bin ich wohl gar nicht die Frau, die du zu finden hofftest. Die, die du zu lieben glaubtest.«

»Im Gegenteil: Du bist es noch viel mehr.«

Er fasste sie sanft an den Schultern und wollte sie ebenso sanft zu sich heranziehen, aber sie sträubte sich.

»Lass das bitte, Erich! Mann und Frau sind wir nur noch auf dem Papier.«

»Verzeih.« Enttäuscht zog er seine Hände zurück. »Magst du mir erzählen, wie es dir weiter ergangen ist?«

Helene nickte.

»Als die Suche nach mir auf Schui ling schan eingestellt war, ließ ich mich von einem Fischer zum Festland bringen, an eine Stelle, die von Tsingtau weit abgelegen ist. Man hatte mir erzählt, dass es dort deutsche Missionare geben sollte, und so war es auch. Bei ihnen wollte ich bleiben und mich nützlich machen, bis ich mir über meine Zukunft klar geworden war. Sie nahmen mich freundlich auf, aber nach kurzer Zeit wurde ich krank. Wahrscheinlich war das eine Nachwirkung meines Sturzes. Die Missionare brachten mich zu einer anderen Missionsstation in den Bergen, wo es einen Arzt gab.«

»Doktor Ehrmann?«

»Ganz recht, Doktor Ehrmann. Er sorgte gut für mich, und als ich wieder gesund war, bedankte ich mich dafür, indem ich ihm half, so gut ich konnte. Was soll ich sagen? Ich fand große Freude an der Arbeit. Es gefiel mir, anderen Menschen zu helfen, und auf einmal wusste ich, wie mein Leben aussehen sollte. Mein neues Leben. Ich fragte Ehrmann, ob ich bei ihm bleiben dürfe, und zu meiner Erleichterung stimmte er zu. Als die Missionsstation wegen des Angriffs der Japaner und der größer werdenden Unruhen geschlossen wurde und Doktor Ehrmann das Angebot des Chinesischen Roten Kreuzes annahm, dieses Hospital zu leiten, ging ich mit ihm.«

»Aus der Geschichte könnte man einen Roman machen«, sagte Erich.

Wenn Helene sich nicht täuschte, schwang in seinen Worten Anerkennung mit. Sie freute sich darüber. Es sprach für seinen Charakter.

Es gab gewiss genügend Männer in Tsingtau und erst recht drüben in Deutschland, die nicht das geringste Verständnis für Helenes Wunsch nach einem neuen, erfüllten Leben gehabt hätten. Männer, für die eine Frau nur an drei Orte gehörte: mittags und abends in die Küche, sonntags in die Kirche und nachts ins Ehebett.

»Ich habe noch so viele Fragen«, meinte Erich, aber Helene schnitt ihm mit einer schnellen Handbewegung das Wort ab.

»Jetzt bin ich erst mal an der Reihe, ich habe auch viele Fragen an dich.«

»Ja, natürlich, frag nur.«

»Zunächst interessiert mich, wie du mich überhaupt gefunden hast.«

»Mit einer riesengroßen Portion Glück«, antwortete er. »Und hiermit.«

Erich nahm etwas aus einer Tasche seines schmutzigen Uniformhemds und hielt es Helene in der flachen Hand hin.

Überrascht riss sie die Augen auf und streckte eine Hand nach dem Gegenstand aus, zögerte dann aber, ihn anzufassen.

»Mein Medaillon«, keuchte sie. »Der Hund aus Jade! Oder ist es nur ein ähnlicher Anhänger?«

»Nein, er gehört dir. Dein Name ist auf der Rückseite eingraviert.«

Noch immer schwebte ihre Hand über dem Jade-Medaillon, ohne es zu berühren. War es nicht ein Sinnbild ihres früheren Lebens, des Lebens, das sie voll und ganz losgelassen hatte?

Auf einmal stand der Tag ihrer Ankunft in Tsingtau vor über sechs Jahren wieder deutlich vor ihr. Sie sah den Reichspostdampfer *Goeben* in den Hafen einlaufen und dann das ameisenhafte Gewimmel von Europäern und Chinesen vor der Anlegestelle.

Mittendrin ihr Vater, der sie, ihre Schwester und ihre Mutter herzlich begrüßte, wollten die drei doch jetzt für immer in Tsingtau bleiben, wo Heinrich Kindler gemeinsam mit seinem Sohn Fritz ein florierendes Handelshaus aufgebaut hatte.

Jede der drei Frauen hatte von ihm als Begrüßungsgeschenk ein Medaillon aus Jade mit einem Tier darauf erhalten, entsprechend ihrem jeweiligen chinesischen Tierkreiszeichen. Bei Mutter war es eine Ziege gewesen, bei Amelie ein Affe und bei Helene ein Hund, weil sie im Jahr des Hundes geboren war.

Das alte, vergangene, verdrängte Leben ins Tsingtau, auf einmal war es wieder da!

Zögernd nahm sie das Medaillon aus Erichs Hand und betrachtete es aus der Nähe, drehte es um. Ja, dort auf der Rückseite stand tatsächlich ihr Vorname.

»Woher hast du das, Erich?«

»Mein Freund Jakob Winterkorn hat es gefunden. Ein verwundeter Soldat, der im selben Lazarettsaal lag wie er, trug es bei sich.«

»Das mit Jakob tut mir leid. Ich habe ihn immer sehr gemocht, er hatte so etwas Frisches an sich. Ist er schwer verwundet worden?«

»Er ist noch glimpflich davongekommen, nur ein verletztes Bein.«

Erich erzählte von den Aufklärungsflügen, die Jakob und er während der Belagerung abwechselnd mit ihrem *Adler von Tsingtau* unternommen hatten.

»Eines Tages«, fuhr er fort, »hatte die japanische Artillerie Glück und Jakob Pech. Ausgerechnet, als er am Steuer des *Adlers* saß, holten die Japaner unseren Vogel vom Himmel. Aber Jakob hat gute Pflege gehabt. Amelie arbeitete als Krankenschwester in dem Lazarett, das man im Seemannshaus eingerichtet hatte.«

»Amelie hat auch als Krankenschwester gearbeitet?«

Helene mochte es kaum glauben. War das Zufall oder ein Ergebnis gemeinsamer Erbanlagen?

Erich nickte.

»Ihr beide habt eben viel gemeinsam.«

»Dieser verwundete Soldat, der mein Medaillon hatte, war das so ein baumlanger Holsteiner?«

»Genau der.«

»Ich erinnere mich gut an ihn. Er hatte eine große Wunde in der Brust, wo ihn ein Granatsplitter getroffen hatte. Man hatte ihn in unsere Mission gebracht. Als Doktor Ehrmann nichts mehr für ihn tun konnte, ließ er ihn nach Tsingtau verlegen. Hat er es überlebt?«

Erich schüttelte den Kopf und fragte: »Wie kam er an das Medaillon?«

»Ich habe es ihm geschenkt. Im Fieberwahn hielt er mich für seine Mutter, die wohl auch ein Medaillon getragen hat. Als man ihn verlegte – er fieberte noch immer –, wollte er das Medaillon unbedingt mitnehmen, als Erinnerung an seine Mutter.«

»Das war gut, denn nur so kam ich auf deine Spur und überhaupt darauf, dass du noch am Leben bist.«

Er erzählte von seiner nächtlichen Flucht mit dem *Adler*, von seinem Abschuss und von dem alten Ho Dewei, der ihn aufgelesen und ihm von dem Hospital des Chinesischen Roten Kreuzes berichtet hatte.

»Der Weg hierher war nicht leicht«, schloss er, »aber jetzt bin ich hier.«

»Ja, jetzt bist du hier«, sagte Helene ohne jede Begeisterung. Sie seufzte, straffte sich dann und fragte: »Wie geht es meiner Familie?«

»Das ist keine schöne Geschichte«, lautete Erichs zögernde Antwort.

»Warum? Ist jemand gestorben?«

Erich musste mehrmals ansetzen, bevor er es über die Lippen brachte: »Alle sind tot, alle außer Amelie.«

Auch wenn Helene sich in den vergangenen zweieinhalb Jahren kaum Gedanken über ihre Familie gemacht hatte – Erichs Worte trafen sie hart. Ein Zittern lief durch ihren Körper, und sie fühlte sich verantwortlich für den Tod ihrer Angehörigen, obwohl sie gar nicht vor Ort gewesen war.

Oder gerade deshalb? Vielleicht hätte sie ja etwas tun, wenigstens einem von ihnen helfen können, wäre sie in Tsingtau gewesen.

Sie sagte sich, dass jetzt nicht der richtige Zeitpunkt war, um ihr Gewissen zu erforschen. Und doch konnte sie nicht verhindern, dass diese Gedanken auf sie einstürmten.

»Es tut mir leid, aufrichtig leid«, sagte Erich. »Vor diesem Moment habe ich mich gefürchtet.«

»Warum? Du kannst schließlich nichts dafür.«

Er wollte etwas sagen, schwieg aber.

»Wie sind meine Eltern und Fritz gestorben?«

»Du solltest mich das nicht fragen, Lene. Vielleicht ist es besser, du kennst die Einzelheiten nicht. Sonst spuken sie dir nur im Kopf herum.«

»Aber wenn ich es nicht weiß, werde ich mir wieder und wieder den Kopf darüber zerbrechen, wie es gewesen ist und ob ich etwas dagegen hätte tun können, hätte ich mich nicht vor aller Welt – und vor meiner Familie – versteckt. Als du hergekommen bist, Erich, hast du auch mein altes

Leben mitgebracht. Glaubst du nicht, dass es deine Pflicht ist, meine Frage zu beantworten?«

»Du hast vermutlich recht, Lene, wie so oft, aber es ist eine sehr unangenehme Pflicht.«

»Du bist der letzte Mensch auf Erden, den ich für einen Feigling halten würde.«

»In diesem Fall ist das ein zweifelhafter Ruhm«, seufzte er und begann mit seinem Bericht über den Niedergang des Handelshauses Kindler.

Er erzählte von Fritz' Opium- und Spielsucht, von dem vielen Geld, das dafür draufging und das letztlich im Kindlerschen Unternehmen fehlte, bis es nicht mehr solvent war. So musste Heinrich Kindler nicht nur seine Firma, sondern auch die Villa, in der er mit seiner Familie lebte, verkaufen.

Erich räusperte sich und suchte wohl nach den richtigen Worten, bevor er sagte: »Und dann hat dein Vater, der sich für den eigenen Sohn schämte und keinen Ausweg mehr sah, den Tod gesucht, Lene.«

»Den Tod gesucht?«, wiederholte sie fassungslos. »Willst du damit andeuten, er hat sich selbst umgebracht?«

Er nickte betrübt.

»Dein Vater hat sich erschossen. Vorher hat er sein letztes Geld Amelie gegeben, damit sie für eure Mutter sorgt, der es zu dieser Zeit schon nicht gut ging. Die Sorgen hatten sie krank werden lassen.«

»Wohl auch die Sorge um mich?«

»Das weiß ich nicht«, sagte Erich und wich ihrem forschenden Blick aus.

»Sag mir die Wahrheit, bitte!«

Widerwillig sagte er: »Du vermutest richtig. Seit deinem Verschwinden ging es deiner Mutter nicht gut. Dein Verlust und die Gerüchte, du hättest den Freitod gesucht, das alles hat ihr stark zugesetzt. Dein Vater hatte sich über diese Geschichte mit Amelie zerstritten und jeden Kontakt zu deiner Schwester abgebrochen. Deine Mutter muss zu dieser Zeit sehr einsam gewesen sein.«

Helene hatte sich vorgenommen, alles gefasst aufzunehmen, aber jetzt konnte sie nicht länger an sich halten. Tränen schossen ihr in die Augen, und ihr ganzer Körper erbebte.

Schluchzend sagte sie: »Ich trage die Schuld am Unglück meiner Eltern! Weil ich so selbstsüchtig war und nur an mein eigenes neues Leben dachte, musste Mutter leiden.«

»Du trägst nicht die ganze Schuld, allenfalls einen kleinen Teil. Der Hauptteil geht auf das Konto deines Bruders, das kannst du mir glauben. Auch der Tod deiner Mutter.«

»Wie … ist das passiert?«, fragte sie unter Tränen. »Wie ist Mutter gestorben?«

»Amelie und Tian nahmen sie zu sich, aber sie wurde immer kränker und starb schließlich. Es war einfach alles zu viel für sie gewesen, und sie hatte die Kraft zu leben verloren.«

Hatte sie Erich vorhin noch zurückgewiesen, so ließ sie sich jetzt dankbar von ihm in die Arme nehmen und trösten. Sie fühlte sich schuldig, ganz gleich, was er sagte. Schuldig und einsam.

Auch wenn sie ihrer Familie aus freien Stücken den Rücken gekehrt hatte, so hatte es doch immer die Möglichkeit gegeben, zu ihr zurückzukehren. Jetzt aber, wo sie wusste, dass ihre Eltern tot waren, wurde ihr erst richtig klar, dass das Band endgültig zerschnitten war und dass es nie mehr ein Zurück in ihr altes Leben geben könnte.

Vorher hatte sie nicht geglaubt, dass sie so empfinden würde. Aber es war so: Die Vorstellung, nie wieder in den Armen ihrer Mutter zu liegen und nie mehr die tröstende Stimme ihres Vater zu vernehmen, hatte etwas Grausames.

Erich hielt Helene fest und ließ sie einfach weinen, bis sie sich irgendwann beruhigte.

»Danke«, sagte sie und wischte mit einem Taschentuch ihre Tränen weg. »Jetzt weißt du, dass die neue, starke Helene niemand anders ist als eine Heulsuse.«

»Du musst dich für nichts schämen, Lene, für gar nichts.«

Eine Weile saß sie mit geschlossenen Augen auf der Bank und atmete tief durch, bis sie sich irgendwann etwas wohler wühlte.

»Es geht jetzt wieder besser, Erich, vielen Dank noch einmal für dein Verständnis. Nun sag mir bitte noch, was mit Fritz geschehen ist.«

»Das ist für mich persönlich das unangenehmste Kapitel«, erwiderte er leise.

»Warum?«

»Tja, wie soll ich es sagen?« Er blickte sie an, als erbitte er ihre Vergebung. »Ich habe Fritz erschossen.«

Sie glaubte, nicht richtig gehört zu haben. »Du hast was?«

»Ihn erschossen, du hast schon richtig gehört, Lene. Ich habe deinen Bruder aus kurzer Entfernung mit einem

Karabiner in den Rücken geschossen, habe ihn abgeknallt wie ein wildes Tier. Es ist mir nicht einmal schwergefallen. Längst nicht so schwer, wie es dir jetzt zu beichten.«

»Aber … wieso hast du das getan?«

»Er war nichts anderes als ein wildes Tier auf zwei Beinen, Lene. Zum Schluss war er wirklich nichts anderes als eine Bestie. Der Anführer einer Bande sogenannter Freischärler, die marodierend durch das von den Japanern beschossene Tsingtau zogen, um angebliche Verräter ihrer gerechten Strafe zuzuführen. Dazu zählten sie auch Tians Mutter, die eine Japanerin ist. Sie drangen in das Haus der Familie Liu ein. Tians Vater war da bereits tot, eines natürlichen Todes gestorben. Als Tian seine Mutter beschützen wollte, sollte auch er sterben. Um ihn zu schützen, hat Amelie eurem Bruder eröffnet, dass sie ein Kind von Tian erwartet. Fritz' einzige Reaktion war, seine schwangere Schwester als Chinesenhure zu beschimpfen, und dann wollte er sie erschießen.«

»Fritz war immer schon sehr … sehr gefühlskalt, aber das kann ich nicht glauben.« Sie schüttelte heftig den Kopf. »Nein, das kann ich nicht glauben!«

»Vielleicht *willst* du es nicht glauben, Lene, aber genau so ist es gewesen. Als ich hinzukam, zielte Fritz bereits mit seiner Pistole auf Amelie. Hätte ich auch nur einen Augenblick gezögert, wäre es um sie und um das Ungeborene geschehen gewesen.«

Er atmete schwer und holte ein paarmal tief Luft, bevor er mit seltsam harter Stimme hinzufügte: »Wenn du mich dafür hasst, dass ich deinen Bruder getötet habe, so muss ich das hinnehmen. Bei der Gelegenheit will ich dir noch etwas sagen: Ich habe es keine Minute bedauert. Um den Menschen, der aus deinem Bruder geworden war, war es nicht schade.«

Helene sah lange in sein Gesicht, bevor sie sagte: »Ich glaube dir jedes Wort, Erich. Fritz war ein böser Mensch, schon als Kind und später erst recht. Ich danke dir, dass du Amelie und ihre Familie gerettet hast. Ich hasse dich nicht, Erich, nicht deswegen.«

»Aber wegen der Sache mit Amelie auf Schui ling schan, dafür hasst du mich?«

»Nein, weder deswegen noch dafür, dass du mir während unserer Ehe den liebenden Gatten vorgespielt hast, während du in Wahrheit an Amelie dachtest. Nur hat beides mein Vertrauen in dich, in deine Gefühle, stark erschüttert. Das wirst du wohl verstehen.«

»Ja, natürlich. Ich bin gekommen, um dieses Vertrauen, wenn es geht, wiederherzustellen.«

»Ich weiß nicht, ob das geht, Erich. Ich weiß es wirklich nicht. Im Augenblick kann ich mir darüber auch nicht den Kopf zerbrechen. Auf mich wartet im Hospital eine Menge Arbeit.«

Das war nur die halbe Wahrheit. Das Gespräch mit Erich hatte sie sehr mitgenommen, sie erschöpft, und sie fühlte sich nicht in der Stimmung, es hier und jetzt fortzusetzen.

Als sie aufstehen wollte, hielt er sie zurück.

»Da ist noch etwas, das ich dir sagen muss, Lene. Es geht um die Firma deines Vaters. Als er sie verkaufen musste, haben wir, mein Vater und ich, sie übernommen.«

»Na und?«

»Ich sage es nur, damit du Bescheid weißt. Falls du mir vorwerfen willst, aus dem Unglück deiner Eltern Kapital geschlagen zu haben, kannst du es gleich tun.«

Helene zuckte mit den Schultern.

»Hättet ihr die Firma nicht übernommen, hätte es ein anderer getan. Es war immer Vaters Herzenswunsch, seine Firma mit der euren zu vereinigen. Deswegen war er damals so erfreut, als dein Vater uns kurz nach unserer Ankunft in Tsingtau zu euch zum Abendessen eingeladen hat. Er und Mutter haben sich da große Hoffnungen gemacht, aber dann kam doch alles ein bisschen anders.« Sie seufzte. »Jetzt befinden sich die beiden Firmen also doch unter einem Dach, wie meine Eltern es wollten. Nur hatten sie sich die Umstände anders vorgestellt. Da wir gerade dabei sind, wie geht es deinen Eltern?«

»Gut, als ich Tsingtau verließ.«

»Du hast sie in der besetzten Stadt zurückgelassen?«

»Ich hätte sie schlecht im *Adler* mitnehmen können. Außerdem hätte mein Vater seine Firma nicht im Stich gelassen. Ich dagegen hätte Tsingtau so oder so verlassen müssen. Die Japaner wollten alle deutschen Militärangehörigen nach Japan bringen und in Gefangenenlager sperren.«

»Du warst also ein richtiger Soldat?«

Erich nickte.

»Zum Glück, sonst wäre ich, als Fritz Amelie töten wollte, nicht mit einem geladenen Karabiner zur Stelle gewesen.«

»Ja, zum Glück.«

Helene wollte sich abermals erheben, da fiel ihr Blick

auf den grünen Anhänger in ihrem Schoß, und sie nahm ihn wieder in die Hand.

»Ich würde das Medaillon gern behalten, als Erinnerung an meinen Vater, der es mir geschenkt hat.«

»Es gehört dir doch längst«, sagte Erich. »Für mich hat es seinen Zweck erfüllt: Es hat mich zu dir geführt, Lene!«

15

Erich ging es zusehends besser, und schon nach wenigen Tagen nahm er sein Essen im Speiseraum ein.

Seit dem Gespräch am See hatten Helene und er nur noch über eher belanglose Dinge gesprochen, wie es zwei gute Bekannte getan hätten. Helene hatte das Gefühl, dass Erich sie nicht bedrängen wollte, und das war auch gut so. Solange sie sich über ihre Gefühle nicht ganz im Klaren war, hätte sie ihm eher eine abschlägige Antwort erteilt, als einen neuen Versuch mit ihm zu wagen.

Sie wunderte sich über sich selbst. Wie konnte sie überhaupt an so etwas denken?

Vor einigen Tagen noch war Erich ein Mensch aus ihrer Vergangenheit gewesen, der in ihrem jetzigen Leben nicht mehr die geringste Rolle spielte. Aber dann war Kang plötzlich verschwunden, und ebenso plötzlich war Erich aufgetaucht.

Als hätte das Schicksal beschlossen, ihrem Leben eine neue Wende zu geben.

Eins musste sie Erich lassen: Er versuchte, sich nützlich zu machen, wo er nur konnte. Da er beim Gehen noch stark eingeschränkt war, wollte ihm niemand körperliche Arbeiten zumuten. Also gab er sich meistens mit den Waisenkindern ab, spielte mit ihnen oder übernahm den

Deutschunterricht, wenn Helene wegen ihrer übrigen Pflichten keine Zeit dazu hatte.

Besonders die kleine Ah-Kum schien es ihm angetan zu haben, was auf Gegenseitigkeit beruhte. Sie hockten oft beieinander, und sie zeigte ihm die vielen Bilder, die sie gemalt hatte. Fast auf allen war ihr Teddy zu sehen, häufig gemeinsam mit anderen Tieren, die eher an groteske Insekten erinnerten als an Plüschtiere.

Am 6. Dezember half Erich nach Kräften dabei, den Speiseraum für die alljährliche Nikolausfeier herzurichten, bei der es für die Waisenkinder Kakao, Kuchen und kleine Geschenke gab. Er bewegte sich beim Aufhängen der Girlanden schon wieder ohne Krücken, zog allerdings das linke Bein noch stark nach. Später, bei der Feier, als deutsche Advents- und Nikolauslieder angestimmt wurden, legte er sich mit seiner tiefen, volltönenden Stimme ordentlich ins Zeug.

Einmal schloss Helene die Augen und lauschte nur seiner Stimme. Sie fühlte sich dabei nach Tsingtau zurückversetzt, in die Zeit, als sie noch die glückliche Ehefrau an Erichs Seite gewesen war. Alles, was seitdem vorgefallen war, erschien ihr wie ausradiert.

Dr. Ehrmann gab traditionsgemäß den Nikolaus mit rotem Mantel, roter Mütze und einem falschen Bart, der viel länger war als sein eigener. Für die älteren Kinder, die ihn erkannten, war es ein großer Spaß. Ein paar der jüngeren allerdings schienen sich ein wenig vor ihm zu fürchten. Ah-Kum hatte ihre Augen zusammengezogen und blickte den Mann im roten Mantel zweifelnd an, als versuche sie, sein Geheimnis zu ergründen.

Erich half dem Nikolaus beim Verteilen der Geschenke: Süßigkeiten und kleine Spielzeuge. Letztere waren von Ehrmann zum Teil auf Vorrat bestellt worden, zum Teil hatten Zhong und die Hausboys sie in fleißiger Handarbeit angefertigt und bemalt.

Ah-Kum hatte eine Tafel Sarotti-Schokolade und einen kleinen, grün lackierten Holzkarren mit zwei Rädern bekommen. Sie setzte ihren Teddy in den Karren, was gerade so passte, und zog ihn mit Begeisterung durch den Raum. Bis sie plötzlich ein Paar Schuhe vor sich sah. Es war Ehrmann, der sich seiner Verkleidung entledigt hatte.

Er ging vor dem Mädchen in die Hocke und lächelte.

»Na, meine Kleine, fährst du ihn schön spazieren, deinen … Verflixt, hat dein Teddy überhaupt einen Namen?«

»Er heißt Ah-Kum«, sagte Erich, der mit Helene in der Nähe an einem Tisch saß.

Helene schüttelte den Kopf.

»Du irrst dich, Erich, die Kleine heißt Ah-Kum, nicht ihr Teddybär.«

»Der auch«, blieb Erich beharrlich.

Ehrmann erhob sich und sah ihn verwundert an.

»Woher wollen Sie das wissen, Herr Schweiger?«

»Von Ah-Kum.«

»Der Teddy hat zu Ihnen gesprochen?«, wunderte sich der Arzt.

»Nein. Das Mädchen hat zu mir gesprochen.«

»Aber das Kind ist stumm!«

»Ah-Kum hat durch ihre Bilder zu mir gesprochen. Haben Sie sich die vielen Bilder, die sie gemalt hat, nie genau angesehen?«

»Nein, so genau nicht«, sagte Ehrmann zögernd.

»Was ist mit den Bildern, Erich?«, fragte Helene, die anfangs eher irritiert gewesen war, aber jetzt war ihre Neugier erwacht.

»Sie erzählen Ah-Kums Geschichte.«

»Ich weiß, dass meistens Ah-Kums geliebter Teddy auf den Bildern zu sehen ist«, sagte Helene etwas ungehalten, weil sie einfach nicht verstand, worauf Erich hinauswollte. »Aber was ist daran so besonders?«

»Ich zeige es dir und Doktor Ehrmann am besten«, sagte Erich und winkte das Mädchen zu sich heran. »Ah-Kum, holst du uns deine Bilder, bitte? Wir möchten sie uns gern ansehen. Ich passe in der Zwischenzeit auf deinen Teddy und seinen neuen Karren auf.«

Das Mädchen nickte, zog den Karren samt Teddy heran und drückte Erich den Griff vorn an der Deichsel in die Hand.

Erich strich mit der anderen Hand sanft über ihr Haar.

»Danke, ich werde gut darauf aufpassen.«

Während Ah-Kum sich an ein paar Jungen vorbeidrängte, die sich auf dem Fußboden mit einem vom Nikolaus gebrachten Würfelkegelspiel beschäftigten, sagte Dr. Ehrmann zu Erich: »Jetzt bin ich gespannt wie der Flitzebogen vom guten Chingachgook.«

Es dauerte nicht lange, bis Ah-Kum mit einer Pappmappe zurückkam, in der sie ihre Bilder aufbewahrte. Sie legte die Mappe vor Erich auf den Tisch.

»Vielen Dank, Ah-Kum. Du bekommst die Bilder bald zurück.«

Ah-Kum beugte sich vor und streichelte Erichs Wange,

bevor sie sich den Karren mit ihrem Teddy griff und begann, um den Tisch herum ihre Kreise zu ziehen.

»Da mag dich aber jemand gern«, bemerkte Helene zu Erich.

»Ich habe halt Erfolg bei den Damen, zumindest bei denen, die meinen wahren Charakter noch nicht durchschaut haben«, erwiderte Erich, ohne Helene anzusehen, und öffnete die Mappe. Die mit Buntstiften gemalten Bilder, die er auf dem Tisch ausbreitete, zeigten sehr oft den braunen Teddy. »Man muss die Bilder in die richtige Reihenfolge bringen, damit man schlau daraus wird.« Er sortierte die Bilder und zeigte dann auf eins. Hier waren gleich drei Teddybären zu sehen, die in einem Haus saßen. Auf dem nächsten Bild, auf das Erich zeigte, krochen große Insekten, längliche Käfer oder Ameisen, um das Haus herum. Das dritte von ihm ausgewählte Bild zeigte, wie die Insekten in das Haus eindrangen. Auf dem vierten Bild waren nur die beiden großen Teddys zu sehen. Beide lagen am Boden. Auf einem Teddy hockte einer der Käfer, um den anderen war ganz viel rot schraffiert.

Helene zeige auf die rote Schraffur. »Was soll das darstellen?«

»Blut«, sagte Erich. »Eine große Blutlache.«

»Aber Plüschtiere bluten nicht.«

»Plüschtiere nicht, Menschen schon.«

»Mein Gott!«

Entsetzt hielt Helene eine Hand vor ihren Mund. Sie wagte kaum auszusprechen, was ihr in diesem Augenblick durch den Kopf ging.

Dr. Ehrmann war weniger zimperlich.

»Ich verstehe, die drei Teddys sind Ah-Kum und ihre Eltern. Und die Käfer?«

»Soldaten oder Banditen«, sagte Erich. »Auf jeden Fall Mistkerle, die es nicht verdient haben, dieselbe Luft zu atmen wie anständige Menschen.« Er schluckte den Zorn hinunter und fuhr fort: »Jetzt wissen wir jedenfalls, dass Ah-Kum wirklich eine Waise ist. Die Eindringlinge haben ihren Vater ermordet und ihre Mutter …« Er sprach es nicht aus, mit Rücksicht auf Helene, wie sie vermutete. »Danach werden sie die Mutter auch getötet haben.«

»Es sei denn, sie haben die Frau verschleppt, um sich noch weiter an ihr zu vergehen.«

»Das werden wir wohl nie erfahren«, seufzte Erich und blickte zu dem Mädchen, das noch immer seine Kreise mit dem Karren zog. »Wenigstens ist Ah-Kum die Flucht geglückt, wahrscheinlich, während die Mörderbande mit ihren Eltern beschäftigt gewesen ist.«

Er zeigte auf weitere Bilder, die den Teddy zeigten, wie er allein durch einen großen Wald und über Felder irrte, bis er zu einem Haus kam. Auf dem nächsten Bild hatte ein großer Teddy von grauer Farbe den kleinen Teddy an der Hand, und dann stand der kleine Teddy allein vor einem großen Haus, das von braunen Ausbuchtungen umgeben war.

»Irgendwann ist Ah-Kum zu einem Haus gekommen, wo sich jemand um sie gekümmert hat, ein alter Mann oder eine alte Frau.« Dabei zeigte Erich auf den großen grauen Teddy. »Er oder sie hat Ah-Kum dann zu der Missionsstation gebracht und das Kind, wohl aus Angst vor Unannehmlichkeiten, einfach da stehen lassen. Die braunen Ausbuchtungen hier dürften die Berge sein, und das große Haus wäre dann die aufgegebene Mission.«

Kalte Schauer rannen über Helenes Rücken, als sie sich Ah-Kums schreckliches Schicksal vergegenwärtigte.

Jetzt begriff sie auch, wieso Erich behauptet hatte, der Teddy heiße auch Ah-Kum. Für das Mädchen war er tatsächlich eine Verkörperung ihrer selbst, die ihr gestattete, das, was mit ihren Eltern geschehen war, zu verarbeiten.

Sie sah Ehrmann an und fragte: »Warum sind wir noch nicht darauf gekommen?«

»Ich habe die Bilder immer für Kinderphantasien gehalten«, antwortete der Arzt. »Auch nicht einmal habe ich daran gedacht, dass sie wahre Geschehnisse abbilden könnten.«

»Dazu muss man sich Zeit nehmen und sich intensiv mit den Bildern beschäftigen«, meinte Erich. »Und Zeit hatte ich in den letzten Tagen mehr als genug.«

»Mag sein«, sagte Helene. »Aber was hat dich veranlasst, dich ausgerechnet mit Ah-Kums Bildern zu beschäftigen?«

»Ich wollte einfach mehr über Ah-Kum herausfinden. Irgendwie hat sie einen Narren an mir gefressen.«

»Und du an ihr«, ergänzte Helene und blickte zu der Kleinen, die stehen geblieben war, um ihren Teddy, der aus dem Holzkarren zu fallen drohte, vorsichtig wieder zurechtzurücken. »Aber sie ist ja auch eine Süße.«

»Das ist sie«, stimmte Erich ihr zu, bevor er sich erhob und zu Ah-Kum ging, um mit ihr zu spielen.

»Bemerkenswert«, sagte Ehrmann leise. »Sehr bemerkenswert.«

»Was meinen Sie, Herr Doktor?«, fragte Helene.

»Nicht *was*, sondern *wen*. Ihr Erich ist ein bemerkenswerter Mann, in vielerlei Hinsicht. Finden Sie nicht?«

Helene schwieg eine kleine Weile und dachte über die Frage des Arztes nach – und über Erich.

Als sie Ehrmanns fragenden Blick bemerkte, der auf sie gerichtet war und auf eine Antwort zu warten schien, sagte sie nur: »Er ist eben Erich.«

16

Am späten Nachmittag, als Erich dem Kuli Zhong und den beiden Boys nach dem Ende der Nikolausfeier dabei half, den Speiseraum aufzuräumen, hörte er ein schon seit vielen Tagen nicht mehr vernommenes Geräusch: das tiefe Brummen eines Motors.

Wehmütig dachte er an sein Flugzeug, den einst so stolzen *Adler von Tsingtau*, der jetzt, zerschellt und nur noch ein Haufen Schrott, weit von hier in den Bergen lag.

Rasch erkannte er, dass es sich in diesem Fall nicht um einen Flugzeug-, sondern um einen Automotor handelte, und wandte sich an den Kuli.

»Zhong, erwarten wir Besuch?«

Der Chinese schüttelte den Kopf.

»Hier gibt es selten Besuch.«

»Dann sollten wir nachsehen, wer das ist.« Erich dachte kurz daran, seine Pistole aus dem Krankenzimmer zu holen, entschied sich aber dagegen, weil es zu lange gedauert hätte. »Komm mit, Zhong!«

Sie liefen auf die vordere Veranda und sahen ein weißes Automobil vorfahren, an dessen Seiten und auf dessen Motorhaube das rote Kreuz prangte. Erich, der sich gut mit allem Technischen auskannte, sah gleich, dass der Zweisitzer ein französisches Modell war, ein Delage mit Zwölf-PS-Motor.

Das Fahrzeug hielt vor dem Hospitaleingang an, und der Motor erstarb mit einem klackernden Husten. Der Fahrer öffnete die Tür und stieg aus. Es war ein Chinese in Chauffeursmontur.

Mit schnellen Schritten ging er um den Delage herum und öffnete die Beifahrertür. Auch hier stieg ein Chinese aus. Er trug westliche Kleidung und sah mit seinem dreiteiligen dunklen Anzug, dem Bowlerhut und den blank geputzten schwarzen Schuhen aus wie ein Geschäftsmann mitten in Tsingtau oder Berlin.

Er rückte seine Brille mit den achteckigen Gläsern zurecht, nahm eine Aktentasche aus dem Fahrzeug und ging mit schnellen Schritten auf Erich und Zhong zu, während der Chauffeur neben dem Automobil stehen blieb.

Der vornehm gekleidete Chinese war zwischen vierzig und fünfundvierzig, mittelgroß und neigte leicht zur Korpulenz. Sein breites Gesicht wirkte aufgequollen und teigig, und die Augen hinter den Brillengläsern lagen tief in den Höhlen. Der Mann blieb vor Erich und Zhong auf der Veranda stehen, ohne den Kuli weiter zu beachten. Er grüßte nur Erich mit einem in recht gutem Deutsch vorgebrachten »Guten Tag«.

»Guten Tag«, erwiderte Erich, sagte sonst aber nichts, da sein Gegenüber sich ihm nicht vorgestellt hatte.

»Ich bin Hu Chong, Regionalbeauftragter des Chinesischen Roten Kreuzes. Ich habe wohl die Ehre mit Doktor Rudolf Ehrmann?«

»Mitnichten. Ich bin Erich Schweiger, Patient in diesem Hospital, und ich freue mich, Ihre Bekanntschaft zu machen, Herr Hu.«

»Patient, so?« Der Chinese musterte Erich von oben bis unten. »Für Doktor Ehrmann sind Sie auch viel zu jung, und Ihre Kleidung wäre dem Leiter dieses Hospitals auch nicht angemessen. Aber gibt es hier überhaupt eine deutsche Niederlassung, oder wie sind Sie hergekommen?«

Erich, dem die überhebliche Art des Regionalbeauftragten Hu Chong gar nicht gefiel, antwortete betont knapp: »Mit dem Flugzeug.«

»Mit dem Flugzeug?«

»Ja, aber nur das erste Stück. Den größten Teil bin ich gelaufen. Das ging auch ganz gut, nur zum Schluss musste ich mir den Weg freischießen.«

»Schießen? Sie mussten schießen?«

»Ja.«

»Womit?«

»Mit einer Schusswaffe, Herr Hu, womit sonst? Glauben Sie, mit einer Aktentasche?«

Der Chinese runzelte die Stirn. Er schien allmählich zu begreifen, dass er zum Narren gehalten wurde. Vermutlich dauerte es so lange, weil jede Art von Ironie ihm gänzlich unbekannt war.

Hinter Erich und Zhong erschienen Dr. Ehrmann und Helene, und der Arzt fragte, was los sei.

»Dann müssen Sie Doktor Ehrmann sein«, sagte Hu und stellte sich erneut vor. »Das Chinesische Rote Kreuz hat mich geschickt, um etwas Wichtiges mit Ihnen zu besprechen.«

Ehrmann bat ihn herein und sagte dem Chauffeur, er könne gern auf der Veranda Platz nehmen. Den Kuli wies er an, dem Chauffeur Tee und ein paar von Tao-Weis Hirseküchlein zu bringen. Dann führte der Arzt seinen unerwarteten Besucher ins Haus, gefolgt von Erich und Helene.

Helene beugte sich seitlich zu Erich und flüsterte ihm ins Ohr: »Weißt du, was der hier will?«

Er schüttelte den Kopf.

»Keine Ahnung. Ich weiß nur, dass er ein ziemlich arroganter Schnösel ist. Was immer er wollen mag, ich fürchte, es ist nichts Gutes.«

»Wie kommst du darauf?«

»Nur so ein Gefühl«, sagte Erich. »Ich hoffe, dass ich mich täusche.« Nach einer kurzen Pause und einem Blick auf Helene fügte er hinzu: »Gefühle sind ja oft trügerisch.«

»Du bist heute wieder mal ausgesprochen witzig, Erich«, tadelte sie ihn.

Sie gingen in den Speiseraum, wo die beiden Boys noch mit den Aufräumarbeiten beschäftigt waren: Meng kehrte zerrissenes Geschenkpapier zusammen, und Hao wischte Kakaoflecke und Kuchenkrümel von den Tischen.

Der Besucher blieb stehen und ließ seinen Blick langsam durch den großen Raum schweifen.

»Wie sieht es denn hier aus?«

»Wir hatten eine Feier«, erklärte Ehrmann.

»Ein Geburtstag?«

»Nein, eine Nikolausfeier. Heute ist der 6. Dezember, da gedenkt man bei uns in Deutschland des Nikolaus.«

»Hm«, machte Hu überlegend. »Ich glaube, ich habe schon einmal davon gehört.«

»Wir haben den Waisenkindern, die hier leben, ein paar

Geschenke gemacht und sie mit Kakao und Kuchen bewirtet.«

»Ja, die Waisenkinder«, sagte Hu gedehnt. »Eigentlich ist das hier ja ein Hospital.«

»Die Aufnahme von Waisen in diesem Haus hat eine lange und, das möchte ich betonen, gute Tradition«, sagte Ehrmann freundlich, aber mit Nachdruck. »Das Chinesische Rote Kreuz hat sie übrigens ausdrücklich genehmigt.«

»Ich weiß«, sagte Hu in einem Ton, als bedaure er diesen Umstand zutiefst. »Ich weiß das, Herr Doktor Ehrmann.« Er blickte sich noch einmal in dem ganzen Raum um, und sein Gesicht hatte dabei einen zweifelnden Ausdruck. »Gibt es einen Platz, an dem wir uns ungestört unterhalten können?«

Ehrmann führte ihn zu einem abgelegenen Tisch in einer Ecke des Raums, wiederum gefolgt von Erich und Helene.

An dem Tisch sagte Hu zu Ehrmann: »Es geht um wichtige Belange des Hospitals. Daher wäre es wohl besser, wenn wir zwei uns ungestört unterhalten könnten.«

»Schwester Helene ist meine wichtigste Mitarbeiterin, meine rechte Hand. Ihr Rat ist mir sehr wertvoll. Gerade wenn es um wichtige Dinge geht, möchte ich sie gern dabeihaben.«

»Wie Sie wünschen, Herr Doktor. Aber der Herr dort ist nur ein Patient, wie er mir sagte.«

»Das stimmt. Aber er ist auch der Ehemann von Schwester Helene und zudem ein bedeutender Kaufmann aus Tsingtau.«

»Das wusste ich nicht«, sagte der Regionalbeauftragte

und musterte Erich erneut von oben bis unten. »Ich bitte die Herrschaften um Verzeihung.«

Kaum hatten sich alle vier an den Tisch gesetzt, da erschien Tao-Wei, um nach ihren Wünschen zu fragen. Ehrmann bat den Koch um eine stärkende Mahlzeit für den Besucher. Alle anderen waren noch satt vom Kuchen.

Der Arzt wandte sich an den Gast.

»Ist es unhöflich, wenn ich Sie nach dem Grund des Besuches frage, Herr Hu? Handelt es sich um eine unangemeldete Inspektion?«

»Nein, dann hätte ich mehr Zeit mitgebracht.«

»Sie bleiben nicht über Nacht?«

»Über Nacht?« Hus Gesicht wirkte, als sei ihm schon allein diese Vorstellung unangenehm. »Nicht doch, ich werde mich nach unserem Gespräch wieder auf den Weg machen. In diesen Tagen gibt es viel zu tun.« Er seufzte, als läge alle Last der Welt auf seinen schmalen Schultern. »Viel zu tun.«

Ehrmann nickte.

»Ja, es sind unruhige Zeiten.«

»Womit wir beim Punkt wären.« Hu öffnete seine schwarzlederne Aktentasche und holte ein zusammengefaltetes Papier heraus. »Die aktuelle Lage ist höchst beunruhigend.«

Erich hatte erwartet, dass Hu irgendwelche Dokumente vorlegen wollte, offizielle Schreiben des Chinesischen Roten Kreuzes oder etwas in der Art. Aber als der Chinese das Papier auseinanderfaltete und auf der Tischplatte ausbreitete, entpuppte es sich als Landkarte der Provinz Schantung.

Sein Zeigefinger tippte auf einen Landzipfel, der ins Gelbe Meer hineinragte.

»Hier haben wir Tsingtau. Möglicherweise wissen Sie noch nicht, dass die deutschen Verteidiger kapituliert und ihr Pachtgebiet den Japanern übergeben haben.«

»Doch, das wissen wir bereits«, sagte Ehrmann.

Hu sah ihn überrascht an.

»Dann hat die Nachricht sich sehr schnell bis in diese entlegene Gegend verbreitet.«

»Herr Schweiger hat sie uns überbracht. Er kommt geradewegs aus Tsingtau und hat die Stadt nach der Kapitulation verlassen.«

Jetzt warf Hu einen erstaunten Blick auf Erich.

»Wie ist Ihnen das gelungen?«

Erich grinste.

»Ich sagte doch, ich bin das erste Stück geflogen.«

Der Chinese verzog das Gesicht, als er sich abermals gefoppt fühlte, und richtete seine Aufmerksamkeit wieder auf Dr. Ehrmann.

»Unsere Regierung steht in Verhandlungen mit den Japanern. Offiziell heißt es, sie würden sich auf das eroberte deutsche Pachtgebiet beschränken. Aber man weiß ja aus früheren Zeiten, dass die Japaner darauf aus sind, ihren Einfluss auf ganz China zu erstrecken. Tatsächlich hat das Direktorium des Chinesischen Roten Kreuzes Hinweise darauf erhalten, dass sie dabei sind, ihren Machtbereich auf die gesamte Provinz Schantung auszudehnen. Allerdings bedienen sie sich dazu nicht ihrer regulären Truppen. Sie unterstützen mit Geld, Waffen und weiterer Ausrüstung einen dieser sogenannten Warlords.«

»Sie sprechen von General Lin Gang«, warf Dr. Ehrmann ein.

»In der Tat, Sie sind gut informiert, Herr Doktor. Diese Warlord-Armeen machen derzeit leider große Teile Chinas unsicher, auch Schantung. General Lin liegt in Fehde mit einem erbitterten Feind der Japaner …«

Wieder ergriff Ehrmann das Wort: »General Chao Li-Hu, auch das ist uns bekannt.«

»Nun, dann muss ich Sie ja nicht weiter auf die gefährliche Situation hinweisen, in der sich das Lián-Hospital derzeit befindet. Eine wirklich bedrohliche Lage, zumal viele kleinere Banditengruppen auch noch ihr Unwesen treiben.«

»Wir haben schon einiges davon mitbekommen«, sagte Ehrmann und berichtete von den Überfällen auf das Dorf Xinhan und auf die Handelskarawane. »Auch ist kürzlich einer unserer Boys von Soldaten der Lin-Armee erschossen worden.«

»Schlimm, wirklich schlimm«, kam es von Hu, ohne dass seine Stimme oder sein Gesichtsausdruck echte Anteilnahme erkennen ließ. »Das Hospital steht quasi inmitten all dieser Querelen.«

»Ihm kommt tatsächlich eine wichtige Bedeutung zu in diesen unruhigen, blutigen Tagen, da es das einzige Hospital in dieser abgeschiedenen Gegend ist«, sagte Ehrmann. »Ich hoffe, das Direktorium hat Sie beauftragt, mir Unterstützung zu gewähren. Falls sich die Kämpfe ausweiten, brauche ich mehr Personal und auch mehr Material. Es ist nicht auszuschließen, dass sich hier eine große Anzahl Verwundeter einfinden wird.«

Hu sah Ehrmann befremdet an.

»Das Direktorium kann es unmöglich verantworten, in diesen – nennen wir es ruhig so – Kriegszeiten weitere Ärzte und Schwestern zum Lián-Hospital abzustellen. Das Leben dieser Menschen wäre damit akut bedroht! Ebenso wie es Ihr Leben zurzeit ist, Herr Doktor, und auch das Leben Ihrer werten Mitarbeiterin.« Der Regionalbeauftragte warf einen kurzen Blick auf Helene, bevor er fortfuhr: »Das Leben aller Menschen in diesem Hospital ist bedroht, auch das der Waisenkinder, die Ihnen so am Herzen liegen. Eine Stabilisierung der Lage ist nicht erkennbar. Unmöglich zu sagen, wie lange die bewaffneten Auseinandersetzungen dauern werden und wer als Sieger aus ihnen hervorgehen wird.«

Er räusperte sich, straffte die Schultern und bedeutete allen durch einen Blick in die Runde, dass sie von ihm jetzt eine wichtige Mitteilung zu erwarten hätten.

»Deshalb«, sagte er dann, »hat das Direktorium beschlossen, das Lián-Hospital sofort und bis auf Weiteres zu schließen. Ich bin beauftragt und bevollmächtigt worden, alle nötigen Maßnahmen zu treffen.«

Tao-Wei kam mit einem großen Tablett und brachte dem Besucher seine Mahlzeit. Der griff ohne Zögern zu und ließ es sich schmecken, während die anderen am Tisch schwiegen und einander ansahen.

Erich bemerkte, wie bestürzt Helene und Dr. Ehrmann waren. Die Eröffnung des Regionalbeauftragten Hu hatte sie getroffen wie ein Blitz aus heiterem Himmel. Mit allem Möglichen schienen sie gerechnet zu haben, aber damit nicht.

Er konnte sie gut verstehen, da beide in ihrer Arbeit für die Menschen hier aufgingen. Andererseits fragte er sich, ob das Direktorium mit seiner Entscheidung nicht recht hatte. Die Gefahr für Leib und Leben aller Menschen im Lián-Hospital war nicht von der Hand zu weisen.

»Das können Sie nicht tun«, sagte Helene zu Hu. »Die Menschen hier brauchen uns. Die Kranken sind auf unsere Pflege angewiesen. Und was soll aus den Waisenkindern werden?«

»Auch denen gilt die Sorge des Direktoriums«, antwortete Hu in dem ihm eigenen sachlichen, vollkommen emotionslosen Ton. »Auch wegen der hier lebenden Waisen wurde die Schließung und Evakuierung des Hospitals beschlossen.«

Erich horchte auf und fragte: »Evakuierung? Wohin?«

Hu beugte sich über die Landkarte und zeigte auf die Markierung einer großen Stadt.

»Hierhin, in die Provinzhauptstadt Tsi nan fu. Dort wird das Chinesische Rote Kreuz für die angemessene Unterbringung aller pflegebedürftigen Patienten sowie der Waisen sorgen.«

»Das ist Wahnsinn!«, entfuhr es Erich. »Schon für einen Mann, der gut zu Fuß ist, wären das acht bis zehn Tagesmärsche. Und dann mit Kranken und Kindern? Durch ein Gebiet, das, wie Sie selbst erwähnten, von Banditen und irregulären Soldaten bedroht wird! Wer hat sich bloß diesen Schwachsinn ausgedacht?«

»Ich muss mich dagegen verwahren, dass Sie Beschlüsse des Direktoriums als Schwachsinn bezeichnen, Herr Schweiger. Glauben Sie etwa, das Direktorium hat diese Schwierigkeiten nicht bedacht? Den größten Teil der Strecke können alle bequem mit der Eisenbahn zurücklegen.« Hu zeigte auf einen Punkt der Karte, ein Stück nördlich des Lián-Hospitals. »Hai schan, eigentlich ein kleines, unbedeutendes Dorf. Aber es liegt direkt an der Strecke der Schantung-Bahn, weshalb die Eisenbahngesellschaft dort ein Versorgungsdepot eingerichtet hat. Da wartet ein Sonderzug auf die Evakuierten, um sie bequem in die Provinzhauptstadt zu bringen. Bis Hai schan sind es, auch mit Kranken und Kindern, nicht mehr als drei Tagesmärsche.«

Dr. Ehrmann, der alles aufmerksam verfolgt hatte, ergriff das Wort: »Ein paar unserer Patienten halten nicht einmal einen Tagesmarsch durch.«

»Wie viele genau?«, fragte Hu.

»Mindestens zwei könnten sich nicht auf den Beinen halten.«

»Dann müssen Sie ein Transportmittel organisieren, am besten sogar Transportmöglichkeiten für alle: Patienten, Waisenkinder und Angestellte.« Hu zog eine dicke Akte aus seiner Tasche und blätterte darin, bis er die richtige Seite gefunden hatte. »Hier steht es ja. Das Lián-Hospital verfügt über ein eigenes Automobil, einen Benz-Lastkraftwagen. Ausreichend Treibstoff sollte nach meinen Unterlagen auch vorhanden sein.« Er klappte die Akte wieder zu und bedachte Ehrmann mit dem Zucken seiner Mundwinkel, was wohl seine Art zu lächeln war. »Damit ist der Transport der beiden Schwerkranken wohl gesichert.«

»Gar nichts ist gesichert«, fauchte der Arzt, der allmählich die Geduld zu verlieren schien. »Der klapprige Dreitonner ist kaputt, und meine Anfrage nach einem Mechaniker blieb von Ihrer Regionalverwaltung unbeantwortet.«

»Davon weiß ich nichts«, sagte Hu ungerührt. »Der Lastkraftwagen ist schließlich ganz neu, da kann er doch nicht kaputt sein. Falls doch, müssen Sie sich halt Transportmöglichkeiten beschaffen. Fragen Sie in den umliegenden Dörfern nach Ochsenkarren!«

»Das alles ist doch höchst unausgegoren, Herr Hu«, kam es von Helene. »Dieser Evakuierungsvorschlag steht auf sehr wackligen Füßen. Ich stimme dafür, dass wir hierbleiben.«

Hu sandte ihr durch seine achteckigen Brillengläser einen kalten Blick zu.

»Dies hier ist keine Abstimmung, Frau Schweiger. Ich teile Ihnen den Beschluss des Direktoriums mit, und Ihre Pflicht ist es, ihn umzusetzen.«

Helene sog scharf die Luft ein und wollte Hu wohl eine harsche Erwiderung zukommen lassen, aber eine unauffällige Geste Dr. Ehrmanns veranlasste sie, sich zurückzuhalten.

»Wie viel Zeit bleibt uns für die Evakuierung?«, fragte der Arzt in einem sachlichen Ton.

»Der Sonderzug steht ab dem 11. Dezember mittags Ihres Kalenders in Hai schan bereit. Spätestens am 15. Dezember mittags müssen Sie dort sein. Schaffen Sie es bis dahin nicht, fährt der Zug ohne Sie ab.«

»Neun Tage haben wir also Zeit, für die Vorbereitungen und den Marsch nach Hai schan«, stellte Ehrmann fest.

Hu nickte knapp.

»Zeit genug, wie Sie sehen.«

»Wir wissen nicht, wie viel Zeit wir benötigen, um die Transportmittel zu beschaffen. Außerdem müssen wir mit unvorhergesehenen Zwischenfällen rechnen, mit Banditen und Soldaten der Warlords. Es könnte äußerst knapp werden.«

»Dann sollten Sie sich beeilen, Herr Doktor.« Während er das sagte, verstaute Hu seine Unterlagen wieder in der Aktentasche. »Ich habe meine Aufgabe hiermit erfüllt und darf Ihnen, auch im Namen des Direktoriums, ein gutes Gelingen der Evakuierung wünschen.«

Als er sich erhob, schlug Helene mit der Faust auf den Tisch.

»Soll das heißen, Sie rauschen jetzt wieder ab und lassen uns mit all den Schwierigkeiten allein?«

»Jeder hat seine Aufgabe zu erfüllen«, erwiderte Hu und setzte seinen Bowler auf. »Glauben Sie mir, auch ich habe in diesen Zeiten hart zu arbeiten, sehr hart.«

»Von wegen hart zu arbeiten!«, sagte Helene abfällig, als der weiße Delage das Hospital verließ. »Herr Hu hält jetzt bestimmt ein schönes Nickerchen, während sein Chauffeur ihn durch die Gegend schaukelt.«

Sie stand mit Erich und Dr. Ehrmann auf der Veranda, und alle drei blickten dem Fahrzeug nach, bis es hinter einer buschbestandenen Biegung verschwunden war.

Erich sah Helene an und stellte fest, dass sie noch immer sehr erregt war. Sie hatte die Lippen zu einem schmalen Strich zusammengepresst und die Hände geballt. Ihr schien der Evakuierungsbefehl näher zu gehen als Ehrmann. Vielleicht konnte der lebenserfahrene Arzt seine Gefühle auch nur besser verbergen.

Jedenfalls hätte die alte Helene das Ganze viel ruhiger hingenommen. Diese Veränderung gefiel Erich sehr. Früher war sie ihm oft eher wie ein verschüchtertes Mädchen vorgekommen und nicht wie eine Frau mit eigenem Willen und eigenen Vorstellungen. Die Arbeit als Krankenschwester und wohl auch der Umstand, dass sie ganz auf sich allein gestellt gewesen war, hatten ihr offenbar gutgetan.

»Beschluss des Direktoriums hin oder her«, sagte sie. »Ich bin dafür, dass wir bleiben. Wir machen einfach weiter, als wäre nichts gewesen.«

»Leider können wir das nicht«, seufzte Ehrmann. »Wie ich diesen Hu Chong einschätze, wird er irgendwann zurückkommen, um zu kontrollieren, ob wir die Evakuierung durchgeführt haben. Wenn wir dann noch hier sind, könnte er auf den Gedanken verfallen, mich als Leiter des Hospitals abzusetzen.«

»Das kann er gar nicht«, sagte Helene.

»Das kann er sehr wohl. Als Regionalbeauftragter ist er bei schweren Verstößen dazu befugt.«

»Es ist doch kein schwerer Verstoß, wenn Sie sich um Ihre Patienten kümmern.«

»Hu könnte das anders sehen. Außerdem – was ist, wenn er und das Direktorium mit ihrer Einschätzung recht haben? Das Hospital könnte tatsächlich von Warlord-Truppen überfallen werden.«

»Sind die nicht auch auf den Schutz und damit die Achtung des Roten Kreuzes angewiesen?«

»Das mag sein, Helene, aber die Banditen geben bestimmt keinen Pfifferling darauf.«

»Die können uns auch auf unserem Marsch auflauern.«

»Richtig, aber der Marsch dauert nur ein paar Tage. Wenn wir hierbleiben, sind wir der Bedrohung für ungewisse Zeit ausgesetzt.«

Helenes Stirn umwölkte sich.

»Aber, Herr Doktor, Sie reden ja, als würden Sie den Beschluss des Direktoriums billigen!«

»Ich wäge lediglich das Für und Wider ab. Möchten Sie dafür verantwortlich sein, wenn bei einem Angriff auf das Hospital unsere Patienten oder die Waisenkinder zu Schaden kommen?«

»N-nein«, sagte Helene zögernd. »Natürlich nicht. Aber vielleicht kommt es überhaupt nicht zu einem solchen Angriff.«

»Vielleicht, vielleicht auch nicht, wir wissen es einfach nicht. Letztlich hat das Direktorium entschieden, und ich werde die Anweisung befolgen. Ich hoffe doch, dass Sie mich dabei nach Kräften unterstützen werden, Helene!«

Sie schluckte.

»Selbstverständlich werde ich das, Herr Doktor. Verzeihen Sie, dass ich so aufgebracht bin. Aber … das kommt alles so schnell.«

»Schnell ist das richtige Stichwort. Wir sollten uns sofort zusammensetzen, um alles genau zu planen.«

»Das machen Sie beide mal«, sagte Erich, an Ehrmann gewandt. »Ich kümmere mich derweil um den kaputten Lastkraftwagen. Wo steht der überhaupt?«

»In dem großen Schuppen da vorn«, sagte der Arzt und

wies auf einen länglichen Anbau. »Da lagern auch die Treibstoffvorräte. Verstehen Sie denn etwas von Automobilen, Herr Schweiger?«

»Das werden wir ja sehen. Ausprobieren möchte ich es jedenfalls. Da ich mit meinem Freund Jakob Winterkorn in Tsingtau ein ganzes Flugzeug gebaut habe, gelingt es mir vielleicht auch, den Lastkraftwagen zu reparieren.«

In dem Schuppen gab es kein elektrisches Licht, also musste sich Erich mit einer Azetylengaslaterne behelfen, die er in einer finsteren Ecke aufgestöbert hatte. Zhong hatte ihm alles verfügbare Werkzeug gebracht und, weil Erich das Abendessen ausfallen ließ, auch ein Tablett mit Leckereien aus Tao-Weis Küche und dazu zwei Flaschen Bier aus der Germania-Brauerei in Tsingtau.

Der Benz-Dreitonner war wirklich nicht im besten Zustand. Das lange Herumstehen, ohne gefahren zu werden, zeigte seine Wirkung. Zunächst musste Erich dem Wagen mit einem Besen zu Leibe rücken, da er von Spinnweben geradezu eingehüllt war. Die Spinnen mussten hier ihre Nester haben.

Der Motor gab keinerlei Lebenszeichen von sich. Da Erich nicht den blassesten Schimmer hatte, woran es lag, machte er sich daran, jede Leitung und jedes einzelne Teil akribisch zu überprüfen.

Obwohl die Nachtluft draußen kühler wurde, kam er hier im Schuppen bald ins Schwitzen. Er machte seinen Oberkörper bis auf das kurzärmelige Baumwollunterhemd frei und beugte sich wieder über den verschmutzten Motor.

Als er sich irgendwann aufrichtete, um sich mit dem

Unterarm den Schweiß von der Stirn zu wischen, bemerkte er einen Schatten hinter sich und drehte sich um.

»Lene!«

Sie stand in der Nähe des Doppelflügeltors und sah ihn an. Da der Lichtschein der Laterne kaum bis zu ihr reichte, wirkte sie schemenhaft wie ein Wesen zwischen zwei Welten.

»Wie lange stehst du schon da?«, fragte Erich.

»Eine ganze Weile.«

»Warum hast du nichts gesagt?«

»Ich wollte dich nicht stören. Du warst so eifrig bei der Sache. Wie sieht es aus?«

»Wenn ich das wüsste. Irgendwo muss ein Defekt sein, aber wo?«

»Du wirst es schon schaffen, Erich. Ich habe dich beim Abendessen vermisst.«

»Ich wollte mich nicht von der Arbeit ablenken lassen.« Er deutete auf das Tablett, das auf einem niedrigen Werkzeugschrank stand. »Zhong hat mich mit allem Nötigen versorgt. Hast du ihn vielleicht geschickt?«

Helene lächelte.

»Ich wollte nicht, dass du zusammenklappst. Schließlich schuftest du hier, wo du dich doch eigentlich noch erholen solltest.«

»Dafür ist jetzt keine Zeit. Je eher alles bereit ist und wir uns auf den Weg nach Hai schan machen können, desto besser.«

»Ja, das stimmt.«

Sie hatte leise gesprochen, und ihr Lächeln erstarb. Ihr Gesichtsausdruck wirkte auf einmal betrübt.

Erich trat ein, zwei Schritte auf sie zu.

»Was ist mit dir, Lene? Geht es dir nicht gut?«

Sie blickte ihm in die Augen.

»Ich fürchte mich davor, das Hospital zu verlassen. Nicht nur wegen der vielen Gefahren und Schwierigkeiten, mit denen wir rechnen müssen. Da ist noch eine ganz egoistische Furcht. Ich hatte sie schon einmal, als die Missionsstation drüben in den Bergen aufgegeben wurde. Die Arbeit, die Dr. Ehrmann und ich für die kranken Menschen leisten, ist mein Lebensinhalt geworden. Dann kam das Angebot, dieses Hospital zu übernehmen, und alles schien weiterzugehen wie gewohnt. Aber was wird jetzt kommen?«

Er trat noch näher auf Helene zu, bis er ganz dicht vor ihr stand.

»Niemand kennt die Zukunft, aber du bist nicht allein, Lene. Der Sonderzug wird euch alle nach Tsi nan fu bringen, auch Doktor Ehrmann und die Waisenkinder. Dort wird es bestimmt irgendwie weitergehen.«

Erichs Worte taten Helene gut. Er sorgte und kümmerte sich um sie – um Helene, seine Lene, nicht um Amelie.

Je länger er hier war, desto mehr gelangte sie zu der Erkenntnis, dass nicht nur sie sich in den vergangenen zweieinhalb Jahren verändert hatte, sondern auch Erich. Zumindest was seine Gefühle für sie betraf.

Anfangs hatte sie nicht recht glauben können – vielleicht auch aus verletztem Stolz heraus nicht glauben wollen –, dass er wirklich sie liebte und nicht länger ihre Schwester. Aber wenn er nicht die Wahrheit sagte, wäre er dann überhaupt hier gewesen?

Auch heute hatte Erich sie sehr beeindruckt, als er ihr und Dr. Ehrmann die Bedeutung von Ah-Kums Bildern erklärt hatte. Es war ebenso aufschlussreich wie erschütternd gewesen. Hätte Helene nicht schon längst darauf kommen müssen?

Aber Erich war es gewesen. Er hatte sich mit Ah-Kum beschäftigt und das Rätsel ihrer Herkunft entschlüsselt. Dazu gehörte nicht nur Intelligenz, sondern auch großes Einfühlungsvermögen.

Gleichzeitig war Erich ein Mann der Tat, der sofort zupackte, wenn es sein musste. Seine Arbeit an dem Lastkraftwagen hatte das wieder einmal bewiesen.

Sie war wirklich froh, dass er hier war. Angesichts der bevorstehenden Evakuierung war seine Hilfe unschätzbar wertvoll. Aber er gab auch ihr persönlich Sicherheit, und dafür war sie ihm dankbar.

»Wenn wir in Tsi nan fu sind«, begann sie zögerlich, »wirst du dann auch da sein, Erich?«

»Ich werde euch bis Hai schan begleiten, bis ihr sicher im Zug sitzt, aber was danach ist, das hängt ganz allein von dir ab, Lene.«

Statt etwas zu erwidern, legte sie die Arme um seinen Hals und zog ihn zu sich heran. Sie verspürte eine tiefe Sehnsucht nach Nähe, Wärme, Zärtlichkeit und Geborgenheit – nach ihm.

Gewiss war auch die unerwartete Wendung der Dinge, die Hu Chongs Besuch nach sich zog, dafür verantwortlich. Erich erschien ihr wie ein Fels in der Brandung, an den sie sich klammern konnte, wenn alles um sie herum fortgespült wurde – wenn sie den Boden unter den Füßen verlor.

Auf einmal erschien Kangs Gesicht vor ihrem inneren Auge, und sie dachte unwillkürlich an die leidenschaftliche Nacht mit ihm. In jener Nacht hatte sie geglaubt, Kang sei vielleicht in ihr Leben getreten, um Erichs Stelle einzunehmen. Aber dann war Kang spurlos verschwunden – und jetzt war Erich zurück!

Er hielt sie mit seinen muskulösen nackten Armen fest, als wolle er sie nie wieder loslassen. Erich beugte sich zu ihr herunter, und ihre Lippen verschmolzen zu einem unendlichen Kuss. Helenes Leib erbebte, als eine Woge der Erregung sie erfasste.

Erich schien es genauso zu gehen. Geradezu fordernd presste er seinen Unterleib gegen ihren, und deutlich spürte sie sein wachsendes Begehren.

»Ich will dich, Lene!«, flüsterte er in ihr Ohr. »Ich will dich für alle Ewigkeit, und ich will dich hier und jetzt!«

Jeder Gedanke an Kang war in diesem Augenblick wie ausgelöscht, und mit zitternder Stimme erwiderte sie: »Ich will dich auch, Erich!«

Helene öffnete seinen Gürtel, dann die Knöpfe seiner Hose, bevor sie begann, ihr eigenes Kleid aufzuknöpfen. Sie konnte es gar nicht erwarten, Erich in sich zu spüren, eins mit ihm zu sein und dabei alles andere, ihre Ängste und Zweifel, zu vergessen.

17

Als Helene von dem hellen Glockenschlag ihrer kleinen Weckeruhr aus dem Schlaf gerissen wurde, war die Erinnerung an die vergangene Nacht für sie erst nur ein Traum. Ein schöner, süßer Traum. Aber dann spürte sie den leichten Schmerz im Rücken wieder – Erich hatte sie gegen die Wand des Schuppens gedrückt, als er in sie eingedrungen war.

Der Schmerz machte ihr nichts aus. Im Gegenteil: Er erinnerte sie an die Vereinigung mit Erich und daran, wie lange sie dieses Gefühl vermisst hatte, ohne es sich selbst einzugestehen. Sie schloss die Augen und erlebte noch einmal den Höhepunkt ihrer gemeinsamen Lust.

Den Gedanken daran, ob das der Beginn einer neuen – oder erneuerten – Liebe zwischen ihr und Erich war oder nur ein schöner Nachklang dessen, was einmal zwischen ihnen gewesen war, verdrängte sie so schnell, wie er aufgetaucht war. Erich hatte recht gehabt, als er sagte, niemand kenne die Zukunft.

Ihr blieb nichts anderes übrig, als abzuwarten, ob die gegenseitige Zuneigung sich vertiefen und von Dauer sein würde. Sie dachte an Erich, der sich so sehr um sie bemühte, und musste sich korrigieren: Ihnen beiden blieb nichts anderes übrig.

Die bevorstehende Evakuierung sorgte dafür, dass Helene vor lauter Arbeit alles andere bald vergessen hatte. Medikamente, Arztbesteck und medizinische Apparate, Decken und Lebensmittel mussten gepackt werden, während der übliche Betrieb weiterlief. Die Menschen aus der Umgebung wussten noch nicht, dass die Tage des Lián-Hospitals, jedenfalls vorerst, gezählt waren, und kamen mit ihren Krankheiten und Verletzungen in die Sprechstunde wie an einem normalen Tag.

Dr. Ehrmann und Helene nutzten die Gelegenheit, ihre Patienten über die Evakuierung des Hospitals zu informieren und sie zu bitten, die Nachricht in den umliegenden Dörfern zu verbreiten. Auch sollten sie dort Bescheid geben, dass Ehrmann dringend nach Ochsenkarren und Zugtieren suchte und einen guten Preis dafür bezahlen würde. Zudem wurden kräftige Männer gebeten, sich gegen Bezahlung als Hilfskräfte für den Transport zur Verfügung zu stellen.

»Das wird teuer werden, Herr Doktor«, sagte Helene am Ende der Sprechstunde zu Ehrmann. »Wenn die Bauern wissen, wie dringend wir auf Karren und Ochsen angewiesen sind, werden sie gesalzene Preise dafür verlangen.«

»Von mir aus auch gepfefferte, Schwester Helene. Ich habe nicht vor, die Kasse des Chinesischen Roten Kreuzes in dieser Angelegenheit zu schonen. Nicht, wenn es um kranke Menschen und Kinder geht, um Leib und Leben.«

»Der Regionalbeauftragte Hu würde das sicher anders sehen«, bemerkte sie spöttisch.

»Erinnern Sie mich jetzt nicht an den, sonst zitiere ich Ihnen noch Goethe.«

»Goethe?«

»*Götz von Berlichingen.*«

»Ach so«, grinste sie.

Von draußen drang plötzlicher Lärm herein, ein lautes Brummen, vermischt mit einem durchdringenden Blöken und aufgeregtem Geschrei.

Helene und Ehrmann liefen hinaus auf die Veranda, und beide begannen zu strahlen.

»Das ist doch mal eine schöne Überraschung!«, freute sich Ehrmann, als er den weißen Benz-Dreitonner mit den Rotkreuzsymbolen erblickte, der langsam an ihnen vorüberrollte.

Am Lenkrad saß Erich und winkte ihnen lächelnd zu. Ein paar Waisenkinder tollten um den Lastkraftwagen herum. Hin und wieder ließ Erich die Hupe blöken, damit sie nicht zu nah an das Fahrzeug herankamen.

»Von wegen Überraschung«, sagte Helene. »Hatten Sie etwa kein Vertrauen zu Erich? Ich habe fest damit gerechnet, dass er den Wagen wieder hinbekommt.«

Ehrmann warf einen überraschten Seitenblick auf Helene.

»Nanu, Ihr Glaube an Erich ist ja rapide gewachsen. Wie kommt das?«

In der Hoffnung, nicht zu sehr zu erröten, erwiderte sie: »In technischen Dingen ist er eben sehr bewandert. Nicht jeder kann ein Flugzeug bauen.«

»Nein, das kann gewiss nicht jeder.«

Als Ehrmann das sagte, sah er aus, als verkneife er sich ein Lächeln.

Wusste er etwa, was sie und Erich vergangene Nacht in dem Schuppen getan hatten?

Helene konnte es sich nicht vorstellen. Es lag nicht in Ehrmanns Charakter, anderen heimlich nachzustellen und sie auszuspionieren. Er wäre wirklich der letzte Mensch gewesen, dem sie so etwas zugetraut hätte. Selbst wenn er das getan hätte – sie und Erich waren schließlich verheiratet. Vermutlich merkte Ehrmann, der ein feines Gespür für die Menschen hatte, lediglich, dass sich Helenes anfangs so ablehnende Haltung Erich gegenüber in Sympathie oder gar mehr verwandelt hatte.

Der Lastkraftwagen blieb vor der Veranda mit laufendem Motor stehen. Erich stieß die Tür auf der Fahrerseite auf und strahlte über das ganze Gesicht.

»Dieser Bus fährt nach Hai schan. Möchte jemand mitfahren?«

Helene applaudierte ihm.

»Wie hast du das hingekriegt, Erich? Wo lag denn jetzt der Fehler?«

Er kratzte sich verlegen am Hinterkopf und gestand: »Ich habe aber auch nicht die leiseste Ahnung.«

»Und wieso fährt der Wagen jetzt wieder?«

»Vermutlich hat er einfach zu lange herumgestanden, ohne bewegt zu werden. Vielleicht war eine Leitung verschmutzt. Jedenfalls läuft Albert jetzt wieder, und das ist doch die Hauptsache.«

»Albert? Du hast den Wagen Albert genannt?«

»Ja. Gefällt dir der Name nicht?«

»Doch. Ich frage mich nur, wie du darauf kommst.«

Erich klopfte mit einer Hand auf das große Lenkrad.

»Der Wagen erinnert mich an einen Schulkameraden, Albert Grotejohn. Der war auch ein ziemlich schwerer

Brocken und bewegte sich höchst ungern. Oft erst dann, wenn man ihn anstieß.«

»Gratulation, Herr Schweiger«, sagte Dr. Ehrmann. »Eigentlich haben Sie sich für Ihre Arbeit ein gutes Honorar verdient. Was berechnen Sie dem Chinesischen Roten Kreuz inklusive Ihrer Nachtschicht?«

»Lieber gar nichts«, lachte Erich. »Sonst kriegt Herr Hu noch einen Herzinfarkt.«

Helene bemerkte, wie sauber der Lastkraftwagen war, und fragte: »Hast du Albert etwa auch gewaschen?«

»Ja, habe ich. Vielleicht fährt er ja wieder, weil er mir dankbar dafür ist. Man konnte ihn vor lauter Spinnweben kaum noch erkennen.«

Ehrmann trat zu Erich und reichte ihm die Hand.

»Vielen Dank, Herr Schweiger. Darf ich Ihnen zumuten, bis Hai schan den Chauffeur zu spielen?«

»Selbstverständlich. Vor sich sehen Sie den neuen Chauffeur, Mechaniker und Wagenwäscher des Lián-Hospitals.«

Ehrmann nickte ihm zu.

»Sehr gut. Ich bin überaus froh, dass Sie auf dieser Reise bei uns sind.«

Ich auch, dachte Helene.

Dass Erich den Lastkraftwagen wieder zum Laufen gebracht hatte, schien ein gutes Omen zu sein. Die weiteren Vorbereitungen für die Evakuierung liefen reibungslos ab.

In den kommenden Tagen gab es mehr als genug Angebote für Karren und Zugtiere. Zwar verlangten die Bauern hohe Preise mit der Begründung, Ochsen und Karren würden ihnen bei der Hofarbeit fehlen, aber Doktor Ehrmann bezahlte, wie er es Helene gegenüber angekündigt hatte, sehr großzügig.

»Die meisten spielen sicher nur Theater«, bemerkte er, als ein Bauer sich unter Wehklagen von seinem Ochsen verabschiedete. »Vermutlich haben sie genügend Ochsen oder schaffen sich zur Aussaat neue an. Jetzt im Winter können sie mit den Tieren ohnehin nicht viel anfangen. Wenn sie die verkaufen, sparen sie sich das Futter für die Winterzeit. Und die Karren sind nicht die neuesten, wahrscheinlich nur Ersatzgefährte auf den Höfen. Einige sind schon etwas morsch, aber für die paar Tage unserer Reise werden sie schon durchhalten.«

In einem Punkt allerdings wurden sie enttäuscht: Nicht ein einziger Freiwilliger meldete sich, um die Evakuierung als Helfer zu begleiten, auch nicht für gutes Geld.

Als Helene ihn darauf ansprach, sagte Ehrmann: »Sie haben recht, das ist ein klägliches Ergebnis. Da habe ich mich, offen gestanden, verkalkuliert. Ich hatte damit gerechnet, dass es uns zu dieser Jahreszeit, wo auf den Feldern nichts zu tun ist, an Hilfskräften nicht mangeln würde.«

»Die Angst vor Banditen und Warlord-Truppen ist wahrscheinlich zu groß«, meinte Helene. »Manch eine Frau wird ihrem Mann wohl die Hölle heißmachen, wenn er vorhat, sich freiwillig zu melden. Nach dem Motto: Was nutzt das beste Handgeld, wenn man davon die eigene Bestattung bezahlen muss.«

»Malen Sie nicht so schwarz, Helene. Ich weiß, dass Sie diesen Ort nur widerwillig verlassen. Auch mir fällt es schwer, glauben Sie mir. Nachdem wir die Missionsstation aufgeben mussten, hatte ich mich gerade an das Hospital und die Menschen hier gewöhnt. Aber viele von ihnen, auch die Waisenkinder, werden uns begleiten, und wir werden die Arbeit an einem anderen Ort fortsetzen. Vielleicht können wir auch bald schon hierher zurückkehren. Aber Sie müssen zuversichtlich sein, dass unser Unternehmen gut ausgeht!«

»Das bin ich ja«, seufzte Helene, obwohl das nicht stimmte. Sie hatte noch immer starke Zweifel an der Richtigkeit der Evakuierung, aber letztlich hatte sie nicht darüber zu befinden. »Das löst aber nicht das Problem mit den fehlenden Hilfskräften. Wer soll die Ochsenkarren lenken?«

»Da müssen alle Männer ran, ich selbst natürlich, Zhong und Tao-Wei und die beiden Boys. Zur Not müssen ein paar Patienten oder einige der älteren Waisenjungen aushelfen.«

»Erich wäre dafür der geeignete Mann, aber er steht leider nicht zur Verfügung.«

»Wir sollten froh sein, dass er den Dreitonner wieder in Gang gekriegt hat und dass er den Chauffeur für uns spielt. Für Sie, Helene, würde er natürlich auch einen Ochsenkarren lenken.«

Sie sah Ehrmann zweifelnd an.

»Was wollen Sie damit sagen?«

»Aber, aber, Sie wissen doch, dass Ihr Mann alles für Sie tun würde. Für Sie würde er sogar barfuß durch die Hölle laufen.«

»Mag sein. Die Frage ist nur, ob ich das möchte.«

»Prüfen Sie Ihr Herz«, riet Ehrmann. »Irgendwann wird er eine Antwort auf diese Frage haben wollen.«

Schließlich zeigte sich, dass sie keine zusätzlichen Hilfskräfte benötigten, weil weniger Patienten als angenommen zu transportieren waren. Wer hier aus der Gegend stammte und nicht gerade mit dem Tod rang, zog es vor, in sein Dorf oder auf seinen Hof zurückzukehren, statt sich unter ungewissen Umständen in die ferne Provinzhauptstadt bringen zu lassen. Mit jedem Tag, der verstrich, leerte sich der Krankensaal zusehends.

Als die Kolonne in den frühen Morgenstunden des 10. Dezember zum Aufbruch bereit war, sollten sechs Ochsenkarren hinter dem von Erich gesteuerten Lastkraftwagen herfahren.

In dem Dreitonner wurden die fünf verbliebenen Patienten transportiert, die sich der Evakuierung angeschlossen hatten. Zudem lagerten schweres Gerät und Material in dem geschlossenen Aufbau. Die Waisenkinder und das übrige Gepäck wurden auf die von jeweils zwei starken Ochsen gezogenen Karren verteilt.

Helene bot Dr. Ehrmann an, den sechsten Karren zu lenken.

»Sie, Zhong, Tao-Wei, Meng und Hao, das sind schließlich nur fünf Männer.«

Der Arzt schüttelte den Kopf und winke ab.

»Ich habe Sie schon als Beifahrerin für Erich eingeplant.«

»Das kommt nicht infrage!«, widersprach sie. »Ich mache es mir doch nicht auf dem Beifahrersitz gemütlich, während alle anderen hart arbeiten!«

»Davon, dass Sie es sich gemütlich machen sollen, war auch nicht die Rede. Wir müssen durch mehrere schwierige Pässe, und Erich muss den Weg finden. Er braucht eine Beifahrerin, auf die er sich verlassen kann und die ihre Augen aufhält. Sie können hoffentlich Landkarten lesen, Schwester Helene?«

»Und wenn nicht?«

Ehrmann drückte ihr mehrere zusammengefaltete Karten in die Hand.

»Dann werden Sie es jetzt lernen!«

»Aber was ist mit dem sechsten Karren?«

»Fang hat sich erboten, ihn zu lenken.«

»Die alte Fang?«

»Sie mag alt sein, aber sie kennt sich damit aus. Sie hat früher, als ihre Familie noch lebte, oft einen Ochsenkarren gelenkt. Haben Sie auch Erfahrung darin?«

»Nein, keine«, antwortete Helene kleinlaut.

Ehrmann legte väterlich eine Hand auf ihre Schulter.

»Dann soll es damit entschieden sein.«

Keine zwanzig Minuten später saß sie neben Erich auf dem Beifahrersitz, vor sich die Landkarten. Hinter dem Benz-Dreitonner, dessen Motor gleichmäßig brummte, standen die sechs Ochsenkarren zur Abfahrt bereit, der vorderste gelenkt von Dr. Ehrmann.

»Er hat in seinem Leben bestimmt auch noch kein Ochsengespann geführt«, seufzte Helene.

»Was meinst du?«, fragte Erich, der gerade mit einem Lappen den Außenspiegel auf der Fahrerseite blank putzte.

»Ach, nichts. Wann brechen wir auf?«

»Jetzt«, antwortete Erich und legte den Lappen beiseite.

Er warf einen Blick in den Spiegel, streckte den linken Arm aus dem offenen Seitenfenster, gab das Signal zur Abfahrt und setzte den Wagen in Bewegung. »Das wird sicher interessant.«

»Wieso?«

»Weil ich so einen schweren Wagen noch nicht gesteuert habe, schon gar nicht durch unwegsames Gelände.«

»Aber du hast schon am Steuer eines Flugzeugs gesessen.«

»Schon.« Er deutete mit dem Zeigefinger geradewegs nach oben. »Doch dort gibt es keine Straßen, von denen man abkommen kann.«

»Und du sagst mir erst jetzt, dass du als Chauffeur eines Lastkraftwagens ein blutiger Anfänger bist?«

Er sah sie an und grinste.

»Ich wollte dich nicht vertreiben.«

»Na, wunderbar!«

Helene öffnete ebenfalls ihr Seitenfenster, streckte den Kopf hinaus und blickte zurück zum Lián-Hospital. Ihr Herz war schwer, als das Gebäude, mit dem sie so viele Hoffnungen verbunden hatte, immer kleiner wurde.

Sie sagte sich, dass dies jetzt ein Teil ihrer Vergangenheit war – so wie ihr früheres Leben in Tsingtau. Etwas, mit dem sie abschließen musste, wenn es ihr auch nicht leichtfiel.

Vielleicht gab es ja doch irgendwann die Möglichkeit zur Rückkehr, wenn sich die Verhältnisse in diesem Teil Chinas beruhigt hatten und es wieder um anderes ging als um Japaner, Warlords und Banditen.

Derzeit sah es aber leider nicht danach aus, und deshalb

wollte sie sich nichts vormachen. Sie musste sich darauf einstellen, das Tal der Lotosblumen nie wieder zu sehen.

Helene wollte es wenigstens versuchen und zwang sich, ihre Gedanken auf das zu richten, was vor ihr liegen mochte. Die Zukunft konnte alle möglichen Überraschungen bereithalten, und das Leben nahm manchmal die seltsamsten Wendungen.

Der Mann neben ihr auf dem Fahrersitz war der beste Beweis dafür. Sie hatte lange geglaubt, ihn niemals wiederzusehen. Ihn nicht und auch das nicht, was sie jetzt an einer einfachen Schnur um den Hals trug. Sie legte ihre Hand auf die Brust, wo sie unter dem Kleid das Erinnerungsstück an ihr Leben in Tsingtau ertastete: das Jade-Medaillon.

Zweiter Teil:

Die Stadt in den Bergen

I

Entspannt saß Helene auf dem Beifahrersitz, während der Benz-Dreitonner gemächlich über jenen unbefestigten Weg rumpelte, der sich hierzulande Straße nannte. Entspannt deshalb, weil es am Anfang ihrer Reise noch nicht viel zu tun gab. Erich musste zunächst nur der sogenannten Straße folgen, bis sie irgendwann die Ausläufer der nördlichen Berge erreichten. Bis dahin waren ihre Künste im Lesen von Landkarten nicht gefragt.

Erich hatte irgendwann angehalten und war ausgestiegen, um Dr. Ehrmann zu fragen, ob es nicht besser sei, mit dem Lastkraftwagen am Ende der kleinen Kolonne zu fahren, damit die Menschen auf den Ochsenkarren nicht den Staub einatmen mussten, den das schwere Automobil aufwirbelte.

Ehrmann lehnte das ab und meinte: »Sie und Helene haben vom Fahrerhaus aus eine bessere Übersicht, und Sie beide müssen für uns den Weg finden, sobald die Straße aufhört. Es ist schon besser so. Vergrößern Sie einfach ein wenig den Abstand zu uns.«

Seitdem fuhr der Lastkraftwagen immer ein- bis zweihundert Meter vor den Ochsenkarren.

Helene nutzte diesen Teil der Route, der keine Herausforderungen an sie stellte, um sich ausgiebig mit Erich zu unterhalten. Es gab noch vieles, was sie über die Ereignisse der letzten zweieinhalb Jahre in Tsingtau wissen wollte, und auch Erich hatte etliche Fragen zu ihrem Leben als Krankenschwester.

Sie wurde den Verdacht nicht los, dass Dr. Ehrmann genau das beabsichtigt hatte, als er sie zu Erichs Beifahrerin bestimmte. Er hielt offenkundig große Stücke auf Erich und hätte es nicht ungern gesehen, wenn die beiden wieder zueinanderfänden. Ob er sich auch überlegt hatte, dass er dadurch unter Umständen eine bewährte Krankenschwester verlor?

Gegen Mittag hielt der Konvoi in einer baumbewachsenen Senke mit einem kleinen Teich zu einer kurzen Rast an, bei der es nur kaltes Essen gab, Tao-Weis beliebte Hirseküchlein. Denn Ehrmann, Erich und Helene waren einer Meinung: Das Tageslicht sollte ausgenutzt werden, um möglichst weit voranzukommen. Wenn das Abendlager aufgeschlagen worden war, hatte Tao-Wei Zeit genug, etwas zu kochen. Aber der Koch beschwerte sich jetzt schon über die unzulängliche Ausrüstung, die man mitgenommen hatte und die es ihm kaum ermöglichen würde, etwas Genießbares zuzubereiten.

»Chinesische Köche«, raunte Erich Helene zu. »Wann haben sie mal keinen Grund zu klagen?«

»Vielleicht, wenn sie schlafen«, erwiderte sie augenzwinkernd.

Am Nachmittag wurde das Wetter immer schlechter, je näher sie den Bergen kamen. Über den Gipfeln braute sich ein dunkles Wolkenknäuel zusammen, das zusehends größer und schwärzer wurde.

»Hoffentlich bleibt es trocken«, sagte Helene, während sie durch die große Windschutzscheibe besorgt zu den Bergen schaute. »Wenn es jetzt anfängt zu regnen, kann uns das richtig aufhalten.«

»Es wird auf jeden Fall regnen, und das nicht zu wenig«, erwiderte Erich, während er auf die Bremse stieg, um den Dreitonner rechtzeitig vor einer scharfen Kurve zu verlangsamen.

»Woher willst du das so genau wissen? Du bist Kaufmann und kein Meteorologe.«

»Aber ich bin auch ein Flieger, und als solcher lernt man früh, das Wetter richtig zu deuten. Wenn man in einem Flugzeug sitzt, kann das sehr schnell lebenswichtig werden. Hier allerdings gibt es nicht viel zu deuten. Auf uns kommt Regen zu, nicht nur ein Schauer, sondern ein richtiges Unwetter.«

»Pessimist! Wahrscheinlich kannst du auch noch vorhersagen, wann es losgeht, oder?«

Erich steuerte den Benz durch die Kurve, erhöhte dann wieder die Geschwindigkeit und sagte: »Ich bin kein Wetterprophet, aber nach meiner Meinung fängt es jeden Augenblick an.«

Er hatte kaum ausgesprochen, als ein großer, gleißend heller Blitz den Himmel regelrecht spaltete. Das Krachen des Donners vermischte sich mit dem lauten Prasseln der dicken Regentropfen, die rund um sie herum niedergingen und wie wütende Angreifer gegen den Wagen schlugen.

»Musstest du es beschreien, Erich?«, stöhnte Helene auf. »Dieser Wolkenbruch scheint nur auf deine Ankündigung gewartet zu haben.«

»Du hattest gefragt. Ich selbst bin ebenso wenig erbaut von der Sache wie du. Und Doktor Ehrmann wird es auch nicht sein. Ich fürchte, wir müssen das Abendlager früher als erwartet aufschlagen, damit wir nicht davongespült werden.«

»Was heißt früher als erwartet?«

»Das heißt, sobald wir einen geeigneten Lagerplatz finden.«

»Wonach muss ich Ausschau halten?«, erkundigte sich Helene.

»Nach einem Platz, wo wir aus Planen ein Schutzdach gegen den Regen aufspannen können. Zugleich sollte er den von der Seite kommenden Wind abhalten.«

»Dann tritt mal auf die Bremse und sieh nach rechts. Das Wäldchen dort, das bei diesem Unwetter nur undeutlich zu erkennen ist, scheint fast bis zu den spitzen Hügeln zu reichen. Vielleicht finden wir zwischen Wald und Hügeln Schutz.«

Erich bremste den Wagen ab und sah in die angegebene Richtung.

»Ja, du könntest recht haben. Gut aufgepasst, Lene! Ich wäre dafür, dass wir es dort versuchen. Bei der schlechten Sicht wird es schwierig sein, einen ähnlich geeigneten Platz zu finden. Bleib du bitte im Wagen. Ich frage Ehrmann, was er davon hält.«

Er sprang bei laufendem Motor aus dem Wagen und schlug sofort wieder die Tür an der Fahrerseite zu, damit der Regen nicht hereindrang. Helene sah noch, wie er nach hinten lief, zu den Ochsenkarren.

Keine drei Minuten später war er wieder da, vollkommen durchnässt. Regenwasser rann über sein Gesicht, und das nasse Haar klebte an seinem Kopf wie ein roter Helm.

»Ehrmann ist einverstanden. Der Regen verwandelt die Piste ohnehin in ein einziges Schlammloch. Die Ochsenkarren kommen kaum noch vorwärts. Auch wir müssen aufpassen, dass wir mit dem schwer beladenen Albert nicht stecken bleiben. Also auf zu unserem mutmaßlichen Nachtquartier!«

Er setzte den Dreitonner wieder in Bewegung und schlug das Lenkrad nach rechts ein.

»Achte gut auf das vor uns liegende Gelände, Lene«, bat er, »damit wir nicht in ein tiefes Loch geraten oder gegen einen Felsen fahren. Man sieht ja kaum noch die Hand vor Augen.«

Nur mit Schrittgeschwindigkeit ruckelte der Lastkraftwagen über das unebene Gelände. Oft sahen Helene und Erich ein Hindernis wegen des dichten Regens erst im letzten Moment auftauchen, woran auch das Licht der Scheinwerfer nicht viel änderte. Aus der entspannten Reise am Vormittag war ein höchst gefährliches Unterfangen geworden.

Zum Glück erwies sich der von Helene erspähte Platz als geeignet für das Nachtlager. Das Aufspannen der Zeltplanen, die den Ort so gut wie möglich vor dem Unwetter schützen sollten, war trotzdem sehr anstrengend. Als sie damit fertig waren, waren alle Beteiligten bis auf die Haut durchnässt.

Wärmende Lagerfeuer konnten nicht entfacht werden. Es fehlte an trockenem Holz, und unter dem Zeltplanendach hätte sich der Rauch verfangen.

Wenigstens gab es warmes Essen aus dem fahrbaren Herd, den der letzte Ochsenkarren hinter sich hergezogen hatte. Was immer das Chinesische Rote Kreuz veranlasst haben mochte, diesen Herd, wie er meistens vom Militär benutzt wurde, anzuschaffen, Helene empfand an diesem stürmischen Abend große Dankbarkeit dafür – und sie war gewiss nicht die Einzige.

Da sie Brennmaterial für den fahrbaren Herd mitgeführt hatten, konnte sich Tao-Wei gleich an die Arbeit machen, und das tat der Koch ohne jedes Murren. Er war genauso nass wie alle anderen und selbst begierig, eine Schüssel heißer Hühnersuppe in den Händen zu halten. Aber er hielt tapfer durch, bis alle anderen versorgt waren, und aß als Letzter.

Als die ersten Esser nach einem Nachschlag verlangten, wollte er gleich aufspringen, aber Helene war schneller und teilte das Essen aus, damit Tao-Wei seine Schüssel in Ruhe leeren konnte. Der sonst leicht erregbare Koch fühlte sich dadurch nicht in seinen Kompetenzen beschnitten, was Helene an dem dankbaren Blick erkannte, den er ihr zuwarf.

Die Nacht war kalt, feucht und ungemütlich, woran Zeltplanen, Schlafsäcke und Decken nichts ändern konnten. Viele der kleineren Waisenkinder weinten. Helene, die ohnehin kaum Schlaf fand, schälte sich aus ihrem Schlafsack und ging zu ihnen, um sie zu trösten.

Sie war nicht die Erste, die auf diese Idee gekommen war. Das sah sie im Schein ihrer elektrischen Taschenlampe, als sie den Schlafplatz der Waisenkinder erreichte. Die alte Fang und Erich hockten bereits bei den Kindern, streichelten sie und sprachen zu ihnen. Ah-Kum hatte sich in Erichs Arm gekuschelt, hatte die Augen geschlossen und schien, ihren Teddy fest im Arm, zu schlafen. Helene konnte nicht umhin, sie zu beneiden.

Mit zwei weinenden Kindern in den Armen setzte sie sich zu Erich und lehnte sich an seine Schulter.

»Vielleicht hattest du recht, Lene«, sagte er leise. »Vielleicht wäre es tatsächlich besser gewesen, das Hospital nicht zu verlassen. Nicht bei diesem Unwetter, das alle gleich zu Beginn der Reise demoralisiert.«

»Mach dir keine Gedanken, Erich. Als wir aufgebrochen sind, war von dem Unwetter noch nichts zu sehen, auch nicht für erfahrene Flieger. Du gibst doch auch sonst nicht so schnell auf!«

»Ich denke an die Kinder, für die das alles eine noch größere Strapaze ist als für uns.«

»Letztlich hatten wir keine andere Wahl. Selbst wenn wir von dem kommenden Unwetter gewusst hätten, hätten wir trotzdem aufbrechen müssen. Die Zeit drängt. Spätestens in viereinhalb Tagen müssen wir in Hai schan sein, sonst dampft der Sonderzug ohne uns ab.«

Erich ließ ein unwilliges Knurren hören.

»Wenn der verfluchte Regen nicht bald aufhört, bekommen wir wirklich Probleme. Dann haben wir einen solchen Schlamm, dass uns der Dreitonner und auch die Ochsenkarren nicht mehr viel nutzen werden.«

»Und was dann?«

»Umkehren zum Hospital. Eine andere Möglichkeit bleibt uns dann nicht. Schusters Rappen sind keine Option für die Kranken und die Waisenkinder.«

»Das würde aber dem Regionalbeauftragten Hu Chong gar nicht gefallen«, bemerkte Helene mit einem sarkastischen Unterton.

»Er soll nur kommen und sich beschweren, dann spreche ich einmal unter vier Augen mit ihm.«

»Unter vier Augen oder unter vier Fäusten?«

»Das hängt dann allein von der Einsichtsfähigkeit des ehrenwerten Herrn Hu ab.«

Als Helene leise kicherte, fragte Erich, was sie habe.

»Ich stelle mir gerade vor, dass Herr Hu, seine mangelnde Einsichtsfähigkeit vorausgesetzt, auf einmal sehr froh sein würde, wenn das Lián-Hospital seine Pforten nicht geschlossen hätte.«

Ein leises, raues Lachen kam jetzt auch von Erich.

Helene drückte die beiden Kinder, die inzwischen aufgehört hatten zu weinen, an sich, schloss die Augen und versuchte, sich zu entspannen. Diesmal gelang es ihr, trotz des Regens, der unaufhörlich auf die Zeltplanen trommelte.

Traumbilder verdrängten die Realität, Bilder von einer sonnenbeschienenen, warmen Wiese. Dort saß sie mit Erich, und lachende Kinder tollten um sie herum. Ein wohliges Gefühl durchflutete sie, und sie wünschte sich, diesen schönen Ort nie mehr verlassen zu müssen.

2

Als Helene erwachte, saß sie nicht auf der sonnendurchfluteten Wiese, und warm war es auch nicht. Sie rieb sich die Augen, um die übergroße Müdigkeit zu vertreiben. Etwas hatte sie geweckt. Oder jemand.

»Erich!« Sie musste gähnen, als sie das sagte.

Vor sich sah sie im schwachen Licht der beginnenden Dämmerung das inzwischen wieder vertraute Gesicht, gekrönt von dem kräftigen roten Haarschopf.

»Guten Morgen, Lene. Ich hoffe, du hast einigermaßen gut geschlafen. Leider musste ich dich wecken. Wir wollen weiter, sobald es hell genug ist.«

Verwirrt sah sie sich um. Sie lag auf einer regendichten Plane und war durch eine schwere Wolldecke vor der Kälte geschützt. Ihr Kopf ruhte auf einer zusammengerollten Jacke. Sie erinnerte sich, dass Erich die Jacke gestern getragen hatte. Sie gehörte zu den Kleidern, die Zhong für Erich besorgt hatte.

Etwas bewegte sich dicht an ihrer Seite. Jetzt erst bemerkte sie, dass die beiden Waisenkinder noch bei ihr waren, ebenfalls in die Wolldecke gehüllt. An jeder Seite lag ein Kind und kuschelte sich eng an Helene.

»Ich kann mich gar nicht erinnern, mich so hingelegt zu haben«, murmelte sie.

Erich lächelte.

»Sagen wir, ich habe dir ein wenig geholfen.«

»Auch davon weiß ich nichts mehr.«

»Ich glaube auch nicht, dass du dabei sehr wach gewesen bist.«

Dr. Ehrmann trat zu ihnen, unrasiert wie Erich, in jeder Hand eine dampfende Schüssel.

»Guten Morgen, Schwester Helene. Ich bringe Ihnen und Ihrem Mann das Frühstück. Wundern Sie sich nicht, dass es genauso schmeckt wie die Suppe von gestern Abend. Es ist nämlich der Rest, von Tao-Wei liebevoll aufgewärmt.«

»Und die Kinder, was ist mit denen?«, fragte Helene, nachdem sie den Gruß erwidert hatte.

»Keine Sorge, die werden auch noch versorgt«, sagte Ehrmann. »Aber die Erwachsenen sind heute zuerst an der Reihe, weil sie arbeiten müssen.«

Helene setzte sich mit Erichs Hilfe auf und nahm ihre Suppenschüssel entgegen. Die beiden Kinder blieben einfach liegen und schliefen weiter.

Erst jetzt fiel ihr auf, dass es seltsam ruhig war. Ein Geräusch fehlte, das unaufhörliche Trommeln von gestern Abend. Stattdessen hörte sie das ferne Krächzen von Krähen.

»Der Regen hat aufgehört!«, stellte sie fest. »Schon lange?«

»Vor ungefähr drei Stunden«, erklärte Ehrmann. »Zum Glück. Zwar dürfte der Boden noch reichlich verschlammt sein, aber es sieht ganz so aus, als bräche nachher die Sonne durch. Im Laufe des Tages dürfte der Boden wieder richtig trocken werden. Mit unserem Aufbruch dürfen wir allerdings nicht so lange warten, sonst verlieren wir zu viel Zeit.« Er wandte sich um und fügte, bevor er ging, hinzu: »Ich kümmere mich jetzt um die Suppe für die Kinder.«

Da Ehrmann keine Löffel mitgebracht hatte, schlürften Helene und Erich ungeniert ihre Suppe aus der Schüssel. Jeder einzelne Schluck tat Helene gut. Die Wärme, die ihren Körper durchrann, weckte ihre Lebensgeister, und sie fasste neue Zuversicht.

»Vielleicht haben wir das Ärgste überstanden, und ab jetzt läuft alles reibungslos«, gab sie ihrer Hoffnung Ausdruck.

»Schön wär's«, brummte Erich. »Ich fürchte nur, mit der einen oder anderen Schwierigkeit werden wir es noch zu tun kriegen.«

Sie verzog den Mund zu einer Leidensmiene.

»Also wirklich, Erich, du bist ein unverbesserlicher Pessimist. Aber das habe ich dir, glaube ich, gestern bereits gesagt.«

»Das hast du, Lene. Doch wie sich gezeigt hat, sind der Pessimist und der Realist oft nicht weit voneinander entfernt.«

Sobald der Konvoi aufbruchsbereit war, schien sich Erichs Pessimismus zu bestätigen. Der Motor des Dreitonners gab nur ein paar gurgelnde Laute von sich, aber er wollte einfach nicht anspringen. Entnervt stieg Erich aus dem Fahrerhaus und öffnete die Motorhaube.

Ehrmann kam, gefolgt von Zhong, herbeigeeilt und fragte, was los sei.

»Gar nichts, das ist ja das Problem«, bemerkte Erich ein wenig grob, ohne Ehrmann anzusehen. »Ich brauche mal einen großen Lappen.«

Helene, die auf dem Beifahrersitz saß, beugte sich zur Seite und reichte durch die offene Fahrertür einen bereits öl- und schmutzverschmierten Lappen nach draußen. Zhong nahm ihn entgegen und brachte ihn Erich.

»Haben Sie keine Vermutung, woran es liegen könnte, Herr Schweiger?«, drängelte der Arzt, dem die Zeit davonzulaufen drohte.

»Zu viel Wasser vielleicht«, brummte Erich. »Geben Sie mir ein paar Minuten!«

Aus den paar Minuten wurde mehr als eine halbe Stunde, aber dann lief der Motor wieder, und vorsichtig lenkte Erich den Lastkraftwagen zurück zu der unbefestigten Straße.

Mehrmals ließ er den Benz große Schlenker machen.

»Warum umfährst du diese Stellen?«, erkundigte sich Helene. »Weil der Boden dort sehr schlammig erscheint?«

»So ist es.« Erich hatte seine gute Laune wiedergefunden und grinste sie mit einem kurzen Seitenblick an. »Wenn ich Albert jetzt festfahre, dann werde ich von Ehrmann in Unehren entlassen.«

»Das wird er sich aber zweimal überlegen. Er verliert dann einen Fahrer, einen Mechaniker und ein hervorragendes Kindermädchen.«

»Kindermädchen, wieso das?«

»Hast du dich letzte Nacht etwa nicht um die Kinder gekümmert?«

»Das war doch Ehrensache«, sagte er, während er den

Dreitonner zurück auf die Straße lenkte. »Du hast dasselbe getan, Lene.«

»Ja«, seufzte sie und bedachte ihn mit einem langen Blick. »Wir beide haben dasselbe getan.«

Kurz darauf stieg das Gelände merklich an, und Erich fragte: »Hast du die Landkarten? Wenn ich mich recht erinnere, kommt bald eine Gabelung und wir müssen nach links. Oder täusche ich mich?«

Helene legte die Karte, die diesen Abschnitt ihrer Route im größten Maßstab zeigte, auf ihrem Schoß zurecht und vertiefte sich darin.

»Du hast in allem recht, Erich. Bis zu der Gabelung müssten es noch ungefähr zehn Kilometer sein.«

»Danke, Lene. Habe ich dir eigentlich schon gesagt, dass ich sehr froh bin?«

»Nein, worüber?«

»Darüber, dass Ehrmann dich zu meiner Beifahrerin bestimmt hat, Lene.«

»Mach deine Komplimente nicht zu früh. Der größte Teil der Strecke liegt noch vor uns.«

Während der Benz im langsamen Tempo leicht bergauf rollte, kletterte rechts von ihnen langsam die Sonne höher und höher. Ihre Strahlen erwärmten das Land, und Helene hoffte, dass es den ganzen Tag über so bleiben würde. Im Augenblick jedenfalls sah es nicht nach weiterem Regen aus. Die wenigen Wolken, die am Morgenhimmel dahintrieben, wirkten nicht bedrohlich.

Die wärmende Sonne, das gemächliche Tempo und das satte Brummen des Motors machten es ihr zunehmend schwerer, die Augen offen zu halten.

Als Helene irgendwann Erichs laute Stimme hörte und einen schweren Druck auf ihrer linken Schulter spürte, fuhr sie regelrecht zusammen. Sie blickte sich um und bemerkte, dass der Lastkraftwagen im Schatten einiger Kiefern und Fichten stand. Sie hatte nicht die geringste Ahnung, wie sie hierhergekommen waren.

»Habe ich etwa geschlafen?«, fragte sie verwirrt.

Erich nahm die Hand, mit der er sie wach gerüttelt hatte, von ihrer Schulter.

»Allerdings, Lene, tief und fest. Ich dachte schon, du hältst deinen Winterschlaf und bist gar nicht mehr wach zu kriegen.«

»Da siehst du mal, was für eine lausige Beifahrerin ich bin.«

»Nach der letzten Nacht hätte das jedem passieren können, mir auch. Hätte ich Probleme mit der Route gehabt, hätte ich dich schon geweckt.«

»Du hättest mich trotzdem wecken können!«

»Warum? Wir haben uns auf ein kräftezehrendes Unternehmen eingelassen. Jeder sollte sich ausruhen, wann immer sich eine Gelegenheit dazu bietet.«

»Aber als schlafende Beifahrerin bin ich für dich nutzlos.«

»Keineswegs, Lene. Es ist gut zu wissen, dass du da bist.«

Dr. Ehrmann, der die Fahrertür aufriss, unterbrach ihr Gespräch. »Den Platz für die Mittagsrast haben Sie beide gut ausgewählt. Wir werden die Pause aber ähnlich kurz halten wie gestern. Tao-Wei und Meng teilen die Verpflegung aus.«

»Was gibt es denn Leckeres, Herr Doktor?« Erich rieb sich hungrig über den Bauch. »Etwa Tao-Weis Hirseküchlein Teil zwei?«

»Erraten.« Ehrmann nickte ihnen knapp zu. »Ich wünsche einen guten Appetit.«

Helene öffnete die Tür an ihrer Seite und blickte hinauf in den noch immer blauen Himmel. Hoch über ihr stand die unbeirrbare Sonne.

»Es ist tatsächlich schon Mittag«, stellte sie fest.

»Wie das bei Mittagspausen so üblich ist«, lachte Erich.

Er stieg aus und ging um den Wagen, um ihr beim Aussteigen zu helfen.

Als sie ihre Hirseküchlein in Empfang genommen und sich auf einem niedrigen Felsen niedergelassen hatten, um die kalte Mahlzeit zu verzehren, ließ Helene ihren Blick über die Menschen schweifen.

Sie machten insgesamt einen abgekämpften Eindruck, aber die allgemeine Moral, die am Morgen nach der regnerischen Nacht sehr tief gesunken war, schien sich im Laufe des Vormittags gebessert zu haben. Das schönere Wetter und das gute Vorankommen stärkten den Optimismus. Helene blicke in heiterere Gesichter, und einer der Patienten auf der Ladefläche des Dreitonners sang ein Lied über die Sonne und die Menschen, deren Herzen sie erwärmte.

Diesmal ging es ohne jede Verzögerung nach einer halben Stunde weiter. Der Benz-Lastkraftwagen führte, wie gewohnt, den Konvoi an, hinein in ein zusehends bergiger werdendes Gelände. Immer wieder tauchte zu ihrer Rechten ein schroffer Abhang auf, der Helenes Herz schneller schlagen ließ.

»Halt dich möglichst weit links, Erich, sonst landen wir noch da unten, wo wir hergekommen sind.«

»Runter kommt man immer«, grinste er. »Alte Fliegerweisheit.«

»Na, du machst mir Mut«, maulte Helene.

»Jetzt solltest du besser hübsch wach bleiben und den rechten Fahrbahnrand beobachten, Lene. Gib mir einfach Bescheid, wenn der Abstand zum Nichts weniger als eine Handbreit ist.«

»Das kann ich nicht. Bis dahin bin ich schon an einem Herzinfarkt gestorben.«

Mit Argusaugen beobachtete Helene den Abgrund. Wie tief mochte es hier hinuntergehen? Achtzig Meter oder hundert? Ihr Herz schlug so schnell, dass jetzt nicht mehr die geringste Gefahr bestand, sie könne einschlafen. Mehrmals ermahnte sie Erich, sich weiter links zu halten.

»Mehr geht nicht«, antwortete er auf die dritte Ermahnung. »Sonst krachen wir gegen den Berg.«

Unwillkürlich musste sie an einen anderen, nicht minder steilen Abgrund denken. Ihn war sie hinuntergefallen, damals auf der Insel Schui ling schan. Dass sie den Sturz überlebt hatte, war pures Glück gewesen. Sie konnte sich nicht vorstellen, dass ein Mensch zweimal im Leben solches Glück haben könnte.

Irgendwann fragte Erich: »Was machen eigentlich die Ochsenkarren?«

»Was sollen sie schon machen?«, entgegnete Helene, erstaunt über seine Frage.

»Ich wundere mich, weil ich sie nicht mehr im Rückspiegel sehe. Dabei waren wir alles andere als schnell.«

»Ich wundere mich auch, aber darüber, dass du noch Zeit hast, in den Rückspiegel zu schauen.«

Erich hielt den schweren Wagen an und sah zu Helene herüber.

»Ich sehe im Spiegel wirklich nichts als die Felsen hinter uns. Kannst du den restlichen Konvoi sehen?«

»Dazu müsste ich wohl die Tür öffnen und mich ein Stück hinauslehnen.«

»Wenn du so gut wärst, Lene.«

»Na schön, aber nur unter Protest!«

»Tut mir leid, aber anders geht es nicht.«

Sie öffnete langsam die Tür und blickte nach unten – in den Abgrund.

»Nicht nach unten sehen, nach hinten!«, ermahnte Erich sie.

»Ja, ja, ist schon gut.«

Angestrengt blickte sie über ihre rechte Schulter zurück, aber sie sah keinen Karren, keinen Ochsen und keinen Menschen.

»Da ist nichts zu sehen«, sagte sie und schloss die Tür wieder. »Scheint ganz so, als seien die anderen zu weit zurückgefallen.«

»Verflucht, hoffentlich ist da nichts passiert!«

Erich ließ den Dreitonner wieder anrollen.

»Willst du nicht auf den Konvoi warten?«, fragte Helene überrascht.

Er schüttelte den Kopf.

»Was ist, wenn er gar nicht kommt? Nein, ich will zurück und nachsehen.«

»Aber du fährst vorwärts!«

»Möchtest du wirklich, dass ich die Strecke hier im Rückwärtsgang fahre?«

Schlagartig begriff sie und schluckte.

»Nein, Erich, du hast vollkommen recht.«

»Wir fahren bis zur nächsten Verbreiterung der Piste. Da halte ich an und steige aus.«

Nach ungefähr fünfhundert Metern hatten sie Glück: Hinter einer Kurve wurde die Fahrbahn zusehends breiter, und Erich hielt den Dreitonner an. Nicht nur er, auch Helene stieg aus.

»Wohin willst du, Lene?«

»Ich werde dich begleiten. Glaubst du, ich mache mir keine Sorgen um die anderen?«

»Du solltest besser beim Wagen und bei den Patienten bleiben.«

Bei diesen Worten blickte Erich zur Ladefläche des Dreitonners, wo unter einer Plane jene fünf Patienten lagen, die das Hospital nicht vor dem Aufbruch des Konvois verlassen hatten.

»Die werden auch kurze Zeit ohne uns auskommen«, erwiderte Helene und ging zur Ladefläche, um den Chinesen dort die Lage zu erklären.

Anschließend ging sie mit Erich eiligen Schrittes den Weg zurück, den sie eben gekommen waren. Bei jeder Biegung hatte sie die Hoffnung, vor ihnen mögen die sechs Ochsenkarren auftauchen, aber sie wurde stets enttäuscht.

Helenes Sorge wuchs, und sie fragte Erich: »Wo mag der Konvoi nur abgeblieben sein?«

»Wir müssen bald auf ihn stoßen.«

Kaum hatte er das gesagt, da kam eine Gestalt um die nächste Biegung: ein junger Chinese.

»Das ist Meng!«, stieß Helene hervor. »Er muss gerannt sein, er ist ganz außer Atem.«

Sie eilten auf den Boy zu, der sich nach vorn beugte und die Hände auf den Oberschenkeln abstützte, während er versuchte, wieder zu Atem zu kommen.

»Meng, was ist geschehen?«, fragte sie laut, noch bevor sie ihn ganz erreicht hatten. »Wo sind die anderen abgeblieben?«

Er richtete sich auf und sah Helene besorgt an. »Sie sind nicht weit von hier. Ich soll Ihnen beiden Bescheid geben. Es hat ein Unglück gegeben.«

»Was für ein Unglück?«, fragte Erich.

»Hao hat nicht richtig aufgepasst, und sein Ochsenkarren ist in den Abgrund gestürzt!«

Helene bemerkte, wie Erich blass wurde, und wahrscheinlich sah sie genauso aus. Sie dachte an den hageren Boy, zu dem sie nie besonders großes Zutrauen gehabt hatte. Und dann dachte sie an Ah-Kum.

»Saß nicht Ah-Kum in Haos Karren?«

»Ja, Schwester Helene«, bestätigte Meng.

»Dann ist sie tot, sie, Hao und all die anderen.«

»Nein, sind sie nicht«, keuchte Meng. »Noch nicht.«

Erich packte ihn mit festem Griff bei den Schultern.

»Was genau ist mit ihnen? So sprich doch, Junge!«

»Sie sind auf einen Felsvorsprung gefallen, ungefähr zehn Meter tief. Wir wollen versuchen, sie heraufzuholen. Aber es ist nicht einfach, zumal die meisten wohl verletzt sind.«

»Wir müssen sofort hin!«, stieß Erich hervor und lief auch schon los.

So schnell, dass Helene nicht mithalten konnte, zumal ihr langer Rock sie behinderte. Jetzt hätte sie lieber die Arbeitshose getragen, die sie gestern angezogen hatte, aber die war noch feucht vom Regen.

Sie folgte Erich, so rasch es ihr möglich war. Meng hielt sich an ihrer Seite.

3

Erich sah den Unglücksort schon von Weitem. Die Piste war an dieser Stelle gar nicht so eng. Vielleicht hatte gerade dieser Umstand Hao zur Unvorsichtigkeit verleitet.

Die übrigen Ochsenkarren standen dicht an der Felswand, wo sich Fang um die Waisenkinder kümmerte. Dr. Ehrmann und Zhong hatten ein Seil um einen spitzen Felskegel geschlungen, dessen anderes Ende sich Zhong um den Leib binden wollte.

»Meng hat uns unterrichtet«, sagte Erich hastig, als er die beiden erreichte.

Er blickte nach unten und sah einen vielleicht fünf Meter breiten und acht Meter langen Felsvorsprung, auf dem der Karren zerschellt war.

Die beiden Zugochsen waren nirgends zu sehen. Vermutlich waren sie bei dem Aufprall über den Rand des Vorsprungs geschleudert worden und in die Tiefe gefallen.

Er hörte Stöhnen, Wimmern und Hilferufe der Kinder. Fünf hatten in diesem Karren gesessen, wenn er sich richtig erinnerte.

Und Hao, der unglückselige Lenker des Gespanns? Er lag rücklings am Rand des Felsvorsprungs, den Kopf zur Seite gedreht, und rührte sich nicht.

Nicht weit von dem Boy entfernt saß Ah-Kum, den

Rücken dicht an den Fels gedrückt. Sie hielt ihren Plüschteddy im Arm, und ihr ängstlicher Blick war nach oben gerichtet, ruhte auf ihm. Erich spürte in sich den drängenden Wunsch, sie in die Arme zu nehmen und zu trösten.

So musste man sich wohl fühlen, wenn das eigene Kind sich in höchster Not befand, dachte er und bedauerte, keine Kinder zu haben. Helene wäre bestimmt eine gute, liebevolle Mutter.

Mit trichterförmig vor den Mund gehaltenen Händen rief er in die Tiefe: »Ich komme gleich, Ah-Kum. Dann hole ich dich und die anderen herauf!«

Zhong, der mit umgebundenem Seil neben ihm stand, sagte: »Nein, Herr Schweiger, ich gehe nach unten. Sie, der Herr Doktor und Tao-Wei sorgen dafür, dass ich heil wieder nach oben komme.«

»Hast du Erfahrung im Bergsteigen, Zhong, im Klettern?«, fragte Erich.

»Nein«, antwortete der Kuli. »Haben Sie welche?«

Erich nickte.

»Ich bin mit Freunden in den Prinz-Heinrich-Bergen geklettert.«

»Oft?«, fragte Dr. Ehrmann.

»Einmal.«

»Das ist nicht gerade eine große Erfahrung«, gab der Arzt zu bedenken.

»Besser als gar keine allemal«, erwiderte Erich mit einem Seitenblick auf den Kuli.

»Einverstanden«, sagte Dr. Ehrmann. »Sie gehen, Herr Schweiger.«

Widerwillig band Zhong das Seilende wieder los und

reichte es Erich, der es sich um den Leib schlang und fest verknotete.

Inzwischen waren Helene und Meng eingetroffen, und mit schreckgeweiteten Augen blickte Helene zu Ah-Kum und den anderen hinunter.

Dann wandte sie sich zu Erich um und legte ihre Hände auf seine Wangen.

»Erich, sei bloß vorsichtig!«

Er zwang sich zu einem Lächeln.

»Ist schon gut, Lene. Ich bin dir noch einen Abgrund schuldig.«

»Mit so etwas scherzt man nicht! Bitte, pass gut auf dich auf!«

»Ich werde mich bemühen, schließlich will ich Ah-Kum und die anderen heil nach oben bringen.«

»Aber *du* musst auch wieder heil heraufkommen, Erich, versprich mir das!«

Sie zog sein Gesicht zu sich heran und küsste ihn.

Er strich über ihre dunkelblonden Locken und sagte: »Falls es von diesen Küssen noch mehr gibt, ist das ein guter Grund, auf mich achtzugeben.«

»So viel du willst!«, versprach Helene.

Dann begann Erich den Abstieg, während Dr. Ehrmann, der Koch und der kräftige Kuli das Seil festhielten und langsam durch ihre Hände gleiten ließen. Meng hatte sich bäuchlings hingelegt und blickte nach unten, um sofort Bescheid zu geben, falls sich etwas Wichtiges ereignete.

Zwei-, dreimal verlor Erich den festen Tritt, als Geröll unter seinen Sohlen wegbrach, aber sonst gelangte er ohne weitere Schwierigkeiten nach unten.

Er löste das Seil von seiner Taille und kniete sich neben Hao. Mit einem Blick erkannte er, dass für den Boy jede Hilfe zu spät kam. Er atmete nicht mehr, seine Augen starrten in eine ferne Welt, und sein Kopf hing in einem unnatürlichen Winkel zur Seite.

Von oben rief Dr. Ehrmann: »Was ist mit Hao?«

»Ihm ist nicht mehr zu helfen«, antwortete Erich. »Genickbruch.«

Er dachte daran, wie er Hao und Zhong vor den Soldaten General Lin Gangs gerettet hatte, aber Hao hatte seinem Schicksal nicht entgehen können.

Leise, zu dem Boy gewandt, sagte Erich: »So früh abzutreten, das hast du nicht verdient, Junge.«

Erich drückte Haos Augen zu und wandte sich zu Ah-Kum um, wobei er ein Lächeln auf sein Gesicht zauberte.

»Na, meine kleine Prinzessin, hast du dir wehgetan? Ein paar Schrammen sehe ich da. Und sonst? Blutest du? Hast du große Schmerzen?«

Sie schüttelte den Kopf, streckte ihren Teddy vor und streichelte ihn.

»Ah, ich verstehe, ihr beide habt gut aufeinander aufgepasst.«

Auch die vier anderen Kinder waren mit wenigen Schrammen und Blessuren davongekommen, was fast an ein Wunder grenzte. Vielleicht hatte die Ladung des Ochsenkarrens – hauptsächlich Schlafsäcke und Decken – geholfen, den Sturz abzufedern. Eine andere Erklärung für das Glück im Unglück fand Erich nicht.

Er legte den Kopf in den Nacken und informierte

Dr. Ehrmann über die Lage. Ehrmann wirkte überaus erleichtert, als er hörte, dass es den Kindern weitgehend gut ging.

»Ich schlage vor, Sie ziehen die Kinder der Reihe nach rauf«, fügte Erich hinzu. »Als Letztes komme ich dann zusammen mit Ah-Kum. Einverstanden?«

»Gut, versuchen wir's!«

Erich wählte zunächst das kräftigste der abgestürzten Kinder aus, einen zwölfjährigen Jungen namens Bai. Er blutete aus einer kleinen Wunde am Hinterkopf, nahm das aber tapfer hin und schien durch den Sturz körperlich nicht weiter eingeschränkt zu sein.

Nachdem Erich ihm das Seil fest umgebunden hatte, schärfte er ihm ein: »Halte dich einfach mit den Händen oben am Seil fest und sieh zu, dass du nirgendwo mit dem Kopf anschlägst. Den Rest erledigen die da oben.«

Der Junge nickte, und Erich gab den Männern oben ein Zeichen.

Keine fünf Sekunden später schwebten Bais Füße bereits in der Luft, und Stück für Stück wurde er nach oben gezogen. Als Bai fast angekommen war, streckte der noch immer auf dem Bauch liegende Meng die Arme aus und half dem Kind, wieder festen Boden unter die Füße zu bekommen.

»Bai blutet am Kopf, ich werde ihn verbinden«, hörte Erich Helenes Stimme.

Kurz darauf wurde das Seil wieder nach unten gelassen, und Erich band es um das nächste Kind, ein Mädchen von zehn Jahren. Auch es wurde heil nach oben gezogen, ebenso wie die beiden folgenden Kinder.

»Jetzt fehlen nur noch Ah-Kum und Erich«, sagte Helene zu Dr. Ehrmann, der das vierte Kind, einen achtjährigen Jungen namens Kuan, von dem Seil befreite. »Ist Kuan verletzt?«

Ehrmann unterzog den Jungen seinem kritischen Blick.

»Bis auf ein paar Schrammen scheint er alles gut überstanden zu haben. Zwei, drei Pflaster dürften ausreichen, um …«

Der Rest seines Satzes ging in einer Detonation unter, und mehrere Bewaffnete in Uniform, die wie aus dem Nichts aufgetaucht waren, stürmten herbei.

Soldaten, schoss es durch Helenes Kopf. Aber was taten sie hier in den Bergen? Und was wollten sie von dem Evakuierungskonvoi?

Das eben schien ein Warnschuss gewesen zu sein, wahrscheinlich in die Luft.

Die Männer in den grauen Uniformen umstellten den Platz und richteten ihre Karabiner auf Helene und die anderen. Alles ging so schnell vor sich, dass Helenes Gefühle zwischen Überraschung und Erschrecken schwankten.

Als ein Soldat die Mündung seiner Waffe dicht vor ihre Schläfe hielt, kamen Sorge und Angst hinzu. Angst um sich selbst, aber auch um die Kinder und um Erich.

»Wer sind Sie?«, wandte sich Ehrmann in einem ruhigen, aber bestimmten Ton an die uniformierten Chinesen. »Was wollen Sie von uns?«

Ein vierschrötiger Chinese mit einem Revolver in der Faust, offenbar ein Offizier oder Unteroffizier, trat vor und baute sich breitbeinig vor dem Arzt auf.

In einem eher schlechten, aber verständlichen Deutsch sagte er: »Ich bin Hauptmann Tsai Ju von der Schantung-Befreiungsarmee, und Sie alle sind meine Gefangenen.«

»Warum nehmen Sie uns gefangen?«, fragte Ehrmann. »Was haben wir Ihnen getan?«

»Sie Schmuggler«, behauptete der Offizier. »Sie schmuggeln Waffen und Munition. Wenn ich will, kann ich Sie alle auf der Stelle erschießen lassen.«

»Wir sind keine Schmuggler«, erwiderte der Arzt und erzählte, woher sie kamen und weshalb sie in den Bergen unterwegs waren.

»Sie bringen also Patienten und Waisenkinder nach Hai schan. Das ist aber noch ein weiter Weg.« Hauptmann Tsai blickte in die Runde. »Kinder sehe ich ja, aber wo sind die Patienten?«

Die Antwort gab ihm Helene: »Die sind in unserem Lastkraftwagen, ein Stück voraus.«

Der Offizier musterte sie von oben bis unten mit einem Blick, der ihr gar nicht gefiel.

»Vielleicht sind es aber auch Ihre Komplizen, die auf die Schmuggelware aufpassen und sie in diesem Augenblick vor uns verstecken.«

»Das ist absurd!«, fauchte Helene. »Wie kommen Sie dazu, uns so etwas vorzuwerfen? Dazu haben Sie kein Recht!«

Der Offizier trat mit raschen Schritten auf sie zu und führte mit dem Rücken der linken Hand einen harten Schlag in ihr Gesicht aus. So schnell, dass sie den Schlag nicht hatte kommen sehen.

Die Wucht des Schlages und ein stechender Schmerz,

der sie für einen Moment benommen machte, ließen sie nach hinten taumeln. Dabei stolperte sie über einen losen Stein und verlor das Gleichgewicht. Rücklings stürzte sie zu Boden, wo sie hart mit dem Hinterkopf aufstieß, was einen neuen stechenden Schmerz auslöste.

»Ich dulde keine Widerworte«, sagte der Hauptmann hart. »Schon gar nicht von einer Frau, noch dazu von einer Weißen!«

Helene richtete ihren Oberkörper auf und tastete nach ihrem Hinterkopf. Als sie die Hand wieder hervorzog, klebte Blut daran. Sie fühlte sich noch etwas benommen, wollte aber trotzdem aufstehen.

Der schwere schwarze Stiefel des Hauptmanns, der auf ihrer Brust lastete, hinderte sie daran. Er drückte sie fest zurück zum Boden.

»Liegen bleiben! Das ist die richtige Position für eine weiße Hure!«

»Ich bin keine Hure!«

»Das werden wir gleich sehen.«

Mit diesen Worten ließ sich Tsai Ju rittlings auf ihr nieder. Den Revolver schob er in die lederne Waffentasche an seiner rechten Hüfte. Er beugte sich weit vor, und als er sprach, verursachte sein schlechter Atem ihr Übelkeit.

»Hast du es schon einmal mit einem Offizier gemacht, weiße Hure? Mit einem chinesischen Offizier?«

Er bleckte die Zähne. Als Helene sah, dass viele von ihnen nur noch schwarze Stummel waren, ahnte sie, woher sein übler Atem rührte.

Eine schallende Ohrfeige brachte ihre linke Wange noch mehr zum Glühen.

»Ich habe dich etwas gefragt, Hure. Antworte gefälligst!«

»Nein!«, stieß sie mehr wütend als verängstigt hervor. »Nein, ich habe es noch nie mit einem Offizier gemacht. Nein, auch noch nie mit einem Chinesen. Und nein, ich bin keine Hure! Verstehen Sie das?«

Wieder landete eine Ohrfeige schmerzhaft auf ihrer linken Wange.

»Ich sagte dir doch, dass ich keine Widerworte dulde. Wenn ich sage, du bist eine Hure, dann bist du eine Hure!«

Immer mehr der Waisenkinder begannen zu weinen. Fang versuchte, sie zu trösten, aber es wollte der alten Chinesin nicht gelingen.

Dr. Ehrmann machte einen Schritt auf Helene und den Hauptmann zu und sagte beschwörend: »Bitte, Herr Hauptmann, lassen Sie das doch. Schwester Helene hat für mich im Lián-Hospital gearbeitet. Mein Name ist Ehrmann, ich habe das Hospital geleitet.«

Ein kurzer Wink des Hauptmanns, und einer der Soldaten rammte seinen Gewehrkolben zwischen Ehrmanns Schulterblätter. Der Arzt stieß einen kurzen Schrei aus und sackte auf die Knie.

Helene sah, dass er die Zähne zusammenbiss, damit keine weiteren Schmerzensschreie über seine Lippen kamen.

Zhong und Meng beobachteten die Szene, wagten aber nicht einzugreifen, waren doch mehrere Karabiner auf sie gerichtet.

»Und nun zu dir, Hure!«

Mit ein paar groben Griffen zerfetzte der Hauptmann erst das Oberteil ihrer Bluse und dann das ihres Unterkleides. Seine Hände legten sich um ihre nackten Brüste und griffen fest zu, so fest, dass es schmerzte.

»Wie gefällt dir das, Hure?«

Helene versuchte, ihr Bewusstsein zu leeren. An nichts zu denken erschien ihr in der ausweglosen Situation das einzig Sinnvolle.

Wenn der Chinese mit ihr das machte, was er vorhatte, würde sie nur noch eine Hülle sein. Ihr Bewusstsein würde daran nicht teilhaben und sich später – hoffentlich – an nichts mehr erinnern. Falls es ein Später gab.

Er schlug sie wieder ins Gesicht, weil sie nicht antwortete, aber diesmal tat es viel weniger weh. Sie sagte sich immer wieder, dass der Offizier sich nur an einem Stück Fleisch verging, aber nicht an ihr.

Tsai Ju öffnete seinen Gürtel und ließ die Hose bis zu den Knien herunter. Anschließend wollte er dasselbe mit der Unterhose tun, aber eine scharfe Stimme in seinem Rücken hielt ihn davon ab.

»Lass deine Unterhose, wo sie ist, oder du gehst mit nacktem Arsch zu deinen Ahnen!«

»Erich!«, rief Helene fassungslos.

Er musste ohne helfendes Seil heraufgeklettert sein, anders war sein Auftauchen nicht zu erklären. In der rechten Hand hielt er seine Luger-Pistole, deren Mündung auf den Hinterkopf des Hauptmanns zielte.

Der hielt in seinem Vorhaben inne und wandte sich ganz langsam nach hinten um, bis er Erich sehen konnte.

»Noch ein Schmuggler, sieh an. Und ein edler Retter in

der Not dazu. Aber was willst du allein gegen meine Männer ausrichten? Du kannst sie nicht alle erschießen.«

»Aber ich kann dich erschießen, und das mit Freuden«, erwiderte Erich, und seine Stimme klang wie Eisen. »Solche Schweine wie du gehören nicht in eine Offiziersuniform, sondern vor ein Erschießungskommando!«

Helene sah an Tsais Mienenspiel, wie es in seinem Kopf arbeitete. Diese Demütigung machte ihm sichtlich zu schaffen, und am liebsten hätte er Erich wohl in Stücke gerissen.

Aber er bezwang seine Gefühle und sagte mit einem aufgesetzten Lächeln: »Ich wusste ja nicht, dass diese … Frau bereits vergeben ist. Wir wollen uns nicht um sie streiten. Sie gehört dir.«

»Dann steh endlich von ihr auf!«

In Erichs letzte Worte mischte sich eine erneute Detonation, ganz ähnlich der vorherigen. Ein Soldat, der seitlich von Erich hinter einem Felsen gekauert hatte, hatte seinen Karabiner auf ihn angelegt und abgedrückt.

Die Kugel fuhr in Erichs Brust. Auf seinem beigen Hemd bildete sich ein roter Fleck, der schnell größer wurde. Die Pistole fiel aus seiner Hand, und er selbst klappte zusammen.

Mit einem dumpfen Laut schlug Erich auf dem Boden auf, wo er still liegen blieb.

»Gut gemacht, Soldat, sehr gut!«, rief Hauptmann Tsai auf Chinesisch zu dem Schützen. »Dafür wirst du eine Belohnung erhalten.«

Helene blickte angestrengt zu Erich hinüber, konnte aber nicht erkennen, ob noch Leben in ihm war. Jedenfalls lag er da wie tot.

Sie spürte einen Stich in ihrem Herzen, und ihr war, als würde ihr jemand die Kehle zuschnüren. Der Gedanke, Erich jetzt zu verlieren, wo sie gerade dabei gewesen waren, sich wiederzufinden, erschien ihr ungerecht. Ein ungerechter Schicksalsschlag.

Unerträglich für Helene.

4

In der Richtung, aus der die Evakuierten gekommen waren, breitete sich Unruhe unter den Soldaten aus. Sie bildeten eine Gasse und ließen einen Trupp Reiter hindurch, ebenfalls Soldaten in grauen Uniformen.

An ihrer Spitze ritt ein großer, breitschultriger Chinese, bei dessen Anblick Helene glaubte, eine Fata Morgana zu sehen.

»Kang!«, rief sie aus. »Was machen Sie hier?«

Statt einer Antwort von Kang erhielt sie einen Verweis von Tsai: »Hüte deine Zunge, Hure! Wie sprichst du zu unserem Kriegsherrn?«

»Euer Kriegsherr?«, wiederholte sie und musste sich die Bedeutung der Worte des Hauptmanns erst bewusst machen. »Der Mann da ist euer Kriegsherr?«

»Selbstverständlich«, herrschte Hauptmann Tsai sie in verächtlichem Tonfall an. »Das ist der Oberbefehlshaber der Schantung-Befreiungsarmee, General Chao Li-Hu.«

»General Chao Li-Hu.«

Leise und ganz langsam wiederholte sie das, um es sich einzuprägen.

Auf den ersten Blick erschien ihr unglaublich, was sie gerade von dem Hauptmann erfahren hatte. Bei näherer Betrachtung aber ergab es einen Sinn. Auf einmal wurde ihr verständlich, weshalb General Lin Gangs Männer den Verwundeten mit so großem Eifer gesucht hatten und weshalb Kang – oder Chao Li-Hu –, seine Entdeckung befürchtend, das Hospital Hals über Kopf verlassen hatte.

Der General trieb sein Pferd, einen stattlichen Schimmel, langsam heran und ließ seinen Blick über die Szene schweifen.

Dann wandte er sich an den Hauptmann und fragte: »Was ist hier los?«

Hauptmann Tsai, der noch immer auf Helene hockte, blickte zu ihm auf und salutierte: »Herr General, ich melde, dass ich …«

»Wollen Sie mich verspotten, Hauptmann Tsai?«, fuhr der Mann auf dem Schimmel scharf dazwischen. »Seit wann erstattet man seinem Oberbefehlshaber im Sitzen Meldung – und in Unterhosen? Laufen Sie immer so herum, wenn kein Vorgesetzter in der Nähe ist?«

Während sich viele der Soldaten ein Grinsen nur mit Mühe verkneifen konnten, stotterte der Gemaßregelte: »N-nein, He-Herr General. Ich bitte um Entschuldigung.«

Umständlich erhob er sich und zog seine Uniformhose hoch. Seine Hände zitterten vor Aufregung, und es dauerte eine Weile, bis er seinen Gürtel geschlossen und das Uniformhemd zurechtgerückt hatte. Anschließend atmete er tief durch.

»Was ist mit der Meldung?«, schnarrte der Mann, den Helene als einfachen, bescheidenen Arbeiter Kang kennengelernt hatte. »Ich warte!«

Tsai drehte sich in einer zackigen Wendung in seine Richtung, salutierte erneut, indem er die Hand an seine Schirmmütze legte, und sagte: »Herr General, ich melde gehorsamst, einen Schmugglertransport aufgebracht zu haben.«

Kang – vielmehr der Warlord Chao Li-Hu – ließ einen Blick über die Ochsenkarren schweifen und über die bei ihnen stehenden oder in ihnen hockenden Waisenkinder.

»Schmuggler also. Was schmuggeln sie denn, Hauptmann? Etwa Kinder?«

»Waffen und Munition – nehme ich an.«

»Das nehmen Sie an, Hauptmann Tsai? Wie sieht es mit Beweisen aus?«

»Ich war gerade dabei, den Konvoi zu durchsuchen. In der Nähe muss noch ein Lastkraftwagen stehen. Dort finden wir bestimmt Schmuggelgut.«

Nach einem kurzen Blick auf die halb entblößte Helene, die noch immer rücklings am Boden lag, sagte General Chao spitz: »Sie sind ja sehr gründlich bei Ihrer Durchsuchung, Hauptmann. Haben Sie am Körper der Frau versteckte Maschinengewehre gefunden oder eine Kiste Munition?«

Jetzt konnten sich viele der Soldaten das Grinsen nicht länger verkneifen, und einige kicherten sogar.

Das breite Gesicht des Hauptmanns lief rot an.

»Ich wollte sie nur bestrafen, weil sie aufsässig gewesen ist, diese weiße Hure!«

»Sie arbeitet als Prostituierte?«, gab sich Chao erstaunt. »Als ich diese Dame zuletzt gesehen habe, arbeitete sie als Schwester im Lián-Hospital. Sie und dieser Arzt hier« –

er warf einen kurzen Blick auf Dr. Ehrmann – »haben mir das Leben gerettet.« Laut, an all seine Männer gerichtet, fügte er hinzu: »Die Menschen aus dem Hospital stehen unter meinem persönlichen Schutz, sagt das weiter!«

Der General stieg vom Pferd, ging zu Helene und kniete sich mit besorgtem Ausdruck neben sie.

»Das Ganze tut mir sehr leid. Wie geht es Ihnen, Schwester Helene? Sind Sie verletzt?«

»Kaum, mehr gedemütigt.«

Er streifte seinen mit einem Pelzkragen versehenen Ledermantel ab und legte ihn um ihre Schultern, als sie sich aufrichtete. Dabei fiel sein Blick auf das Jade-Medaillon, das auf ihrer nackten Haut lag.

»Ein schöner Anhänger«, bemerkte er. »Im Hospital habe ich ihn gar nicht bemerkt.«

»Eine Erinnerung an meine Vergangenheit, die unerwartet wieder Teil meines Lebens geworden ist.«

Sie rutschte auf Knien zu Erich und bettete vorsichtig seinen Kopf auf ihren Schoß.

Die Schusswunde in seiner Brust blutete stark, und auf dem steinigen Boden unter ihm hatte sich bereits eine kleine rote Lache gebildet. Aber er atmete noch, wenn auch seine Augen geschlossen waren. Er war nicht tot, hatte aber das Bewusstsein verloren.

»Wir brauchen Verbandsmaterial, schnell!«, rief Helene.

Chao gab durch ein Nicken sein Einverständnis. Sofort eilte ein Sanitäter aus seiner Armee mit einem Verbandskoffer herbei, gefolgt von Dr. Ehrmann. Vorsichtig entblößten sie Erichs Oberkörper, desinfizierten die Wunde und legten ihm einen strammen Verband an.

»Hier möchte ich die Kugel nicht herausholen«, sagte der Arzt. »Sie sitzt zu tief. Dazu brauche ich Ruhe.«

»In meinem Hauptquartier werden Sie Ruhe haben und alles Notwendige vorfinden, Herr Doktor«, sagte der Warlord. »Dort steht ein gut ausgestattetes Lazarett, in dem Sie operieren können.« Mit einem Blick auf Erich fügte er hinzu: »Falls dieser Mann den Transport übersteht.«

»Er wird es!«, kam es inbrünstig von Helene. »Er muss!«

Ein interessierter Blick des Generals traf sie, und er fragte: »Warum sind Sie so besorgt um diesen Mann?«

»Weil er der Mann ist, der mir dieses Medaillon, das mir einst gehörte, gebracht hat. Mein Ehemann.«

Falls Chao von dieser Eröffnung überrascht war, zeigte er es nicht, sondern sagte nur: »Dann geben Sie gut auf ihn acht, Schwester. Ich weiß, wie gut Ihre Fürsorge einem Mann tun kann.«

Ehrmann, der im Augenblick für Erich nichts weiter tun konnte, hatte sich erhoben und sagte: »Wir müssen uns um Ah-Kum kümmern. Sie ist noch ganz allein da unten.«

»Ah-Kum?«, fragte der General. »Doch nicht etwa das kleine Mädchen, das nicht spricht?«

»Doch«, sagte Ehrmann und erklärte ihm mit wenigen Worten die Lage. »Herr Schweiger wollte sie heraufbringen, aber dann kamen Ihre Leute dazwischen.«

»Ich hole sie herauf«, sagte Chao kurz entschlossen und begann, seinen Oberkörper zu entblößen.

Als seine Offiziere sahen, was vor sich ging, versuchten sie, ihn davon abzubringen. Einer sagte, das Leben des Generals sei zu wertvoll, um es für ein Waisenmädchen aufs Spiel zu setzen. Chao aber hörte nicht auf sie und band, als er mit nacktem Oberkörper dastand, das eine Seilende um seine Taille.

Helene betrachtete seinen muskulösen Oberkörper und die frischen Narben an den Stellen, wo Dr. Ehrmann die Kugeln aus ihm herausgeholt hatte.

»Fühlen Sie sich schon wieder stark genug, Ka… Herr General? Die Operation liegt erst drei Wochen zurück.«

Chao lächelte.

»Ihre Besorgtheit schmeichelt mir. Aber ich glaube, dass ich mir nicht zu viel zumute.«

Während mehrere seiner Männer das Seil stramm hielten, stieg Chao nach unten, wo Ah-Kum noch immer mit ihrem Teddy hockte und auf Hilfe wartete. Er sprach kurz mit ihr und streichelte sie, bevor er das Seil um sie beide und das Plüschtier band.

Er überprüfte noch einmal den Sitz des Seils und gab seinen Männern den Befehl, sie heraufzuziehen. Die Soldaten zogen ruhig und gleichmäßig und holten ihre menschliche Fracht unbeschadet auf sicheren Boden, wo Chao selbst das Seil losband.

Helene, die noch den Mantel des Generals trug, trat zu ihnen, kniete sich hin und drückte das Mädchen samt Teddy fest an sich. Erst durch den Absturz war ihr bewusst geworden, wie sehr sie die Kleine wirklich in ihr Herz geschlossen hatte.

Zu Chao sagte sie: »Ich danke Ihnen, General, vielen Dank.«

Bewusst blieb Sie bei dem förmlichen »Sie«, das auch der General ihr gegenüber benutzt hatte. Die Vertrautheit der gemeinsam verbrachten Nacht schien vergessen zu sein.

Helene verstand das gut. Schließlich war er nicht länger Kang, der einfache Arbeiter, sondern der mächtige Warlord Chao Li-Hu.

Ah-Kum verneigte sich auf Helenes Veranlassung als Geste der Dankbarkeit vor dem Warlord, sah sich sofort danach aber suchend um.

»Erich liegt da vorn«, sagte Helene, die sofort begriffen hatte, nach wem das Mädchen Ausschau hielt. »Aber er ist erschöpft und schläft jetzt tief und fest. Du kannst später zu ihm.«

»Da könnte ich eifersüchtig werden«, sagte Chao, während er seine Uniform wieder anzog. »Ihr Gemahl scheint bei den Frauen sehr beliebt zu sein, Schwester Helene, bei den großen wie bei den kleinen.«

Als Helene nicht auf seine Bemerkung einging, fragte er: »Wie kommen Sie überhaupt hier in die Berge, mit den ganzen Kindern? Für einen Ausflug sind Sie etwas weit vom Hospital entfernt.«

Sie berichtete ihm vom Besuch des Regionalbeauftragten Hu Chong und von der Evakuierung des Hospitals. Schließlich bemerkte sie: »Meine Zweifel an der Richtigkeit des Entschlusses, das Hospital zu verlassen, sind mit dem heutigen Vorfall wieder gehörig gewachsen. Ob wir den Sonderzug in Hai schan jetzt noch rechtzeitig erreichen werden?«

Unerklärlicherweise grinste Chao über das ganze Gesicht und begann sogar, leise in sich hineinzulachen.

Irritiert fragte Helene: »Was an meinen Ausführungen hat Sie so erheitert, General Chao?«

»Gar nichts, entschuldigen Sie bitte.« Er wurde wieder

ernst. »Es war nur die Vorstellung, dass der Zug in Hai schan auf Ihren Konvoi wartet.«

»Was an dieser Vorstellung so belustigend ist, erschließt sich mir nicht.«

»Die Sache mit dem Sonderzug, der in Hai schan bereitstehen soll, hat sich herumgesprochen«, sagte Chao. »Nur scheint niemand zu wissen, dass er auf Sie und Ihre Gefährten wartet, Schwester Helene. Allgemein ist man der Ansicht, die Regierung wolle damit Waffen und Munition in Sicherheit bringen. Kriegsgüter aus der Provinz Schantung, die nicht den Japanern in die Hände fallen sollen und auch nicht den …«

»Auch nicht den Warlords?«, ergänzte Helene, als er den Satz nicht beendete.

»Ganz recht, auch nicht den Warlords. Meine Kundschafter haben mir gemeldet, dass Lin Gangs Truppen den Zug aufbringen wollen. Kurz hinter Hai schan wollen sie ihm auflauern. Deshalb bin ich mit einer Kompanie aufgebrochen, um …«

Erneut brach er ab, und wieder musste er leise lachen.

Diesmal war es Dr. Ehrmann, der seinen Satz ergänzte: »Um den vermeintlichen Waffentransport, der zum Zug unterwegs sein soll, aufzubringen, nehme ich an. Also uns.«

»In der Tat, Herr Doktor. Sie haben uns beide ganz schön genarrt, Lin Gang und mich. Lin wird einen vermutlich leeren Zug aufbringen, und ich habe jetzt Sie und Ihre Waisenkinder …«

»Am Hals?«, fragte Helene.

»Das wollte ich nicht sagen.«

»Was wollten Sie denn sagen?«

»Dass ich Sie als meine Gäste bei mir haben werde und mich darüber sehr freue.«

»Vielleicht ist es das Beste, wir kehren zum Hospital zurück«, sagte sie leise. »Dort haben wir auch alle Möglichkeiten, um Erich zu behandeln.«

»Ich möchte Ihnen ernstlich raten, das nicht zu tun«, sagte Chao eindringlich. »Es ist besser für Sie alle, wenn Sie sich unter meinen Schutz stellen. Lin Gang könnte es Ihnen sehr krummnehmen, wenn Sie keine Kriegsgüter nach Hai schan bringen und er einen leeren Zug kapert.«

»Was können wir dafür?«, fragte Helene. »Wir kommen aus einem Hospital, nicht aus einem Militärdepot.«

»Gerade das könnte seinen Zorn hervorrufen. Wenn er die Wahrheit erfährt, könnte er auf die Idee kommen, sich an den Menschen vom Lián-Hospital zu rächen. Sie wären dort nicht sicher.«

»Und Sie, General?«, fragte Helene. »Wollen Sie sich nicht an uns rächen?«

»Ich weiß, dass Sie nichts für diesen Irrtum können. Außerdem haben Sie ja eben mitbekommen, dass ich es mit Humor nehme.«

»Vielleicht nimmt General Lin Gang es auch mit Humor.«

»Lin Gang? Humor?« Chao schüttelte den Kopf. »Der weiß nicht einmal, wie man dieses Wort schreibt.«

»Eine vertrackte Situation«, fand Dr. Ehrmann und blickte den Warlord an. »Jetzt verstehe ich, weshalb Ihr Hauptmann unbedingt Waffenschmuggler in uns sehen wollte. Aber was wird nun aus uns?«

»Auch wenn Sie es noch schaffen könnten, Hai schan rechtzeitig zu erreichen, möchte ich Ihnen davon abraten. In General Lins Hände zu fallen könnte sehr übel für Sie ausgehen. Ich habe Ihnen bereits angeboten, mich in mein Hauptquartier zu begleiten. Ich will das Lazarett dort ohnehin modernisieren. Sie könnten es leiten, Doktor Ehrmann, unterstützt von Schwester Helene. Bei der Gelegenheit könnten Sie sich auch um Herrn Schweiger kümmern. Das hieße für Sie – wie sagt man doch bei Ihnen – zwei Fliegen zuzuklappen?«

»Zwei Fliegen mit einer Klappe zu schlagen«, berichtigte Helene.

Der General nickte.

»Das meinte ich.«

Ehrmann sah zweifelnd drein und brummte: »Eine Arbeit als Militärarzt? Ich weiß nicht recht.«

»Sind Sie der Meinung, Soldaten benötigen keine medizinische Hilfe?«, fragte der General. »Dann ist es ja gut, dass ich damals nicht in Uniform zu Ihnen gekommen bin.«

»So habe ich das nicht gemeint. Ich will nur nicht Männern helfen, die vielleicht für eine falsche Sache kämpfen.«

»Die Schantung-Befreiungsarmee hat es sich zum Ziel gesetzt, die Provinz Schantung von allen Besatzern und Unterdrückern zu befreien, um den Menschen hier ein friedliches, gerechtes Leben zu ermöglichen. Ist das für Sie eine falsche Sache, Herr Doktor?«

»Nein. Aber auch aus dem ursprünglichen Einsatz für eine richtige Sache kann leicht etwas Falsches, Böses erwachsen, besonders wenn man seine Interessen mit Waffengewalt vertritt. Was vorhin beinah Schwester Helene zugestoßen wäre, ist das beste Beispiel.«

Bei den letzten Worten sah er zu Hauptmann Tsai hinüber, der abwartend an der Stelle stand, wo sein General ihn verlassen hatte. Tsai schien nicht recht zu wissen, wie er sich verhalten sollte.

»Gut, dass Sie mich daran erinnern«, sagte Chao und ging zu dem Hauptmann.

Der nahm Haltung an, als sein Oberbefehlshaber sich vor ihm aufbaute.

»Hauptmann Tsai, Sie haben heute der Schantung-Befreiungsarmee und der von ihr vertretenen Sache Schande bereitet. Unsere Armee tritt dafür ein, die Menschen zu beschützen und ihre Rechte zu wahren. Sie aber haben sich an einer wehrlosen Frau vergriffen, haben sie misshandelt und wollten sie schänden. Eine Frau noch dazu, die mich, Ihren General, vor dem Tod bewahrt hat.«

»Das wusste ich nicht«, verteidigte sich Tsai. »Das konnte ich doch nicht ahnen.«

»Das ändert nichts. Schwester Helene ist eine wehrlose Frau, die Ihnen nichts zuleide getan hat.«

»Sie hat sich mir gegenüber aufsässig gezeigt und damit meine Autorität untergraben. Dafür musste ich sie bestrafen.«

»Ihre Autorität? Ich glaube nicht, dass ein Mann wie Sie Autorität bei seinen Kameraden besitzt. Bis dahin müssen Sie noch viel lernen, und dazu will ich Ihnen Gelegenheit geben. Hiermit degradiere ich Sie zum gemeinen Soldaten.«

Mit zwei kräftigen Handbewegungen riss General Chao die Schulterklappen, die Tsais Hauptmannsrang dokumentierten, von seiner Uniform und schleuderte sie in den Dreck.

Tsai rührte sich nicht, aber seine brennenden Augen sprachen Bände. Am liebsten hätte er sich auf der Stelle gerächt. Ob an Helene und Erich, ob an seinem General oder an allen zusammen, das vermochte Helene nicht zu sagen. Aber eins stand für sie fest: Vor diesem Mann würde sie sich auch in Zukunft in Acht nehmen müssen.

»Weggetreten, Schütze Tsai!«, befahl Chao.

Noch immer stand Tsai vollkommen reglos vor seinem Kommandeur. Verblüffung, Scham und Zorn sprachen aus seiner Miene, aber er bezwang seine Gefühle und salutierte.

»Zu Befehl, Herr General.«

Damit drehte sich Tsai auf dem Absatz zur Seite und marschierte zu einer Gruppe Soldaten. Männer, die eben noch seine Untergebenen gewesen, ihm jetzt aber gleichgestellt waren.

Einige von ihnen kicherten noch und schienen ihre Späße über den Degradierten zu machen. Aber je näher dieser ihnen kam, desto stummer wurden sie. Auch sie schienen zu wissen, dass mit Tsai nicht gut Kirschen essen war.

General Chao kehrte zu Helene und Dr. Ehrmann zurück und sagte: »Ich hoffe, Sie beide sind mit Tsais Bestrafung zufrieden.«

»Eine angemessene Strafe«, fand der Arzt. »Wie ich den Mann kennengelernt habe, dürfte es ihm schwerfallen, den eben an den Tag gelegten Gleichmut zu bewahren.«

»Das wird sich zeigen«, sagte Chao. »Vielleicht haben Sie recht und ich hätte ihn besser erschießen sollen wie einen tollwütigen Hund. Aber in der Vergangenheit hat sich Tsai als Kundschafter einige Verdienste erworben, das musste ich berücksichtigen.«

»Von Erschießen habe ich nichts gesagt«, wehrte Ehrmann ab. »Kein Mensch hat es verdient, wie ein tollwütiger Hund abgeknallt zu werden!«

»In diesem Punkt decken sich unsere Ansichten nicht«, sagte Chao und wandte sich Helene zu. »Was sagen Sie, Schwester Helene? Finden Sie die Strafe angemessen?«

»Ich denke schon, aber ich kenne mich mit militärischen Dingen nicht so aus.«

»Finden Sie die Strafe vielleicht zu milde?«

»Nein, es ist ja nicht zum Äußersten gekommen, dank Ihnen, General.«

Chao ordnete eine kurze Rast an und ließ auch an die Menschen vom Hospital Lebensmittel austeilen. Einen kleinen Trupp schickte er zu dem Lastkraftwagen, um die Patienten auf der Ladefläche zu versorgen.

Helene setzte sich zu Erich, konnte aber nichts weiter für ihn tun. Also saß sie einfach neben ihm und hielt seine Hand, während sie ohne rechten Appetit auf einem kalten Maisfladen herumkaute.

Ihre Gedanken wanderten zu dem Mann, der sich ihr erst als einfacher Fabrikarbeiter Kang vorgestellt hatte. Und sie war darauf hereingefallen. Zwar erschien er ihr für einen Fabrikarbeiter recht gebildet, aber sie hatte ihm geglaubt – hatte ihm glauben wollen.

Jetzt hatte sich herausgestellt, dass er ein bedeutender

General war. Sie musste ihm zugestehen, dass das gut zu ihm passte, viel besser als Fabrikarbeiter.

So also sah einer der berühmten Warlords aus. Oder sollte sie besser sagen, berüchtigt? Nein, nicht zu Chao Li-Hu. Zu ihm passte das Wort »berüchtigt« nicht.

Sie hatte an seiner Aufrichtigkeit keinen Zweifel, auch wenn er ihr im Hospital eine dreiste Komödie vorgespielt hatte. Er hatte gute Gründe gehabt, seine Identität geheim zu halten.

Seltsam: Als er dann verschwunden gewesen war, hätte sie am liebsten Himmel und Hölle in Bewegung gesetzt, um ihn zu finden. Jetzt war er auf einmal da, im passenden Augenblick erschienen wie ein Schauspieler auf der Theaterbühne, und sie wusste nicht recht, was sie davon halten sollte.

Noch immer hegte sie – das spürte sie jetzt – große Gefühle für ihn, aber die Situation hatte sich grundlegend geändert.

Erich war zu ihr zurückgekehrt. Nicht nur rein körperlich war er bei ihr, sondern auch gefühlsmäßig – zum ersten Mal, seit sie sich kannten, überhaupt. Sie hätte vorher nicht geglaubt, dass sie für Erich noch einmal so starke Gefühle entwickeln würde. Aber so war es gekommen.

Sie sagte sich, dass sie über diese Dinge jetzt nicht nachdenken sollte. Nicht hier, in den rauen Bergen, wo sie einem ungewissen Schicksal entgegensah.

So ungewiss wie die Antwort auf die Frage, ob Erich überleben würde.

Als die Pause beendet war und sich alles zum Aufbruch rüstete, sprach General Chao noch einmal mit Helene und Dr. Ehrmann.

»Sie müssen sich jetzt entscheiden, ob Sie mit mir kommen oder zum Hospital zurückkehren wollen. Im zweiten Fall stelle ich Ihnen gern eine Eskorte zur Verfügung. Allerdings kann ich die Männer nicht als Wachtrupp beim Hospital lassen. Ich brauche sie für andere Aufgaben. Sie müssen dann jederzeit damit rechnen, dass General Lins Truppen bei Ihnen erscheinen, um sich die vermeintlichen Waffenschieber einmal genauer anzusehen.«

»Ich verstehe, Herr General«, sagte Ehrmann. »Aber wenn wir Sie zu Ihrem Hauptquartier begleiten, dann können Sie wohl für unseren Schutz garantieren, wenn ich Sie richtig verstehe.«

»So ist es.«

»Und Sie können auch versichern, dass wir Herrn Schweiger dort angemessen behandeln können.«

»Wie ich Ihnen schon sagte, haben wir dort ein komplettes Lazarett, Ärzte und Sanitäter. Aber wenn Sie dort arbeiten würden, Herr Doktor Ehrmann, könnten meine Männer von Ihnen sicher noch viel lernen. Auch aus diesem Grund wäre ich froh, wenn Sie sich dafür entschieden, mich zu begleiten. Ich wäre sehr erfreut, wenn ich Ihnen die Leitung des Lazaretts anvertrauen dürfte.«

»Erlauben Sie mir eine Frage, General. Wenn das Lazarett in Ihrem Hauptquartier so gut ausgerüstet ist, weshalb hat man Sie dann zu unserem Hospital im Tal der Lotosblumen gebracht?«

»Weil es bedeutend näher lag. Vermutlich hätte ich den

Transport zu meinem Hauptquartier nicht lebend überstanden.«

»Das kann gut sein, bei Ihren Wunden«, stimmte Ehrmann ihm zu.

»Es gab noch einen Grund«, fuhr Chao fort. »Ihre Fähigkeiten als Arzt werden weithin gerühmt.«

»Die ärztliche Versorgung in Ihrem Hauptquartier ist also nicht so gut?«

»Leider nicht. Das Lazarett führt derzeit ein chinesischer Arzt, Teng Wei, der manchmal zu sehr auf traditionelle Heilmethoden setzt. Ich hatte gehofft, Ihre Tätigkeit dort, Dr. Ehrmann, würde die verkrusteten Strukturen aufbrechen. Das wäre nicht zuletzt zum Nutzen der Patienten.«

»Darf ich mich kurz mit Schwester Helene beratschlagen?«, fragte Ehrmann.

»Selbstverständlich. Ich lasse Sie allein.«

»Haben wir eigentlich eine Wahl?«, fragte Ehrmann leise, als der General zu seinen Soldaten gegangen war. »Ich meine, eine wirkliche Wahl. Im Hospital sind wir auf uns allein gestellt, wie Chao uns klargemacht hat. Selbst wenn General Lins Truppen uns in Ruhe lassen, könnten wir es mit herumstreunenden Banditen zu tun kriegen.«

»Bislang haben die nie das Hospital angegriffen«, gab Helene zu bedenken.

»Die Zeiten werden stürmischer und rauer.«

»Wir könnten noch immer versuchen, den Zug in Hai schan zu erreichen.«

»Dann müssten wir Ihren Mann zurücklassen, Helene. Ohne baldige ärztliche Hilfe wird Erich sterben. Und falls

General Chao uns nicht belogen hat, befindet sich der Sonderzug in größter Gefahr, sobald er abgefahren ist. Wir wären dann in einer ähnlich schutzlosen Lage wie bei einer Rückkehr zum Hospital.«

Helene sah ihren Vorgesetzten an. »Sie haben ja recht, ich weiß es längst. Uns bleibt nichts anderes übrig, als Chaos Einladung anzunehmen.«

Als sie zu Chao gingen, um ihm den Entschluss mitzuteilen, sagte Ehrmann zu ihm: »Eine Bedingung muss ich allerdings stellen. Schwester Helene, meine Leute und ich werden keine Angehörigen Ihrer Armee. Wir bleiben in den Diensten des Chinesischen Roten Kreuzes und können auf Ihre Gastfreundschaft jederzeit verzichten, wenn es uns beliebt.«

»Einverstanden«, sagte Chao. »Dann sollten wir jetzt keine Zeit mehr verlieren.«

5

Er träumte.

Er träumte von Vergangenem und Zukünftigem, von Tsingtau und Berlin, vom Tal der Lotosblumen und vom Lián-Hospital. Und er träumte von fremden, eigenartigen Orten, die ihm gänzlich unbekannt waren.

Er träumte von Krieg und von Frieden, von vergossenem Blut und von zärtlichen Küssen.

Er träumte so viel in diesen Tagen und Nächten, die keine Zahl kannten und die einander glichen – bis auf die Träume. Sie waren vielfältig: erschreckend, grausam, schön, beruhigend, beängstigend. Und sie kamen immer wieder, als sollte er niemals mehr aufhören zu träumen.

Manche waren so wirklich wie das Leben. Andere erschienen ihm vollkommen absurd, aber erst im Nachhinein. Träume, mochten sie auch noch so abwegig sein, wirkten immer real, während man sie träumte.

Er sah Gesichter von Menschen, die er kannte, und von solchen, die ihm fremd waren. Dazu hörte er Stimmen, einige davon vertraut, andere unbekannt, manche gar auf bizarre Weise verzerrt. Es waren nicht nur Bilder und Stimmen von Menschen, auch von Tieren und Fabelwesen.

Darunter war ein Bär, ein brauner Bär, ganz dicht vor ihm. Im ersten Augenblick verspürte er Panik und wollte flüchten, aber dann begriff er, dass der Bär sein Freund war. Der Bär wachte über ihn, und die Anwesenheit des Tieres beruhigte ihn.

Einmal schwebte der Bär dicht vor ihm in der Luft, und er wollte nach dem Tier greifen, aber dann verschwamm das Bild, löste sich auf in viele kleine Teile. Als es sich wieder zusammensetzte, war es kein Bär mehr, sondern das Gesicht einer jungen Frau, die ihn besorgt betrachtete. Ein vertrautes Gesicht, schön und ernst, umrahmt von dunkelblonden Locken.

In sich spürte er den drängenden Wunsch, dass dieses Gesicht kein Traum, dass die Frau wirklich bei ihm war. Er nahm alle Kraft zusammen und streckte die Hände nach ihr aus. Ihre Wangen waren warm und zart, und die Berührung löste ein wohliges Gefühl in ihm aus.

»Lene«, sagte er mit rauer, fast tonloser Stimme, die das Sprechen nicht mehr gewohnt war. »Ich brauche dich, Lene. Bitte verlass mich nicht!«

Sie öffnete den Mund zu einer Antwort, aber er verstand die Worte nicht. Ihre Stimme war auf einmal schmerzend laut und im nächsten Augenblick ein kaum hörbares Wispern. Ihr schönes Gesicht verzerrte sich zu seltsamen Fratzen, die ihn verhöhnten, ihn bedrohten.

»Bleib doch bei mir, Lene!«, bat er und wollte ihr eben noch so schönes Antlitz festhalten.

Aber er war zu schwach und glitt zurück in die andere Welt, in der er träumte, träumte, träumte …

Helenes Blick pendelte sorgenvoll zwischen Dr. Ehrmann und Erich.

Ehrmann hatte sich über den Fiebernden gebeugt und untersuchte ihn.

Erich schlief unruhig. Sein Kopf rollte von einer Seite auf die andere, seine Arme zuckten, und sein ganzer Körper bäumte sich auf. Und sooft sie auch mit einem feuchten Tuch über seine Stirn wischte, immer wieder bildete sich dort ein Schweißfilm.

»Als würde er mit aller Kraft um sein Leben kämpfen«, dachte sie und merkte erst hinterher, dass sie es laut ausgesprochen hatte.

Der Arzt richtete sich auf, nahm das Stethoskop ab und sah Helene an. Sein Ausdruck war sehr ernst, und das wollte ihr nicht gefallen.

»Genau das tut er«, sagte Ehrmann. »Er kämpft um sein Leben. Das Fieber ist ungewöhnlich stark und will ihn nicht aus seinen Klauen lassen. Wie ein Raubtier, das seine Beute nicht wieder hergeben will.«

»Dabei dachte ich vor wenigen Minuten noch, er hätte es überstanden. Erich schien wirklich aufzuwachen und bei klarem Verstand zu sein, aber vermutlich habe ich mir das nur eingebildet. Auch, dass er zu mir gesprochen hat.«

»Was hat er gesagt?«

Helene wiederholte Erichs Worte, auch wenn es ihr ein bisschen unangenehm war.

»Schwer zu sagen, ob er Sie wirklich erkannt oder ob er nur von Ihnen geträumt hat. Sein Zustand bleibt kritisch. Wir müssen ihn weiter unter ständiger Beobachtung halten.«

»Ich bleibe bei ihm.«

»Sehr lobenswert, aber klappen Sie mir nicht auch noch zusammen, Schwester Helene.«

»Was soll ich denn tun? Soll ich Erich allein lassen? Er liegt nur hier, weil er sein Leben für mich gewagt hat.«

»Wenn Sie sich nicht ablösen lassen und zusammenbrechen, helfen Sie Erich damit nicht. Und ich habe dann eine Sorge mehr.«

»Sie haben ja recht«, seufzte Helene.

»Schön, dass Sie das einsehen. Ich werde Ihnen später eine Ablösung schicken, damit Sie etwas essen und sich dann aufs Ohr hauen können. Wenn etwas ist, rufen Sie mich. Ich bin bei Teng Wei, um ihn davon zu überzeugen, dass westliche Hygienestandards kein Werk böser Geister sind.«

»Viel Glück, Herr Doktor, Sie können es brauchen!«, sagte Helene.

Sie beneidete Ehrmann um das Gespräch mit dem chinesischen Militärarzt nicht. Teng Wei war schon vorher kein großer Freund westlicher Behandlungsmethoden gewesen, aber seit General Chao ihn als Lazarettleiter durch Ehrmann ersetzt hatte, war Teng Wei noch schlechter auf alle westlichen Mediziner und ihre Methoden zu sprechen.

Auch Helene hatte seinen Unmut schon zu spüren bekommen, wenn er sie das eine oder andere Mal angeraunzt hatte. Meistens ohne triftigen Grund oder zumindest in einer vollkommen überzogenen Weise.

Eigentlich war General Chao schuld an dem Konflikt. Dr. Ehrmann hatte gar keinen Wert darauf gelegt, Leiter dieses Lazaretts zu werden. Er wollte hier einfach nur arbeiten und den Menschen helfen, solange die Flüchtlinge aus dem Lián-Hospital unter der Obhut des Warlords standen. Es hätte ihm vollkommen genügt, unter Teng Wei als seinem Vorgesetzten zu dienen.

»Das geht auf keinen Fall«, hatte der General den diesbezüglichen Vorschlag Ehrmanns abgelehnt. »Sie kennen Teng Wei nicht, Herr Doktor. Wäre das anders, wüssten Sie, dass Ihr Ansinnen in der Praxis keinen Tag überdauern würde. Teng Wei ist sehr von sich selbst überzeugt, nennen wir es ruhig uneinsichtig. Jeden Verbesserungsvorschlag von Ihrer Seite würde er rundweg abweisen. Glauben Sie mir, Sie können hier nur etwas bewirken, wenn Sie auch das Sagen haben.«

Also war Dr. Ehrmann Leiter des Lazaretts im Hauptquartier der Schantung-Befreiungsarmee geworden – und hatte in dem früheren Leiter Teng Wei jetzt einen unversöhnlichen Feind.

Ehrmann verließ das Zimmer, in dem Erich als einziger Patient lag, und Helene sah ihm hinterher. Sie war ihm zutiefst dankbar für das, was er hier für Erich getan hatte.

Er war ein guter, ein hervorragender Arzt. Die Kugel, die tief in Erichs Brust gesessen hatte, nahe dem Herzen, hatte er in einer äußerst langwierigen, schwierigen Operation entfernt.

Helene sah wieder Erich an, und das Gefühl der Dankbarkeit gegenüber Ehrmann wurde von einem anderen Gefühl überlagert: Sorge.

Sorge um Erich.

Trotz all seines Könnens schien Dr. Ehrmann gegen das

Fieber, das schon seit Tagen Besitz von Erich ergriffen hatte, machtlos zu sein.

Erichs rechter Arm zuckte heftig, als fechte er im Traum einen Kampf aus – den Kampf um sein Leben?

Sie nahm seine rechte Hand in ihre Hände und streichelte sie beruhigend, minutenlang.

Dabei dachte sie daran, wie oft Erich in letzter Zeit sein Leben für andere gewagt hatte. Für Zhong und Hao, als sie von General Lins Soldaten bedroht wurden. Auf der Bergstraße war er auf den Felsüberhang hinuntergestiegen, um Ah-Kum und die anderen Kinder heraufzuholen. Und dann sein Einsatz für Helene, als Tsai Ju sie vergewaltigen wollte.

»Du musst gesund werden, Erich!«, sagte sie leise, aber mit Nachdruck. »Hörst du? Werde gesund, für mich!«

Hatte er sie gehört?

Sie glaubte es nicht. Er stöhnte nur laut auf wie unter einem plötzlichen Schmerz. Sie hoffte, dass es diesen Schmerz nicht wirklich gab, sondern nur in seinen Träumen. Obwohl das für einen Träumenden wohl keinen Unterschied machte.

Die Tür wurde geöffnet, und Helene erwartete, die von Dr. Ehrmann angekündigte Ablösung eintreten zu sehen. Aber zu ihrer Überraschung war es Chao Li-Hu in tadellos sitzender Generalsuniform und mit blitzblanken Stiefeln.

»Störe ich?«, fragte er vorsichtig.

Mit einem knappen Kopfschütteln sagte sie: »Kommen Sie nur herein, Herr General.«

Das tat er und zog sich den zweiten Stuhl heran, auf dem

er sich niederließ. Er nahm seine Schirmmütze ab und legte sie auf den kleinen Tisch hinter sich.

»Ich habe Doktor Ehrmann getroffen. Er sagte mir, dass es Ihrem Mann nicht gut geht und dass Sie sehr besorgt um ihn sind, Schwester Helene. Da dachte ich mir, ich sehe einmal nach Ihnen.«

»Das ist sehr liebenswürdig von Ihnen, Herr General. Dabei haben Sie sicher sehr viel zu tun.«

Er musterte sie mit einem merkwürdigen Blick, den sie nicht recht einzuordnen wusste.

»Würde es Ihnen viel ausmachen, mich einfach wieder Kang zu nennen? ›Herr General‹ klingt zu distanziert von einer Frau, der ich mein Leben verdanke.«

»Kang? Aber so heißen Sie doch gar nicht.«

»In gewisser Weise schon. Als Kind wurde ich oft so genannt. Einen Spitznamen nennen Sie das wohl in Ihrer Sprache.«

»Ein Spitzname? Kang?«

»Ganz recht. Finden Sie daran etwas ungewöhnlich, Schwester Helene?«

»Ich überlege nur, warum man einem Kind einen Spitznamen gibt, der so viel heißt wie sich wohlfühlen.«

»Es stimmt aber, auch wenn es in Ihren Ohren ungewöhnlich klingen mag. Ich komme aus ärmlichen Verhältnissen, müssen Sie wissen. Mein Eltern hatten einen winzigen Bauernhof, und wir waren acht Kinder. Frühjahrs und sommers war somit für genügend Feldarbeiter gesorgt, aber im Winter hatten meine Eltern viele hungrige Mäuler von den wenigen Vorräten zu stopfen. Das war schon immer so und schien unabänderlich. Was man nicht besaß, konnte man auch nicht essen. Ich hatte mich früh daran gewöhnt, dass Jammern zu nichts führt, weil die Eltern nicht mehr hatten, als sie uns gaben. Daher sagte ich, wenn man mich nach meinem Befinden fragte, immer nur, mir ginge es gut oder ich fühlte mich wohl. So kam ich zu dem Namen Kang.«

»Dann ist es tatsächlich ein passender Spitzname«, fand Helene. »Und er scheint verdient durch eine ebenso kluge wie tapfere Einstellung, besonders für ein Kind.«

»Später, bei der Armee, hat sie mir noch viel geholfen. Ohne diese Einstellung hätte ich es kaum so weit gebracht.«

»Für ein Bauernkind aus einfachsten Verhältnissen haben Sie eine erstaunliche Karriere gemacht.«

Der General lachte leise.

»Wohl wahr, vom einfachen Rekruten bis zum kommandierenden Offizier.«

»Wie kam es dazu?«

»Soldat wurde ich, um meine Eltern und Geschwister zu entlasten, und sie alle waren wohl sehr froh darüber, auch wenn meine Mutter beim Abschied geweint hat. Sie hatten damit ein hungriges Maul weniger zu stopfen. Außerdem habe ich Ihnen meine Anwerbeprämie überlassen und Ihnen später immer wieder große Teile meines Soldes geschickt.«

»Hat das Leben in der Armee Ihnen zugesagt?«

»Durchaus. Ich habe von klein auf gelernt, Befehle zu befolgen, früh aufzustehen und hart zu arbeiten. Die besten Voraussetzungen, um sich beim Militär wohlzufühlen. Trotzdem hätte ich es nie so weit gebracht, wenn ich nicht einen Förderer gehabt hätte. Einen hohen Offizier, der meine Talente erkannte, seinen Einfluss für mich geltend machte und mir eine gute Ausbildung bezahlte. Ich war wohl sein Ersatzsohn. Sein richtiger Sohn war auch Soldat gewesen und im Krieg gegen die Japaner gefallen. Alles, was er für seinen Sohn erreichen wollte, tat er dann für mich.«

»Er muss sehr stolz auf Sie sein.«

Chaos Blick verdüsterte sich.

»Das war er einmal, aber das ist längst vorbei. Inzwischen hasst er mich und hat geschworen, meinen Kopf auf einen Pfahl zu spießen.«

»Wieso?«

»Weil ich seine politischen Ideen nicht teile. Im Gegenteil, ich bekämpfe sie, und ich bekämpfe ihn. Er ist mein größter Feind.«

Eine Ahnung stieg in Helene hoch, und sie fragte: »Der Name dieses Offiziers, lautet der etwa Lin Gang?«

Chao lächelte dünn, ohne jede wirkliche Erheiterung.

»Ja, General Lin Gang, mein Ziehvater und größter Feind. Er hält mich für den undankbarsten Menschen in ganz China, weil ich mich gegen ihn gestellt und ihm einen Teil seiner Armee abspenstig gemacht habe.«

»Das ist ja auch nicht gerade das, was ein Vater oder Ziehvater von seinem Sohn erwartet.«

»Ich konnte nicht anders. Lin Gang hat viel für mich getan, aber er hat auch seine dunklen Seiten. Ich musste mich entscheiden, ob ich ein gehorsamer Sohn sein will oder ein Offizier, der für sein Land und seine Ideale einsteht.«

»Ich nehme an, Ihre Ideale sind mit denen Lin Gangs nicht vereinbar.«

»Wie könnten sie das? Lin Gang hat sich den Japanern angedient, die immer wieder versuchen, sich China untertan zu machen. Sein Sohn ist im Krieg gegen die Japaner gefallen, aber er verbündet sich mit ihnen, weil sie ihm Geld versprechen, Waffen, Munition – und Macht.«

Er schwieg, und sein Blick schien weit über das Krankenzimmer und das ganze Lazarett hinauszugehen, in weite Ferne und in die Vergangenheit.

Unvermittelt sagte er: »Ich habe vor einer Stunde Nachricht von meinem Kundschafter in Hai schan erhalten. Lin Gangs Truppen haben den Sonderzug, der Sie nach Tsi nan fu bringen sollte, wie erwartet gekapert. An Bord waren natürlich keine Waffen und keine Munition, nur das Zugpersonal und ein paar Leute, die man mitgenommen hatte, weil sie die unruhige Gegend verlassen wollten. Lins Soldaten waren so erbost darüber, den Zug vergeblich überfallen zu haben, dass sie alle – Männer, Frauen und Kinder – enthauptet haben. Die Köpfe fand man am nächsten Morgen aufgespießt am Bahnhof von Hai schan.«

Helene erschauerte bei der Vorstellung, dass alle Evakuierten aus dem Lián-Hospital, auch die Waisenkinder, dieses Schicksal hätten erleiden können.

»Danke«, sagte sie nur.

»Wofür?«

»Dafür, dass Sie uns davor bewahrt haben, in dem Zug abgeschlachtet zu werden. War Ihr Ziehvater Lin Gang schon immer so grausam?«

Der General überlegte, bevor er antwortete: »Ich kann es

wirklich nicht sagen. Früher hatte ich nicht den Eindruck, dass Grausamkeit zu seinen hervorstechendsten Charaktereigenschaften gehört. Vielleicht hat er sich mit den Jahren verändert, vielleicht hat er es auch nur lange Zeit vor mir verborgen.«

»Manche Menschen können sich gut verstellen«, seufzte sie mit Blick auf Erich, der in der Zeit ihres Zusammenlebens wohl stets nur an ihre Schwester Amelie gedacht hatte.

Chao Li-Hu schlug mit einer Hand auf sein Knie und straffte seinen Oberkörper.

»Genug davon. Jetzt sind Sie an der Reihe, Schwester Helene, ein bisschen über sich und Ihre Vergangenheit zu erzählen.«

»Ich?«, fragte sie überrascht. »Ich bin nur die Tochter eines Kaufmanns. Was soll ich denn erzählen?«

»Zum Beispiel von Ihrem Jade-Medaillon«, sagte Chao zu ihrer Überraschung. »Tragen Sie es noch?«

Sie öffnete einen Knopf ihrer Bluse, holte das Medaillon hervor, streifte das Band über ihren Kopf und reichte ihm Band und Anhänger.

Er betrachtete das Medaillon von allen Seiten und sagte dann: »Eine sehr schöne Arbeit, und Ihr Name ist hinten sogar eingraviert. Hat Ihr Mann es Ihnen geschenkt?«

»Nein, mein Vater«, erwiderte Helene und erzählte ihm von ihrer Ankunft damals in Tsingtau, zusammen mit ihrer Schwester und ihrer Mutter.

»Was macht Ihre Familie jetzt, nachdem die Japaner Tsingtau erobert haben?«

»Meine Eltern und mein Bruder sind tot. Meine Schwester lebt noch dort, soviel ich weiß, als Frau eines chinesischen Kaufmanns.«

Chao horchte auf.

»Als Frau eines Chinesen? Das ist bestimmt nicht einfach für Ihre Schwester.«

»Nein, im Gegenteil. Aber Amelie ist eine starke Persönlichkeit, die weiß, was sie will.«

»Ganz so wie ihre Schwester.«

»Wenn Sie sich da mal nicht täuschen. Ich war immer nur Amelies kleine, stille Schwester, Herr General.«

»Wollten Sie nicht Kang zu mir sagen?«

Helene schüttelte energisch den Kopf.

»Nein, General, *Sie* wollten das.«

Chao lächelte wieder, und diesmal schien er wirklich erheitert zu sein.

»Für eine ›kleine, stille Schwester‹ haben Sie ganz schön viel Selbstbewusstsein. Die meisten meiner Männer hätten nicht gewagt, mir das so offen ins Gesicht zu sagen. Ich glaube, Sie haben mehr mit Ihrer Schwester Amelie gemeinsam, als Sie selbst wissen.«

»Sagen wir, die letzten Jahre, die ich an Doktor Ehrmanns Seite als Krankenschwester verbracht habe, haben mich verändert.«

»Es scheint Ihnen gutgetan zu haben. War Ihr Mann in dieser Zeit nicht bei Ihnen? Als ich im Lián-Hospital lag, da war von ihm nicht die Rede.«

»Wir hatten uns – sagen wir – getrennt. Er kam in der Nacht nach Ihrem heimlichen Verschwinden zum Hospital. Der von uns ausgesandte Trupp suchte vergebens nach Ihnen und stieß dabei auf ein paar von General Lin Gangs

Männern. Die haben einen unserer Boys erschossen. Bevor weiteres Unheil geschah, ist Erich aufgetaucht. Er hat den anderen Boy und den Kuli Zhong vor den Soldaten gerettet.«

Der General sah wieder zum Krankenbett, in dem der von Fieberträumen gequälte Erich lag.

»Sie haben einen sehr tapferen Mann geheiratet, Schwester Helene. Wie ist er zum Lián-Hospital gekommen?«

»Er hielt mich lange Zeit für tot. Die näheren Umstände würden jetzt zu weit führen. Aber dann fand er das Medaillon, das Sie in der Hand halten. Ich hatte es einem verwundeten Soldaten in der Missionsstation gegeben, in der Doktor Ehrmann und ich gearbeitet haben, bevor Doktor Ehrmann das Lián-Hospital übernahm. Das brachte Erich auf meine Spur.«

»Er muss Sie wirklich lieben. Wie ist er als Deutscher aus dem besetzten Tsingtau herausgekommen? Nach meinen Informationen sind die Japaner da sehr streng. Deutsche Militärangehörige werden sogar nach Japan in Gefangenenlager gebracht. Oder war Ihr Mann nicht beim Militär?«

»Eigentlich ist Erich Kaufmann. Aber wie er mir erzählte, wurde er als Reservist eingezogen, als die Japaner Tsingtau angriffen.«

»Und dann hat er sich durch die japanischen Reihen geschlagen, um zu Ihnen zu kommen, bis ins Tal der Lotosblumen. Eine erstaunliche Leistung, obwohl ich sagen muss, dass er den besten Ansporn der Welt dazu hatte.«

Helene überhörte das Kompliment und sagte: »Erich hat Tsingtau mit seinem Flugzeug verlassen.«

»Mit seinem Flugzeug?«, fragte General Chao und horchte auf. »Erzählen Sie mir doch mehr davon, bitte!«

»Wenn Sie es wünschen«, erwiderte Helene und erzählte ihm von Erichs Flugleidenschaft, seiner Freundschaft zu Jakob Winterkorn und dem *Adler von Tsingtau*.

»Ihre Geschichte wird immer interessanter, je länger ich Ihnen zuhöre, Schwester Helene. Wir sollten die Unterhaltung bei nächster Gelegenheit fortsetzen. Jetzt rufen mich leider meine dienstlichen Verpflichtungen.«

General Chao erhob sich und gab ihr das Medaillon zurück.

»Sie sollten darauf gut aufpassen und es nicht wieder fortgeben. Wenn es Ihren Mann zu Ihnen zurückgeführt hat, wohnt diesem Medaillon ein starker Zauber inne. Wie auch seiner Besitzerin.«

6

Helene starrte lange zu der Tür, durch die General Chao Li-Hu eben gegangen war, und dachte über das Gespräch nach. Ob er vielen Menschen Einblicke in seine Herkunft und sein Verhältnis zu General Lin Gang gewährte?

Irgendwie konnte sie es nicht glauben. Auch sie sprach nicht zu vielen Menschen so offen über ihre Vergangenheit, wie sie es eben zu Chao Li-Hu getan hatte. Zwischen ihnen bestand eine besondere Verbindung, das spürten sie beide.

So war es schon im Lián-Hospital gewesen, aber ein paar Dinge hatten sich verändert.

Jetzt gab es Erich, der hier um sein Leben kämpfte. Ein Leben, das für Helene wieder sehr wertvoll war, seit Erich ins Tal der Lotosblumen gekommen war. Wertvoller als alles andere.

Außerdem war da – jedenfalls in Helenes Augen – ein bedeutender Unterschied zwischen dem einfachen Arbeiter Kang und dem General Chao Li-Hu. Wenn es auch ein und derselbe Mann war, ihre starken Gefühle hatte Helene für den einfachen Arbeiter gehabt.

Die Frage war, ob sie dasselbe für einen Warlord empfinden konnte, der Dutzende, Hunderte, Tausende von Männern in den Kampf und in den Tod schickte, mochte es auch für eine gerechte Sache geschehen.

Aber musste sie sich diese Frage überhaupt stellen? Obwohl sie sich noch immer zu diesem Mann hingezogen fühlte, bezweifelte sie, dass ihre Gefühle für ihn jemals so stark sein konnten wie ihre Gefühle für Erich.

Seufzend wandte sie sich wieder zu dem Krankenbett um und wollte das Band mit dem Medaillon um ihren Hals legen. Mitten in der Bewegung erstarrte sie.

Erich hatte sich ihr zugewandt und sah sie aus offenen Augen an. Sein Gesicht war noch blass und glänzte vor Schweiß, aber der fiebrige Ausdruck war verschwunden.

»Erich?«, fragte sie vorsichtig. »Bist du wach?«

»Ja«, sagte er mit noch schwacher Stimme. »Falls ich nicht geträumt habe, dass du einem chinesischen Offizier so einiges über uns erzählt hast.«

»Das war General Chao Li-Hu. Früher kannte ich ihn unter dem Namen Kang.«

»Ich träume wohl doch noch.«

»Das denke ich nicht.« Sie wischte seine Stirn und sein Gesicht mit dem feuchten Tuch ab und gab ihm einen Schluck Wasser zu trinken. »Ich bin sehr froh, dass du wieder bei klarem Verstand bist. Doktor Ehrmann hat zwar die Kugel aus deiner Brust geholt, aber das Fieber wollte dich nicht loslassen.«

»Was für eine Kugel?«

Sie schlug die Bettdecke ein Stück nach unten und zeigte auf den Verband, der um seinen Oberkörper lag.

»Die Kugel, die dort gesteckt hat, dicht neben deinem Herzen. Ein Soldat hat sie auf dich abgefeuert, als du mich vor diesem widerlichen Hauptmann beschützen wolltest.«

»Der Kerl, der dich …« Erich schluckte und nickte

leicht. »Daran erinnere ich mich. Ich war auf diesem Felssims und wollte zusammen mit Ah-Kum hochkommen, als ich erst einen Schuss und dann laute Stimmen hörte. Ich wusste sofort, dass etwas nicht in Ordnung war. Deshalb sagte ich zu Ah-Kum, ich würde sie bald holen, und bin dann nach oben geklettert.«

»Was ist das Letzte, an das du dich erinnern kannst, Erich?«

»Du mit zerfetzter Kleidung. Und dieser Chinese, der auf dir hockte. Ein Hauptmann, sagst du? Daran erinnere ich mich nicht. Auch sonst weiß ich nichts weiter.«

»Weil dich in diesem Augenblick die Kugel des Soldaten getroffen hat.«

»Und dann?«, fragte er.

Helene nahm die große Besorgnis in seiner Stimme und in seinem Blick wahr.

»Dann ist zum Glück der General erschienen und hat Hauptmann Tsai zur Ordnung gerufen. Du kannst beruhigt sein, Erich, es ist nichts Schlimmes passiert. General Chao hat den Hauptmann sogar degradiert. Er ist jetzt wieder ein einfacher Soldat.«

»Er hätte ihn erschießen sollen!«, knurrte Erich.

»Die Überlegung hat der General auch angestellt.«

»Was hat ihn abgehalten?«

»Die militärischen Verdienste des ehemaligen Hauptmanns.« Helene hatte ihr Medaillon umgelegt und deckte Erich wieder ordentlich zu. »Und jetzt keine weiteren Fragen, bevor du nicht zu Kräften gekommen bist. Ich hole Doktor Ehrmann. Er wird sich freuen, dass du endlich das Fieber losgeworden bist.«

»Eine Frage musst du mir noch beantworten.«

Helene, schon auf dem Weg zur Tür, blieb stehen.

»Welche?«

»Ah-Kum – was ist mit ihr?«

»Sie ist auch hier, und ihr geht es gut. General Chao selbst hat sie von dem Felssims geholt. Ah-Kum hat sich auch große Sorgen um dich gemacht und mehrfach nach dir gesehen. Und sie hat ihren Teddy dagelassen, um auf dich achtzugeben. Darauf kannst du dir etwas einbilden, Erich. Ich glaube nicht, dass sie den Teddy jemand anderem anvertraut hätte.«

»Ihren Teddy?«

»Schau einmal nach links!«

Erich wandte den Kopf nach links, wo am Bettrand der Plüschteddy lag und ihn ansah. Auf einmal hellte sich sein Gesicht auf, und er stieß ein heiseres Lachen aus.

»Was hast du?«

»Ach, nichts.« Sein Lachen endete in einem Husten. »Ich weiß jetzt nur, warum ich so viel von Bären geträumt habe. In meinen Träumen war er nur ein wenig größer.«

Nach wenigen Minuten kam Dr. Ehrmann, von Helene informiert, zu Erich und zeigte sich sehr erfreut über seinen Zustand.

»Ein bisschen schwach auf der Brust, aber das wird sich geben. Für jemanden, der eine Woche gefiebert hat, geht es Ihnen erstaunlich gut. Ich werde Tao-Wei sagen, er soll Ihnen die kräftigste Hühnerbrühe zubereiten, die er jemals gemacht hat.«

»Tao-Wei ist auch hier?«

»Alle aus dem Hospital sind hier. Zum Glück. Wenn wir den Zug in Hai schan erreicht hätten, wäre das vielleicht unser aller Ende gewesen.«

»Wieso?«

»General Lin Gang hat den Zug in der Erwartung, es handele sich um einen Waffentransport, überfallen. Als er keine Waffen fand, hat er alle Insassen einen Kopf kürzer machen lassen. Ich habe es eben von Helene erfahren, die es von General Chao hat.«

»Helene hat sich wohl sehr um mich gekümmert. Sie ist eine gute Krankenschwester, nehme ich an.«

»Eine sehr gute, aber manchmal vergisst sie darüber ihre eigenen Bedürfnisse wie Essen und Schlafen. Draußen ist es zwar helllichter Tag, aber ich habe sie zu Bett geschickt. Sie hat fast immer hier bei Ihnen gewacht und sich kaum Pausen gegönnt. Ich habe ihr gesagt, sie dürfe mir erst dann wieder unter die Augen treten, wenn sie richtig ausgeschlafen sei.«

»Dieser General Chao, ist das wirklich der entlaufene Patient? Dieser ominöse Kang?«

Ehrmann nickte.

»Zum Glück, kann man schon sagen. Er schuldet uns sein Leben und ist uns zu Dank verpflichtet. Wären wir nicht ihm in die Hände gefallen, sondern diesem Lin Gang, wäre es kaum so glimpflich für uns abgelaufen.«

»Was man so glimpflich nennt«, sagte Erich und dachte an das, was der degradierte Hauptmann Helene hatte antun wollen. »Ich denke nicht, dass General Chaos Soldaten allesamt kleine Engelein sind.«

»Welcher Soldat ist das schon?«

»Ebendrum«, brummte Erich. »Wo befinden wir uns jetzt überhaupt? Ich weiß weder, wo wir sind, noch, wie wir hergekommen sind.«

»Es war ein nicht ganz einfacher Weg durch die Berge. Das hier ist General Chaos Hauptquartier. Aber es ist mehr als ein bloßes Armeelager, es ist eine richtige Stadt. Auch Frauen und Kinder gibt es hier. Der Ort heißt Dairu.«

Erich dachte nach.

»Der Name sagt mir nichts.«

»Das ging mir auch so. Es ist eine alte Bergbausiedlung, die reichlich versteckt in den Bergen liegt, ungefähr auf halber Strecke zwischen dem Lián-Hospital und Hai schan. Vor vielen Jahren schon, als der Steinkohleabbau sich kaum noch lohnte, hat man die Minen und bald danach auch die Siedlung aufgegeben.«

»Und jetzt hat sich der berühmt-berüchtigte General Chao hier eingenistet. Wie ein stolzer Adler in seinem Bergnest, von dem aus er Ausschau nach Feinden und Beute hält.«

»So kann man es bei einer poetischen Veranlagung sagen, Herr Schweiger.«

»Sagen Sie Erich zu mir, bitte. Immerhin verdanke ich Ihnen mein Leben.«

»Nicht nur mir, auch Ihrer eigenen Widerstandskraft. Manch anderer hätte das nicht überlebt.«

»Manchmal glaube ich, dass ich kein Mensch bin«, sagte Erich leise.

Die Augen des Arztes verengten sich. »Wie kommen Sie denn darauf?«

»Ich habe mehrere Flugzeugabstürze überlebt und jetzt

diese Gewehrkugel. Außerdem bin ich mit der besten Frau der Welt verheiratet, ohne dass ich das über lange Zeit erkannt habe. Ist das nicht unmenschlich?«

Ehrmann lächelte unvermittelt und legte eine Hand auf Erichs Schulter.

»Letzteres beweist doch gerade, dass Sie ein Mensch sind, Erich. Allerdings auch – und das wiederum ist ebenfalls sehr menschlich – ein ausgewachsener Idiot.«

»Danke für die Blumen, aber die Diagnose habe ich mir längst selbst gestellt, Herr Doktor.«

Ehrmann streckte ihm seine rechte Hand hin.

»Rudolf.«

»Wie?«

»So heiße ich, Erich. Rudolf Ehrmann.« Der Arzt lächelte verschmitzt. »Doktor ist nur mein Titel, nicht mein Name.«

Erich ergriff die Hand und schüttelte sie.

»Glückwunsch, Rudolf, jetzt bist du mit einem ausgewachsenen Idioten per Du.«

Wieder trat das verschmitzte Lächeln auf Ehrmanns Gesicht, und er wirkte dadurch zwanzig Jahre jünger.

»Was hat Heinrich Leuthold doch irgendwo mal geschrieben? ›Der Schlüssel zum Weltverständnis ist Selbsterkenntnis.‹«

7

In den nächsten Tagen löffelte Erich stets fleißig Tao-Weis Hühnerbrühe und freute sich über jeden Besuch. Ehrmann – Rudolf, woran er sich erst noch gewöhnen musste – und Helene waren oft bei ihm, aber auch Zhong, Meng und Tao-Wei sahen nach ihm.

Und Ah-Kum, die neben seinem Bett stand und ihn ansah, als er eines Morgens erwachte. Sie hielt ihm ein Buch hin, woher auch immer sie das haben mochte. Ein deutsches Buch mit einer Hexe und Zwergen auf dem Titelbild. Es hieß *Märchen, Sagen und Legenden*. Erich verstand die Aufforderung und las ihr die Sage von Rübezahl vor.

Anschließend wollte er ihr den Plüschbären zurückgeben, aber sie wehrte ab. Erich verstand: Der Teddy sollte so lange bei ihm bleiben, bis es ihm wieder besser ging.

Von da an schaute Ah-Kum mindestens einmal am Tag herein, um sich von ihm vorlesen zu lassen.

Am fünften Tag, nachdem ihn das Fieber verlassen hatte, kam ein Besucher zu ihm, mit dem er nicht gerechnet hatte: General Chao Li-Hu.

Der Warlord nahm seine Mütze ab und sagte: »Sie sehen überrascht aus, Herr Schweiger.«

»Ich habe mit Ihrem Besuch auch nicht gerechnet, Herr General.«

»Ich war schon einmal bei Ihnen.«

»Das weiß ich. An dem Tag, als ich aus dem Fieberschlaf erwachte. Aber ich dachte damals, Sie seien nicht meinetwegen gekommen, sondern wegen meiner Frau.«

Chao setzte ein Lächeln auf, das Erich nicht einordnen konnte.

»Ihre Frau ist eine bemerkenswerte Person, und ich schätze es sehr, wenn ich Gelegenheit habe, mich mit ihr zu unterhalten. Heute bin ich aber Ihretwegen hier, Herr Schweiger. Darf ich mich setzen?«

»Bitte«, sagte Erich. »Es ist gut, dass Sie gekommen sind, Herr General. Sie sind sicher ein viel beschäftigter Mann und hätten kaum Zeit gefunden, mich zu empfangen.«

»Sicher hätte ich das. Was gibt es?«

»Ich habe mich bei Ihnen zu bedanken. Sie haben meine Frau gerettet, die kleine Ah-Kum, und auch ich schulde Ihnen mein Leben. Sie haben Doktor Ehrmann ermöglicht, dass er mich in Ihrem Lazarett operiert. Wie er mir sagte, war es eine schwierige Operation, die ihm draußen in den Bergen kaum gelungen wäre. Letztlich schulden wir alle Ihnen unser Leben, wenn ich bedenke, was General Lin Gang mit den Insassen des Sonderzugs angestellt hat.«

»Das ist ein wesentlicher Unterschied zwischen Lin Gang und mir. Ich helfe den Menschen, wenn ich kann. Lin Gang massakriert sie, wo es nur geht. Dabei ist es oft viel nützlicher, den Menschen zu helfen, wie man an meinem Beispiel sehen kann. Hätten Doktor Ehrmann und Ihre bezaubernde Frau mir nicht im Lián-Hospital das Leben gerettet, wäre ich nicht zur Stelle gewesen, um Ihnen allen zu helfen.«

»Damit haben Sie Ihre Schuld bei meiner Frau und Doktor Ehrmann beglichen«, stellte Erich fest. »Ich wäre froh, wenn ich auch meine Schuld bei Ihnen begleichen könnte.«

»Stehen Sie nicht gern in der Schuld eines anderen? Oder stehen Sie nur nicht gern in meiner Schuld, Herr Schweiger?«

»Das kommt in diesem Fall auf dasselbe heraus, oder?«

Chao nickte.

»Sie haben recht, es ist unnütz, zu persönlich zu werden. Aber da Sie schon danach fragen, ja, es gibt etwas, das Sie für mich tun können.«

Erich schob seinen Körper etwas in Richtung Kopfende des Bettes, damit er aufrechter saß, und sagte: »Das hatten Sie bestimmt schon im Sinn, bevor ich das Thema angeschnitten habe.«

Ein Schmunzeln zeigte sich für Sekunden in dem länglichen Gesicht des Generals.

»Wir beide wissen, was wir voneinander zu halten haben, das ist gut. Kommen wir also auf den Punkt. Ich möchte, dass Sie für mich ein Flugzeug bauen.«

»Was möchten Sie?«, fragte Erich ungläubig.

»Ich möchte, dass Sie für mich ein Flugzeug bauen«, wiederholte Chao. »Ich dachte, ich spräche Ihre Sprache deutlich genug.«

»Das tun Sie, aber Ihr Wunsch ist schon etwas ungewöhnlich, oder?«

»Für Sie als Zivilisten vielleicht, aus militärischer Sicht keineswegs. Sehen Sie, bislang muss ich mich auf meine Kundschafter verlassen, um über feindliche Truppenbewegungen unterrichtet zu werden. Dabei ist meine Lage hier in den Bergen nicht einmal schlecht. Die wenigen Pässe lassen sich gut überwachen. Gleichwohl wäre mir eine weiträumigere Aufklärung höchst willkommen, und das geht nur aus der Luft. Mit einem Flugzeug könnte ich das ganze Gebiet überwachen und wäre frühzeitig im Bilde, falls Lin Gangs Truppen oder die Japaner einen Angriff wagen. Auf die Japaner, die Ihr schönes Tsingtau bombardiert und besetzt haben, sind Sie doch bestimmt nicht gut zu sprechen.«

»Ich bin nicht gerade erfreut über die jüngsten Ereignisse, da liegen Sie richtig, General. Andererseits haben die Japaner tapfer gekämpft, und dafür zolle ich ihnen Respekt.«

»Tapfer gekämpft, nennen Sie das? Was ist daran tapfer, den Gegner mit einer gewaltigen Übermacht an Menschen und Material zu überrollen?«

Erich dachte zurück an die Belagerung und Bombardierung Tsingtaus durch die Japaner.

Er sah sich wieder im *Adler von Tsingtau* sitzen, um die feindlichen Truppenbewegungen aufzuklären. Zu einem regelrechten Luftkampf aber war es nie gekommen. Die Japaner hatten einfach zu viele Flugzeuge, die von einem Flugzeugmutterschiff auf dem Meer starteten. Zu viele und zu gut bewaffnete.

Aber es war wichtig für die Feindaufklärung gewesen und vielleicht noch mehr für die Moral der Menschen in Tsingtau, dass zwei deutsche Flugzeuge über ihnen ihre Kreise zogen: der *Adler* von Erich und Jakob Winterkorn und die *Taube* des Marineoffiziers Plüschow.

Letztlich, insoweit hatte General Chao recht, war die japanische Übermacht einfach erdrückend gewesen. Fünfzigtausend Mann! Dem hatten die wenigen in Tsingtau stationierten deutschen Einheiten nicht viel entgegenzusetzen gehabt.

»Ein fairer Kampf war es nicht«, gab Erich zu. »Aber darauf zielt man im Krieg wohl kaum ab. Würden Sie über Ihren Erzfeind Lin Gang nicht mit einer vielfachen Übermacht herfallen, wenn es Ihnen möglich wäre, Herr General?«

»Da haben Sie mich erwischt«, lachte Chao. »Ich nehme aber trotzdem an, dass Sie sich nicht allzu sehr überwinden müssten, um mir im Kampf gegen Lin Gang und die Japaner beizustehen.«

»Nein, das müsste ich nicht. Ich sehe die Schwierigkeiten eher auf technischem Gebiet. Ich bräuchte entsprechendes Werkzeug und Material.«

»Oh, da bin ich gut ausgerüstet. Sagen Sie mir, was Sie benötigen, und Sie kriegen es.«

»Sie sollten außerdem bedenken, dass ich den *Adler von Tsingtau* damals nicht allein, sondern zusammen mit meinem guten Freund Winterkorn gebaut habe.«

»Aber theoretisch wären Sie dazu in der Lage, es allein hinzubekommen, nicht wahr?«

»Theoretisch, das ist der richtige Ausdruck.«

»Gut, dann versuchen Sie es einfach. Wenn Sie scheitern, mache ich Ihnen daraus keinen Vorwurf. Wann können Sie anfangen?«

»Sobald Doktor Ehrmann mir gestattet, dieses Bett zu verlassen.«

Chao erhob sich mit einem zufriedenen Gesichtsausdruck.

»Zufällig hat der Doktor mir gestern Abend mitgeteilt, dass Sie sich bald wieder daran gewöhnen sollen, auf Ihren Füßen zu stehen. Was halten Sie davon, wenn wir am Nachmittag einen kleinen Spaziergang durch Dairu unternehmen?«

»Eine gute Idee«, antwortete Erich. »Die frische Luft wird mir sicher guttun.«

8

Als jemand am Nachmittag gegen die Tür von Erichs Krankenzimmer klopfte, erwartete ihn eine Überraschung. Der Besucher war Meng, aber er trug eine graue Armee-Uniform wie die Soldaten von General Chaos Armee. Auch seinen Zopf hatte Meng abgeschnitten oder abschneiden lassen, womit er den Soldaten noch mehr ähnelte.

Offenbar stolz auf sein Äußeres stand der junge Chinese richtiggehend stramm vor Erichs Bett und salutierte mit einem breiten Grinsen, nachdem er ein großes Paket neben sich abgestellt hatte.

»Was soll das, Meng? Warum spielst du Soldat?«, fragte Erich irritiert.

»Ich spiele nicht Soldat, Herr Schweiger, ich bin es. Heute Vormittag bin ich in die Schantung-Befreiungsarmee eingetreten!«

»Warum?«

»Warum schon.« Meng schien sich über die Frage zu wundern und suchte kurz nach einer Antwort. »Um für die gerechte Sache zu kämpfen und gegen die Feinde Chinas.«

»Dabei kann man ganz leicht ins Gras beißen.«

»Ins Gras beißen? Was heißt das?«

»Sterben«, erläuterte Erich. »Sein Leben aushauchen.

Abkratzen. Krepieren. Such es dir aus, es macht keinen Unterschied.«

»Ich bin tapfer, Herr Schweiger. Ich habe keine Angst vor dem Tod.«

»Die solltest du aber haben, Junge. Wer keine Angst hat, bringt sich leicht in Gefahr. Als toter Soldat kannst du der gerechten Sache, falls es die überhaupt gibt, nicht mehr dienen und auch nicht die Feinde Chinas bekämpfen.«

»Ich werde gut über Ihre Worte nachdenken, Herr Schweiger. Darf ich Ihnen jetzt beim Ankleiden behilflich sein?« Meng hob das Paket wieder auf. »General Chao Li-Hu schickt Ihnen neue Kleider.«

»Ich bin für jede Hilfe dankbar.«

Als Meng den Kleiderpacken aufschnürte, stutzte Erich. Es war die Uniform eines Soldaten, eines Leutnants sogar, wenn er die Rangabzeichen richtig deutete.

»Das muss ein Irrtum sein. Ich bin kein Soldat.«

»Doch, das sind Sie!«, behauptete eine Stimme auf dem Flur, und General Chao trat ein. »Mit sofortiger Wirkung sind Sie Leutnant bei den Luftstreitkräften der Schantung-Befreiungsarmee.«

»Wie komme ich zu der Ehre?«

»Der Oberkommandierende hat Sie dazu ernannt, also ich.«

»Aha. Und wie viele Angehörige haben die Luftstreitkräfte der Schantung-Befreiungsarmee?«

»Derzeit einen, Sie.«

Kopfschüttelnd stieg Erich aus dem Bett und unterdrückte eine leichte Übelkeit, die ihn beim Aufstehen befiel. Er wollte vor dem General keine Schwäche zeigen.

»Dann werden die Paraden meiner Truppen wenigstens überschaubar ausfallen«, sagte Erich.

Chao lachte laut.

»Der Witz ist gut, den werde ich mir merken.«

Es war ungewohnt für Erich, wieder für längere Zeit auf seinen eigenen Beinen zu stehen, und er war froh über Mengs Hilfe beim Ankleiden.

Als er Meng dafür dankte, sagte der General: »Gut, dass Sie beide miteinander auskommen. Dann wird Meng ab sofort als Ihr Bursche dienen und damit Angehöriger der Luftstreitkräfte sein. Sehen Sie, Leutnant Schweiger, so schnell wächst Ihre Streitmacht. Ach ja, ich habe Ihnen noch etwas mitgebracht.« Chao streckte einen Gehstock vor, den er bisher hinter seinem Rücken verborgen gehalten hatte. »Für Sie, Leutnant. Damit können Sie einstweilen wohl mehr anfangen als mit einem Offiziersdegen.«

»Wohl wahr«, sagte Erich und nahm den Stock dankend entgegen. »Übrigens vermisse ich meine Pistole. Da ich keine zu der Uniform gehörende Waffe sehe, wäre ich dankbar, wenn Sie mir meine Luger zurückgeben könnten.«

»Meinen Sie denn, Sie brauchen hier in Dairu eine Schusswaffe?«

»Gegenfrage, Herr General: Gibt es unter Ihren Offizieren einen, der keine Handfeuerwaffe trägt?«

»Da haben Sie allerdings recht. Also gut, Sie sollen Ihre Luger bekommen.« Chao wandte sich an Meng. »Sie bringen alles, was der Leutnant an Kleidung und Habseligkeiten benötigt, in sein neues Quartier, Soldat!«

Meng salutierte stolz und verließ mit schnellen Schritten den Raum.

»Was ist mein neues Quartier?«, fragte Erich.

»Ein Anbau neben dem Flugzeughangar, dann sind Sie nicht weit entfernt von Ihrer Arbeit.«

»Sie haben einen Flugzeughangar?«

»Aber ja, mir fehlt nur noch das Flugzeug. Diesem kleinen Problem werden Sie hoffentlich abhelfen.«

Erich griff nach der Schirmmütze, die zu seiner Uniform gehörte.

»Muss ich die auch aufsetzen?«

»Laut Vorschrift ja. Außerdem kann es hier in den Bergen sehr kühl werden.«

Mit einem leisen Seufzer setzte Erich die Mütze auf und griff nach dem Gehstock.

Sie verließen das Lazarett und traten ins Freie. Gierig sog Erich die frische Bergluft in seine Lungen und kniff gleichzeitig die Augen zusammen. Das ungewohnte Tageslicht blendete ihn. Zwar zogen über ihnen etliche Wolken dahin, aber sie waren nicht zahlreich und groß genug, um die Sonne länger zu behindern.

Als seine Augen sich an das Licht gewöhnt hatten, ließ er den Blick schweifen. Was er sah, war beeindruckend. Das Tal war viel, sehr viel größer, als er es sich vorgestellt hatte. An schnurgerade angelegten Straßen und Wegen, die sich im rechten Winkel trafen, standen teils mehrstöckige Häuser im chinesischen Stil. Uniformierte Einheiten zogen vorüber, ebenso zahlreiche Ochsenkarren, ein paar Lastkraftwagen und etliche Rikschaläufer mit ihren landestypischen zweirädrigen Transportmitteln.

»Dairu ist nicht nur ein Armeelager, es ist eine richtige

Stadt«, sagte General Chao, und ein gewisser Stolz schwang in seinen Worten mit. »Hier leben viele Menschen, die Zuflucht vor ungerechter Verfolgung suchen.«

»Ich nehme an, viele dieser Menschen dienen in Ihrer Armee.«

»Ja, und sie tun es gern. Sie wissen, dass sie für ihre Freiheit und die ihrer Familien kämpfen.«

»Vergessen Sie nicht den Kampf für die gerechte Sache und gegen die Feinde Chinas. Das waren, glaube ich, die Floskeln, mit denen Sie Meng in Ihre Armee gelockt haben.«

Chao maß ihn mit einem strafenden Blick.

»Sie sollten nicht spotten, ohne die hiesigen Verhältnisse genau zu kennen. Was Meng angeht, er zeigte schon im Lián-Hospital eine gewisse Neigung, die Uniform der Schantung-Befreiungsarmee anzuziehen. Ich musste ihn weder überreden noch überlisten. Haben Sie in Tsingtau nicht auch Ihr Leben gewagt, als Sie während der japanischen Belagerung Feindaufklärung geflogen sind?«

»Vielleicht haben Sie recht, General. Ich werde mich mit meinen Werturteilen über Ihre glorreiche Armee in Zukunft zurückhalten.«

Erich lenkte ein, weil er es sich mit dem Warlord nicht verderben wollte. Chao Li-Hu war der mächtigste Mann weit und breit, der Herr über Leben und Tod. Erich und alle anderen aus dem Tal der Lotosblumen waren von seinem Wohlwollen abhängig.

Das war auch einer der Gründe, weshalb er die Leutnantsuniform ohne Widerrede angezogen und sich bereit erklärt hatte, dem Warlord ein Flugzeug zu bauen – oder es zumindest zu versuchen. Ein anderer Grund war, dass Erich tatsächlich in seiner Schuld stand.

Chao nickte zufrieden.

»Wenn Sie länger hier sind, werden Sie merken, dass es viele Leute schätzen, in Dairu zu leben. Ganze Familien haben sich hier angesiedelt. Händler, Kaufleute und sogar Bauern. Ja, in einem fruchtbaren Seitental betreiben wir Ackerbau. Das deckt einen Teil der Vorräte meiner Armee ab. Übrigens haben sich bereits ein paar Familien nach den Waisenkindern aus dem Lián-Hospital erkundigt. Viele der Kinder werden demnächst ein neues Heim erhalten und vor allem neue Eltern.«

»Das ist gut«, sagte Erich. »Was ist mit den Patienten aus dem Lián-Hospital?«

»Sobald sie gesund sind, können sie sich aussuchen, ob sie hierbleiben wollen oder nicht. Im zweiten Fall wird eine Eskorte sie zurückbringen.«

»Sie haben scheinbar an alles gedacht.« Erich heftete seinen Blick auf Chao. »Wie stellen Sie sich die Zukunft Doktor Ehrmanns und seiner Mitarbeiter vor? Was passiert mit ihnen?«

»Ich habe Doktor Ehrmann versichert, dass er und seine Leute weiterhin als Angehörige des Chinesischen Roten Kreuzes betrachtet werden. Falls sie den Wunsch äußern, Dairu zu verlassen, werde ich mich dem bestimmt nicht entgegenstellen.«

»Gilt das auch für meine Frau?«

»Selbstverständlich. Warum auch nicht?«

Ohne auf die Gegenfrage einzugehen, erkundigte sich Erich: »Und gilt das auch für mich?«

Der General verzog seine Lippen zu einem dünnen Lächeln. »Sie sind kein Angehöriger des Chinesischen Roten Kreuzes, nicht wahr? Auch verdanke ich Ihnen nicht mein Leben. Wohingegen …«

Er ließ den Satz in der Luft hängen, aber Erich ergänzte ihn: »Wohingegen ich Ihnen mein Leben schulde, das wollten Sie doch sagen.«

»Sie haben es ja schon gesagt. Da Sie zudem noch die Uniform meiner Armee tragen, halte ich es durchaus für Ihre Pflicht, mir einen gewissen Dienst zu erweisen.«

»Indem ich Ihnen ein Aufklärungsflugzeug baue.«

»Einmal das. Außerdem sollten Sie die Pilotenausbildung übernehmen.«

»Und wenn ich das getan habe?«

»Dann, Herr Leutnant, sind Sie jederzeit frei darin, Ihre ehrenhafte Entlassung zu beantragen. Vielleicht, und das hoffe ich sehr, ziehen Sie es aber auch vor, die Uniform zu behalten und gegen die Japaner zu kämpfen, die Ihnen und Ihren Landsleuten Ihr schönes Tsingtau weggenommen haben. Vielleicht können wir es sogar Seite an Seite zurückerobern.«

»Zurückerobern, für wen? Für Ihre Landsleute oder für meine?«

»Es gibt hierzulande ein schönes Sprichwort, Herr Leutnant: Man soll das Fell des Tigers nicht zerteilen, bevor man ihn erlegt hat.«

Erich brach in ein kurzes Lachen aus.

»Das haben Sie sich wirklich nett ausgedacht, Herr General. In Wahrheit bin ich nichts anderes als ein Gefangener in Uniform.«

Chao legte seine Hände auf Erichs Schultern und blickte ihm tief in die Augen.

»Glauben Sie denn, ich bin etwas anderes? Meinen Sie, ich könnte meine Uniform einfach so ausziehen und davonspazieren? Jeder hat seine Aufgabe, und oft genug im Leben stellt diese sich ungefragt.« Er nahm die Hände herunter und atmete tief durch. »Kommen Sie jetzt, es gibt für Sie viel zu entdecken!«

Der General führte Erich durch sein Reich, vorbei an Unterkunftsbaracken und Lagerhäusern, an Werkstätten und Exerzierplätzen. Stolz wies Chao auf bestimmte Gebäude hin und darauf, dass die wichtigsten Sektionen durch ein Telefonnetz miteinander verbunden waren. Außerdem sorgten Generatoren für elektrischen Strom in ausgewählten Bereichen.

Erich prägte sich alles möglichst genau ein, musste aber immer wieder an das Gespräch mit Chao denken. Er fragte sich, ob der Warlord wirklich so offen und ehrlich zu ihm gewesen war, wie er sich gegeben hatte, oder ob er mit den Menschen aus dem Lián-Hospital noch andere Ziele verfolgte.

Woher dieses Misstrauen rührte, konnte er nicht einmal genau sagen. Vielleicht daher, dass mächtige Männer seiner Einschätzung nach bei allem, was sie taten und sagten, einen Hintergedanken hatten. Sonst wären sie niemals so mächtig geworden.

Möglicherweise spielte auch die gegenseitige Sympathie zwischen Helene und dem General eine Rolle. Möglicherweise? Nein, bestimmt war es so. Er musste sich eingestehen, dass er eifersüchtig war auf seinen Lebensretter.

Zwar hatte es den Anschein, als bevorzuge Helene Erich, aber in seinen Augen war Chao Li-Hu ein ernst zu nehmender Rivale.

Außerdem wurde Erich eine Angst nicht los. Er hatte Helene schon einmal verraten, sie hintergangen. Diese Tatsache, die Helene im Augenblick nicht zu beschäftigen schien, konnte bei ihr auch wieder in den Vordergrund treten.

Wer einmal lügt, dem glaubt man nicht, und wenn er auch die Wahrheit spricht. Den Satz hatte er schon als Kind von seiner Mutter gehört, wenn er etwas angestellt hatte und es nicht zugeben wollte. Wenn Helene sich an diese Volksweisheit erinnerte, konnte das leicht dazu führen, dass sie sich gegen ihn entschied.

Dann aber sagte er sich, dass er mehr Vertrauen zu Helene haben musste. Sie war eine großherzige Frau und klug genug, um nicht auf die simple Botschaft eines Sprichworts hereinzufallen. Wenn Helene ihm nicht verzeihen konnte, dann hatte er es vermutlich auch nicht verdient.

Auf dem weiteren Spaziergang mit General Chao sah Erich immer wieder Rekruten beim Drill: beim Marschieren, bei der Ausbildung am Bajonett oder beim Auseinandernehmen und Wiederzusammensetzen eines Gewehrs mit verbundenen Augen.

Auf einem abseits gelegenen Truppenübungsplatz ritt eine Abteilung Kavallerie eine schneidige Attacke gegen einen imaginären Feind.

Als die Kavalleristen an ihnen vorbeigesprengt waren

und die Luft nach von unzähligen Pferdehufen aufgewirbeltem Erdreich roch, fragte Chao: »Was sagen Sie, Leutnant Schweiger, ist dieser Platz groß genug für das Starten und Landen eines Flugzeugs?«

»Das müsste klappen, wenn es nicht gerade ein gänzlich unerfahrener Flieger ist. Der Iltisplatz in Tsingtau war noch etwas kleiner. Allerdings muss man die nahen Berge beachten, die für gefährliche Luftströmungen sorgen können. Das war in Tsingtau nicht anders.«

»Dann kennen Sie sich ja mit diesem Phänomen aus. Wenn Sie meine Piloten ausbilden, bin ich da ganz unbesorgt,« sagte Chao und führte Erich zu einer Ansammlung von Gebäuden am Rand des Übungsplatzes. »Ihr Wirkungsbereich, Herr Leutnant.«

Wie auf ein geheimes Kommando wurde das Tor des größten Gebäudes zur Seite geschoben, das zweifellos der von General Chao erwähnte Hangar war. Ein Trupp von sechs Soldaten trat davor in einer geordneten Reihe an, und einer der Männer, etwas älter schon und von eher kleiner Gestalt, erstattete dem General auf Chinesisch Meldung. Er ratterte alles so schnell herunter, dass Erich kaum ein Wort verstand.

»Wiederholen Sie Ihre Meldung auf Deutsch, Feldwebel Ma Cheung!«, befahl der General, ebenfalls in Erichs Muttersprache. »Sie sprechen die Sprache des Leutnants doch gut. Nicht zuletzt deshalb wurden Sie für Ihre Aufgabe ausgewählt. Und melden Sie dem Herrn Leutnant, der ab heute Ihr Vorgesetzter ist.«

Der chinesische Feldwebel salutierte vor Erich und sagte in einem sehr abgehackten, aber durchaus verständlichen

Deutsch: »Feldwebel Ma meldet: Die Abteilung Flugzeugbau ist vollzählig angetreten.«

Erich erwiderte den militärischen Gruß und sagte: »Danke, Feldwebel. Sagen Sie Ihren Männern, dass ich mich auf die Zusammenarbeit freue.«

Nachdem Ma Cheung Erichs Befehl ausgeführt hatte, sagte General Chao zu Erich: »Sehen Sie mal, jetzt haben Sie schon wieder sechs Untergebene mehr. Bald reicht es für die erste Truppenparade.« Er wurde wieder ernst und fügte hinzu: »Ich habe Feldwebel Ma nicht nur wegen seiner Deutschkenntnisse für diese Aufgabe ausgewählt. Er hat in Tsi nan fu als technischer Zeichner gearbeitet und dürfte Ihnen von daher eine große Hilfe sein. Das hoffe ich wenigstens.«

»Ganz sicher«, sagte Erich und rieb sich über das Kinn. »Aber was sucht ein technischer Zeichner aus der Provinzhauptstadt hier?«

»In der Schantung-Befreiungsarmee, meinen Sie? Es ist eine Geschichte wie so viele andere auch. Die Familie von Ma Cheungs Frau stammt aus dieser Gegend. Als er mit Frau und Kindern die Schwiegereltern besuchen wollte, haben Angehörige von Lin Gangs Armee den Zug überfallen und ausgeraubt. Rein zu ihrem Vergnügen haben sie Dinge mit den Passagieren angestellt, deren Beschreibung ich Ihnen ersparen möchte. Der Feldwebel hat schwer verletzt überlebt – als Einziger aus seiner Familie.«

Chao zeigte Erich seine neue, sehr geräumige Unterkunft, zu der auch ein großer Schreibtisch gehörte, und ging anschließend mit ihm durch den Hangar, in dem alle möglichen Materialien lagerten.

»Falls Sie noch etwas benötigen, Leutnant Schweiger, sagen Sie mir Bescheid. Das gilt auch, wenn Sie mehr Männer brauchen.«

»Ich fürchte, Ihre Luftstreitkräfte werden vorerst sehr gemächlich anwachsen, Herr General.«

Nachdem Chao sich verabschiedet hatte, sprach Erich mit Feldwebel Ma und erklärte ihm, welche Materialien er voraussichtlich benötigen würde und welche Vorbereitungen ansonsten zu treffen waren. Den Rest des Tages verbrachte er an seinem neuen Schreibtisch, wo er eine erste grobe Zeichnung anfertigte.

9

Das Flugzeug, das Erich zu bauen gedachte, war in weiten Teilen ein Duplikat des zerstörten *Adlers von Tsingtau*. Mit diesem Flugzeugtyp kannte er sich am besten aus. Da er kein gelernter Konstrukteur war, wäre es vermessen von ihm gewesen, sich an etwas anderem zu versuchen.

Hätte sein Freund Jakob Winterkorn jetzt hier sein können, wäre das etwas anderes gewesen. Jakob war mehr als Erich ein Theoretiker, ein Tüftler, der Visionen zu Papier brachte, nur um ihrer selbst willen. Von ihm stammte auch der erste Entwurf zu ihrem *Adler*, den sie beide dann gemeinsam vervollkommnet hatten.

Erich war der Mann für das Praktische. Statt sich tage- oder gar wochenlang an einem Schreibtisch damit abzumühen, eine Konstruktion zur – zumindest theoretischen – Perfektion zu bringen, bohrte, schraubte und hämmerte er lieber, baute er lieber mit seinen Händen ein Flugzeug zusammen und setzte sich anschließend hinein, um herauszufinden, ob es auch flog.

Ohne Jakobs Hilfe erschien es ihm am sinnvollsten, bei dem Bewährten zu bleiben, und das war der *Adler von Tsingtau*. Immerhin hatte Erich den *Adler* kürzlich repariert und wieder zusammengesetzt, nachdem die Japaner Jakob vom Himmel geholt hatten. Ein Flugzeug ganz neu zu bauen war allerdings noch einmal ein ganz anderes Unterfangen.

Nur bei einem neuen *Adler* durfte er davon ausgehen, in verhältnismäßig kurzer Zeit ein flugtaugliches Exemplar bauen zu können. Ein paar kleine Abweichungen wollte er aber schon anbringen, um Dinge zu ändern, die ihm beim Fliegen als verbesserungswürdig aufgefallen waren.

Er war so vertieft in seine Arbeit, dass er kaum mitbekam, wie der Tag dem Abend wich, als die Sonne hinter den Bergen verschwand. Fast automatisch schaltete er das elektrische Licht ein und widmete sich weiter dem geplanten Flugzeug.

Auch die Schritte und Stimmen, die sich irgendwann näherten, nahm er erst richtig wahr, als sie ganz dicht an der Tür zu seinem Quartier waren und jemand anklopfte.

»Nur herein!«, rief er gut gelaunt.

Je länger er am Schreibtisch saß, desto mehr machte ihm die Arbeit Spaß, und er begann, Jakob zu verstehen. Er hatte sich so sehr auf seine Skizzen konzentriert, dass es seine Bedenken, die er während der Führung durch Dairu gegen General Chao gehabt hatte, zumindest einstweilen vertrieben hatte.

Zwei Personen traten ein: der uniformierte Meng, der ein Tablett mit allerlei Tellern und Schüsseln trug, und Helene, die sich aufmerksam umsah.

Während Meng das Tablett auf einem großen Tisch abstellte, sagte Helene: »Hier hast du dich also verkrochen. Doktor Ehrmann ist gar nicht erfreut darüber, dass du dein Krankenbett auf eigene Faust verlassen hast.«

»Er meinte doch, etwas frische Luft sei gut für mich. Jedenfalls hat General Chao das gesagt.«

»Hier drin gibt es frische Luft?«, tat Helene verwundert. »Du hast nicht mal ein Fenster geöffnet.«

»Daran habe ich gar nicht gedacht. Die Arbeit, weißt du, Lene.«

Sie warf einen kurzen Blick auf seine Zeichnungen.

»Ich verstehe schon, dein Drang zum Fliegen ist wieder erwacht. Aber unterhalten wir uns beim Essen darüber. Ich habe Tao-Wei gebeten, uns ein paar Leckereien zusammenzustellen. Ich gehe doch recht in der Annahme, dass du noch nicht zu Abend gegessen hast?«

»Aber ja. Und jetzt spüre ich gerade, wie hungrig ich bin.«

Sie setzten sich an den Tisch, und Meng wollte sie bedienen.

»Mach Feierabend, Meng«, sagte Erich zu ihm. »Wir brauchen dich heute nicht mehr.«

»Falls doch, rufen Sie mich bitte, Herr Leutnant«, antwortete der frischgebackene Offiziersbursche. »Mein Quartier ist gleich in dem kleinen Anbau hinter Ihrem.«

Als Meng gegangen war, sagte Helene: »Sie haben heute eine steile Karriere gemacht, *Herr Leutnant*.«

Erich entging nicht, dass in ihren Worten Sarkasmus und auch ein gewisser Vorwurf mitschwang.

»Ich hatte keine Wahl, Lene. Das Flugzeug muss ich so oder so bauen. Als Offizier habe ich wenigstens einen gewissen Bewegungsspielraum, der uns noch nützlich sein kann. Besser so, als ein Gefangener zu sein – wenn es letztlich auch auf dasselbe hinausläuft.«

Helene runzelte die Stirn.

»Wie kommst du darauf, dass du ein Gefangener bist? Chao Li-Hu hat uns unsere Freiheit garantiert. Als Angehörige des Roten Kreuzes können wir diesen Ort jederzeit verlassen.«

»Ihr vielleicht, ich nicht«, sagte Erich und gab das Gespräch mit Chao wieder.

Als er damit fertig war, wirkte Helene richtiggehend erbost.

»Das kann Chao mit uns nicht machen, Erich. Wir lassen uns das nicht bieten. Schließlich hat er sein Wort gegeben!«

Erich blieb gelassen und verspeiste mit Genuss einen Brei aus Mais und anderen, ihm unbekannten Zutaten.

»Erstens hält sich Chao sehr genau an sein Wort. Das gilt nämlich für die Angehörigen des Roten Kreuzes, nicht für mich. Und zweitens kann er mit uns alles machen, was er will. Er hat mir heute gezeigt, dass er hier eine beeindruckende Streitmacht versammelt hat, mehrere Tausend Mann. Infanterie, Kavallerie und Artillerie. Tja, und bald wird er auch über ein Flugzeug verfügen. Glaub mir, Lene, es ist besser, wir spielen sein Spiel mit, solange wir auf ihn angewiesen sind. Andererseits …«

»Ja?«

»Ich schlage das nur ungern vor, aber es wäre vielleicht besser, wenn du mit Ehrmann und den anderen Dairu möglichst bald verlässt. Man kann nie wissen, was dem Herrn General noch so alles in den Sinn kommt.«

»Wir sollen dich hier zurücklassen?«

»Je länger ich darüber nachdenke, desto besser erscheint mir diese Lösung.«

»Das kommt gar nicht infrage!«, sagte Helene entschieden. »Du hast dein Leben mehr als einmal für mich und die anderen aufs Spiel gesetzt, da lassen wir dich doch nicht allein!«

»Aber allein habe ich gute Chancen, hier herauszukommen.«

»So? Wie denn?«

Erich sah zu seinem Schreibtisch hinüber, auf dem noch seine Zeichnungen lagen.

»Zum Beispiel mit diesem Flugzeug – sobald es fertig ist.«

»Ein Probeflug auf Nimmerwiedersehen?«

»Warum nicht?« Erich grinste. »Verlust der neuen Luftstreitkräfte um hundert Prozent, das wäre natürlich ein harter Schlag für General Chao und seine Schantung-Befreiungsarmee.«

»Aber einer, den er verdient hätte!«

»Nanu, Lene? Sag bloß, deine Sympathien für unseren Gastgeber haben sich verflüchtigt.«

»Sagen wir, ich sehe ihn gerade mit einem besonders kritischen Blick.«

»Dann bist du also mit meinem Plan einverstanden?«

»Nein. Vielleicht ist das eine Lösung für den Notfall. Aber bevor es so weit kommt, sollten wir zusammenbleiben.«

»Grundsätzlich habe ich nichts dagegen, mit dir zusammenzubleiben, Lene.« Erich sah ihr tief in die Augen. »Ich wünsche mir nichts mehr als das. Und ich wäre der glücklichste Mann auf Erden, wenn es auch dein Wunsch wäre.«

»Hast du denn noch nicht bemerkt, dass es längst auch mein Wunsch ist, Erich?«

Sie erhob sich, ging um den Tisch, beugte sich zu ihm hinunter und küsste ihn. Erich schloss die Augen und drückte sie fest an sich.

Für einen langen Augenblick vergaß er alle Ängste, ob Helene sich für ihn entscheiden würde. Er vergaß die Sorgen darüber, was Helene und die anderen aus dem Lián-Hospital erwartete. Er vergaß, dass sie sich in einem von Unruhen aufgewühlten Land befanden. Im Heerlager eines Warlords, der sich offenkundig zum Krieg rüstete. Er vergaß alle Gefahren, die ihnen drohten, und bildete sich fest ein, die Welt bestehe nur aus Helene und ihm.

»Bleib bei mir, bitte, Lene!«, flüsterte er in ihr Ohr. »Heute Nacht und für immer!«

»Heute Nacht geht es nicht«, sagte sie mit Bedauern. »Ich habe Dienst im Lazarett, und ich fürchte, ich muss mich beeilen. Sonst handle ich mir einen weiteren Anraunzer von Teng Wei ein.«

Erich zog sie noch einmal fest an sich und küsste sie.

»Dann komm bald wieder!«

»Das werde ich«, versprach sie und ging zur Tür, blieb aber davor stehen. »Eine Bitte habe ich noch, Erich. Kannst du dafür sorgen, dass Meng diese blödsinnige Uniform wieder auszieht. Ich mache mir wirklich Sorgen um ihn.«

»Meng hat die Uniform freiwillig angezogen. Ich war auch ganz überrascht, als ich ihn darin gesehen habe. Nach allem, was er mir gesagt hat, fürchte ich allerdings, dass er sie nicht freiwillig wieder ausziehen wird. Der Einzige, der ihn wieder zum Zivilisten machen könnte, ist wohl der General. Er kann Meng dazu zwingen, und er hat ihn auch erst dazu gebracht, ein Held sein zu wollen.«

»Dann werde ich mit dem General bei nächster Gelegenheit darüber sprechen«, sagte Helene entschlossen.

10

Die Gelegenheit zu einem Gespräch mit General Chao Li-Hu bot sich Helene gleich am folgenden Abend.

Überraschend hatte sie eine Einladung zum Abendessen mit ihm erhalten, die ihr ein Adjutant am frühen Nachmittag überbracht hatte. Der Adjutant sollte auf eine Antwort warten, und sie hatte die Einladung, ohne zu zögern, angenommen.

Nur wenn sie selbst mit Chao sprach, konnte sie mehr über seine Absichten herausfinden. Vielleicht gelang es ihr tatsächlich, Meng von seinem Armeedienst zu befreien. Mehr noch, sie erhoffte sich, auch ein gutes Wort für Erich einlegen zu können.

Sie hatte Erich heute noch nicht gesehen und ihm folglich auch nichts von der Einladung erzählt. Vielleicht war es besser so, dachte sie, als sie vor ihrem kleinen Spiegel stand und sich zurechtmachte. Sie tat es nicht, um den General als Frau zu beeindrucken, sondern um ihn leichter beeinflussbar für ihre Wünsche zu machen.

Jedenfalls sagte sie sich das.

Sie war gerade fertig mit der Toilette, als jemand an ihre Tür klopfte. Sie hatte einen Adjutanten des Generals erwartet, aber es war Dr. Ehrmann, der gerade von Erich kam, wie er erzählte.

»Wie geht es Erich?«, fragte sie.

Ehrmann nickte zufrieden.

»Die Arbeit tut ihm gut, solange er es nicht damit übertreibt.«

»Haben Sie ihm das auch gesagt?«

»Mit exakt diesen Worten. Er hat sich übrigens nach Ihnen erkundigt.«

»Was haben Sie ihm geantwortet?«

»Dass Sie ihn heute Abend nicht aufsuchen können, weil Sie dienstlich verhindert seien. Aber gern habe ich ihn nicht angelogen.«

»Es ist besser so, sonst regt er sich nur auf und hat noch eine schlaflose Nacht.«

»Die werde ich jetzt haben.«

»Aber, Herr Doktor, Sie halten General Chao doch nicht etwa für einen Unhold?«

»Ich weiß nicht recht«, brummte der Arzt. »Wenn ich ehrlich sein soll, war mir der Patient Kang lieber als der General Chao Li-Hu.«

»Der General war es, der uns in den Bergen gerettet und hier Unterschlupf gewährt hat.«

»Und wir waren es, die Kang im Lián-Hospital geholfen haben.«

»Vielleicht gelingt es mir ja, ein paar Schulden bei ihm einzutreiben«, hoffte Helene.

Fünf Minuten nach dem Gespräch mit Dr. Ehrmann erschien tatsächlich ein Adjutant des Generals, um sie abzuholen. Vor der lang gestreckten Wohnbaracke wartete ein Chauffeur mit einem schwarzen Automobil, um Helene und den Adjutanten zu General Chao zu bringen. Der residierte in einem streng bewachten Komplex an einem Berghang, einer Festung innerhalb der Festung.

Irgendwie hatte Helene erwartet, hier würde alles sehr spartanisch eingerichtet sein, militärisch zweckmäßig eben. Aber es war eher luxuriös, eine etwas überladene Mischung aus asiatischen und westlichen Einrichtungs- und Kunstgegenständen.

Der Adjutant führte sie über einen mit dicken Teppichen ausgelegten Gang, dessen Wände mit chinesischen Abbildungen verschiedener Land- und Seeschlachten geschmückt waren. Aus einer Tür am Ende des Ganges kam ihnen General Chao, der eine prunkvoll verzierte Uniform trug, entgegen. Er verabschiedete den Adjutanten mit einem knappen Dank und wandte sich dann Helene zu.

»Sie sehen bezaubernd aus, Schwester Helene. Ich freue mich sehr, dass Sie meine Einladung angenommen haben.«

»Ich bedanke mich für die Einladung und finde es an der Zeit, dass Sie die ›Schwester‹ weglassen, Herr General.«

»Im Lián-Hospital haben Sie darauf bestanden.« Er legte eine Pause ein und sah ihr tief in die Augen, bevor er hinzufügte: »Wenn auch nicht bis zuletzt.«

Weil Helene nicht wusste, wie sie auf den letzten Satz reagieren sollte, überging sie die Anspielung. »Seitdem ist sehr viel geschehen. Außerdem sind Sie nicht länger mein Patient und ich nicht Ihre Krankenschwester.«

»Was in gewisser Hinsicht bedauerlich ist«, sagte Chao Li-Hu mit einem Lächeln. »Also gut, ich schlage Ihnen einen Handel vor. Ich lasse die ›Schwester‹ weg, und Sie nennen mich endlich wieder ›Kang‹.«

»Ist das dem Oberbefehlshaber der Schantung-Befreiungsarmee gegenüber nicht im höchsten Maß respektlos?«

»Nicht, wenn es sich der Oberbefehlshaber der Schantung-Befreiungsarmee selbst wünscht.«

»Und warum wünscht er sich das?«

»Um die Distanz zwischen uns zu verringern, Helene. Eine Distanz, die es im Lián-Hospital nicht gegeben hat, auch wenn ich da die meiste Zeit über die ›Schwester‹ nicht weglassen durfte.«

»Haben Sie sich schon einmal überlegt, dass diese Distanz nicht nur durch Anreden geschaffen wird, sondern durch das, was Sie und ich sind?«

»Und was sind wir?«

»Ich bin eine einfache Krankenschwester und eine Fremde in diesem Land. Anders ausgedrückt: bedeutungslos. Sie sind der mächtigste Mann weit und breit, der Herr über Leben und Tod in diesem Teil Schantungs. Uns trennen Welten.«

»Die trennen uns nur, wenn wir das wollen und zulassen, Helene.«

Sie war verunsichert, was er bemerkte. Anders war es nicht zu erklären, dass er mit dem Thema abschloss und sie in einen anderen Raum der Zimmerflucht führte, in dem ein runder Tisch für zwei Personen gedeckt war.

Ein beeindruckender Kronleuchter hing über dem Tisch, und der ganze Raum hätte auch ein stilvoll eingerichteter Salon in Berlin oder Paris sein können, wären nicht einige asiatische Gegenstände und Wandbilder vorhanden gewesen.

»Sie erwarten keine anderen Gäste?«

Der General schüttelte den Kopf, während er Helene zu ihrem Stuhl geleitete.

»Der heutige Abend gehört ganz uns beiden. Sie sind ja viel beschäftigt, da muss ich es ausnutzen, dass Sie heute Zeit für mich haben.«

Helene musste lachen.

»Verzeihung, Herr General, aber ich kann mir nicht vorstellen, dass ich beschäftigter bin als Sie.«

Er warf ihr einen betont strengen Blick zu. »Nein, ich verzeihe Ihnen nicht. Jedenfalls nicht, wenn Sie mich nicht endlich Kang nennen.«

»Also gut, Kang. Hoffentlich untergrabe ich damit nicht Ihre Autorität.«

Sie ergingen sich weiter in zwangloser Plauderei, während die Ordonnanzen Champagner und ein mehrgängiges Menü auftrugen, das einem Nobelrestaurant in einer westlichen Metropole zur Ehre gereicht hätte.

»Eins steht fest«, meinte Helene, nachdem sie ein Stück köstlich zubereiteten Hummers genossen hatte. »Napoleon sind Sie nicht.«

»Wie darf ich das verstehen? Zweifeln Sie an meinen strategischen Fähigkeiten?«

»Aber nein, die kann ich gar nicht beurteilen. Aber es heißt doch immer, Napoleon habe im Feldlager das einfache Leben und auch das einfache Essen seiner Soldaten geteilt.«

Chao lachte laut.

»Im Feldlager schon, aber nicht in den Tuilerien, wenn er nach erfolgreichem Feldzug in die weichen Arme seiner

Josephine gesunken ist. Auch ich trinke Wasser und esse Hirsekekse, wenn ich mit meinen Soldaten im Feld bin.« Er hob sein Glas. »Aber ein Schluck guten Champagners dann und wann hilft einem doch, den Geschmacksunterschied zum Wasser nicht zu vergessen.«

»Eine fast schon philosophische Ausrede für die Völlerei«, fand Helene und hob ebenfalls ihr Glas. »Trinken wir also darauf, dass Sie den Champagner niemals vergessen, das Wasser aber niemals missen mögen!«

»Da ist viel Wahres dran«, sagte der General, nachdem er getrunken hatte. »Sie denken hoffentlich nicht, dass mir das Wohl meiner Soldaten nicht am Herzen liegt, nur weil ich dann und wann das gute Leben zu schätzen weiß.«

»Liegt es Ihnen denn sehr am Herzen, das Wohl Ihrer Soldaten?«

»Das tut es.«

»Das ist schön, ich habe nämlich in diesem Zusammenhang eine Bitte an Sie. Es geht um Meng, den Burschen meines Mannes. Ich mache mir große Sorgen um ihn, weil er sich unbedacht zu Ihrer Armee gemeldet hat. Es würde mich sehr beruhigen, wenn Sie ihn wieder entlassen würden.«

Der General wollte gerade den Champagner nachschenken, erstarrte aber mitten in der Bewegung und sah Helene erstaunt an.

»Das ist ein ungewöhnlicher Wunsch. Meng hat sich für vier Jahre verpflichtet und dafür auch die Prämie erhalten. Üblicherweise kann man beim Militär nicht einfach so kündigen wie im Handwerks- oder Kaufmannsbetrieb.

Aber weil ich Sie sehr schätze, Helene, und ich Ihnen gern den Wunsch erfüllen möchte, mache ich Ihnen einen Vorschlag. Wenn Meng um seine Entlassung bittet und die Prämie zurückzahlt, werde ich ausnahmsweise damit einverstanden sein.«

Helene erwiderte den Blick ihres Gastgebers und konnte dabei ihre Enttäuschung wohl nicht ganz verhehlen.

»Ich glaube nicht, dass Meng freiwillig um seine Entlassung bitten wird.«

»Dann kann ich in dieser Angelegenheit nichts weiter tun. Die einzige andere Möglichkeit wäre, den Rekruten Meng unehrenhaft zu entlassen. Aber warum? Er hat sich nichts zuschulden kommen lassen.«

Helene wollte nicht so schnell aufgeben.

»Sie haben ihn doch erst dazu gebracht, sich freiwillig zu melden, Kang.« Sie wählte bewusst seinen Spitznamen, um ihn ihrem Ansinnen gegenüber ein wenig aufgeschlossener zu machen. »Schon im Lián-Hospital haben Sie ihm diese Flausen von Heldentum und Kampf für eine gerechte Sache in den Kopf gesetzt.«

Offenbar war sie zu weit gegangen, wie sie an seinem abweisenden Gesichtsausdruck erkannte.

»Sie sollten Ihre persönlichen Maßstäbe nicht für allgemeingültig erklären!«, sagte er, und seine Stimme klang dabei wie klirrendes Eis. »In diesen Zeiten der inneren Unruhe und der äußeren Bedrohung ist die Schantung-Befreiungsarmee das einzige Bollwerk dieser Provinz gegen eine Willkürherrschaft. Meine Soldaten geben ihr Leben, um ihre Familien und Dörfer zu beschützen. Auch Sie und Ihre Freunde, Helene, werden von ihnen beschützt. Von ihrem Mut und von ihrem Blut. Das sollten Sie nicht vergessen!«

»Ich wollte Ihnen nicht zu nahe treten, General.«

»Kang.« Er lächelte wieder, von einer Sekunde zur anderen, als habe er sich eine Maske übergestülpt. »Einfach nur Kang, bitte!«

Er gab den Ordonnanzen einen Wink, und sie gingen hinaus, ließen Helene und ihren Gastgeber allein. Chao Li-Hu erhob sich, trat zu Helene und fiel zu ihrer völligen Überraschung vor ihr auf die Knie. Seine Hände umfassten ihre Rechte.

»Lass uns nicht streiten, Helene!«, sagte er in dem vertraulichen Tonfall, der zwischen ihnen in jener Nacht geherrscht hatte, als sie sich ihm hingegeben hatte. »Ich habe dich nicht eingeladen, um mit dir zu streiten.«

»Weshalb hast … haben Sie mich sonst eingeladen?«, fragte Helene, obwohl die Antwort offenkundig war.

Er hatte sie mit seiner plötzlichen Zutraulichkeit überrascht, und sie wollte Zeit gewinnen. Hätte sie sich auf ihn eingelassen, wäre von einem Moment auf den anderen alles, was sich seit jener Nacht im Lián-Hospital ereignet hatte, wie ausgelöscht gewesen. Aber dazu gehörten auch Erich und die neue Nähe, die seit seinem unerwarteten Auftauchen zwischen Helene und ihm entstanden war.

»Kannst du dir nicht denken, weshalb du hier bist, Helene?« Chao starrte sie mit seinen dunklen Augen an, als wolle er sie damit verschlingen. »Seit unserer gemeinsamen Nacht habe ich mich so nach dir gesehnt. Ich glaubte schon, dich niemals wiederzusehen, aber in den Bergen warst du plötzlich da, wie herbeigezaubert, als hätte das Schicksal uns zusammengeführt.« Sein Gesicht näherte sich ihrem. »Glaubst du nicht an das Schicksal?«

Helene fühlte sich hin- und hergerissen zwischen der Zuneigung, die sie noch immer für diesen Mann empfand, und der Stimme in ihr, die ihr sagte, das dies alles viel zu schnell ging und dass es Erich gegenüber unrecht war. Sie fühlte sich tief geschmeichelt, dass Chao sie auch jetzt noch begehrte. Ihr Herz klopfte wild, und sie stand kurz davor, sich ihm einfach hinzugeben. Aber etwas in ihr zögerte, den letzten Schritt zu tun.

Eine von Chaos starken Händen strich sanft über ihre Wange. »Warum antwortest du nicht, Helene? Ich spüre doch, dass du für mich genauso empfindest!«

Was dann geschah, enthob sie einer Antwort. In seine letzten Worte mischten sich Stimmen, laut und schrill, und mit einem heftigen Krachen wurde die Tür aufgestoßen, durch die Helene und Chao den Raum betreten hatten.

Eine Chinesin stürmte herein. Sie mochte in Helenes Alter sein oder auch schon die dreißig erreicht haben. So genau vermochte Helene es nicht zu erkennen, da die Frau stark geschminkt war. Sie trug ein elegantes Kleid europäischen Zuschnitts und hatte auch ihr pechschwarzes Haar nach westlicher Mode frisiert.

Hinter ihr kam der Adjutant, der Helene hergebracht hatte, eiligen Schrittes in den Raum.

General Chao erhob sich mit einer raschen Bewegung und heftete seinen Blick auf ihn.

»Was hat das zu bedeuten, Hauptmann Ting? Ich habe doch ausdrücklich gesagt, dass ich keine Störung wünsche!«

Ting machte einen unglücklichen Eindruck, als er mit leichtem Stottern sagte: »Es tut mir leid, Herr General, aber ich konnte sie nicht aufhalten. Sie ist wie ein Wirbelsturm an mir …«

»Hören Sie auf mit dem Gestammel«, winkte Chao ab. »Gehen Sie und schließen Sie die Tür hinter sich!«

Als der Adjutant dem nachgekommen war, wandte sich der General an die Chinesin, deren feindseliger Blick inzwischen auf Helene geruht hatte.

»Also, Juan-Lan, was hast du mir zu sagen?«

»Gibst du mir für so eine den Laufpass, Li-Hu?«, fauchte sie wie eine wütende Raubkatze und zeigte auf Helene. »Für so eine blasse … weiße …«

»Hüte deine Zunge!«

Chao hatte gar nicht mal laut gesprochen, aber mit einer deutlich vernehmbaren Schärfe, die ihre Wirkung auf die erboste Chinesin nicht verfehlte. Sie biss sich auf die Unterlippe und schwieg, aber aus ihren Augen flogen tausend tödliche Blitze in Richtung Helene.

»Ich habe Frau Schweiger zu einem Abendessen eingeladen, mehr nicht«, sagte Chao in einem sachlichen Ton.

»Aber Ihren Gatten hast du dabei wohl vergessen«, wagte die Chinesin einzuwerfen. »Der hätte sich wohl auch gewundert, wenn er gesehen hätte, wie du vor seiner Frau kniest und sie anschmachtest.«

»Er hat viel zu tun. Außerdem habe ich Frau Schweiger einen persönlichen Dank abzustatten. Einen Dank, der es durchaus rechtfertigt, vor ihr auf die Knie zu fallen.«

»Einen Dank, ach ja? Und wofür?«

»Sie hat mich gefunden, als Lin Gangs Männer mich

mit Kugeln durchsiebt hatten. Dank ihrer Hilfe wurde ich ins Lián-Hospital gebracht und dort operiert. Ohne Frau Schweigers Hilfe wäre ich wohl nicht mehr am Leben. Ich habe also allen Grund, ihr dankbar zu sein – und du damit auch.«

»Das habe ich nicht gewusst«, sagte die Chinesin kleinlaut. »Verzeih mir, Li-Hu, dass ich so eifersüchtig war.«

Er nickte ihr zu und sagte: »Du solltest lieber Frau Schweiger um Verzeihung bitten!«

Die Chinesin zögerte zehn, fünfzehn Sekunden, bevor sie sich an Helene wandte und sich leicht verneigte.

»Ich bitte Sie tausendmal um Entschuldigung. Es ist alles nur ein Missverständnis.«

Ihr Blick sagte etwas anderes. Nach wie vor sah sie Helene mit deutlicher Feindseligkeit an.

»Auch dich, Liebster, bitte ich, meine tausendfache Entschuldigung anzunehmen. Ich bin zutiefst betrübt über mein Fehlverhalten und darf mich hoffentlich entfernen.«

Sie drehte sich um und verließ den Raum in aufrechter, stolzer Haltung. Die Kälte, die mit ihrem Erscheinen den Raum erfüllt hatte, klang erst wieder ab, als Ting die Tür hinter ihr geschlossen hatte.

Aber ein beunruhigendes Gefühl blieb bei Helene zurück. Sie schien sich durch ihre bloße Anwesenheit eine Feindin fürs Leben geschaffen zu haben.

Chao wandte sich wieder Helene zu und sah sie betrübt an. »Entschuldige bitte diese unschöne Szene, Helene. Aber so ist sie nun einmal. Manche nennen Juan-Lan einen Drachen, andere eine reißende Tigerin.«

»Ist sie Ihre Gemahlin?«, fragte Helene vorsichtig.

»Das hätte sie wohl gern.« Er schüttelte heftig den Kopf. »Aber das wird niemals passieren!«

»Und weiß sie das schon?«

»Lass uns das Thema abschließen, bitte. Ich habe mich genug geärgert an diesem Abend, der eigentlich ein schöner werden sollte.«

»Erst über mich, weil ich mich für Meng verwendet habe, dann über Ihre … über Juan-Lan.«

»Das lässt sich doch nicht vergleichen.«

Helene spürte Müdigkeit in sich aufsteigen und gab sich keine Mühe, das zu verbergen. Der Zauber, der sich über sie gelegt hatte, als Chao vor ihr kniete, war verflogen. Sie konnte wieder klar denken, und sie wusste genau, dass es falsch war, wenn sie sich ihm hingab. Es würde nicht geschehen, jedenfalls nicht an diesem Abend. Sie musste sich erst über ihre Gefühle für Erich klar werden und darüber, was für ein Mann Chao wirklich war.

»Sie müssen mich entschuldigen, Kang, aber ich beginne, die Nachtschichten im Lazarett zu spüren. Auch wenn Sie sich noch einmal ärgern, möchte ich Sie bitten, dass wir unsere Konversation ein andermal fortsetzen.«

Falls er sich ärgerte, ließ er es sich nicht anmerken. Aber er benutzte plötzlich wieder das förmlichere »Sie«, als er erwiderte: »Ich bitte Sie, Helene, es ist mein Fehler. Ich hätte an Ihre Nachtschichten denken müssen, als ich Sie einlud. Beim nächsten Mal läuft hoffentlich alles harmonischer ab!«

Als Helene kurz darauf, begleitet von Hauptmann Ting, in dem schwarzen Automobil saß, das sie zurück zum Lazarettbereich brachte, fragte sie sich, ob sie einen Fehler begangen hatte. Hatte sie zu früh aufgegeben? Vielleicht hätte sie bei General Chao doch noch etwas erreichen können, für Meng oder für Erich. Zumal sie über Erichs Rolle als Flugzeugkonstrukteur gar nicht gesprochen hatten.

Aber um das zu erreichen, hätte sie auf Chaos Verlangen eingehen müssen. Nach dem Auftritt der wütenden Chinesin war Helene dazu noch weniger bereit gewesen. Letztlich würde sie wohl nie eine Antwort auf ihre Frage erhalten.

11

Als Helene am nächsten Morgen Dr. Ehrmann auf dem Weg zur Visite traf, schien er ihre Gedanken lesen zu können.

»Falls es nicht zu intim erscheint, Schwester Helene: Sie machen mir ganz den Eindruck, als sei es gestern Abend mit unserem Gastgeber nicht so gut gelaufen.«

»Wenn ich das jetzt abstreiten würde, würden Sie mir sowieso nicht glauben«, seufzte Helene. Sie erzählte ihm, welchen Verlauf das Dinner genommen hatte, ohne jedoch zu erwähnen, dass sie im Hospital in das Bett eines Patienten gestiegen war. Ihr Bericht endete mit dem unerwarteten Erscheinen der Chinesin. »Diese Frau hat uns beide vollends aus dem Konzept gebracht. Ich weiß zwar nicht, wer sie ist, aber sie scheint General Chao als ihr Privateigentum anzusehen.« Sie seufzte leicht. »Vielleicht war es ganz gut so. Wer weiß, welche Pläne Chao noch für den Abend hatte.«

Zwar wusste sie es, aber das wiederum musste ja Dr. Ehrmann nicht erfahren.

»Ich dachte, Sie nennen ihn jetzt wieder Kang.«

»Nur, wenn ich mit ihm spreche.«

»Vielleicht hatte er einfach nur den Plan, sich bei Ihnen zu bedanken.«

»Sie sagen das nicht, als wären Sie davon überzeugt, Herr Doktor.«

»Überzeugt bin ich von gar nichts. Ich halte etwas anderes allerdings für wahrscheinlicher.«

»Was wäre das?«

Ehrmann kratzte sich am Ohrläppchen und wirkte plötzlich sehr verlegen.

»Das wollen Sie nicht wirklich hören.«

»Vor allem will ich mir nicht den ganzen Tag Gedanken über Ihre möglichen Gedanken machen. Sagen Sie mir also bitte, was Sie meinen!«

»Nun, Sie sind eine sehr attraktive, selbstbewusste Frau. Glauben Sie nicht, dass Chao etwas für Sie empfindet? Und wenn wir schon dabei sind, ich hatte den Eindruck, umgekehrt sei das auch der Fall.«

Helene fragte sich plötzlich, ob ihr dieses morgendliche Gespräch auf dem Lazarettflur nicht etwas zu persönlich wurde. Aber für solche Bedenken war es jetzt zu spät. Sie selbst hatte es herausgefordert.

»Es stimmt, der General hat mich sehr beeindruckt, als er sich noch Kang nannte und Patient im Lián-Hospital war. Aber das war, bevor Erich erschienen ist.«

»Dann sind Sie sich endlich über Ihre Gefühle für Erich im Klaren?«

»Das bin ich, Herr Doktor. Ich war es wohl längst. Nur hatte ich Angst, es mir selbst einzugestehen. Ich hatte mir geschworen, mich nicht noch einmal so enttäuschen zu lassen.«

Als Helene in ihrem Bett gelegen hatte und der Schlaf nicht hatte kommen wollen, hatte sie viel Zeit zum Nachdenken gehabt. Über Chao Li-Hu und über Erich. Und über ihre Gefühle für die beiden. Das Pendel war eindeutig zu Erichs Gunsten ausgeschlagen. Mochte er sie in der Vergangenheit auch enttäuscht haben, jetzt schien er es wirklich ehrlich mit ihr zu meinen. Die offene Art, in der er ihr gegenüber auftrat, gefiel ihr sehr. Chao dagegen schien eine Menge Geheimnisse zu haben. Das unerwartete Erscheinen der Chinesin bestätigte diesen Eindruck.

»Wie ich Erich kennengelernt habe, wird er denselben Fehler nicht zweimal begehen«, sagte Ehrmann.

»Das weiß ich jetzt auch.«

»Das ist doch etwas Erfreuliches«, stellte der Arzt in einer Art fest, als sei er persönlich davon betroffen. »Aber Chao weiß noch nicht, dass er keine Chancen bei Ihnen hat, oder? Es wäre vielleicht nicht schlecht für uns, wenn er sich noch eine Weile um Sie bemühen würde.«

»Nein, er weiß es noch nicht. Aber er dürfte sich denken, dass der Auftritt dieser Juan-Lan gestern Abend seinen Absichten mir gegenüber, soweit er sie denn hat, nicht gerade förderlich sein dürfte.«

Vielleicht hatte sie ein wenig zu viel Schärfe in ihren Ton gelegt, jedenfalls sagte Ehrmann: »Höre ich da eine gewisse Verärgerung heraus? Vielleicht sind Sie sich doch nicht ganz im Klaren über Ihre Gefühle für den General?«

»Ich bin mir darüber im Klaren, dass meine Gefühle für Erich stärker sind. Das reicht doch wohl.«

»Aber Sie ärgern sich, dass Chao zwei Eisen im Feuer hat.«

Helene zog die Brauen hoch.

»Herr Doktor, ich muss mich über Ihre Ausdrucksweise wundern.«

»Habe ich nicht recht? Aber Sie dürfen nicht erwarten, dass ein Mann wie Chao Li-Hu lebt wie ein Mönch. Die Beziehung zu Juan-Lan dauert schon länger an, und sie hat für unseren Warlord auch ihre praktische Seite. Der Vater seiner, hm, Vertrauten betreibt ein florierendes Handelsunternehmen mit Hauptsitz in Tsi nan fu. Sein Wohlwollen hilft Chao, den Nachschub für seine Armee zu sichern.«

»Das alles wussten Sie schon längst?« Helene bemühte sich nicht, ihre Empörung zu verbergen. »Woher?«

»Ich halte einfach meine Ohren offen.«

»Sie hätten mich zumindest vor dieser Furie warnen können.«

»Ich wusste ja nicht, dass Juan-Lan in Ihre traute Zweisamkeit mit dem General platzt.«

»Trotzdem hätten Sie mich warnen können!«

»Das hätte Sie nur verunsichert und gegenüber Chao eingenommen.«

»Na und? Wollen Sie uns etwa verkuppeln? Eben erst schienen Sie noch froh darüber, dass ich mich für Erich entschieden habe.«

»Das bin ich auch. Aber ich sagte Ihnen bereits, dass es unserer Situation hier nützen kann, wenn General Chao sich weiterhin Hoffnungen auf Sie macht.«

Diese Aussage Dr. Ehrmanns ging Helene in den folgenden Tagen nicht aus dem Kopf, schien sich doch genau das Gegenteil zu erweisen. Helene bemerkte eine zunehmende

Feindseligkeit der Menschen ihr gegenüber, die sie sich zunächst nicht erklären konnte.

Bis ihr die alte Fang etwas mitteilte, was sie von einer Wäscherin aufgeschnappt hatte. Offenbar betrieb Juan-Lan gehörig Propaganda gegen Helene, indem sie die vermeintliche Rivalin als »weiße Hexe« bezeichnete. Sie warf Helene vor, die Patienten im Lazarett zu verhexen und mit ihren »westlichen Hexenkünsten« auch vor Chao Li-Hu nicht haltzumachen. Dazu passte, dass die Chinesin sich in der Öffentlichkeit – im Gegensatz zu früher, wie Helene ebenfalls von Fang erfuhr – nur noch in traditioneller chinesischer Kleidung zeigte.

Als Helene mit Dr. Ehrmann darüber sprach, machte der ein besorgtes Gesicht.

»Ich befürchte auch, dass sich über uns etwas zusammenbraut. Sobald Erich dem General sein Flugzeug gebaut und die Piloten ausgebildet hat, sollten wir sehen, dass wir Dairu verlassen. Teng Wei tritt immer selbstbewusster auf, und sein Einfluss auf die einfachen Soldaten scheint groß zu sein. Einige haben sich schon geweigert, sich von mir behandeln zu lassen. Zunächst dachte ich, dass Teng Wei eine große Abneigung gegen mich hat, aber inzwischen weiß ich, dass es mehr ist. Würde es nicht so dramatisch klingen, würde ich es als blanken Hass bezeichnen.«

»Aber er ist doch machtlos gegen Sie, Herr Doktor. Sie sind der Leiter des Lazaretts.«

»Ich bin auch ein Fremder, und Teng Wei ist ein Chinese. Er kennt die Menschen hier und weiß, wie er sie beeinflussen kann.«

»So wie auch Juan-Lan die Menschen in ihrem Sinne beeinflusst«, seufzte Helene.

»Ganz genau. Es sollte mich übrigens nicht wundern, wenn Teng Wei und Juan-Lan gemeinsame Sache machen. Bei der Truppenparade gestern saßen sie nebeneinander auf der Tribüne und haben mehr als einmal ihre Köpfe zusammengesteckt.«

»Gemeinsame Sache, zu welchem Zweck?«, fragte Helene.

»Zu dem Zweck, uns beide loszuwerden. Vielleicht sollten wir diesen nur scheinbar so gastlichen Ort so bald wie möglich verlassen, und Erich kommt nach, wenn er so weit ist.«

»Gehen Sie nur, Herr Doktor, und nehmen Sie die anderen mit, aber ich bleibe bei Erich!«

Sie hatte das in einem Ton verkündet, der keinen Widerspruch duldete.

»Ich weiß nicht, ob Ihre Entscheidung richtig ist, Helene, aber ich habe nichts anderes von Ihnen erwartet. Selbstverständlich lasse ich Sie ebenso wenig im Stich wie Sie Erich.« Er lächelte schwach, wie um ihr und sich selbst Mut zu machen. »Schließlich bin ich verantwortlich für meine beste Mitarbeiterin.«

Am Abend dieses Tages nahm Helene ihr Essen bei Erich ein, der Dr. Ehrmanns Bedenken teilte.

»Rudolf hat vollkommen recht. Je eher ihr euch in Sicherheit bringt, desto besser. Um mich mach dir mal keine Sorgen. Ich komme hier schon hinaus. Ich bin auch aus Tsingtau herausgekommen.«

»Du solltest General Chao nicht unterschätzen, Erich. Er ist ein schlauer Fuchs, und er könnte vorausahnen, was dich bewegt. Was ist, wenn er dir gar keine Gelegenheit gibt, dich allein mit dem neuen Flugzeug in die Luft zu erheben?«

»Dann muss ich halt für eine Gelegenheit sorgen.«

Sie schüttelte so heftig den Kopf, dass ihre Locken hin und her flogen.

»Das kommt gar nicht infrage, Erich. Ich werde dich nicht verlassen – nicht noch einmal!«

»Das ist gut.« Er lächelte auf einmal schelmisch. »Ich habe mich nämlich erkundigt: Heute hast du keine Nachtschicht.« Er stand auf, ging um den Tisch herum und schlang die Arme von hinten um sie. »Komm mit!«

»Wohin?«, fragte Helene, obwohl sie die Antwort ahnte, nein, wusste.

Er blickte zu der Schlafzimmertür seines Quartiers.

Lächelnd stand Helene auf, wehrte es aber ab, als Erich sie auf die Arme nehmen wollte wie eine Braut, die man über die Schwelle trägt.

»Was hast du, Lene?«

»Du solltest dich nach der Operation nicht zu stark belasten.« Sie küsste ihn. »Heb dir deine Kraft lieber für das auf, was hinter der Tür liegt.«

»Wie habe ich mich geschlagen?«, fragte Erich, als sie erschöpft in seinem zerwühlten Bett lagen und jeder in dieser kühlen Nacht die Nähe des anderen suchte.

»Für einen Genesenden nicht schlecht«, antwortete Helene in einem Ton, als sei nichts Besonderes gewesen.

»Wenn du noch eine Weile übst, wird es ganz brauchbar sein.«

»Ach ja? Und mit wem soll ich üben, damit ich deinen hohen Ansprüchen genüge? Vielleicht mit Juan-Lan?«

Als Erich den Namen der Chinesin aussprach, konnte er ein Kichern nicht ganz unterdrücken.

Helene richtete sich halb auf und wedelte mit dem ausgestreckten Zeigefinger vor seinem Gesicht.

»Untersteh dich, mich mit dieser … dieser Frau aufzuziehen, sonst tue ich es ihr nach und werde zur Furie!«

»Zur Furie?« Er blickte sie interessiert an. »Die Seite von dir kenne ich noch gar nicht. Da würde sich das Wagnis fast lohnen.«

»Glaub mir, wenn du Juan-Lans Auftritt neulich miterlebt hättest, würdest du auf diese Erfahrung gern verzichten. Ich frage mich, wie Chao Li-Hu es mit ihr aushält.«

»Vielleicht kann sie ganz anschmiegsam sein, wenn sie ihren Liebsten nicht gerade mit einer anderen Frau beim trauten Dinner zu zweit antrifft.«

»Du scheinst dich in Gedanken ja intensiv mit ihr zu beschäftigen.«

Erich wurde auf einen Schlag ernst und brachte sein Gesicht ganz nah an ihres.

»Es gibt nur eine Frau, mit der ich mich intensiv beschäftige, und die liegt zu meinem großen Glück hier neben mir. Und wenn eine gute Fee mir einen Wunsch erfüllen wollte, dann den, dass ich noch viele Nächte wie die heutige erlebe – Nächte mit dir, Lene!«

»Dann sollten wir zusehen, dass wir Dairu so schnell wie möglich verlassen.«

»Ich arbeite von früh bis spät, und in Ma Cheung habe ich einen begabten Helfer. Mit etwas Glück kann der *Drache von Schantung* in einer Woche zu seinem Probeflug aufsteigen.«

»Der *Drache von Schantung*? Wer hat sich denn das ausgedacht?«

»Niemand Geringerer als der berühmte General Chao Li-Hu persönlich.«

»Na ja, Hauptsache der Vogel – Pardon, der *Drache* – fliegt.«

»Das wird er, Lene, verlass dich drauf!«

Sie nickte, um ihr Vertrauen in seine Fähigkeiten als Flugzeugkonstrukteur zu bekräftigen, und schwieg dann eine Weile.

Bis Erich fragte: »Was beschäftigt dich, Lene?«

»Woher weißt du, dass mich etwas beschäftigt?«

»Ich höre förmlich, wie du nachdenkst.«

»Du hast ein gutes Gehör. Es geht um die Waisenkinder. Viele von ihnen sind in den vergangenen Tagen von Familien, die hier in Dairu leben, aufgenommen worden. Nur Ah-Kum und ein paar andere warten noch darauf, neue Eltern und Geschwister zu finden.«

»Es ist gut, wenn sie endlich neue Familien gefunden haben.«

»Schon. Weniger gut ist jedoch der Umstand, dass die Jungen in ein paar Jahren vielleicht willige Rekruten in Chaos Armee sein werden, so wie Meng.«

»Vielleicht sind die Unruhen bis dahin längst vorbei und in China herrschen wieder geordnete Verhältnisse. Dann sind auch die Warlords mit ihren Armeen Geschichte.«

»Vielleicht, vielleicht auch nicht. Aber das ist nicht der Punkt, über den ich mit dir reden wollte.«

Erich lächelte wissend.

»Lass mich raten. Ist der Punkt, über den du mit mir reden wolltest, vielleicht so groß« – er zeigte, vom Boden aus gemessen, mit der Hand die Größe eines ungefähr fünfjährigen Kindes an – »kann mit seinem Blick einen Stein erweichen und trägt meistens einen braunen Plüschteddy im Arm?«

»Bist du Hellseher?«, fragte Helene verblüfft.

»Im Nebenberuf.«

Sie stieß einen schweren Seufzer aus. »Es geht um Ah-Kum und um die Frage …«

»Ja«, sagte Erich nur.

»Was heißt das?«

»Die Antwort auf deine Frage lautet Ja. Und Rudolf, dem die Fürsorge für die Waisenkinder ja obliegt, ist auch einverstanden. Ich habe schon vor zwei Tagen mit ihm gesprochen.«

»Vor zwei Tagen. Aber da wusste ich selbst noch nicht …«

»Du wusstest es ganz sicher schon«, unterbrach Erich sie. »Du hattest nur noch nicht den Entschluss gefasst, mit mir darüber zu sprechen.«

Helene beugte sich über ihn und küsste ihn, lange und innig.

»So einen wie dich gibt es nicht zweimal, Erich. Ich bin sehr glücklich!«

»Worüber genau?«

»Über dich, über uns. Und über unsere Tochter.«

»Moment, wir müssen sie erst noch fragen.«

»Natürlich. Aber du glaubst doch nicht, dass Ah-Kum Nein sagen wird?«

»Ich glaube nicht, dass sie das tun wird. Aber für ihr Alter macht sie sich erstaunlich viele Gedanken. Vielleicht liegt das an dem, was sie in der Vergangenheit erlebt hat. Auf jeden Fall scheint sie mir reifer zu sein als andere Kinder in ihrem Alter. Der Teddy sollte einen da nicht täuschen. Sie hat ihre eigenen Ansichten, und die gedenke ich zu respektieren.«

»Wir werden sie fragen, wenn es so weit ist«, sagte Helene und fügte voller Zuversicht hinzu: »Und sie wird Ja sagen.«

12

Am nächsten Morgen schienen sich General Chao Li-Hus Truppen in einiger Unruhe zu befinden. Berittene Patrouillen sprengten durch die Straßen, und viele Gebäude wurden durchsucht.

Als Erich sich darüber wunderte, trug Feldwebel Ma Cheung, mit dem er im Hangar an dem Flugzeug arbeitete, ihm das Gerücht zu, dass in der letzten Nacht gleich mehrere Soldaten desertiert seien. Genaues wisse er nicht, aber es sollten sich auch einige Offiziere unter den Deserteuren befinden.

»Es heißt, General Chao ist sehr erbost darüber und hat auf die Ergreifung jedes Deserteurs hundert mexikanische Dollar ausgesetzt. Wenn es ein Offizier ist, sogar fünfhundert Dollar. Tot oder lebendig.«

»Das ist richtig, Feldwebel«, sagte eine Stimme vom offenen Hangartor her. »Leider werden Sie bei Ihrer Arbeit kaum Gelegenheit haben, sich eine der Kopfprämien zu verdienen. Aber das soll Sie nicht davon abhalten, fleißig zu sein.«

Ma Cheung hätte vor Schreck fast seinen Hammer fallen gelassen und fuhr, wie auch Erich, zu dem Tor herum. Dort stand Chao Li-Hu, in seinen pelzkragenbesetzten Ledermantel gehüllt und eine Pelzmütze mit seinen Rangabzeichen auf dem Kopf. Er zog an einer Zigarette und genoss es sichtlich, den Rauch zu inhalieren.

Begleitet wurde er von einem Adjutanten und mehreren Männern seiner Leibwache. Diese rekrutierte sich aus Soldaten, die ihre besondere Ergebenheit gegenüber ihrem General bereits mehrfach bewiesen hatten. Erkennbar waren sie an einer blauen Armbinde. Heute sahen sie noch grimmiger drein als sonst, und ihre wachsamen Blicke wanderten unablässig hin und her.

»Guten Morgen, Herr General«, sagte Erich, salutierte aber trotz seiner Uniform und seines Leutnantsrangs nicht. »Suchen Sie die Deserteure hier im Hangar? Mit dem Flugzeug können sie jedenfalls nicht entschwinden. Ganz so weit sind wir noch nicht.«

Der Warlord stieß den inhalierten Rauch in mehreren Kringeln in die kühle Morgenluft.

»Entschwunden sind sie wahrscheinlich schon. Sie kennen sich hier in den Bergen gut aus. Mehrere Angehörige meiner Kundschafterabteilung zählen zu ihnen. Außerdem ist ein alter Bekannter von Ihnen dabei, Leutnant Schweiger.«

»Von mir? Wen sollte ich hier kennen?«

»Zum Beispiel den Soldaten Tsai Ju.«

Erich musste nicht lange überlegen, den Namen hatte er sich gemerkt.

»Der Hauptmann, den Sie degradiert haben, als er Helene …«

»Den meine ich.« Chao stieß noch ein paar Rauchkringel aus und blickte ihnen versonnen nach. »Ich hätte diesen Hund doch auf der Stelle erschießen sollen.«

»Sie werden ihn und die anderen schon wieder einfangen.«

»Da bin ich mir leider nicht so sicher. Wie gesagt, die Kundschafter kennen sich gut aus, auch auf den kleinen, versteckten Wegen.« Der General machte eine wegwerfende Handbewegung. »Lassen wir das. Ich bin gekommen, um mich über den Fortschritt Ihrer Arbeit zu informieren. Das ist hoffentlich ein erfreulicheres Thema als die Deserteure.«

Er wollte den Hangar betreten, aber Erich streckte abweisend die Hand aus.

»Halt, General, keinen Schritt weiter!«

Chao blieb abrupt stehen, und seine alarmierten Wachen brachten ihre Karabiner in Anschlag.

Erich bemerkte, dass mehrere Waffen auf ihn gerichtet waren. Nach der Sache mit den Deserteuren vermuteten die Wachen des Generals vermutlich überall Verräter und potenzielle Attentäter.

»Sie sollten nicht mit brennender Zigarette in den Hangar kommen, General Chao«, erklärte Erich seine Warnung. »Hier lagert genügend Benzin, um Ihren *Drachen von Schantung* gleich mehrmals zu verbrennen, bevor er sich zum ersten Mal in die Luft erhoben hat.«

»Natürlich, wie dumm von mir.«

Chao schleuderte die Zigarette auf den Boden vor der Flugzeughalle und trat sie mit dem Stiefelabsatz aus. Anschließend betrat er mit dem Adjutanten und einigen Wachen den Hangar. Zwei weitere Wachen blieben draußen zurück, und der Adjutant befahl ihnen, die Augen offen zu halten.

Vor dem Flugzeug, das äußerlich dem *Adler von Tsingtau* glich, blieb der General stehen, verschränkte die Hände auf dem Rücken und betrachtete es versonnen.

»Das ist er also, der *Drache von Schantung.*« Er nickte leicht. »Beeindruckend. Auf mich wirkt er absolut flugbereit. Kann er nicht jetzt schon starten und einen Probeflug über Dairu durchführen?«

Plötzlich ahnte Erich, was Chao Li-Hu hergeführt hatte, und er fragte: »Meinen Sie wirklich einen Probeflug, Herr General, oder einen Aufklärungsflug, um die Deserteure aufzuspüren?«

»Das eine lässt sich mit dem anderen gut verbinden, denke ich.«

»Wenn der *Drache* bereits flugtauglich wäre, dann wohl. Die äußere Konstruktion ist zwar abgeschlossen, aber an der Steuerung müssen wir noch arbeiten.« Erich sah seinen fleißigen Assistenten an. »Nicht wahr, Feldwebel Ma Cheung?«

Der Feldwebel sah Chao Li-Hu an und sagte: »Es ist so, wie Leutnant Schweiger sagt, Herr General. Die äußere Konstruktion ist abgeschlossen, aber noch ist der *Drache von Schantung* höchstens sehr eingeschränkt flugtauglich.«

Chao wurde hellhörig. »Dann kann er also doch schon fliegen?«

»Vermutlich könnte man ihn schon in die Luft bringen«, sagte Erich. »Aber es ist unwahrscheinlich, dass der *Drache* wieder in einem Stück herunterkommen würde.«

Der General warf einen fragenden Blick auf den Feldwebel, und der – offenbar nicht gewillt, seinen Kommandeur ungefragt anzusprechen – nickte mehrmals.

Wieder an Erich gewandt fragte Chao: »Wie lange benötigen Sie noch?«

»Eine Woche.«

»Gut, die haben Sie. Aber dann erwarte ich, nicht nur ein prächtiges Flugzeug hier vorzufinden, sondern eins, das auch fliegt!«

Am Abend dieses Tages waren Erich und Helene bei Dr. Ehrmann zum Essen eingeladen, und Erich erzählte bei dieser Gelegenheit von General Chaos Besuch.

»Das war alles andere als ein Freundschaftsbesuch«, schloss er. »Obwohl der General sich äußerlich gelassen gab, wirkte er nervös.«

»Wahrscheinlich nagt die nächtliche Desertion an seinen Nerven«, meinte Helene.

»Bestimmt ist es so«, sagte Ehrmann. »In jeder Armee gibt es Deserteure, aber wenn gleich mehrere Offiziere auf einmal verschwinden, ist das etwas anderes. Das kann die Moral der gesamten Truppe untergraben. Offenbar sind doch nicht alle seine Männer davon begeistert, für die Freiheit Schantungs zu kämpfen.«

»Wahrscheinlich will er deshalb, dass der *Drache* sich möglichst bald in die Lüfte schwingt«, sagte Erich. »So ein Ereignis ist geeignet, die allgemeine Moral wieder anzuheben.«

»Und?«, fragte Helene. »Kriegst du und dein fleißiger Feldwebel das in einer Woche hin?«

Erich nickte zuversichtlich.

»Da mache ich mir keine Sorgen.«

»Du siehst aber besorgt aus«, fand Helene.

»Ich muss den ganzen Tag schon an diesen degradierten Hauptmann denken, Tsai Ju. Er dürfte auf uns nicht gerade gut zu sprechen sein. Es gefällt mir gar nicht, dass er nicht länger unter Chaos Kontrolle steht.«

»Was kann er schon tun?«, erwiderte Helene. »Wir sind in Dairu, und er hat die Stadt verlassen.«

»Wir wollen sie auch bald verlassen, Lene.«

»Dann ist Tsai Ju bestimmt schon über alle Berge, und das im wahrsten Sinne des Wortes. Er wird kaum hier in der Gegend herumlungern, wo ihn Chaos Truppen wieder einfangen könnten. Auf Desertion steht hier die Todesstrafe, soweit ich weiß.«

»Das stimmt«, sagte Ehrmann. »Die Todesstrafe für Deserteure ist wohl in allen Armeen dieser Welt ein hilfreiches Mittel, um die Bereitschaft ihrer Soldaten zu fördern, für die sogenannte *gerechte Sache* zu kämpfen.«

Zwei Tage später ging wie ein Lauffeuer die Nachricht durch Dairu, dass einer der ausgesandten Suchtrupps vier Deserteure eingefangen habe. Die vier Männer wurden noch am selben Tag vor ein Erschießungskommando gestellt und hingerichtet.

Tsai Ju war nicht unter ihnen, wie Erich hinterher zu seinem Bedauern erfuhr.

Wahrscheinlich war dieses ungewisse Gefühl der Bedrohung, das ihn bei dem Gedanken an den frei da draußen herumlaufenden Exhauptmann beschlich, nichts als reine Einbildung. Kein Wunder, hatte der Mann doch Helene um ein Haar vergewaltigt und Erich durch einen seiner Männer an den Rand des Todes gebracht. Gleichwohl hätte er ruhiger geschlafen, hätte er gewusst, dass Tsai Ju gefangen oder tot war.

Weitere Nachrichten über die Jagd nach den Deserteuren wurden nicht publik, woraus Erich schloss, dass Chaos menschliche Spürhunde nicht mehr als jene vier Männer eingefangen hatten. Wäre es anders gewesen, hätte der General es sich wohl nicht entgehen lassen, das propagandistisch auszuschlachten.

Erich versuchte, sich mit der Arbeit an General Chaos *Drachen* von seinen düsteren Gedanken abzulenken. Das Flugzeug musste sieben Tage nach dem unerwarteten Besuch des Generals flugfähig sein, denn für diesen Tag hatte Chao den Jungfernflug angesetzt.

Mit Pauken und Trompeten, das konnte man ohne Übertreibung sagen. Denn zur Feier dieses Ereignisses sollte es auf dem großen Truppenübungsplatz, der künftig auch der Flugplatz von Dairu sein sollte, eine Truppenparade und ein Konzert des »Musikkorps der Schantung-Befreiungsarmee« geben. So stand es auf den Flugblättern, die überall verteilt wurden.

Eins dieser Flugblätter hatte ein Adjutant des Generals bei Erich abgegeben, und Chao Li-Hu hatte in akkurater Handschrift und in deutscher Sprache hinzugefügt: »Ich baue darauf, dass Sie mich nicht enttäuschen werden, Leutnant Schweiger.«

»Schlechte Nachrichten, Herr Leutnant?«, fragte Feldwebel Ma, als Erich die Botschaft des Generals gelesen hatte und das Flugblatt sinnend in der Hand hielt. »Ich hatte gehofft, der Adjutant bringt gute Nachrichten.«

»Unser Oberbefehlshaber lässt mich wissen, dass es besser für mich ist, wenn unser Prunkstück hier sich zum vorgesehenen Termin auch wirklich in die Luft erhebt.«

Das Antlitz des Feldwebels wurde um einige Nuancen blasser.

»Der *Drache* wird doch fliegen, oder?«, fragte er zweifelnd.

»Theoretisch müsste er es. Die Praxis ist aber immer eine andere Geschichte.« Als Erich das Erschrecken auf Ma Cheungs Gesicht sah, fügte er hinzu: »Falls etwas schiefgeht, werde ich die Verantwortung ganz allein auf mich nehmen.«

Ma Cheung wirkte ein wenig erleichtert. »Sie sind ein guter Vorgesetzter, Herr Leutnant.«

»Hauptsache, ich bin auch ein guter Flugzeugkonstrukteur. Mein Freund Jakob fehlt mir bei der Sache doch sehr.«

»Wo ist er?«

»Vermutlich noch im Lazarett in Tsingtau. Oder schon in einem Gefangenenlager in Japan. Die Japaner haben ihn bei einem Aufklärungsflug abgeschossen.«

»Sehr gefährlich, dieses Fliegen, sehr gefährlich«, fand Ma. »Ich bin froh, dass ich nur technischer Helfer bin, kein Pilot.«

Erich ließ eine Hand sanft über die linke Tragfläche des Eindeckers gleiten.

»Fliegen ist wunderschön. Es gibt nur eine Sache auf der Welt, die noch schöner ist.«

»Welche?«, fragte der Chinese interessiert.

»Mit der Frau zusammen zu sein, die man liebt.«

»Das ist wahr.«

Ma Cheungs Blick verklärte sich und schien etwas zu betrachten, was jenseits der Hangarmauern lag. Erich wurde bewusst, dass er ein für den Feldwebel heikles Thema angeschnitten hatte. Wahrscheinlich dachte er an seine ermordete Familie.

»Ich bitte Sie um Entschuldigung, Feldwebel Ma. Meine letzte Bemerkung war taktlos und wohl sehr schmerzlich für Sie.«

Der Blick des Feldwebels kehrte ins Hier und Jetzt zurück, und seltsamerweise huschte ein Lächeln über sein Gesicht.

»Sie waren nicht taktlos, Herr Leutnant, Sie haben bloß die Wahrheit gesagt. Nur die schönen Erinnerungen sind mir von meiner Frau und den Kindern geblieben. Ich denke oft an sie, nur an die guten Zeiten, und in diesen Momenten bin ich wieder sehr glücklich.«

Sie arbeiteten weiter und überprüften das Höhenruder, bis der Feldwebel wie aus heiterem Himmel sagte: »Vielleicht sollten Sie einen heimlichen Probeflug unternehmen, Herr Leutnant, einen Probeflug für den Probeflug. So könnten wir mögliche Fehler noch rechtzeitig abstellen.«

»Auf keinen Fall!« Erich schüttelte entschieden den Kopf. »Erstens lässt sich das nicht heimlich bewerkstelligen. Zweitens würde es Chao Li-Hu nicht erlauben, weil dann der offizielle Probeflug nichts Besonderes mehr wäre und seine Wirkung für den Aufbau der Moral seiner Soldaten verpuffen würde. Drittens ist das Risiko zu groß, dass etwas kaputtgeht, sei es auch nur bei Start oder Landung. Größere Reparaturen könnten in der kurzen und verbleibenden Zeit schwierig werden. Nein, das schlagen wir uns lieber gleich wieder aus dem Kopf. Wir müssen uns mit ausgiebigen Motortests begnügen, auf dem Boden.«

Alle Tests fielen zufriedenstellend aus, und Erich sah dem groß angekündigten Jungfernflug des *Drachen von Schantung* zuversichtlich entgegen.

13

Der leichte Regen des Vormittags hatte sich verzogen, und die Sonne brach durch die Wolken. Aufmerksam schritt Erich die Start- und Landebahn auf dem Truppenübungsplatz ab und ließ seinen Blick über das Gelände schweifen. In regelmäßigen Abständen ging er in die Hocke, um mit der bloßen Hand die Feuchtigkeit des Untergrunds zu prüfen.

Links und rechts der Bahn waren Pfähle in den Boden gerammt. Seile, an denen bunte Wimpel hingen, führten an ihnen entlang. Auf diese Weise sollte das Publikum daran gehindert werden, auf die Bahn zu laufen.

Als Erich zum Hangar zurückkehrte, erkundigte sich Feldwebel Ma Cheung nach dem Ergebnis der Prüfung.

»Es müsste gehen«, lautete Erichs Antwort. »Das war heute Vormittag ja nur Nieselregen, der das Erdreich nicht zu sehr aufgeweicht hat. Es darf nur niemand über die Startbahn laufen und dort den jetzt weichen Boden aufwühlen.«

»Ich werde ein Auge darauf haben«, versprach Ma.

Die am Rand des Platzes aufgebauten Tribünen füllten sich zusehends, während Erich und seine Männer unter neugierigen Blicken das Flugzeug aus dem Hangar schoben, um einen letzten Motortest durchzuführen. Der verlief zu Erichs vollster Zufriedenheit, und er ließ den *Drachen* mit einer Plane abdecken.

Auf einer Tribüne unweit des Hangars sah er Helene, Erich, den Kuli Zhong, den Koch Tao-Wei und die wenigen verbliebenen Waisenkinder Platz nahmen, darunter auch Ah-Kum mitsamt ihrem Teddy. Er ging zu ihnen, begrüßte sie und gab Helene einen Kuss auf die Wange.

»Nicht mehr lange, Lene, und wir sind hier weg«, flüsterte er ihr ins Ohr.

»Wenn es nur schon so weit wäre!«, seufzte sie mit einem Seitenblick auf Ah-Kum.

Sie hatten die Kleine noch nicht gefragt, ob sie ihre Tochter werden wollte. Im Einvernehmen mit Dr. Ehrmann hatten sie beschlossen, damit so lange zu warten, bis ihre Abreise feststand.

Sie wollten in dem Mädchen keine Hoffnungen wecken, die sich eventuell noch – aufgrund von Umständen, die niemand vorhersehen konnte – zerschlugen. Ah-Kum hatte in ihrem jungen Leben genug Schlimmes erleben müssen. Erich, Helene und Ehrmann waren sich darüber einig, dass ihr eine weitere Enttäuschung unbedingt erspart bleiben sollte.

Ah-Kum strahlte über das ganze Gesicht, als Erich ihr zärtlich über das Haar strich, und der Teddy winkte ihm begeistert zu.

»Hab Vertrauen!«, sagte Erich zu Helene, bevor er zurück zum Flugzeug ging. »Wir haben den *Drachen von Schantung* auf Herz und Nieren geprüft, da kann nichts schiefgehen.«

»Aber du bist noch nicht mit ihm geflogen!«

»Genau darum nennt sich diese Veranstaltung ja Jungfernflug. Und jetzt bitte keine Unkereien mehr, Lene. Du wirst mich sonst nur noch mehr um Entschuldigung bitten müssen, wenn ich nach einem perfekten Flug wieder gelandet bin.«

Noch ehe er wieder beim Hangar war, begann die Militärkapelle ihr Konzert, das ebenso aus chinesischen Stücken wie aus europäischen Märschen bestand. Währenddessen nahmen General Chao Li-Hu, seine höchsten Offiziere und die schöne Juan-Lan auf der Ehrentribüne Platz, die etwas abseits der anderen Tribünen stand und von Chaos Leibwache abgesichert wurde.

Auch heute trug Juan-Lan ein traditionelles chinesisches Kleid, dessen bunte Farben sich von dem einheitlichen Uniformgrau ihrer Umgebung stark absetzten.

Obwohl sie sich nach außen hin gleichgültig gab, schien sie es zu genießen, in aller Öffentlichkeit direkt neben Chao Li-Hu zu sitzen, dem Herrn über Leben und Tod in Dairu. Die forschenden Blicke, die sie hin und wieder zu den anderen Tribünen warf, deuteten darauf hin.

Nach dem Konzert marschierten die einzelnen Regimenter auf, und die Kapelle begleitete die Parade mit schmissigen Märschen. Eine Einheit nach der anderen nahm rings um den Truppenübungsplatz Aufstellung, und die jeweiligen Regimentskommandeure erstatteten ihrem General zackig Meldung.

Als sämtliche Regimenter angetreten waren, hielt General Chao eine lange Ansprache, in der er die Verdienste der Schantung-Befreiungsarmee hervorhob, sie als »beste und schlagkräftigste Armee in der Provinz Schantung« bezeichnete und ihren schlussendlichen Sieg als unverrückbare Tatsache hinstellte. Schließlich wies er »voller Freude« darauf hin, dass seine Armee bald schon über Luftstreitkräfte verfügen würde. Ein Anfang sei gemacht mit dem *Drachen von Schantung*, der sich gleich zum ersten Mal in die Lüfte schwingen werde.

Das war für Erich das Zeichen, im vorderen Pilotensitz Platz zu nehmen.

Er spürte ein Kribbeln in den Fingern, als er zum letzten Mal die Instrumente überprüfte. So selbstbewusst, wie er sich vorhin gegenüber Helene gegeben hatte, war er gar nicht. Bei einem Flug konnte immer ein unvorhergesehenes Problem auftreten, umso mehr bei einem Jungfernflug.

Der Motor lief rund, das hatten sie ausgiebig überprüft, und auch die Steuerung schien fehlerfrei zu arbeiten, soweit man das am Boden feststellen konnte. Erst beim Start und in der Luft würde sich erweisen, ob Erich seinem Freund Jakob Winterkorn beim Flugzeugbau aufmerksam genug auf die Finger geschaut hatte.

Jetzt nur nicht nervös werden, schärfte er sich ein. Zunächst war die Hauptsache, dass der Start gelang. Dann würde er weitersehen. Schmunzelnd dachte er an einen Satz, den Jakob einmal zu Helenes Mutter gesagt hatte: »Wichtig ist, dass man rauf- und wieder runterkommt – in einem Stück.«

Erich gab Feldwebel Ma Cheung das verabredete Zeichen, und der warf den Propeller an. Dann lief er zum Heck des *Drachen*, wo die anderen Erich unterstellten Männer darauf warteten, das Flugzeug anzuschieben, bis es genügend Eigengeschwindigkeit für den Start besaß. Auch Meng befand sich darunter.

»Dann mal los, stolzer *Drache*!«, sagte Erich leise und strich fast zärtlich über das Steuer. »Zeig allen, dass du fliegen kannst!«

In dem Augenblick, als er das Zeichen zum Start geben wollte, spritzte rechts vor ihm das Erdreich des Truppenübungsplatzes in einer beeindruckenden Fontäne auf. Ein lautes, sattes Krachen, wie Donnergrollen, mischte sich in das auch nicht eben leise Brummen des Flugzeugmotors.

Erich begriff sofort, dass dort eine Granate eingeschlagen hatte. Zum Glück, ohne jemanden zu verletzen.

Ein zweiter Granateinschlag lief weniger glimpflich ab. Das Explosivgeschoss traf mitten in eine Zuschauertribüne, auf der verdiente Veteranen der Schantung-Befreiungsarmee saßen. Mit offenem Mund und weit aufgerissenen Augen beobachtete Erich, wie ganze Menschen oder auch nur einzelne Körperteile durch die Luft gewirbelt wurden. Von einem Moment auf den anderen war die Hölle ausgebrochen.

Weitere Granateinschläge folgten und richteten Verheerendes bei den angetretenen Truppen an. Verwundete schrien. Soldaten stoben davon, suchten Deckung oder ihr Heil in der Flucht. Offiziere bellten Befehle, auf die niemand hörte.

Als Erich sich von der ersten Überraschung erholt hatte, schoss eine Frage durch seinen Kopf: Wer war der unsichtbare Angreifer?

Vermutlich die Truppen General Lin Gangs, sagte er sich, vielleicht auch die Japaner. Wer auch immer, es war ihm offenbar gelungen, Artillerie auf den umliegenden Bergen zu postieren.

Hatte General Chao Li-Hu einen verhängnisvollen Fehler begangen? Hatte er für seine Truppenparade so viele Einheiten hier zusammengezogen, dass die rings um Dairu verteilten Wachtposten zu schwach besetzt waren und seine Feinde ungehindert Stellung beziehen konnten? Anders konnte sich Erich das Desaster nicht erklären.

Wieder und wieder schlugen Granaten ein, und eine von ihnen verwandelte die Flugzeughalle in eine aufgrund des dort gelagerten Treibstoffes lichterloh brennende Ruine. Eine Ruine, in der es zu Explosionen kam. Rund um Erich und das Flugzeug regnete es Steinsplitter.

Unentwegt liefen Menschen durcheinander und schrien in Panik. Das Motorenbrummen verschluckte die Schreie zwar, aber Erich erkannte es an den aufgerissenen Mündern.

Er selbst blickte angestrengt zu der Tribüne, auf der er Helene, Ehrmann, Ah-Kum und ihre Begleiter wusste. Die Waisenkinder lagen bäuchlings auf dem Boden, Helene und Ehrmann hatten sich schützend über sie geworfen. Das mochte die Kinder vor Splittern bewahren, aber nicht vor einer explodierenden Granate unmittelbar in ihrer Nähe.

Am meisten sorgte er sich allerdings um Helene. Es gab nur eins, was er tun konnte: Zu ihr laufen und ihr irgendwie helfen.

Er stemmte sich hoch, um den Pilotensitz zu verlassen. Da sah er General Chao und dessen Leibwache auf das Flugzeug zuhasten, und Chao winkte ihm zu. Er bedeutete

Erich, seinen Platz nicht zu verlassen. Verwirrt ließ sich Erich in den Sitz zurückfallen.

Als die Männer den *Drachen* erreichten, fragte Erich, was das zu bedeuten habe. Ehe er sich's versah, war der General hinter ihm auf den zweiten Sitz geklettert und hatte dort Platz genommen.

»Fliegen Sie sofort los!«, brüllte Chao Li-Hu ihm ins Ohr.

»Fliegen?«, rief Erich, nach hinten umgewandt, zurück. »Wohin denn?«

»Nach Nordwesten!«, erwiderte der General. »Fliegen Sie immer nach Nordwesten!«

»Ich kann nicht«, sagte Erich laut und wollte den Motor abstellen. »Ich muss zu Helene!«

Da spürte er etwas Hartes, Metallisches an seinem Hinterkopf, die Mündung eines Revolvers, den Chao Li-Hu in der Hand hielt.

»Starten Sie, Leutnant, oder meine Kugel zerfetzt Ihr Gehirn!«

»Sind Sie verrückt?«, entfuhr es Erich. »Außerdem: Wenn Sie das tun, haben Sie keinen Piloten mehr, der Sie hier wegbringen kann.«

»Wenn Sie sich weigern, meinen Befehl auszuführen, sind Sie nutzlos für mich. Dann kann ich Sie genauso gut erschießen!«

Trotz der Revolvermündung an seinem Schädel und der Waffen, die Chaos Leibwache auf ihn gerichtet hielt, sagte Erich: »Auch wenn Sie Ihre glorreiche Armee im Stich lassen wollen, Herr General, ich werde meine Frau nicht hilflos zurücklassen!«

»Ich will nur hier weg, um mit Verstärkung zurückzukehren.«

»Verstärkung? Was für Verstärkung?«

»Ich erwarte frische Truppen, die zu meiner Armee stoßen wollen. Aber wir müssen schnell handeln, sonst kommen wir hier nicht mehr weg. Dann können wir Dairu nicht helfen und auch nicht Helene!«

Wie zur Bestätigung von General Chaos Worten schlug in diesem Moment eine Granate in unmittelbarer Nähe auf dem Übungsplatz ein und überschüttete sie alle mit einem wahren Regen aus aufgewirbeltem Erdreich.

Während der Erdregen noch auf sie niederprasselte, dachte Erich angestrengt darüber nach, ob er dem General vertrauen konnte. Bislang hatte er Chao nicht für einen Feigling gehalten. Dass der General Verstärkung holen wollte, erschien Erich als einzig plausibler Grund für seine Flucht.

Erich traf eine Entscheidung, auch wenn ihm beim Gedanken an Helene das Herz zerspringen wollte.

»Also gut, General, halten Sie sich fest!«

Erich gab das Handzeichen für die Männer am Heck des Flugzeugs, die sich zu Beginn des Granatenbeschusses flach auf den Boden geworfen hatten. Jetzt sprangen sie auf und begannen, den *Drachen* anzuschieben. Die Männer von General Chaos Leibwache legten die Karabiner zu Boden und halfen beim Schieben.

Bald war das Flugzeug so schnell, dass es die Männer hinter sich zurückließ. Rasen, Tribünen und panische Menschen, alles flog an Erich und Chao Li-Hu vorbei, schneller und schneller.

Dann kam der Moment, auf den die beiden Insassen des Flugzeugs lange Zeit so sehnsüchtig gewartet hatten, wenn auch aus unterschiedlichen Gründen. Die Räder verloren die Bodenhaftung, und der *Drache von Schantung* begann tatsächlich zu fliegen, stieg höher, immer höher.

Erich hatte es tatsächlich geschafft und eine flugfähige Maschine gebaut. Aber er verspürte keinerlei Befriedigung darüber, zu groß war seine Sorge um Helene und die anderen, die er unter sich zurückließ.

Als der *Drache* auf die Berge zuflog, sahen Erich und General Chao große Massen von Soldaten in blauen Uniformen, die aus den Bergen auf die Stadt zuströmten. Also hieß der Angreifer doch Lin Gang. Jedenfalls hatten die Soldaten, die damals Zhong und Meng bedroht hatten, auch Uniformen in dieser Farbe getragen.

»Meine Entscheidung, Dairu zu verlassen, war richtig«, rief der General. »Sonst wäre ich Lin Gang in die Hände gefallen.«

Erich ließ den *Drachen* höher steigen und steuerte ihn auf die schroffen Berge zu, aber seine Gedanken blieben zurück, waren bei Helene.

14

Helene erhob sich und wischte mit einem Ärmel über die schmutzverklebten Augen. Sie atmete tief durch und blickte sich zu dem Flugzeug um. Es stand nicht länger auf der Wiese, und der Hangar war ein brennender Trümmerhaufen, aus dem schwarzer Rauch in dichten Schwaden aufstieg.

Jemand tippte ihr auf die Schulter. Es war Dr. Ehrmann. Er zeigte auf den nordwestlichen Himmel über den Bergen. Als Helene die Augen zusammenkniff, erkannte sie das kleiner und kleiner werdende Flugzeug.

»Das kann ich nicht glauben«, stieß sie fast tonlos hervor. »Erich lässt uns bestimmt nicht im Stich!«

»General Chao sitzt bei ihm im Flugzeug.«

»Chao? Wieso?«

»Wenn ich das wüsste«, seufzte der Arzt. »Ich habe nur gesehen, wie der General ins Flugzeug gestiegen ist, und kurz danach ist Erich gestartet. Was die beiden auch vorhaben mögen, sie lassen uns gewiss nicht im Stich, da gebe ich Ihnen recht.«

Wieder schlug eine Granate auf dem Truppenübungsplatz ein und verwandelte einen Teil der Flugzeugstartbahn in einen Krater. Das aufgerissene Erdreich spritzte bis zu ihnen herüber.

Helene hatte sich instinktiv wieder über Ah-Kum und die anderen Kinder geworfen und dabei die Augen geschlossen. Zwei der Kinder weinten, und Ah-Kum zitterte am ganzen Leib.

Als Helene die Augen wieder öffnete, erblickte sie eine blutige Furche auf Ehrmanns rechter Wange.

»Herr Doktor, Ihre Wange! Sind Sie verletzt?«

Der Arzt fuhr mit der Hand über die Wange und betrachtete kurz seine blutigen Fingerspitzen.

»Das ist nicht weiter schlimm, nur eine Schramme von einem Splitter oder einem Stein. Ein Pflaster reicht da aus, aber das machen wir im Lazarett. Dorthin sollten wir uns möglichst schnell zurückziehen.«

»Glauben Sie, dass wir dort sicherer sind als hier?«, fragte Helene zweifelnd.

»Ich hoffe es zumindest. Der Artilleriebeschuss scheint sich auf den Truppenübungsplatz zu konzentrieren. Pech für General Chao, dass er hier fast seine gesamte Armee versammelt hat.«

»Aber dann muss der Feind davon gewusst haben«, sprach Helene den Gedanken aus, der ihr in diesem Augenblick durch den Kopf ging. »Dann muss Verrat im Spiel sein.«

»Gut möglich«, sagte Ehrmann und warf einen Blick in die Runde. »Ich denke jedenfalls, dass wir im Lazarett besser aufgehoben sind. Außerdem werden wir dort gebraucht. Schauen Sie sich nur um, bald werden wir uns vor Patienten nicht retten können.«

Ehrmann informierte Zhong und Tao-Wei über seinen Entschluss, zum Lazarett zurückzukehren. Der Kuli und der Koch halfen, die Kinder zusammenzuhalten und einen Weg durch die aufgeschreckte Menge zu bahnen.

Die Menschen, etliche von ihnen verletzt, irrten scheinbar ziellos hin und her auf der Suche nach einem sicheren Ort. Ein Trupp Kavallerie sprengte an ihnen vorbei, und Helene fragte sich, ob sie den Feind angreifen oder vor seinen ohne Unterlass auf Dairu herabregnenden Granaten fliehen wollten.

Es war ein kleines Wunder, dass sie das Lazarett unbeschadet erreichten. Helene brachte die Kinder zum Schutz vor den Granaten in einen Vorratskeller, wo die Chinesin Fang auf sie achtgab.

Als Helene den Keller verlassen hatte, traf sie auf Dr. Ehrmann, der seinen Arztkittel übergezogen hatte. Ein großes weißes Pflaster klebte auf seiner aufgerissenen Wange.

»An die Arbeit, Schwester Helene, wir haben leider viel zu tun!«

Sie nickte und folgte ihm, während draußen Granate um Granate einschlug.

15

Erich ließ das Flugzeug ein Stück höher steigen, um nicht versehentlich mit einem der Berggipfel zu kollidieren. Zwar hielt er immer Abstand zu ihnen, aber gerade über den Bergen konnte es leicht zu Luftturbulenzen kommen, die geeignet waren, den *Drachen von Schantung* gefährlich nah an die Berge zu drücken.

Es war sehr kalt hier oben, und er war froh über seine wärmende Fliegermontur. Als er sich zu seinem Passagier umwandte, sah er, dass General Chao seine Pelzmütze tief über die Ohren gezogen hatte. Außerdem bemerkte er, dass Chao seinen Revolver zwar in den Schoß gelegt hatte, den Griff aber weiterhin fest umklammert hielt.

»Was genau ist unser Ziel?«, wollte Erich von dem General wissen. Er musste dabei fast schreien, um das tiefe Brummen des Motors zu übertönen.

»Ein Ort namens Wanjing«, antwortete Chao Li-Hu ebenso laut.

»Kenne ich nicht. Ich habe auch keine Karten an Bord, weil ich nicht mit so einem weiten Jungfernflug gerechnet hatte.«

»Wanjing ist eine Stadt am Rand der Berge. Ich werde sie schon finden.«

»Was wollen Sie in diesem Wanjing?«

»Dort stehen Truppen bereit, die sich der Schantung-Befreiungsarmee anschließen wollen. Mehrere Tausend Mann. Sie wollten in Kürze zu uns stoßen. Mit ihnen werden wir Dairu zurückerobern.«

Erich fragte sich, ob das so einfach war, aber immerhin war es ein Plan.

Wie lange würde es dauern, bis die Verstärkung einsatzbereit, nach Dairu marschiert und dort in Stellung gegangen war? Und welche Zeit würde die Rückeroberung der Bergfestung beanspruchen, falls sie überhaupt gelang?

Tage?

Wochen?

Ihm war nicht wohl bei dem Gedanken, Helene, Ah-Kum, Ehrmann und die anderen so lange einem ungewissen Schicksal zu überlassen.

Leider hatte er keine andere Wahl. Natürlich konnte er wenden und zurückfliegen. Aber falls Chao seine Drohung wahr machte und Erich erschoss, half das den in Dairu Zurückgebliebenen auch nicht.

Immer wieder stellte er sich die Frage, ob der General tatsächlich schießen würde, bedeutete das doch, wenn das Flugzeug abstürzte, auch dessen eigenen Tod. Chao war schwer zu durchschauen. Wenn Erich jemandem zutraute, bedenkenlos das eigene Leben zu opfern, dann ihm.

Also steuerte Erich den *Drachen* weiter in Richtung Nordwesten. Hin und wieder tippte General Chao ihm auf die linke oder rechte Schulter; das Zeichen für Erich, den Kurs nach rechts oder links zu korrigieren.

Er war überrascht, dass sein Passagier den Kurs so genau zu kennen schien. Hatte Chao sich die entsprechenden Karten eingeprägt? Oder hatte er diesen Weg schon einmal in einem Flugzeug zurückgelegt?

Erich würde es wohl nie erfahren, und für ihn blieb es letztlich bedeutungslos. Er war darauf angewiesen, den Richtungsangaben des Generals zu vertrauen.

Besorgt blickte er zum Horizont, wo sich die Wolken zusammenzogen und das leuchtende Blau des Himmels eine immer dunklere Färbung annahm. Ein Schlechtwettergebiet, und das hier über den Bergen.

Er drehte den Kopf, sah den General an und sagte laut: »Schlechtes Wetter voraus. Wenn wir da hineingeraten, kann es das Flugzeug zerreißen. Wir sollten einen großen Bogen fliegen.«

Die Antwort bestand aus einem knappen Kopfschütteln des Generals und einem harschen: »Wir halten auf jeden Fall den Kurs!«

»Wenn das kein Selbstmord ist, dann ist es nicht weit davon entfernt!«

Chao hob den Revolver ein kleines Stück an.

»Kurs halten!«

Mit einem Stoßseufzer befolgte Erich die Anweisung. In ihm wurde der Wunsch wach, Chao bei nächster Gelegenheit die Faust mitten ins Gesicht zu rammen, General hin oder her.

Ein wahnwitziger Gedanke kam ihm. An seiner Hüfte hing die Pistolentasche mit seiner geladenen Luger. Vielleicht gelang es ihm, die Waffe heimlich herauszuholen und Chao schnell genug zu erschießen, bevor der seinen Revolver abfeuern konnte.

Unsinn, sagte er sich. Das wäre vielleicht diesem Wundercowboy Tom Mix gelungen, den er einmal in einem Schanghaier Lichtspielhaus gesehen hatte. Aber das hier war etwas ganz anderes. Chao hatte ihn ständig im Blickfeld und hätte vermutlich schon dreimal abgedrückt, bevor Erich überhaupt seine Waffe auf ihn richten konnte.

Das Schlechtwettergebiet rückte näher und beanspruchte bald seine ganze Aufmerksamkeit. Der *Drache* tauchte in das grauschwarze Himmelsgemisch ein wie eine japanische Perlentaucherin in den weiten Ozean: schutzlos und nur auf die eigene Kraft angewiesen, die lächerlich war im Vergleich zu den Naturgewalten ringsherum.

Wolkenschwaden zogen vorbei, und er konnte die Gipfel unter sich kaum noch erkennen.

»Wenn's kracht, noch drei Meter«, sagte er zu sich selbst und flog weiter geradeaus, jetzt mehr nach Gefühl als nach Sicht.

Irgendwann wurden die Wolkenschleier dünner, und plötzlich riss die grauschwarze Wetterwand auf, als habe die Hand eines Riesen sie zerteilt. Der Himmel wurde wieder blau, und die Sonne kam zum Vorschein. Die höchsten Gipfel lagen längst hinter ihnen, stellte Erich mit einem Blick nach unten fest, und vor ihnen wurde das Gelände immer flacher.

Offenbar hatte auch General Chao sich orientiert: Ein kurzes Antippen auf der linken Schulter signalisierte Erich, den Kurs leicht nach links zu korrigieren.

Er verringerte die Flughöhe, sobald die Berge hinter ihnen langen. Unter ihnen zeichneten sich dichte Wälder ab, die sich mit Feldern und kleinen Dörfern oder Höfen abwechselten.

Zwar wusste Erich, in welche Richtung sie flogen, aber das war auch schon alles. Er kannte die Gegend nicht und hatte auch nicht die geringste Ahnung, wo sie sich befinden mochten.

Eins schwor er sich in diesem Augenblick: Sollte er nach diesem Abenteuer mit höchst ungewissem Ausgang jemals wieder Gelegenheit haben, mit einem Flugzeug zu starten, würde er auf jeden Fall alles verfügbare Kartenmaterial mitnehmen, und sollte es sich auch nur um einen klitzekleinen Rundflug handeln.

Eine lang gezogene, unbefestigte Straße, die sich in leichten Windungen durch das vorwiegend flache Gelände zog, geriet in ihr Blickfeld, und Erich spürte eine Hand auf seiner linken Schulter. Diesmal tippte die Hand ihn nicht an, sondern blieb auf der Schulter liegen, bis er sich umwandte.

»Landen Sie auf dieser Straße!«, wies ihn sein Passagier an.

Erich ging ein paar Hundert Meter tiefer und fragte: »Sind Sie sicher, dass die Straße für eine Landung geeignet ist? Von weit oben mag es ja so aussehen, aber je näher man ihr kommt, desto unebener wirkt sie.«

»Wir müssen es riskieren«, sagte der General und wiederholte: »Landen Sie!«

Erich dachte an Chaos Revolver und daran, dass der General zu wissen schien, was er tat. Also ließ er den *Drachen* sinken, bis das Fahrgestell nur noch zehn, zwölf Meter vom Boden entfernt war.

Die Straße war nicht sonderlich breit, wie er jetzt erkannte. Sie bot gerade genug Platz für das Flugzeug. Links und rechts von ihr erstreckte sich Ackerland, das in winterlicher Ödnis brachlag. Das Straßenstück vor ihnen sah verhältnismäßig gerade aus.

»Jetzt oder nie!«, entfuhr es Erich, und er setzte zur Landung an.

Der Bodenkontakt war holprig und rüttelte die beiden Männer kräftig durch. Nur mit Mühe konnte Erich verhindern, dass der *Drache* zur Seite ausbrach und sich auf einem unebenen Stück Acker überschlug.

Als die Geschwindigkeit abnahm und das Flugzeug gemächlich über die Straße rollte, fragte er: »Wie geht es weiter?«

»Die Straße führt gleich durch einen kleinen Wald. Dort können wir das Flugzeug so unterstellen, dass es vor neugierigen Blicken geschützt ist.«

Da kam der Wald hinter einer Biegung auch schon in Sicht. Als sie ihn erreichten, stellte Erich den Motor ab und ließ das Flugzeug ausrollen.

»Wir schieben den *Drachen* ein Stück in den Wald, bis man ihn von der Straße aus nicht mehr sehen kann«, sagte General Chao und kletterte aus dem Flugzeug.

Zu seiner Überraschung sah Erich, dass der Chinese seinen Revolver zurück in die Ledertasche geschoben hatte. Wie lange schon? Er hatte keine Ahnung.

»Kommen Sie, Leutnant Schweiger, und helfen Sie mir!«, rief Chao und ging zum Flugzeugheck.

Erich trat zu ihm, und gemeinsam schoben sie die Konstruktion aus Holz, Stoff und Draht tiefer in den Wald hinein, bis sie auf einer kleinen Lichtung anhielten.

»Der Platz ist gut«, urteilte der General. »Von der Straße aus nicht einzusehen und doch nicht sehr weit von ihr entfernt.« Er blickte Erich an. »Gut gemacht, Leutnant. Ich spreche sowohl vom Flug hierher als auch von der Konstruktion des *Drachen von Schantung*. Ich wusste, dass auf Sie Verlass ist. Jetzt können Sie sich etwas ausruhen, bis ich zurückkomme.«

»Moment, so schnell schießen die Preußen nicht. Sie mögen General sein und ich nur Leutnant, aber Sie werden mich in Ihre Pläne einweihen und nicht wie einen dummen Schuljungen hier zurücklassen!«

Für wenige Sekunden umwölkte sich General Chaos Stirn. Er war solche Worte von einem Untergebenen gewiss nicht gewohnt.

Aber Erich fühlte sich nicht als Untergebener, mochte Chao das auch anders sehen. Erich hatte die Offiziersuniform der Schantung-Befreiungsarmee nur angezogen, um sich in Dairu ungestört bewegen zu können. Sobald er Helene und die anderen aus der Stadt herausgeholt hatte, würde er die Uniform wieder ausziehen. Spätestens dann.

»Wahrscheinlich sollten Sie eingeweiht sein«, sagte der General. »Schließlich wissen wir nicht, was uns noch bevorsteht, und da könnten wir durchaus aufeinander angewiesen sein.«

»Schön, dass Sie das einsehen«, knurrte Erich.

General Chao überhörte die ironische Bemerkung und fuhr fort: »Die Stadt Wanjing befindet sich ungefähr zehn Kilometer westlich von hier. Ein sehr abgelegener Ort und deshalb gut geeignet für geheime Operationen. Dort sollte

Oberst Yüan, einer meiner erfahrensten Offiziere, die Verstärkung zusammenziehen.«

»Sie sprachen von mehreren Tausend Mann«, bemerkte Erich. »Das wäre eine erhebliche Vergrößerung Ihres Truppenbestands.«

»Ja, es sind mehrere Regimenter der chinesischen Armee, die sich nach dem Zerfall des Kaiserreichs von der neuen chinesischen Regierung losgesagt haben und sich meinem Befehl unterstellen wollen. Eigentlich sollte Oberst Yüan sie nach Dairu bringen. Aber jetzt werde ich sie anführen und an ihrer Spitze Lin Gang aus Dairu vertreiben.« Seine letzten Worte hatten hart geklungen, und er ballte die Rechte. »Und sollte Lin Gang mir in die Hände fallen, dann mögen die Geister seiner Ahnen gnädig mit ihm sein, denn ich selbst werde es nicht sein!«

»Welche Aufgabe haben Sie dabei mir und dem Flugzeug zugedacht?«

»Aufklärung ist immer gut. Vielleicht könnten Sie auch mit dem *Drachen* Verwirrung stiften und ein paar Bomben aus der Luft abwerfen. Wir werden sehen. Zunächst muss ich mich um die Verstärkung kümmern. Sobald ich in Wanjing alles geregelt habe, schicke ich Ihnen einen Boten.«

»Warum überhaupt dieses Versteckspiel hier im Wald? Wenn Ihre Truppen in Wanjing stehen, haben wir doch nichts zu befürchten.«

»Annahmen sind das eine, Vorsicht ist das andere. Solange wir die Lage in Wanjing nicht kennen, ist Vorsicht angebracht.«

»Da haben Sie recht, General. Aber woran erkenne ich Ihren Boten?«

»Wir machen ein Losungswort aus.«

»Und das wäre?«

Ohne zu zögern, antwortete General Chao mit einem hintersinnigen Lächeln: »Sie können es sich bestimmt gut merken. Es lautet ›Helene‹.«

16

Helene konnte sich kaum noch auf den Beinen halten. Draußen war es längst dunkel geworden, aber sie wusste nicht, ob es neun, zehn oder elf Uhr war. Vielleicht auch schon Mitternacht.

Das Schießen hatte jedenfalls aufgehört, die Detonationen waren verstummt. Die Schlacht von Dairu war schon zu Einbruch der Dämmerung entschieden gewesen.

Entschieden zugunsten der Angreifer in den blauen Uniformen: General Lin Gangs Soldaten, die wie aus dem Nichts erschienen waren und die Stadt von allen Seiten angegriffen hatten, nachdem die Verteidiger durch heftigen Granatbeschuss demoralisiert worden waren.

Auch das Lazarett, in dem Helene und Dr. Ehrmann gemeinsam mit den chinesischen Kollegen und Helfern Stunde um Stunde unermüdlich gearbeitet hatten, stand unter dem Befehl der Blauen.

Auf die Arbeit hier drin hatte das keinen Einfluss. Hier wurde jeder behandelt, gleich, ob in grauer Uniform, in blauer oder in Zivil. Verletzt und blutend auf dem Operationstisch waren sie ohne Unterschied. Alle hatten rotes Blut, alle schrien und stöhnten vor Schmerz, und alle starben, wenn sie zu viel Blut verloren hatten oder wenn das Herz versagte.

Der Platz in dem überfüllten Lazarett wurde allmählich zum Problem, ebenso der Nachschub an wichtigen Medikamenten. Etwas Abhilfe verschafften die Ärzte und Sanitäter von General Lin Gangs Sanitätskorps, die das Lazarett übernahmen.

Etwas frische Luft konnte Helene jetzt guttun, und sie zwängte sich durch die mit Verletzten überfüllten Gänge, bis sie endlich auf den lang gestreckten Vorbau trat. Sie sah eine offene, leere Holzkiste, in der sich einmal Verbandsmaterial befunden hatte. Helene drehte die Kiste einfach um, setzte sich darauf und blickte auf die nächtliche Stadt.

Von den Zerstörungen, die der Granatbeschuss angerichtet hatte, war im gnädigen Schutz der Nacht nicht viel zu sehen. Bis auf eine Ausnahme: An mehreren Stellen zuckten gelbrote Flammen in den schwarzen Himmel. Wahrscheinlich würde es die ganze Nacht dauern, bis alle Brände gelöscht waren.

Brandgeruch lag in der Luft, die gleichwohl noch viel klarer war als der strenge Geruch nach Blut, Schweiß, Tod und Ethanol im Lazarett.

Noch immer wurden Verwundete ins Lazarett gebracht, aber Helene schaute nicht mehr in ihre Gesichter. Sie hatte heute schon zu viel Leid und Verzweiflung gesehen.

Müde vergrub sie das Gesicht in den Händen und schloss die Augen, um dem Chaos, in das sich dieser erst so hoffnungsvolle Tag verwandelt hatte, für eine Weile zu entgehen.

Sie dachte an den Truppenübungsplatz und an den Augenblick, in dem die Hölle über Dairu hereingebrochen war. Das Flugzeug, an dem Erich so lange gearbeitet hatte, stand in ihren Gedanken wieder vor dem Hangar – und dann sah sie es durch die Luft fliegen, weg von Dairu, mit Erich und Chao Li-Hu an Bord.

Wo mochten sie jetzt sein?

Sie wünschte sich, Erich wäre jetzt bei ihr. Ja, Erich, nicht Kang alias General Chao.

Der General war ein beeindruckender Mann, und viele Frauen hätten sicher alles gegeben, um seine Gunst zu erringen. Einschließlich Juan-Lan. Aber er war auch ein Mann, der alles seinen Zielen unterordnete, selbst die Liebe einer Frau oder seine eigene Liebe zu einer Frau. Davon war Helene überzeugt, seit sie ihn in Dairu erlebt hatte.

Jener Patient Kang, für den sie sich so erwärmt hatte, war nur ein Nachhall des Bauernjungen Kang aus ferner Vergangenheit. Aber der Junge war zum Mann geworden, zum hohen Offizier: General Chao Li-Hu, für den es eine Selbstverständlichkeit war, Soldaten in den Tod zu schicken.

Menschen veränderten sich im Lauf eines Lebens, das war eine Tatsache. Eine solche Entwicklung ließ sich nicht umkehren, auch nicht dadurch, dass Chao Li-Hu sich von ihr »Kang« nennen ließ.

Erich hatte sich auch weiterentwickelt, aber zu seinem Vorteil. Sie hatte ihn in den letzten Wochen als einen Mann von großem Verantwortungsgefühl kennengelernt. Verantwortung gegenüber den Menschen, die er liebte und schätzte, die ihn umgaben.

Das war in Helenes Augen etwas ganz anderes als die absolute Ergebenheit einer Sache oder Idee gegenüber, die

Chao Li-Hu antrieb. Diese bedingungslose Hingabe an ein großes Ziel war es wohl, die ihn zum Oberkommandierenden prädestinierte.

Erichs Fürsorge den Menschen – und ihr – gegenüber ließ ihn besonders geeignet erscheinen, ein guter Ehemann zu sein und ein guter Vater. Chao Li-Hu war ein Mann, dem man zujubelte und von dessen heldenhaften Taten man staunend und bewundernd in der Zeitung las. Erich aber war ein Mann, mit dem eine Frau abends zu Bett gehen und neben dem sie morgens aufwachen wollte. Der immer da war, wenn man ihn brauchte.

Wirklich immer?

Wo war er denn jetzt?

Sie schalt sich eine Närrin, solche Gedanken zu hegen. Wo er sich in diesem Moment auch befinden mochte, er würde Himmel und Hölle in Bewegung setzen, um zu ihr zu kommen. So, wie er es schon einmal getan hatte. Daran hegte sie nicht den geringsten Zweifel.

»Ich wünsche einen guten Abend – oder vielmehr eine gute Nacht!«

Die Männerstimme, die sie irgendwoher kannte, ganz nah bei ihr, riss sie aus ihren Gedanken. Erst jetzt wurde ihr bewusst, dass sie eben Schritte auf den Holzplanken des Vorbaus gehört hatte. Schritte, die sich ihr genähert hatten.

Ein plötzliches Unbehagen beschlich sie. Diese Stimme, die in einem schlechten, aber doch verständlichen Deutsch gesprochen hatte – Helene verband keine guten Erinnerungen mit ihr.

Als sie zu dem Mann aufblickte, der sich dicht vor ihr

aufgebaut hatte, zuckte sie regelrecht zusammen. Ein Gefühl, das durch ihren ganzen Körper ging.

Vor ihr stand Tsai Ju.

Der degradierte Hauptmann.

Der Deserteur.

Der Mann, der sie um ein Haar vergewaltigt hätte.

Er trug jetzt die blaue Uniform von General Lin Gangs Männern. Eine Pistolentasche und ein Offiziersdegen hingen an seiner Seite.

Der Mund in seinem breiten Gesicht verzog sich zu etwas, das wohl ein Lächeln sein sollte, das auf Helene aber wie eine bösartige Grimasse wirkte.

»Überrascht?«, fragte er mit einem meckernden Lachen, das klang wie ein asthmatischer Ziegenbock. »Kennst du nicht das Sprichwort, dass man sich im Leben immer zweimal trifft? Was schaust du so ernst? Freust du dich nicht über das Wiedersehen?«

»Ich hätte darauf auch verzichten können«, sagte sie so ruhig und gefasst, wie es ihr nur möglich war.

Waren das die richtigen Worte diesem Mann gegenüber? Wahrscheinlich gab es die gar nicht.

Helene spürte, wie eine Welle aus Angst sie zu überschwemmen drohte, aber sie wollte Tsai Ju gegenüber keine Schwäche zeigen. Ihre einzige Waffe waren ihre Worte, und mit denen wollte sie Tsai Ju vorspiegeln, dass sie sich nicht vor ihm fürchtete.

»Ich möchte nicht darauf verzichten, meine Liebe«, sagte Tsai Ju. »Du bist einer der Gründe für meine Rückkehr nach Dairu. Ich habe mich sehr darauf gefreut.«

Während er sprach, hatte er sich zu ihr heruntergebeugt,

und sein widerlicher Atem hüllte sie ein wie eine Wolke aus Bosheit und Gemeinheit.

Helene erwiderte seinen Blick und fragte: »Haben Sie General Lin Gang hergeführt? Ich sehe, dass Sie jetzt wieder Offizier sind.«

»Ja, Major sogar. Für meine besonderen Dienste bin ich von General Lin Gang persönlich befördert worden. Als ehemaliger Kundschafter in der Schantung-Befreiungsarmee kenne ich mich hier gut genug aus, dass ich seine Truppen unbemerkt nach Dairu führen konnte.«

»Eine neue Uniform und ein schöner Degen«, sagte Helene verächtlich. »Ist das die übliche Belohnung für einen Verräter?«

Ein Zucken lief durch Tsai Jus Gesicht, und mit einem lauten Klatschen landete sein Handrücken auf Helenes Wange. Er hatte den Schlag mit solcher Heftigkeit geführt, dass sie zur Seite kippte und auf den Bodenplanken des Vorbaus aufschlug.

»Du bist immer noch eine freche, gemeine Hure«, stellte der Major fest. »Diesmal werde ich dir deine Frechheiten austreiben, bis du um dein Leben wimmerst!«

»Das glaube ich nicht«, sagte eine vertraute Stimme hinter ihm. »Auch wenn Lin Gang diesen Ort erobert hat, so darf ich doch hoffen, dass dies kein rechtsfreier Raum ist. Wenn Sie Schwester Helene nicht augenblicklich in Ruhe lassen, werde ich den Vorfall bei Ihren Vorgesetzten zur Anzeige bringen!«

Dr. Ehrmann stand in der Lazaretttür, und sein einst weißer Kittel war rot vom Blut der vielen Menschen, die heute vor ihm auf dem Operationstisch gelegen hatten.

War es Zufall, dass er gerade in diesem Moment dazugekommen war? Oder hatte er aus einem bestimmten Grund nach Helene sehen wollen? Was auch immer, sie spürte eine große Erleichterung. Die Anwesenheit des Arztes übte eine beruhigende Wirkung auf sie aus.

Ehrmann trat auf den Vorbau und kam auf Helene zu, um ihr aufzuhelfen.

Da zog Tsai Ju seinen Offiziersdegen und streckte dem Arzt die Spitze entgegen. Notgedrungen blieb Ehrmann stehen.

»Was sollen diese Kindereien?«, fragte er ungehalten. »Wir sollten uns alle wie Erwachsene benehmen!«

Mit seinem Arm schob er vorsichtig den Degen beiseite und kniete sich dann neben Helene.

»Wie geht es Ihnen?«, fragte er besorgt.

Bevor sie antworten konnte, stieß der Offizier mit seinem Degen zu.

Ungläubig und starr vor Schreck musste Helene mit ansehen, wie die Klinge in Ehrmanns linke Brust fuhr. Tsai zog sie sofort wieder heraus, und der Arzt fiel seitlich neben ihr zu Boden.

Wegen seines blutigen Kittels konnte sie erst nicht erkennen, ob die Wunde schwer war. Dann aber sah sie die Blutlache, die sich unter Ehrmann bildete. Sein Blick war gebrochen, und als sie nach seinem Puls tastete, war da nichts mehr.

Sie spürte, wie ihr schwarz vor Augen werden wollte, und atmete tief durch, während sie gleichzeitig den Blick von dem toten Dr. Ehrmann abwandte.

»Das passiert mit Leuten, die sich gegen mich stellen«,

sagte Tsai Ju und wischte die blutige Klinge ebenso langsam wie genüsslich an ihrem Kleid ab. »Das scheint heute aber ein blutiger Tag für Sie und Ihren Herrn Doktor zu sein.«

Wieder ließ er sein meckerndes Lachen hören.

Während er noch lachte, trat ein anderer Mann, in blauer Uniform wie Tsai Ju, aus dem Lazarett auf den Vorbau. Der Mann, der einen Kopfverband trug, war dabei, sich eine Zigarette anzuzünden, als sein Blick auf die Szene fiel. Helene erkannte ihn wieder. Es war ein Oberst, dessen Kopfverletzung Dr. Ehrmann und sie am frühen Abend behandelt hatten.

»Was soll das?«, fragte er und sah Tsai Ju an. »Warum haben Sie den Arzt getötet?«

»Weil er ein aufsässiger Kerl war, einer der Deutschen, die sich in unserem Land breitmachen. Ein unnützer, gefährlicher Mensch, von dem ich China befreit habe!«

»Sind Sie noch bei Trost?«, schnappte der Oberst. »Wie ist Ihr Name und Ihr Dienstgrad?«

»Major Tsai Ju vom Kundschafterkommando«, lautete die voller Stolz vorgebrachte Antwort, bei der er sich in die Brust warf. »Und wer bist du, Kerl?«

Offenbar hatte Tsai Ju in dem schlechten Licht hier draußen nicht gesehen, dass er einem Offizier gegenüberstand.

Der sog hörbar die Luft ein, bevor er sagte: »Der *Kerl* ist Oberst Liang On vom Garderegiment, Herr Major.«

Überrascht darüber, einen höherrangigen Offizier vor sich zu haben, riss Tsai die Augen auf. Das Zucken in seinem Gesicht verriet, dass er angestrengt darüber nachdachte, wie er reagieren sollte.

Mit zackigen Bewegungen salutierte er schließlich vor dem Höherrangigen.

»Verzeihung, Herr Oberst, ich habe Sie bei der diffusen Beleuchtung nicht erkannt.«

»Das kann vorkommen«, sagte der Oberst und blickte dann auf den toten Arzt. »Aber so etwas nicht! Sie haben einen Unbewaffneten einfach erstochen, Major Tsai. Noch dazu einen Lazarettarzt.«

Verächtlich blickte Tsai auf den Leichnam.

»Er war doch nur ein ausländischer Pfuscher, der an uns Chinesen herumexperimentieren wollte.«

Oberst Liang ging zu Helene und half ihr, sich wieder auf die Kiste zu setzen. Sie merkte jetzt, dass sie am ganzen Leib zitterte, und trotz ihrer Bemühungen konnte sie es nicht abstellen.

»Was sagen Sie zu der Angelegenheit, Schwester?«, fragte der Oberst.

Helene rang um Fassung, konnte noch immer nicht recht begreifen, was mit Dr. Ehrmann geschehen war. Neben ihr lag seine Leiche, aber die Vorstellung, dass er tot war, wollte einfach nicht in ihren Kopf. Der Mensch, der ihr in den letzten Jahren so viel Halt gegeben hatte, sollte nicht mehr da sein? Sie wollte es einfach nicht wahrhaben.

Der Oberst wiederholte seine Frage.

Sie musste sich stark bemühen, dass ihre Stimme nicht ebenso zitterte wie ihr Körper. Nach mehrmaligem Ansetzen gelang es ihr, und sie zeigte auf Tsai Ju.

»Der Mann da ist ein Mörder!«

Der Angeschuldigte wollte vehement widersprechen,

aber eine knappe Geste Liang Ons brachte ihn dazu, still zu sein.

»Können Sie das näher ausführen, Schwester?«

Sie nickte und berichtete ihm von dem ersten Zusammentreffen mit Tsai Ju und anschließend von dem, was sich hier vor dem Lazarett ereignet hatte. Mehrmals musste sie abbrechen und neu ansetzen, weil der Schock über Dr. Ehrmanns Tod ihr die Kehle zuzuschnüren drohte, aber der Oberst hörte ihr geduldig zu.

Als sie geendet hatte, wandte er sich an Tsai Ju.

»Was haben Sie dazu zu sagen, Herr Major?«

»Das sind alles Lügen, Herr Oberst!«

»So, wirklich? Dann sind es aber sehr plausibel klingende Lügen.«

»Sie werden so einer … einer dahergelaufenen Ausländerin doch nicht mehr glauben als einem Offizier Ihrer eigenen Armee!«, äußerte Tsai Ju wütend, wobei sich seine Stimme überschlug.

»So lange sind Sie noch nicht Offizier dieser Armee«, beschied ihn Oberst Liang, der vollkommen ruhig blieb. »Ehrlich gesagt halte ich einen Mann, der seinen Befehlshaber und seine Kameraden verrät, nur um in die Uniform von deren Feinden zu schlüpfen, nicht für sonderlich vertrauenswürdig.«

»Das ist ein Angriff auf meine Ehre als Offizier«, polterte Tsai los. »Dafür werde ich Sie zur Rechenschaft ziehen, ob Sie nun einen höheren Rang bekleiden oder nicht!«

»Mäßigen Sie sich, Major!« Liang sprach noch immer eher leise, aber in seiner Stimme lag jetzt eine gefährliche Schärfe. »Sie sollten lernen, einem Vorgesetzten gegenüber Ihre Zunge im Zaum zu halten, sonst sind Sie vielleicht nicht mehr lange Major. Erfahrung im Degradiertwerden haben Sie ja bereits.«

Tsai Ju sah aus, als platze er jeden Augenblick. Sein Gesicht war rot angelaufen, und sein Kehlkopf hüpfte hektisch auf und ab. Die Finger seiner rechten Hand zuckten unentwegt, als würden sie im nächsten Moment zu dem Degen oder zu der Handfeuerwaffe greifen wollen. Aber angesichts des Obersts hielt er sich zurück und schluckte seinen Zorn hinunter.

Eine vier Mann starke Patrouille der siegreichen Armee näherte sich dem Lazarett. Solche Patrouillen waren in ganz Dairu unterwegs, um für Ordnung zu sorgen, Plünderungen zu verhindern und mögliche Versprengte der Schantung-Befreiungsarmee aufzugreifen.

Oberst Liang rief die Männer herbei, nannte ihnen seinen Dienstgrad und Namen und sagte dann zu ihrem Anführer, einem dürren Unteroffizier: »Dieser Offizier hier, Major Tsai Ju, steht ab sofort und bis auf Weiteres unter Arrest. Sie werden ihm die Waffen abnehmen und ihn dann zu seinem Quartier begleiten, das er während des Arrestes nicht verlassen darf. Ein Mann hat ständig Wache vor seiner Tür zu stehen. Haben Sie alles verstanden?«

»Jawohl, Herr Oberst«, schnarrte der Unteroffizier und ging zu Tsai Ju, um ihn zu entwaffnen. Danach verließen die beiden den Lazarettvorbau.

Im Vorbeigehen zischte der Major: »Das wird Ihnen noch leidtun!«

Helene war nicht ganz klar, ob er sie oder den Oberst gemeint hatte. Vielleicht galt seine Drohung sogar beiden.

Sie hatte ihn als äußerst niederträchtigen, brutalen Menschen kennengelernt und konnte sich durchaus vorstellen, dass seine Rachsucht auch vor einem Vorgesetzten keinen Halt machte.

Als die Patrouille mit Tsai Ju in der Dunkelheit verschwunden war, wandte sie sich an den Oberst.

»Ich bin Ihnen zu großem Dank verpflichtet, Herr Oberst. Ohne Ihr Eingreifen hätte Tsai Ju etwas Schlimmes mit mir angestellt. Vielleicht, wahrscheinlich sogar, wäre ich dann genauso tot wie Doktor Ehrmann. Aber nehmen Sie sich vor ihm in Acht, er ist ein höchst gefährlicher Mann.«

»Danke für die Warnung, Schwester, aber ich bekleide einen höheren Dienstgrad als er.«

»Das gilt auch für Chao Li-Hu. Er war sogar Tsais Oberkommandierender. Aber Tsai hat ihn verraten und sogar dabei mitgewirkt, ihn zu entmachten.«

Oberst Liang nickte nachdenklich.

»Sie haben recht, Schwester. Kreaturen wie diesen Tsai Ju darf man niemals unterschätzen. Wer, wie er, keine Moral kennt, ist gegenüber seinen Mitmenschen klar im Vorteil.«

»Jedenfalls dann, wenn es darum geht, Böses zu tun«, sagte Helene mit einem traurigen Blick auf Dr. Ehrmann. »Warum haben Sie mir geglaubt und nicht Tsai Ju?«

»Ich habe Augen und Ohren und, das bilde ich mir ein, einen gesunden Menschenverstand. Außerdem weiß ich, dass Sie und Ihr Arzt da keine ausländischen Ungeheuer sind. Sie haben nicht nur mir geholfen, sondern auch vielen meiner Kameraden.«

»Das war nur unsere Pflicht.«

»Nicht jeder erfüllt seine Pflicht. Und mancher tut etwas, das gegen seine Pflichten verstößt.« Bei diesen Worten sah er den Toten an, richtete seinen Blick dann aber wieder auf Helene. »Sie sollten jetzt in Ihr Quartier gehen und versuchen zu schlafen. Ich werde Ihnen einen Arzt vorbeischicken, der nach Ihnen sieht und Ihnen ein Schlafmittel gibt.«

»Was ist mit … Doktor Ehrmann?«

»Ich werde mich darum kümmern, dass sein Leichnam würdig bestattet wird. Eine besondere Zeremonie dürfen Sie allerdings nicht erwarten. Sehr viele gute Männer haben beim Kampf um Dairu ihr Leben gelassen.«

»Danke«, sagte sie und erhob sich von der Kiste.

Bevor sie den Vorbau verließ, blickte sie sich noch einmal zu dem toten Dr. Ehrmann um, dem sie so viel zu verdanken hatte.

Menschen wie ihn gab es nicht viele, leider, und sie wusste, dass sie ihn niemals vergessen würde. Sein Tod war für sie wie der Verlust eines nahen Angehörigen, schlimmer vielleicht. Sie war schockiert gewesen, als Erich ihr vom Tod ihrer Eltern und ihres Bruders erzählt hatte, aber Dr. Ehrmanns Ableben traf sie fast noch härter.

Vielleicht, weil ihre Eltern und ihr Bruder Helenes Vergangenheit gewesen waren. Der Mann in dem blutigen Kittel aber, der jetzt starr auf den Holzplanken lag, war ein wichtiger Teil ihres gegenwärtigen Lebens gewesen, für lange Zeit der wichtigste überhaupt.

Angesichts dieses Verlustes war sie noch froher darüber, dass Erich wieder in ihr Leben getreten war, und leise kam sein Name über ihre Lippen.

17

Erich hatte geschlafen, tief und fest. Irgendetwas hatte ihn geweckt. Ruckartig richtete er den Oberkörper auf – und ein heftiger Schmerz durchzog seinen Kopf. Er hatte sich an etwas gestoßen.

Ja, der Flugzeugrumpf!

Er hatte sich unter den *Drachen von Schantung* gelegt, um hier auf General Chao Li-Hu zu warten, als Stunde um Stunde ohne eine Botschaft von ihm vergangen war. Da war es bereits dunkel gewesen.

Jetzt aber dämmerte der Morgen über der kleinen Lichtung. Die Sterne waren längst verblasst, und aus dem Himmelsschwarz der Nacht war ein Grau geworden, in das sich rosafarbene Schlieren mischten.

Der ferne Ruf eines Vogels wurde von etwas anderem übertönt: ein schweres Krachen und ein tiefes Grunzen, als ob sich ein urzeitliches Wesen, ein Dinosaurier, durch den Wald auf ihn zuwalzte. Das mussten die Geräusche sein, die ihn aus dem Schlaf gerissen hatten.

Er zwang sich zum klaren Denken, riss die Klappe der Pistolentasche an seiner Seite auf und zog die Luger heraus. Hinter dem Flugzeugrumpf wartete er mit schussbereiter Waffe auf das, was da vor ihm im Wald rumorte.

Wieder ertönte das tiefe Grunzen, gefolgt von einer

menschlichen Stimme: »Nicht schießen, Leutnant Schweiger! Hier ist Chao Li-Hu!«

Die Stimme gehörte wirklich dem General, aber was bedeutete der seltsame Lärm?

War er etwa nicht allein? Musste er für andere den Lockvogel spielen? Hatte man ihn in Wanjing überwältigt, und kamen diejenigen, die ihn überwältigt hatten, jetzt, um auch Erich gefangen zu nehmen?

»Ist alles in Ordnung bei Ihnen?«, rief Erich in den dunklen, noch nicht vom ersten Tageslicht durchdrungenen Wald.

»Es besteht keine Gefahr, Herr Leutnant. Gedankt sei Helene.«

Helene!

Das war das Losungswort.

Erich atmete auf, aber ein Restzweifel blieb. Nach Chao Li-Hus Plan hatte ein Bote kommen und ihm Bescheid geben sollen. Wieso war der General jetzt höchstpersönlich erschienen?

Eine unheilvolle Ahnung beschlich ihn: Irgendetwas musste in Wanjing schiefgegangen sein!

»Was ist das für ein Lärm bei Ihnen, General?«, fragte Erich.

Er hielt die Luger weiterhin auf den Teil des Waldrands gerichtet, aus dem, den Geräuschen nach zu urteilen, Chao Li-Hu jeden Augenblick auf die Lichtung treten musste.

»Das ist ein Ochsenkarren«, lautete die ganze Antwort.

Dann sah Erich auch schon den General, einen Ochsen und einen von ihm gezogenen kleinen Karren. Chao Li-Hu ging voran und führte den Ochsen an einem Strick zur Mitte der Lichtung. Der General wirkte erschöpft und niedergeschlagen. Erichs Verdacht, dass etwas schiefgelaufen war, verstärkte sich.

»Warum schicken Sie keinen Boten wie abgesprochen?«, wollte Erich wissen. »Ich dachte, Sie sind in Wanjing und setzen Ihre neuen Truppen in Marschbereitschaft.«

Kurz vor Erich und dem Flugzeug blieb Chao mit dem Ochsenkarren stehen.

»Es gibt keinen Boten, Herr Leutnant. Es gibt auch keine neuen Truppen.«

Der General sprach mit leiser Stimme, und die Enttäuschung schwang in jedem seiner Worte mit.

Erich ließ die Hand mit der Luger sinken und ging um das Flugzeug herum, bis er vor Chao stand. Jetzt sah er es auch in dem fahlen Morgenlicht deutlich: Die Enttäuschung stand General Chao geradezu ins Gesicht geschrieben.

Der Ochse stieß einen gutturalen Laut aus. Jetzt wusste Erich, was ihn an den Schrei eines Urzeitwesens erinnert hatte.

»Statt einer Armee haben Sie einen Ochsenkarren mitgebracht?«, fragte Erich ungläubig. »Was zum Teufel ist passiert?«

Chao stützte sich mit einer Hand auf den Ochsenkarren und sagte: »In Wanjing hat keine Verstärkung auf mich gewartet. Die Truppen sind nie dort gewesen. Auch Oberst Yüan war nicht da. Ich habe mich vorsichtig umgehört, weil ich nicht erkannt werden wollte. Niemand in Wanjing scheint etwas über Oberst Yüan und die Regimenter, die er nach Dairu bringen sollte, zu wissen.«

»Vielleicht ist der Oberst mit den Männern längst auf dem Weg nach Dairu.«

»Unmöglich«, sagte Chao Li-Hu. »Dann hätten sie durch Wanjing kommen müssen.«

Erich steckte die Luger zurück ins Lederholster und breitete ratlos die Arme aus.

»Was für eine Erklärung gibt es dann?«

»Ein Komplott Lin Gangs vielleicht, oder die Regierungstruppen haben die Verstärkung für die Schantung-Befreiungsarmee abgefangen. Möglicherweise ist Oberst Yüan etwas zugestoßen.« Der General stieß einen schweren Seufzer aus. »Ich weiß es nicht.«

»Und jetzt? Wie geht es weiter, *Herr General*?«

»Ersparen Sie mir Ihren Sarkasmus, Leutnant! Ich weiß, dass ein General ohne Truppen eine reichlich klägliche Figur abgibt. Trotzdem bin ich fest entschlossen, Dairu zurückzuerobern.«

»Und Helene sowie die anderen zu befreien«, ergänzte Erich.

»Ja, natürlich. Das ist doch selbstverständlich.«

Erich konnte nur hoffen, dass es für General Chao tatsächlich selbstverständlich war.

»Wie soll das im Einzelnen vonstattengehen?«, fragte er zweifelnd.

»Wir fliegen zurück und orientieren uns vor Ort darüber, was wir unternehmen können.«

Erich zog scharf die Luft ein und sagte: »Mit anderen Worten, General: Sie haben auch keine Ahnung.«

»Trotzdem lasse ich mich nicht unterkriegen. Haben Sie etwa den Mut verloren, Leutnant Schweiger? So kenne ich Sie ja gar nicht.«

»Das hat mit Mut nichts zu tun, nur mit klarem Verstand«, sagte Erich hart. »Schon der erste Teil Ihres Vorhabens – Plan will ich es nicht nennen –, das Zurückfliegen, wird am mangelnden Treibstoff scheitern. Wir haben auf dem Weg hierher zu viel verbraucht.«

General Chao lächelte schwach und zeigte mit dem Daumen über seine Schulter.

»Kein Problem, auf dem Karren hier habe ich mehrere Kanister Treibstoff.«

»Alle Achtung, Sie überraschen mich immer wieder. Aber haben Sie auch bedacht, dass wir ein paar helfende Hände benötigen, um dem *Drachen von Schantung* die nötige Startgeschwindigkeit zu verschaffen? Haben Sie die vielleicht auch da auf dem Karren?«

»Ja«, antwortete Chao Li-Hu zu Erichs Erstaunen. »Sonst noch etwas?«

Ungläubig ging Erich zu dem Karren und schaute auf die Ladefläche. Erst sah er die Kanister, dann den Gefangenen. Es war ein halbwüchsiger Chinese, gefesselt und geknebelt. Aus ängstlichen Augen sah er Erich an.

Erich wandte sich zu Chao um und starrte ihn an wie einen Geisteskranken.

»Sie haben ein Kind entführt, um unser Flugzeug anzuschieben? Der Junge da soll dafür sorgen, dass der *Drache* in Fahrt kommt?«

»Ich bin nicht übergeschnappt, Leutnant Schweiger, auch wenn Sie das zu glauben scheinen. Der Vater des Jungen da ist ein Bauer aus der Gegend. Dieser Bauer wiederum hat Freunde, die er im Augenblick zusammenruft. Mit denen wird er hier eintreffen, um uns den nötigen Schwung zu verleihen.«

Widerstreitende Gefühle ergriffen von Erich Besitz. Einmal war da die Abscheu vor der Art, auf die General Chao sich Hilfe verschaffen wollte. Andererseits musste er zugeben, dass es klappen konnte, und deshalb kam er nicht umhin zu hoffen, dass Chaos Kalkül aufging.

»Wäre es nicht einfacher gewesen, die Leute um Hilfe zu bitten?«

»Einfacher vielleicht, aber auch gefährlicher. Sie hätten uns bei den Behörden anschwärzen können, und dann wären vielleicht Regierungstruppen hier erschienen oder Lin Gangs Soldaten.«

»Und diese Gefahr besteht jetzt nicht?«

»Kaum. Der Vater dieses Jungen wird nicht riskieren, seinen ganzen Stolz zu verlieren, seinen einzigen Sohn. Seine anderen Kinder sind samt und sonders Mädchen.«

»Dann kann ich ja froh sein, dass Sie keine Horde kleiner Mädchen entführt haben.«

»Wie ich Ihnen bereits sagte: Ihren Sarkasmus können Sie sich sparen. Sie dürfen nicht denken, dass mir diese Sache Spaß macht. Ich war gezwungen zu improvisieren, das ist alles.«

»Jetzt ist es ohnehin zu spät, etwas zu ändern«, knurrte Erich und wuchtete den ersten Kanister aus dem Karren, um ihn zum Flugzeug zu tragen. »Sehen wir lieber zu, dass unser wackerer *Drache* etwas zu trinken erhält.«

Sie waren gerade mit dem Auftanken fertig, als sie leise Stimmen hörten, die allmählich lauter wurden.

»Das dürften die Bauern sein«, sagte der General und griff nach seinem Revolver. »Hoffen wir, dass sie friedlich bleiben!«

Auch Erich zog erneut seine Waffe.

»Woher wissen die Bauern überhaupt, wo sie uns finden?«, fragte er.

»An der Stelle, wo es von der Straße zu dieser Lichtung abgeht, habe ich die Mütze des Jungen an einen Baum gehängt. Ab da müssen sie nur den frischen Spuren des Ochsenkarrens folgen.«

»Den haben Sie wahrscheinlich auch dem armen Vater dieses Jungen abgenommen.«

Der General nickte leicht.

»Er bekommt ja beides zurück, den Jungen und den Karren samt Ochsen.«

»Jetzt müssen Sie mir nur noch sagen, wie und wo Sie den Treibstoff aufgetrieben haben. Den wird dieser unglückselige Bauer kaum auf dem Hof gehabt haben, um seinen Ochsenkarren damit anzutreiben.«

»Ich habe die Regierungsarmee bestohlen. Am Ortsrand habe ich ein Depot vorgefunden und einen sehr müden Wachtposten. Wenn der aufwacht, wird er sich über die Beule an seinem Hinterkopf wundern.«

Die Bauern, sieben an der Zahl, hatten die Lichtung erreicht und hielten am Waldrand mit düsteren Gesichtern an.

Erich konnte ihnen ihren Unmut nicht verdenken.

»Die sehen nicht gerade überglücklich aus, uns helfen

zu dürfen«, stellte er fest. »Wir sollten den Jungen freilassen, General, das wird sie ein wenig besänftigen.«

»Schon, aber wir bringen uns damit auch um unser Druckmittel.«

»Ein Freiwilliger wiegt schwerer als zwei Gepresste«, entgegnete Erich. »Wenn wir ihnen dazu noch etwas Geld für ihre Dienste geben, schauen sie vielleicht nicht länger so finster drein.«

»Und was machen wir, wenn sie stattdessen auf uns losgehen?«

Erich warf den Chinesen am Waldrand einen prüfenden Blick zu.

»Ich glaube nicht, dass sie das tun werden. Falls doch, dann haben wir immer noch unsere Schusswaffen.«

»Also schön«, seufzte General Chao. »Versuchen wir es auf Ihre Art!«

Bei diesen Worten vertauschte Chao den Revolver mit einem Messer, um den Jungen von Fesseln und Knebel zu befreien. Anschließend ging er mit dem ungefähr Vierzehnjährigen zu den anderen Chinesen und sprach mit ihnen.

Schließlich drückte er jedem von ihnen ein paar Geldmünzen in die Hand, mexikanische Silberdollars. Eine Währung, die hierzulande überall gern gesehen wurde und die auch in Tsingtau gängiges Zahlungsmittel war.

Das machte die Bauern wohl nicht gerade zu ihren Freunden, aber die Mienen der Männer hatten sich doch merklich aufgehellt. Für das Geld, das sie von General Chao erhalten hatten, hätten sie vermutlich lange und hart arbeiten müssen.

Bereitwillig schoben sie das Flugzeug zurück zur Straße,

und auch der Junge packte mit an. Erich und Chao achteten darauf, dass der *Drache* nicht gegen einen Baum oder einen Felsen stieß und dabei zu Schaden kam.

Außerhalb des Waldes war es inzwischen hell genug, dass Erich die Straße, ihre einzig mögliche Startbahn, sehen konnte. Er war nicht gerade angetan von dem unbefestigten, unebenen Untergrund, aber was blieb ihm und Chao Li-Hu anderes übrig?

Er versuchte, sich mit der Feststellung zu beruhigen, dass er den *Drachen* auf dieser Straße ja auch heil heruntergebracht hatte.

Aufmerksam schritt er den Weg ab, den er nach seinen Berechnungen für den Start benötigen würde, um sich jede Unebenheit einzuprägen. Dabei räumte er Steine und Äste beiseite.

Als das Flugzeug auf der Straße stand, erklärte der General den Bauern, dass sie mit dem Anschieben auf sein Handzeichen warten sollten.

Erich erklomm den Pilotensitz, und dann warf Chao Li-Hu den Propeller an. Zwei, drei Versuche, und der Motor lief rund.

Eilig kletterte der General auf den hinteren Sitz, als befürchte er, Erich könne ohne ihn wegfliegen.

Dann gab Chao das mit den Bauern verabredete Handzeichen. Sie schoben das Flugzeug an, und kurz darauf befanden sich Erich und der General in der Luft.

»Finden Sie den Weg zurück, Leutnant?«, rief Chao von hinten.

Erich drehte sich zu ihm um und nickte. »Selbstverständlich finde ich den, schließlich geht es um Helene!«

18

Helene hörte Stimmen, die auf sie einredeten, und sah dicht vor sich Gesichter in einem seltsam flackernden Licht. Undeutliche Gesichter, die ihr einmal sehr nah und dann wieder weit entfernt erschienen. Sie verwandelten sich in, böse Fratzen. Münder wurden zu gefräßigen Mäulern und Augen zu Seen, in denen sie zu versinken drohte.

Das musste ein Traum sein, ein böser Traum. Wie auch die Ermordung Dr. Ehrmanns nur ein Traum gewesen sein konnte. Sie würde bald erwachen und dann zusammen mit dem Doktor eine Tasse Kaffee trinken. Niemand würde einen so guten Menschen wie ihn grundlos ermorden, nicht einmal eine so abgrundtief schlechte Person wie Tsai Ju.

Wieder war ein Gesicht dicht vor ihr, sagte etwas, nein, schrie sie an. Es war ein Chinese, und er kam ihr bekannt vor. Aber sie konnte ihn nur schemenhaft erkennen, wie hinter einem Schleier aus Gaze.

Sie spürte, wie sie an den Armen gepackt und geschüttelt wurde. Es war ein fester Griff von kräftigen Händen, und er tat ihr weh. Doch all ihre Bemühungen, diese Hände abzuschütteln, schienen erfolglos. Sie fühlte sich so schwach, vollkommen kraftlos, als sei sie ein körperloses Wesen, nur ein Geist.

Dann fühlte sie einen heftigen Schmerz auf ihrer Wange. Das war ein Schlag gewesen, der sie wieder an den brutalen Offizier erinnerte.

»Tsai Ju, nein!«

Helene hatte diese Worte ausgestoßen, aber das wurde ihr erst hinterher bewusst.

»Ich bin nicht Tsai Ju«, sagte der Mann vor ihr. »Ich bin Zhong! Yang Zhong, der Kuli. Erkennen Sie mich nicht, Schwester Helene? Sie müssen aufwachen, endlich aufwachen! Hören Sie?«

Aufwachen!

Das Wort hämmerte in ihrem Kopf, als sie wieder und wieder durchgeschüttelt wurde.

Aufwachen!

Sie riss die Augen auf, so weit sie konnte, und dann sah sie ihn. Er war es wirklich.

»Zhong …«

Da waren noch andere um ihn herum: der Koch Tao-Wei, Ah-Kum und die vier anderen Waisen, die noch keine neuen Eltern gefunden hatten.

Und ein alter Chinese, dessen Namen sie nicht kannte, aber dessen Gesicht mit dem spitzen weißen Kinnbart ihr vertraut vorkam. Aus dem Lazarett, wie ihr wieder einfiel. Ja, er arbeitete dort als Helfer.

Aber wo war sie?

Dies war nicht ihr Quartier im Lazarettbereich von Dairu. Sie lehnte an hartem Stein, und auch der Boden und die Decke über ihnen waren aus Felsgestein. Eine Blendlaterne in der Hand des spitzbärtigen Alten schaukelte hin und her und sorgte für das flackernde Licht.

»Wo bin ich?«, brachte sie, noch immer schlaftrunken, mit belegter Stimme heraus. »Wie komme ich hierher?«

»Wir sind in einem alten Bergwerksstollen«, erklärte Zhong. »Er führt uns in die Freiheit, heraus aus Dairu. Wir sind auf der Flucht.«

»Aber warum fliehen wir?«

»Weil wir in Dairu nicht mehr sicher sind, besonders Sie nicht, Schwester Helene.«

»Wo … wo ist Doktor Ehrmann?«

Das Gesicht des Kulis verfinsterte sich.

»Der Herr Doktor ist tot. Erinnern Sie sich nicht daran? Es heißt, dieser elende Tsai Ju hat ihn vor Ihren Augen erstochen.«

Dr. Ehrmann tot? Dann war es kein böser Traum gewesen.

Plötzlich stand alles wieder vor ihr: der Lazarettvorbau, Tsai Ju, der zusammenbrechende Ehrmann, der blutige Degen.

Es war die grausame Wirklichkeit.

Helene erinnerte sich an Oberst Liang On, der ihr beigestanden und Tsai Ju in den Arrest geschickt hatte. Auf den Rat des Obersts hin hatte sie ihr Zimmer aufgesucht. Kurz darauf war ein von Oberst Liang geschickter Militärarzt erschienen, hatte sie kurz untersucht und ihr dann ein starkes Schlafmittel verabreicht. Ja, daher rührte ihre übergroße Müdigkeit.

»Ich weiß nur noch, dass ich eingeschlafen bin, nachdem ich das Mittel genommen habe«, murmelte sie. »Danach erinnere ich mich an nichts mehr.«

»Ein paar Stunden später wurde ich von Oberst Liang

geweckt«, sagte Zhong. »Man hatte ihm erzählt, dass wir uns gut kennen, Schwester Helene. Und man hatte ihm noch mehr erzählt. Tsai Ju war schon wieder auf freiem Fuß und wollte bald zum Lazarett kommen, um Sie zu verhaften.«

»Mich?«, fragte Helene erstaunt. »Warum?«

»Wegen Verrats und Spionage. Sie sollen wohl zum Tod verurteilt und hingerichtet werden.«

»Aber was soll ich denn getan haben?«

»Sie sollen Ihren Mann mit geheimen Informationen versorgt haben, und Ihr Mann soll diese Informationen, gemeinsam mit General Chao, in dem Flugzeug weggebracht haben.«

»Das ist blühender Unsinn, frei erfunden!«, empörte sich Helene.

»Ich weiß, aber so lautet der Vorwurf. Tsai Ju hat großen Einfluss auf General Lin Gang, besonders, weil Juan-Lan auf seiner Seite steht.«

»Diese Frau, ja, was hat die damit zu tun?«

»Juan-Lan hasst Sie, Schwester Helene, und sähe Sie am liebsten tot. Als Geliebte des Generals hat sie viel Macht über ihn.«

»Sie ist die Geliebte von General Chao, nicht von General Lin«, wandte Helene ein.

Zhong schüttelte den Kopf.

»Früher ja, aber das ist vorbei. Jetzt ist sie die Geliebte von General Lin.«

»Das ging schnell«, stellte Helene fest.

»Außerdem ist da noch der Arzt Teng Wei, der es geschafft hat, jetzt Leiter des Lazaretts zu sein«, fuhr der Kuli mit seinen erstaunlichen Eröffnungen fort. »Auch er hat Sie des Verrats beschuldigt.«

»Er hat Doktor Ehrmann und auch mich schon immer gehasst. Aber wie hat er es bloß so schnell geschafft, von einer Armee in die andere zu wechseln und auch noch Lazarettleiter zu werden?«

»Man munkelt, es sei sein Verräterlohn. Er hat wohl mit den Deserteuren, die Lin Gangs Armee den unbemerkten Anmarsch auf Dairu ermöglicht haben, gemeinsame Sache gemacht. Er soll ihnen bei der Flucht aus Dairu geholfen haben.«

»Zuzutrauen ist es ihm«, fand Helene und versuchte, mit ihrem noch trägen Gehirn das Gehörte zu verarbeiten. »Oberst Liang hat dich also gewarnt?«

»Ja, er ist ein guter Mann. Er sagte, wir sollten schnell von hier verschwinden. Da fielen mir die alten Stollen ein, von denen Ning mir einmal erzählt hatte. Er hat früher selbst dort gearbeitet und kennt sich in ihnen aus wie kaum jemand sonst. Sagt er jedenfalls.«

»Und wer ist dieser Ning?«

»Das ist Ning.«

Zhong zeigte auf den Alten mit der Laterne, und der verbeugte sich lächelnd.

Helene nickte ihm freundlich zu und fragte: »Warum hilfst du uns, Ning?«

»Ihr seid gute Menschen«, antwortete Ning mit dünner Greisenstimme. »Ich helfe gern.«

»Aber du bringst damit dein Leben in Gefahr.«

»Das ist gleichgültig. Mein Leben ist ohnehin bald vorüber.«

Helene ließ ihren Blick über die anderen schweifen und stellte fest: »Fang ist nicht hier? Wo ist sie?«

»Sie fühlte sich zu schwach, um mit uns zu kommen«, antwortete der Kuli.

»Aber man wird sie verhören.«

»Sie kann uns nicht verraten, weil sie unseren Fluchtweg nicht kennt. Auch sagt sie, sie fürchtet das Verhör nicht. Wenn Lin Gangs Männer sie foltern wollen, dann wird sie vorher sterben.«

»Woher will sie das wissen?«

»Sie ist alt und weise«, erklärte Zhong, und das schien ihm als Erklärung vollkommen zu genügen.

»Noch jemand fehlt«, sagte Helene. »Wo ist Meng?«

»Niemand hat ihn mehr gesehen, seitdem die Granaten niedergingen.«

Noch ein Toter aus den Reihen der ihr lieb gewordenen Menschen? Das wollte sie nicht glauben, aber sie musste sich wohl mit dem Gedanken abfinden, den jungen Meng niemals wiederzusehen.

Dann dachte sie an die Patienten aus dem Lián-Hospital, die an der Evakuierung teilgenommen hatten. Zwei Männer waren zwischenzeitlich gesundet und hatten sich, so wie Meng, zur Schantung-Befreiungsarmee gemeldet. Ob aus Überzeugung oder der Prämie und des Soldes wegen, wusste sie nicht.

Aber ein weiterer Mann und zwei Frauen lagen noch im Lazarett, und Helene fragte den Kuli nach ihnen.

»Wir konnten sie nicht mitnehmen«, lautete Zhongs Antwort. »Wie auch? Sie können kaum gehen, und wir hätten sie tragen müssen. Unmöglich!«

Helene musste ihm zustimmen, so leid es ihr auch tat.

»Du hast recht, Zhong, das hatte ich nicht bedacht. Die Entscheidung, sie im Lazarett zu lassen, war richtig. Dort sind sie besser aufgehoben.«

»Wir müssen weiter!«, drängte Zhong. »Bisher haben Tao-Wei und ich Sie getragen, Schwester Helene, aber auf die Dauer geht das nicht. Deshalb mussten wir Sie wecken. Hoffentlich können Sie laufen, wenn wir Sie stützen.«

»Es wird schon gehen«, sagte sie leise und stand mit Zhongs Hilfe auf. »Es muss einfach!«

Helene war recht wacklig auf den Beinen, aber sie hoffte, dass sich das bald geben würde. Der Gedanke an die Menschen, die hier bei ihr waren, gab ihr Kraft.

Tsai Ju, Juan-Lan und Teng Wei – sie alle hatten es in erster Linie auf Helene abgesehen. Wären Zhong, Tao-Wei, Ning und die Waisenkinder in Dairu geblieben, wäre ihnen vermutlich nichts Schlimmes widerfahren. Aber sie hatten es vorgezogen, sie zu begleiten, aus Treue und Zuneigung. Jetzt war es an ihr, sie alle nicht zu enttäuschen und die Flucht nicht zu erschweren.

Ah-Kum trat auf sie zu und hielt den Plüschteddy fest in ihren Händen. Sie streckte den Teddy zu Helene hin, und seine Pfote streichelte ihre Wange.

Helene zog das Kind an sich und schloss es fest in die Arme. Dabei spürte sie, wie ein tiefes Glücksgefühl sie erfüllte. Sie wollte Ah-Kum und die anderen um keinen Preis der Welt enttäuschen.

»Danke, Ah-Kum«, sagte sie unter Tränen und blickte dann in die Runde. »Vielen Dank euch allen!«

Tief durchatmend nahm sie Ah-Kum an der Hand und ging mit ihr hinter dem alten Ning und seiner schwankenden Laterne her – ihrer aller Freiheit entgegen, wie sie hoffte.

19

»Halten Sie auf diesen Berg zu!«

Verwundert nahm Erich zur Kenntnis, was General Chao Li-Hu ihm von hinten ins Ohr brüllte. Er drehte sich kurz zu seinem Passagier um und blickte ihn skeptisch an.

»Wollen Sie, dass wir gegen den Gipfel prallen? Ich muss die Maschine erst höherziehen.«

Der General schüttelte den Kopf.

»Nein, Sie müssen um den Gipfel herum.«

»Und dann?«

»Dahinter ist eine Hochebene, verhältnismäßig eben. Dort müsste ein erfahrener Flieger wie Sie landen können. Von da ist es nicht mehr weit nach Dairu, ungefähr ein halber Tagesmarsch.«

»Ein erfahrener Flieger würde sich auf solch einen Wahnsinn gar nicht einlassen«, brummte Erich. »Die Luftströmungen hier oben können uns gegen den Berg werfen und uns zerquetschen, wie man eine Fliege mit dem Finger zerquetscht.«

Aber er tat, wie Chao ihm geheißen hatte. Er wollte so schnell wie möglich wieder bei Helene sein.

Ein ungutes Gefühl hatte von ihm Besitz ergriffen und ließ ihn nicht wieder los: das Gefühl, dass sich Helene in großer Gefahr befand. Angst um ihr Leben hatte ihn gepackt, und er dachte unentwegt daran, sie endlich wieder in seine Arme schließen zu können.

Erich zog den *Drachen von Schantung* nach links und flog eine weite Kurve um den Gipfel. Eine plötzliche Bö packte das Flugzeug, schüttelte es durch und drückte es in Richtung des Berges. Erich hatte damit gerechnet, und er steuerte gegen, bis er den *Drachen* aus der Gewalt des Windes befreit hatte.

Er sah den General an und grinste.

»Das war besser als in einer Jahrmarktsgondel, oder?«

Mit ernstem Gesicht erwiderte Chao: »Es wäre mir lieber, wenn Sie nach vorn sehen, Leutnant.«

Bald tauchte vor ihnen die von Chao beschriebene Hochebene auf. Zweifellos war sie groß genug für eine Landung, aber war sie wirklich so eben, dass »ein erfahrener Flieger« dort landen konnte?

Erich hatte da seine Zweifel. Er ließ den *Drachen* sinken und erkannte immer mehr Unebenheiten: Felsen, Geröll, kleine Senken und auch Buschwerk, das sich beim Landemanöver verhängnisvoll auswirken konnte.

Tiefer und tiefer sanken sie, und in nur wenigen Metern Höhe ging es über das Plateau, bis es hinter ihnen lag. Sofort zog Erich das Flugzeug wieder höher.

Er spürte Chaos Hand auf seiner Schulter, und der General rief: »Was machen Sie denn da? Warum sind Sie nicht gelandet?«

»Weil ein erfahrener Pilot sich bei einem unbekannten Landeplatz erst einen Überblick verschafft.« Erich zeigte in Richtung der Hochebene. »Dort gibt es etliche Hindernisse, die uns zum Verhängnis werden können. Wenn unser

Drache sich in einem Gebüsch oder einer Bodenrinne verfängt und überschlägt, kann das leicht damit enden, dass wir beide uns das Genick brechen.«

»Verstehe«, erwiderte Chao Li-Hu. »Sie werden das schon hinkriegen.«

»Ihr Wort in Gottes Ohr!«

Ein weiteres Mal überflog Erich das Plateau und prägte sich einen relativ eben aussehenden Bodenstreifen ein. Der Streifen verlief nicht ganz gerade, aber das wäre auch zu schön gewesen.

Nachdem er das Flugzeug erneut hochgezogen hatte und eine Kurve hatte fliegen lassen, setzte er zum Landeanflug auf diesen Bodenstreifen an.

»Gut festhalten, General!«

Schon setzte der *Drache* auf und rumpelte über den mit Moos bewachsenen Boden. Erich steuerte nach rechts, um einem Felsen auszuweichen, dann nach links, weil ein verkrüppelter Baum im Weg stand. Die beiden Männer wurden gehörig durchgeschüttelt und hüpften in ihren Sitzen auf und ab. Dann stand das Flugzeug endlich still, und nur noch das durch den laufenden Motor hervorgerufene Vibrieren war zu spüren, bis Erich den Motor ausstellte.

Sie kletterten nach draußen, wo General Chao sagte: »Meinen Glückwunsch, Leutnant Schweiger! Das war ein Meisterstück!«

Erich nahm die Fliegerhaube ab und wischte sich den Schweiß von der Stirn.

»Ein Meisterstück mit einer großen Portion Glück. Eine kleine Abweichung nur vom richtigen Kurs, und der *Drache* wäre nur noch Kleinholz. Unsere Knochen ebenso.«

»Aber Sie sind nicht vom richtigen Kurs abgewichen!« Chao klopfte ihm fast kameradschaftlich auf die Schulter. »Das macht Ihnen so leicht keiner nach!«

Ohne auf das Kompliment einzugehen, ließ Erich den Blick über die öde Hochebene schweifen. Er sah nichts außer Felsen, Sträuchern und ein paar verkrüppelten Bäumen.

»Wie geht es jetzt weiter?«, wollte er von General Chao wissen.

Der zeigte nach Nordosten. »Da liegt Dairu, hinter der nächsten Hügelkette. Der Weg ist nicht so schwierig, wie es aussieht. Das Gelände fällt von hier aus sanft ab, und mehrere Pfade führen zwischen den Hügeln hindurch. Wie gesagt, ein halber Tagesmarsch.«

»Gibt es unterwegs vielleicht eine Berghütte zum Einkehren?«, fragte Erich, der seinen leeren Magen spürte. »Sie hätten in Wanjing ruhig auch etwas Verpflegung besorgen können.«

»Ich wollte nicht weiter auffallen.«

»Dann sollten wir uns wohl auf den Weg machen. Auch wenn mir immer noch nicht klar ist, was wir gegen General Lin Gangs Armee unternehmen sollen.«

»Wie sagt man doch bei Ihnen in Deutschland? Kommt Zeit, kommt Rat.«

»Na, hoffen wir's«, seufzte Erich und klopfte leicht gegen den Flugzeugrumpf. »Mach's gut, mein Mädchen. Es war ein Vergnügen, mit dir zu fliegen.«

Die Sonne erreichte ihren höchsten Stand, während die beiden Männer sich immer weiter talwärts bewegten. Ein

Spaziergang war es entgegen General Chaos beschönigenden Worten nicht gerade. An manchen Stellen gab es keinen erkennbaren Weg, und sie mussten über Felsen oder Geröllhalden klettern.

Erich beschwerte sich nicht über die Anstrengung, vergaß er darüber doch wenigstens zeitweilig seinen knurrenden Magen.

Aber ein Gefühl begleitete ihn ständig: die Angst um Helene.

Es war merkwürdig. Zwar war er, wie er annahm, auf dem Weg zu ihr, doch je näher er ihr kam, desto größer wurde seine Angst.

Als wollte ihn ein geheimnisvoller sechster Sinn warnen, ihn davon in Kenntnis setzen, dass Helene in größter Gefahr schwebte.

Erich versuchte, rational zu denken. Seine Befürchtungen waren vermutlich nur auf seine Übernächtigung, den Hunger und die Aufregungen der letzten vierundzwanzig Stunden zurückzuführen.

Doch sooft er sich das auch sagte, die quälende Angst um Helene blieb.

Als sie die Talsohle fast erreicht hatten und sich einem Kiefernwäldchen näherten, sah Erich im Sonnenlicht etwas aufblitzen. Ein Stück Metall zwischen den vordersten Bäumen. Vielleicht ein Gewehr?

»In Deckung, General«, rief er geistesgegenwärtig und sprang auch schon hinter einen lang gestreckten Felsen, der ihm Deckung bot.

Aus den Augenwinkeln sah er, dass der General ebenfalls schnell reagierte und sich in eine tiefe Mulde zu seiner Linken warf.

Während Erich seine Luger aus dem Lederholster zog, hörte er einen Schuss, seiner Einschätzung nach von einem Karabiner. Nur etwa einen Fingerbreit neben dem Felsen schlug die Kugel ins aufspritzende Erdreich ein.

»Ergebt euch!«, rief eine Männerstimme auf Chinesisch aus dem Wald heraus. »Wir sind euch vielfach überlegen.«

»Woher sollen wir das wissen?«, erwiderte Chao, der seinen Revolver in der Rechten hielt.

Die Antwort ließ ein, zwei lange Minuten auf sich warten. Bis das Loskrachen einer ganzen Salve das Tal erfüllte und die Kugeln rings um Erich und Chao einschlugen.

»Sie sind uns wirklich vielfach überlegen«, sagte Erich leise zu Chao Li-Hu und sprach dabei deutsch in der Hoffnung, dass die Männer da vorn im Wald seine Muttersprache nicht verstanden. »Haben Sie schon einen Plan, General?«

»Ja, aber der wird Ihnen so wenig gefallen, wie er mir gefällt.«

»Lassen Sie hören!«

»Wenn wir kämpfen, werden wir den Kampf verlieren und womöglich dabei draufgehen. Hier im Nichts zu krepieren halte ich für ein reichlich unwürdiges Ende. Zurückziehen können wir uns auch nicht, dann knallen sie uns ab wie die Hasen.«

»Dann bleibt uns nur die Kapitulation«, stellte Erich ernüchtert fest.

»Sie haben es erfasst, Leutnant. Einverstanden?«

»Einverstanden. Dann übergeben Sie Ihre Zweimannarmee mal dem Feind!«

Chao machte ein ernstes Gesicht und nickte.

Dann rief er auf Chinesisch: »Wir ergeben uns. Nicht schießen!«

Die fremde Stimme erwiderte: »Werft eure Waffen weg, aber so, dass wir es sehen können. Dann steht auf und kommt mit hinter dem Kopf verschränkten Händen zum Waldrand!«

Erich wechselte einen kurzen Blick mit Chao Li-Hu und las das Einvernehmen in dessen Miene. Fast zeitgleich schleuderten sie ihre Waffen über den Boden, erhoben sich, verschränkten die Arme hinter dem Kopf und gingen langsam auf den Wald zu.

»Wenn die uns abknallen wollen, haben sie jetzt die beste Gelegenheit«, knurrte Erich leise auf Deutsch. »Ob es Soldaten oder Banditen sind?«

Der General blieb abrupt stehen, nahm zu Erichs Verwunderung die Arme herunter und sagte laut: »Es sind Soldaten – meine Soldaten!«

Ein ganzer Trupp Männer trat vor ihnen aus dem Wäldchen, und sie trugen die graue Uniform der Schantung-Befreiungsarmee. Viele der Soldaten sahen mitgenommen aus, trugen eine unvollständige oder zerrissene Uniform.

Ein kleiner, sehniger Offizier blieb vor Chao Li-Hu stehen und salutierte.

»Hauptmann Chia vom Zweiten Infanterieregiment mit zwanzig Mann zur Stelle, Herr General. Ich bitte um Verzeihung, aber ich habe Sie nicht gleich erkannt.«

Chao erwiderte den militärischen Gruß. »Sie haben vollkommen korrekt gehandelt, Hauptmann Chia. Ich freue mich, Sie und Ihre Männer zu sehen. Was tun Sie hier?«

Chias Miene verfinsterte sich.

»Leider ist es den feindlichen Truppen gestern Abend gelungen, Dairu einzunehmen. Ich konnte mit einigen Männern entkommen. Noch einmal zwanzig Mann lagern nicht weit von hier, allesamt mit kleineren oder größeren Wunden. Wir sind auf der Suche nach weiteren Versprengten.«

»Vierzig Mann, das ist nicht viel«, sagte General Chao leise, und es war eine der seltenen Gelegenheiten, bei denen Zweifel in seinen Worten mitschwangen. Aber er fasste sich wieder und erkundigte sich nach Helene und Dr. Ehrmann.

»Das ist eine schlimme Sache, Herr General«, sagte der Hauptmann betreten. »Ich habe erst heute davon gehört, von einem Verwundeten, der am Morgen zu uns gestoßen ist.«

»Was ist passiert?«, fragte Erich, dessen bohrende Angst um Helene ihm innerhalb von Sekunden alle möglichen schlimmen Nachrichten vorgaukelte.

Chia berichtete von Dr. Ehrmanns Ermordung durch Tsai Ju.

»Tsai Ju, dieser tollwütige Hund!«, machte der General seinem Zorn Luft. »Ich hätte ihn wirklich niederschießen sollen, als Gelegenheit dazu war.«

Erich trat dicht vor den Hauptmann und fixierte ihn.

»Was ist mit meiner Frau, mit Schwester Helene?«

»Das weiß ich nicht genau. Es heißt nur, ihr drohe eine Anklage wegen Verrats und Spionage.«

»Warum das?«

Der Hauptmann sah Erich bedauernd an.

»Ich weiß es wirklich nicht.«

Erich und Chao Li-Hu sammelten ihre Waffen ein und begleiteten die unverhoffte Verstärkung zu ihrem Lagerplatz in einem kleinen Talkessel. Unter den dort wartenden Verwundeten befanden sich gleich zwei bekannte Gesichter: Feldwebel Ma Cheung und der junge Meng.

Beide hatte es zum Glück nicht schlimm erwischt. Bei einem Granateinschlag in den Flugzeughangar war Ma Cheung, der draußen auf dem Platz gestanden hatte, von herumfliegenden Trümmerteilen am Kopf getroffen worden, um den er jetzt einen dicken Verband trug.

Meng hatte sich einen Granatsplitter eingefangen, der in seine linke Schulter gedrungen war. Glücklicherweise hatte ein Sanitäter, der auch zu dem kleinen Trupp der Entkommenen zählte, den Splitter herausziehen können. Jetzt trug Meng einen Verband um die Schulter und den linken Arm in einer Schlinge.

Erich fragte die beiden, ob sie etwas über Helene wussten, aber sie hatten Helene und Ehrmann zuletzt am Mittag des vergangenen Tages gesehen, auf dem Übungsplatz während des Granatenbeschusses.

»Es sah so aus, als wollten sich Doktor Ehrmann, Schwester Helene und die anderen zum Lazarett durchschlagen«, berichtete Meng. »Das ist das Letzte, was ich von ihnen gesehen habe.«

Auch Feldwebel Ma wusste nicht mehr über Helene und ihre Begleiter zu berichten.

Hauptmann Chia und seine zusammengewürfelte Truppe

verfügten über einen ausreichenden Verpflegungsvorrat. So konnten Erich und General Chao ihren Hunger mit einem Hirsebrei stillen. Der Mann, der ihn gekocht hatte, entschuldigte sich dafür, dass er kein Koch sei, nur ein einfacher Soldat.

Erich nickte ihm zu, war in Gedanken aber ganz woanders – bei Helene.

20

Helene blinzelte ungläubig, als sie vor sich und nicht allzu weit entfernt einen hellen Fleck sah. Der Fleck war blau und wirkte so ganz anders als der gelbliche Schein der Blendlaterne. Als sie verwundert stehen blieb, wäre Zhong, der die kleine Ah-Kum inzwischen auf den Arm genommen hatte, fast gegen sie geprallt.

»Was haben Sie denn, Schwester Helene?«, fragte er. »Weshalb halten Sie an?«

»Vielleicht täusche ich mich«, sagte sie leise, von Zweifeln geplagt. »Aber ich glaube, da vorn ist Tageslicht!«

Der Kuli blinzelte angestrengt, bemüht, das Tageslicht zu erkennen.

»Ich weiß nicht recht«, sagte er gedehnt. »Es wäre schön, wenn wir endlich aus diesen Stollen herauskämen. Ich würde den Rückweg nicht mehr finden.«

Helene dachte an die Gabelungen und Abzweigungen, die hinter ihnen lagen.

»Ich auch nicht, Zhong. Aber vielleicht – hoffentlich – haben wir es bald geschafft!«

Zhong drängte sich an ihr vorbei und schloss eilig zu dem alten Ning mit der Laterne auf, der unbeirrt einen Fuß vor den anderen setzte.

»Verzeih, Ning, aber ist das da vorn Tageslicht?«, fragte er.

»Aber ja, was sonst? Noch ein paar Schritte, und wir sind durch den Berg.«

Diese von dem Alten wie eine Selbstverständlichkeit vorgebrachte Erklärung spornte alle an, ihre Schritte zu beschleunigen.

Ein frischer Luftzug wehte ihnen entgegen, und dann standen sie auch schon vor dem Durchlass ins helle Tageslicht. Er wirkte erstaunlich klein, kaum tellergroß. Aber das lag daran, dass er von außen mit Buschwerk zugewachsen war.

Der kräftige Zhong setzte Ah-Kum ab und gab sie in Helenes Obhut. Erst jetzt bemerkte Helene, dass er ein großes Messer bei sich trug. Damit bearbeitete er das Gebüsch, bis die Öffnung groß genug war, damit sie sich ins Freie durchzwängen konnten.

Die Sonne stand bereits recht hoch, es musste später Vormittag sein. Da wurde Helene erst bewusst, was für ein langer Weg es durch die Stollen gewesen war.

Plötzlich spürte sie wieder die große Müdigkeit in sich. Vielleicht wirkte das Schlafmittel immer noch nach. Sie fühlte sich schwindlig und schien zu schwanken. Ah-Kum blickte sie erschrocken an.

Zhong sprang hinzu, hielt Helene fest und ließ sie sanft zu Boden gleiten.

»Ruhen Sie sich etwas aus, Schwester Helene. Sie waren sehr tapfer und haben Ruhe nötig.«

»Ja, ein wenig, aber nicht lange.«

Noch während sie das sagte, fielen ihr die Augen zu. Das spärliche Gras, auf dem sie lag, erschien ihr so weich wie das schönste Federkissen.

»Aufwachen, Schwester Helene, aufwachen!«, hörte sie eine eindringliche und dennoch sanfte Stimme.

Wieder war es Zhong, der sie wach rüttelte. Als sie die Augen öffnete, schmerzte das blendende Sonnenlicht. Wo stand die Sonne?

»Nachmittag?«, fragte sie verblüfft. »Ist es etwa schon Nachmittag?«

»Ja, und wir müssen hier weg!«, sagte Zhong im Flüsterton. »Sie haben uns aufgespürt, Tsai Ju und ein Verfolgertrupp!«

Diese Nachricht traf Helene wie ein Schlag ins Gesicht, und sie war von einer Sekunde zur anderen hellwach.

»Sind sie uns durch die Stollen gefolgt?«

»Nein, Schwester Helene, sie haben einen anderen Weg genommen. Ich weiß nicht, welchen, und ich weiß auch nicht, wie sie uns gefunden haben. Aber sie sind da! Ich wollte die Gegend erkunden, und da habe ich sie gesehen. Sie kommen auf uns zu. Wahrscheinlich wissen sie, dass es in diesem Bereich alte Stollenausgänge gibt.«

Zhong half Helene auf die Beine und nahm dann Ah-Kum auf den Arm. Auch Tao-Wei nahm ein Waisenkind hoch. Die größeren Kinder mussten auf ihren eigenen Beinen laufen.

»Los jetzt!«, drängte Zhong und blickte die Kinder an. »Seid schnell und leise!«

Sie liefen einen unebenen Abhang hinunter, der mit Farn und kleineren Büschen bewachsen war. Dabei verfing sich ein Fuß Tao-Weis in einer Farnranke, und der Koch stürzte hin. Der Junge, den er auf dem Arm getragen hatte, wurde weggeschleudert und überschlug sich mehrmals. Kaum lag er still, da fing er auch schon laut zu weinen an.

Hinter ihnen ertönten laute Zurufe – die Stimmen ihrer Verfolger.

»Sie haben uns gehört«, stellte Zhong fest. »Jetzt wissen sie, dass sie uns nahe sind. Wir müssen uns beeilen, weiter!«

Aber so schnell ging es nicht weiter. Tao-Wei hatte sich den Fuß verstaucht und musste von dem alten Ning gestützt werden.

Helene nahm Ah-Kum auf den Arm und Zhong den noch immer weinenden Jungen, der aus einer kleinen Wunde an der Stirn blutete. Wahrscheinlich war er gegen einen Stein gestoßen.

Sosehr sie sich auch beeilten, sie waren zu langsam, viel zu langsam. Die Stimmen hinter ihnen wurden lauter, und schon bald sahen sie ihre Verfolger in den blauen Uniformen.

Die wiederum hatten auch die Flüchtenden erspäht und gaben ein paar Schüsse auf sie ab, aber niemand wurde getroffen. Vielleicht waren es nur Warnschüsse in die Luft gewesen.

»Weiter!«, trieb der unermüdliche Zhong sie an, als hätten sie noch irgendeine Aussicht, den Soldaten zu entkommen.

In Wahrheit war die Angelegenheit entschieden. Auch mit Nings Hilfe kam Tao-Wei nicht besonders schnell voran. Ah-Kum schien mit jeder Minute schwerer zu werden und Helene langsamer. Die anderen Kinder konnten auch nicht so schnell laufen wie die Verfolger.

Der Einzige, der eine Chance zu entkommen gehabt hätte, wäre Zhong gewesen, hätte er sich nicht um die anderen gekümmert.

Als Helene ihm vorschlug, sich allein in Sicherheit zu bringen, sagte er nur ein Wort: »Niemals!«

Wieder krachten Schüsse, und die Kugeln fuhren zwischen ihnen in den Boden. Ning stieß ein lautes Stöhnen aus und brach auf der Stelle zusammen.

Tao-Wei beugte sich über ihn und sagte mit fahlem Gesicht: »Ein Schuss in die Seite. Ning ist schwer verletzt.«

Sofort begann der Koch, Stoffstreifen aus seinem Kittel zu reißen und den Verletzten damit zu verbinden. Helene setzte Ah-Kum ab, eilte zu ihm und half ihm, Nings Blutung zu stillen. Der alte Mann atmete schwer und stoßweise, aber nach ihrer Meinung bestand Hoffnung, dass er überlebte.

Ihre Flucht war zu Ende. Sie waren am Ende ihrer Kräfte. Und falls sie doch zu entkommen versuchten, konnten ihre Verfolger sie jederzeit mit ihren Kugeln niederstrecken, wie sie es mit dem alten Ning getan hatten.

Also blieben sie einfach da, wo sie waren, und blickten den Soldaten, etwa zwanzig an der Zahl, entgegen. Zhong hatte sich nicht getäuscht, sie wurden tatsächlich von Tsai Ju angeführt.

Auf dessen Gesicht zeichnete sich große Befriedigung ab, als er sah, dass die Flüchtenden aufgegeben hatten. Sein Blick war fest auf Helene geheftet, und das Brennen in seinen Augen gefiel ihr gar nicht.

Vergeblich fragte sie sich, warum er sie mit seinem Hass verfolgte.

Wahrscheinlich war es gar nicht zu erklären. Er war eine Bestie in Menschengestalt.

Ihre erste zufällige Begegnung hatte sie in seinen Augen zu seinem Opfer bestimmt. Dadurch gehörte sie ihm. So oder ähnlich musste er es sehen.

Die Soldaten hatten ihr Eiltempo verringert und kamen jetzt gemäßigten Schrittes auf die Gejagten zu. Wenige Meter vor Helene blieb Tsai Ju stehen, seinen Revolver eher lässig auf sie gerichtet.

»Da haben wir uns ja wieder«, sagte er voller Befriedigung. »Noch einmal wirst du mir nicht entkommen. Die Frage ist nur, ob du jetzt und hier durch meine Kugel sterben willst oder lieber durch ein Exekutionskommando in Dairu – nach deiner Verurteilung als Spionin und Verräterin, du Dreckstück!«

»Schießen Sie ruhig«, sagte Helene mit einer Gelassenheit, die sie selbst erstaunte. »Niemandem sonst bereitet es wohl so viel Spaß, auf wehrlose Frauen zu schießen, wie Ihnen.«

Ah-Kum war in ihre Nähe getreten. Helene gab ihr ein Zeichen, stehen zu bleiben. Sie wollte Ah-Kum nicht gefährden, falls Tsai Ju wirklich schoss.

Obwohl Helenes Blick jetzt wieder auf Tsai Ju gerichtet war, sah sie Erich vor sich. Er war in ihren Gedanken, weil sie beschlossen hatte, mit einer schönen Erinnerung zu sterben. Mit der Erinnerung an die Stunden, die sie und Erich in den aufregenden letzten Wochen miteinander verbracht hatten.

»Vielleicht sollte ich es wirklich hier erledigen.« Bei diesen Worten streckte Tsai Ju den rechten Arm mit dem

Revolver aus und zog den Hahn zurück, bis er mit einem leisen Klicken einrastete. »Du hast mir genug Ärger bereitet, weiße Hure!«

Helene hörte das Krachen des Schusses und wartete auf den Schmerz der Kugel, die in ihren Körper eindrang. Aber sie spürte keinen Schmerz.

Stattdessen fiel ihr auf, dass der Hahn von Tsai Jus Revolver noch gespannt war. Also konnte er gar nicht derjenige gewesen sein, der geschossen hatte.

Seine rechte Hand zuckte, und der Revolver fiel zu Boden, wo sich der Schuss löste, ohne Unheil anzurichten. Mit einem Blick voller Unglauben, der auf Helene gerichtet war, knickte der Chinese ein und stürzte vornüber. Sein Körper zuckte zwei-, dreimal, dann lag er still. Eine Kugel war in seine Stirn gedrungen und hatte sein Leben beendet.

»Waffen fallen lassen, Hände hoch!«

Die Stimme, die diesen Befehl ausgestoßen hatte, kam ihr bekannt vor, und sie blickte sich um.

Eine ganze Reihe von Soldaten in grauer Uniform erhob sich hinter dem Buschwerk. Sie waren den Männern in Blau zahlenmäßig überlegen und hatten diese in einem Halbkreis umstellt.

»Waffen fallen lassen!«, wiederholte die vertraute Stimme. »Wer nicht gehorcht, stirbt!«

Die Stimme gehörte General Chao Li-Hu, der, einen Revolver in der Rechten, an der Spitze seiner Männer stand.

Helene hatte nicht die geringste Ahnung, woher Chao Li-Hu und seine Soldaten so unerwartet kamen, aber das war in diesem Augenblick auch gleichgültig. Sie war ihnen einfach nur dankbar.

Hinter ihr erklang eine andere, ebenfalls vertraute Stimme: »Lass das mit dem Gerettetwerden in letzter Sekunde bloß nicht zur Gewohnheit werden, Lene!«

»Erich?«

Sie wirbelte herum. Nur wenige Schritte vor ihr stand Erich und steckte seine Pistole in die Ledertasche an seiner Seite. Sein rotes Haar wehte im Wind. Er lächelte und wirkte zutiefst erleichtert.

»Erich!«, rief sie noch einmal, und schon Sekunden später lagen sie sich in den Armen.

Helene wusste hinterher nicht zu sagen, ob sie zu ihm oder er zu ihr gelaufen war. Es war auch nicht wichtig. Wichtig war nur, dass sie zusammen waren und einander festhielten.

Seine Lippen trafen ihre, und es war der intensivste Kuss ihres Lebens.

»Ich habe solche Angst um dich gehabt, Lene«, flüsterte er ihr ins Ohr. »Solche Angst!«

Die Soldaten in Blau ergaben sich der Übermacht, und überrascht erkannte Helene den jungen Meng unter den Siegern.

General Chao trat zu ihr und Erich und blickte Helene besorgt an.

»Ist alles in Ordnung, Schwester Helene?«

Lächelnd nickte sie.

»Vielen Dank für die Hilfe, Kang!«

Diesmal fiel es ihr leicht, den Namen zu benutzen, unter dem sie ihn kennengelernt hatte.

Er trat zu Tsai Ju und sah kurz zu ihm hinab, bevor er mit lauter Stimme zu den überwältigten Feinden sagte: »Hier liegt ein tollwütiger Hund, der es nicht anders verdient hat. Ihr seid einem Verräter und Mörder gefolgt. Jetzt gebe ich euch Gelegenheit, für eine gerechte Sache zu kämpfen. Jeder, der sich der Schantung-Befreiungsarmee anschließt, entgeht der Gefangenschaft und erhält zusätzlich zu seinem Sold eine Prämie von fünfzig mexikanischen Dollar!«

Helene sah Erich an und fragte: »Was tut er da?«

»Der General stellt eine neue Armee auf, um Dairu zurückzuerobern.«

Besorgnis erfüllte Helene, und sie umklammerte fest Erichs Arme.

»Wirst du auch zu dieser Armee gehören?«

Zu ihrer Erleichterung schüttelte er den Kopf.

»Nein, Lene, ab sofort bin ich wieder der Zivilist Erich Schweiger.«

Während General Chao noch damit beschäftigt war, möglichst viele der Gefangenen zum Überlaufen zu bewegen, erzählte Erich Helene und ihren Gefährten in knappen Worten, was er und Chao seit ihrer Flucht aus Dairu erlebt hatten, bis zu dem Zusammentreffen mit den entkommenen Soldaten.

»Wir marschierten in Richtung Dairu, in der Hoffnung, auf weitere Versprengte der Schantung-Befreiungsarmee zu treffen. Da hörten wir plötzlich Schüsse und sind in die Richtung gelaufen, aus der wir sie zu vernehmen glaubten.«

»Zum Glück!«, sagte Helene.

Erich nickte und warf einen Blick auf den toten Tsai Ju.
»Und zum Glück habe ich den Mistkerl mit dem ersten Schuss getroffen!«

21

Helene und ein Sanitäter aus General Chaos Truppe hatten in einer Notoperation die Kugel aus dem alten Ning herausgeholt und die Wunde so gut versorgt, wie es ihnen möglich war, als der General sie um ein Gespräch unter vier Augen bat. Sie willigte ein und folgte ihm zu einer abgelegenen Baumgruppe, wo sie sich auf einem großen Stein niederließ. Chao Li-Hu dagegen blieb stehen und wirkte ungewohnt nervös.

»Sie wundern sich bestimmt über dieses Gespräch, Helene«, begann er zögernd.

»Keineswegs«, erwiderte sie und schien ihn damit zu überraschen. »Ich habe so etwas schon erwartet.«

»Als ich sie in Dairu zum Dinner eingeladen habe, ist der Abend leider sehr unglücklich verlaufen. Natürlich ist das meine Schuld. Ich hätte Sie gar nicht erst in eine Situation bringen dürfen, in der Juan-Lan Ihnen gegenübertritt.«

»Ich gebe zu, dass ich an jenem Abend nicht gerade begeistert war. Aber im Nachhinein bin ich froh, dass ich von Juan-Lan erfahren habe.«

»Für mich ist Juan-Lan Vergangenheit. Sollte sie mir bei der Rückeroberung von Dairu in die Hände fallen, werde ich sie zu ihrem Vater zurückschicken. Falls nicht, kann sie ruhig weiterhin Lin Gangs Bett wärmen.« Chao blickte Helene jetzt fest in die Augen und fuhr fort: »Ich wünsche mir keine andere Frau an meiner Seite als Sie, Helene! Können Sie mir noch eine Chance geben?«

Helene hatte mit dieser Frage gerechnet, und deshalb musste sie nicht lange nach einer Antwort suchen.

»Nein, Kang«, sagte sie mit fester Stimme. »Ich bin Ihnen sehr dankbar für alles, was Sie für meine Begleiter und mich getan haben, aber bei dieser Dankbarkeit möchte ich es auch belassen.«

»Es ist wegen Erich, nicht wahr?«

»Ja, ich liebe meinen Mann und werde bei ihm bleiben.«

»Ich schätze Ihren Erich sehr, aber ich wäre froh, wenn er nicht zu Ihnen zurückgekommen wäre.«

»Das hätte vielleicht nicht viel geändert«, seufzte Helene. »Auch wenn ich Sie Kang nenne, sind Sie doch nicht der Mann, den ich im Tal der Lotosblumen kennengelernt habe. Sie sind der General und Warlord Chao Li-Hu, und ich glaube kaum, dass ich an der Seite eines solchen Mannes leben könnte.«

In seinem Blick las sie Unverständnis, und so fuhr sie fort: »Auch wenn Sie für die richtige Sache eintreten, Ihr Geschäft ist doch das Töten. Ich aber möchte Leben retten und bewahren, nicht vernichten.«

»China braucht Männer, die mit der Waffe in der Hand für das Land und seine Menschen eintreten, gerade in dieser Zeit!«

»Das bezweifle ich nicht, aber trotzdem muss ich es nicht gutheißen. Ich hatte mich in den einfachen Mann namens Kang verliebt, aber den hat es, wie ich jetzt weiß, nie gegeben.«

Das Gesicht des Generals nahm einen bitteren Ausdruck an, als er sagte: »Es gab ihn einmal vor sehr langer Zeit, aber jetzt bin ich ein anderer, da haben Sie wohl recht.«

Helene erhob sich und trat vor ihn. »Ich hoffe, Sie nehmen mir meine Aufrichtigkeit nicht übel, Kang, und ich hoffe, wir können Freunde bleiben.«

»Selbstverständlich, Helene«, sagte er, und seine leicht gebeugte Gestalt straffte sich. »Ich werde immer für Sie da sein. Was haben Sie jetzt für Pläne?«

»Erst einmal weg von hier. Wir haben ein paar Waisenkinder, um die wir uns kümmern wollen. Und in kriegerischen Zeiten wie diesen werden wir wohl noch auf mehr Kinder treffen, die ohne Angehörige sind.« Helene legte eine kurze Pause ein. »Vorausgesetzt, Sie sind bereit, Erich aus Ihren Diensten zu entlassen.«

Chao Li-Hu schmunzelte, aber es wirkte nicht überheblich, sondern voller Respekt. »Dem muss ich wohl nachkommen, sonst mache ich aus ihm noch einen Deserteur.«

Es stellte sich heraus, dass die Mehrzahl der überwältigten Soldaten fünfzig mexikanische Dollar der Gefangenschaft vorzogen. So konnte Chao Li-Hu es hoffentlich verschmerzen, dass auch Meng und Ma Cheung ihn baten, sie aus seiner Armee zu entlassen. Helene jedenfalls drückte beiden die Daumen, als sie vor dem General Haltung annahmen und ihm ihren Wunsch vortrugen. Der prüfende Blick des Generals wanderte von einem zum anderen.

»Bei Ihnen hatte ich ja damit gerechnet, Rekrut Meng, aber Sie überraschen mich, Feldwebel Ma. Ich dachte, es sei Ihnen ein Bedürfnis, gegen die Mörder Ihrer Familie zu kämpfen.«

»Das war es auch und ist es immer noch, aber ich habe noch ein größeres Bedürfnis. Ich möchte nicht nur Angehöriger einer Armee sein, ich möchte wieder eine Familie haben. Hier gibt es ein paar Kinder ohne Vater, und ich bin ein Vater ohne Kinder.« Ma Cheung sah Helene und Erich an. »Das heißt, falls Sie mich bei Ihrem Vorhaben, ein Waisenhaus aufzubauen, brauchen können.«

»Und wie wir das können«, antworteten die beiden fast wie aus einem Mund.

General Chao schüttelte energisch den Kopf.

»Nein, das geht nicht, ich kann Sie beide nicht auch noch entlassen. Meine Armee ist schon klein genug.« Als er die betrübten Mienen der beiden Soldaten vor ihm sah, lächelte er. »Daher erteile ich Ihnen den Befehl, dauerhaft bei diesen seltsamen Zivilisten hier zu bleiben, als von mir abkommandiertes Wachkommando. Schließlich gibt es in dieser Gegend viele Banditen. Aber eins müssen Sie mir im Gegenzug versprechen.«

»Was ist das, Herr General?«, fragte Ma Cheung.

»Dass Sie ab sofort auf Ihren Sold verzichten.« Chao wandte sich wieder Helene und Erich zu. »Viel Glück Ihnen allen!«

Er machte auf dem Absatz kehrt und ging zu seinen Männern.

»Das können wir wohl brauchen«, seufzte Helene und legte ihre Hand in die Erichs, der sie fest drückte.

Ihr Blick glitt über die kleine Schar, für die sie beide jetzt, da Dr. Ehrmann nicht mehr da war, verantwortlich waren.

Zhong, der ihnen sicher auch in Zukunft eine verlässliche Stütze in allen Lebenslagen sein würde. Tao-Wei, dessen verstauchter Fuß von dem Sanitäter aus General Chaos kleiner Armee behandelt wurde. Meng, der von seiner Begeisterung vom Soldatentum kuriert zu sein schien, und Ma Cheung, der eine neue Familie suchte. Und nicht zuletzt die Waisenkinder.

Der alte Ning, der einige Zeit brauchte, um sich von seiner Verletzung zu erholen, würde bei Chaos Männern bleiben.

Von Ah-Kum wanderte Helenes Blick zu Erich, und sie sagte: »Es gibt noch etwas zu erledigen.«

»Ich weiß, Lene«, erwiderte er nur und zog sie mit sich, zu Ah-Kum.

Sie ließen sich vor der Kleinen im Gras nieder und sprachen mit ihr, erklärten ihr, dass sie beide sich wünschten, Ah-Kum möge ihre Tochter sein.

»Aber unser Wunsch soll nur in Erfüllung gehen, wenn du auch unsere Tochter sein willst«, schloss Helene und sah Ah-Kum fest in die Augen. »Möchtest du das?«

Ein breites Lächeln glitt über das Kindergesicht, und Ah-Kum streckte den beiden ihren Plüschteddy entgegen.

»Sie braucht ihn nicht mehr, weil sie jetzt uns hat«, sagte Erich und nahm den Teddy an sich. »Vielen Dank für das Geschenk, meine Tochter.«

»Wir haben auch etwas für dich, Ah-Kum«, sagte Helene. »Es soll dich immer daran erinnern, dass man im

Leben alles erreichen kann, wenn man nur daran glaubt. Wenn du das tust, wird dich das hier zu deinem Ziel führen, ganz so, wie es Erich zu mir zurückgeführt hat.«

Damit nahm Helene das Band von ihrem Hals und legte es um den des Mädchens, mitsamt dem Jade-Medaillon.

22

Zwei Tage waren vergangen, seit sie sich von General Chao Li-Hu verabschiedet hatten. Zwei Tage, in denen Helene, Erich und ihre Begleiter auf ihrem Weg durch die zerklüfteten Berge eher langsam vorangekommen waren. Das hatte mehrere Gründe.

Erstens besaßen sie keine Transportmittel: keinen Lastkraftwagen, keinen Ochsenkarren, noch nicht einmal einen kümmerlichen Esel. Sie gingen zu Fuß, und die Erwachsenen trugen sämtliche Ausrüstung und Vorräte am Leib.

Zweitens hätten sie auch gar kein Transportmittel benutzen können, weil sie nur auf verschlungenen Bergpfaden unterwegs waren. Und zuweilen hatte Helene den Eindruck, dass selbst der Begriff »Pfad« reichlich übertrieben war. Aber auf größeren Wegen war die Gefahr zu groß, Einheiten von General Lin Gangs Armee über den Weg zu laufen. Selbst auf den abgelegenen Bergpfaden ließen sie Vorsicht walten, um nicht einer Patrouille der Blauuniformierten zu begegnen.

Drittens kamen sie mit den Kindern nicht schnell vorwärts und auch nicht mit Tao-Wei und seinem verstauchten Fuß. Immer wieder legte die Gruppe Pausen ein, und so eine Pause dauerte nach Helenes Gefühl oft länger als der vorherige Marsch.

Warum war sie bloß so unruhig? Es war ein ungewisses, aber auch ein beklemmendes Gefühl. Als seien sie der Gefahr nicht soeben erst entkommen, sondern geradewegs dabei, ihr in die Arme zu laufen.

Helene konnte es sich nicht recht erklären. Eigentlich hätte sie sich endlich unbeschwert fühlen sollen. Jetzt, da sie mit Erich zusammen und vor den Nachstellungen Tsai Jus in Sicherheit war.

Es war tatsächlich beruhigend zu wissen, dass Tsai Ju nie wieder jemandem etwas antun würde. Zugleich empfand sie eine tiefe Befriedigung darüber, dass den Mörder Dr. Ehrmanns die gerechte Strafe ereilt hatte. Zwar ohne jegliches Gerichtsverfahren, aber das störte sie nicht, nicht in diesem Fall. Tsai Ju war ein brutaler, gewissenloser Mörder gewesen, und seine Schuld stand außer Frage. Sie selbst hatte schließlich mit angesehen, wie Tsai Ju den Arzt, der immer zu allen Menschen freundlich und gut gewesen war, grundlos niedergestochen hatte.

Wenn sie an jene Nacht zurückdachte und wieder den toten Dr. Ehrmann vor sich sah und zugleich den Mörder, der seine blutige Klinge an ihrem Kleid abwischte, liefen noch immer heiße und kalte Schauer über ihren Rücken, und sie begann zu zittern.

Vielleicht hatte sich einfach der sinnlose Tod Dr. Ehrmanns auf ihr Gemüt gelegt. Er hätte für die Menschen hier in der Provinz Schantung noch so viel Gutes tun können!

Nicht zuletzt die Erinnerung an Dr. Ehrmann war es, die Helene dazu gebracht hatte, ins Tal der Lotosblumen zurückkehren zu wollen. In das Tal und in das jetzt leer stehende Lián-Hospital. Der großherzige Arzt hatte es verdient, dass sein Werk fortgesetzt wurde.

Erich war anfangs dagegen gewesen, mit guten Argumenten, wie sie zugeben musste. Schließlich hatten sie das Tal verlassen, weil die Bedrohung durch Banditen und Warlords ihnen als zu gefährlich erschienen war. An dieser Gefährlichkeit hatte sich nichts geändert, aber alles, was sie seit der Evakuierung erlebt hatten, hatte ihnen gezeigt, dass es woanders nicht weniger gefährlich war.

Vielleicht wären sie in der Provinzhauptstadt Tsi nan fu in Sicherheit gewesen, aber wie sollten sie dorthin gelangen?

Nach dem blutigen Überfall, den General Lin Gang auf jenen Sonderzug durchgeführt hatte, der die Evakuierten in die Provinzhauptstadt hatte bringen sollen, erschien ihnen eine Bahnreise als ein höchst unsicheres Unterfangen. Zumal sie damit rechnen mussten, dass Lin Gangs Soldaten die gesamte Bahnstrecke im näheren Umkreis kontrollierten.

Nach einer langen Debatte, in die auch Zhong, Tao-Wei, Ma Cheung und Meng ihre Ansichten eingebracht hatten, war man zu dem Entschluss gelangt, zumindest vorübergehend zum Lián-Hospital zurückzukehren. Auch mangels eines geeigneteren Anlaufpunktes.

Helene hoffte jedoch fest, dass die Rückkehr nicht nur vorübergehend sein würde. Sie mochte das Tal der Lotosblumen und glaubte – nein, sie wusste, dass sie dort glücklich werden konnte. Mit ihrem Mann Erich an ihrer Seite und mit ihrer neuen Tochter Ah-Kum.

Falls sich nach einer allgemeinen Beruhigung der Lage das Chinesische Rote Kreuz entschloss, das Hospital wieder zu eröffnen, konnte man bestimmt eine erfahrene Krankenschwester wie Helene, einen zupackenden Kuli wie Yang Zhong, einen tüchtigen Koch wie Tao-Wei und einen aufgeweckten Hausboy wie Meng gut gebrauchen. Für Erich und für Ma Cheung würden sich, da war sich Helene sicher, auch sinnvolle Aufgaben finden.

Falls sich das Rote Kreuz aber nicht dazu durchrang, das Hospital im Tal der Lotosblumen weiterzuführen, wollte Helene gern versuchen, in dem Gebäude auf eigene Faust ein Waisenhaus einzurichten. Und dann würde sie die Hilfe ihrer Begleiter erst recht benötigen.

Ihre Gedanken wurden durch einen halblauten Fluch unterbrochen. Erich, der ein kleines Stück vor ihr lief, hatte ihn ausgestoßen. Er war stehen geblieben und blickte mit gerunzelter Stirn auf die Landkarte, die General Chao ihnen überlassen hatte. Sie gehörte zu einem Kartensatz, den ein Unteroffizier aus Chaos kleiner Truppe bei sich getragen hatte.

»Was ist mit dir, Erich?«, fragte sie und legte eine Hand auf seine Schulter. »Hast du den Weg verloren?«

»Verloren ist gut«, schnaubte er. »Hier gibt es überhaupt keinen Weg. Auf der Karte sieht das alles klar und einfach aus, aber wenn man sich dann die Gegend anschaut, gleicht ein Baum dem anderen, ein Strauch dem anderen und ein Felsen dem anderen. Du kannst es gern selbst mal versuchen, hier, bitte!«

Mit diesen Worten drückte er ihr die Landkarte in die Hand und sah sie abwartend an.

»Na gut«, seufzte sie und studierte die Karte.

»Du wirst schon sehen, dass es nichts zu sehen gibt«,

fuhr Erich fort. »Ich wünschte, ich säße jetzt im *Drachen von Schantung* oder im guten alten *Adler von Tsingtau*! Ein kurzer Rundflug über das Gelände hier, und ich wüsste, welche Richtung wir einschlagen müssten.«

»Mag schon sein, aber falls sich Soldaten Lin Gangs in der Nähe aufhalten, würden sie deinen Rundflug mit großem Interesse beobachten und wüssten dann auch, welchen Weg sie einschlagen müssten, um uns zu finden.«

»Lene«, seufzte Erich und drückte ihr einen Kuss auf die Wange, »du hast recht wie immer. Wie bin ich all die Zeit bloß ohne dich ausgekommen?«

»Das frage ich mich auch«, lachte sie und tippte mit dem Zeigefinger auf einen Punkt der Karte. »Hier müssen wir hin, zu diesem Pass, also sollten wir uns mehr nach rechts halten.« Zhong, der zusätzlich zu einigem Gepäck die kleine Ah-Kum trug, trat zu ihnen. Helene lächelte ihre neue Tochter an und fand es noch ganz ungewohnt, sie ohne ihren Plüschteddy zu sehen.

Ah-Kum lächelte zurück, streckte eine ihrer kleinen Hände aus und streichelte die Wange ihrer Mutter. Sie schien ebenso glücklich über ihre neuen Eltern zu sein, wie die es über ihre Tochter waren. Helene wünschte Ah-Kum, dass ihr Glück immer anhalten möge, ein ganzes Leben lang.

Gleichzeitig betete sie dafür, dass ihre Tochter eines Tages ihre Sprache wiederfinden möge. Falls Dr. Ehrmann mit seiner Theorie recht gehabt hatte, war Ah-Kum nicht stumm geboren worden, sondern nur vor Schreck verstummt.

Insgeheim hatte Helene gehofft, das Glück über die

neuen Eltern könnte ihrer Tochter die Sprache zurückbringen. Diese Hoffnung hatte sich nicht erfüllt, bislang jedenfalls nicht. Vielleicht musste Helene einfach nur mehr Geduld haben und abwarten, bis Ah-Kum sich an die neuen Verhältnisse gewöhnt hatte.

Zhong blickte zu Helene und Erich und fragte: »Haben wir uns verirrt?«

Helene lächelte spöttisch und erwiderte: »*Wir* ganz bestimmt nicht. Aber ein gewisser Herr hier scheint sich hoch oben in der Luft besser zurechtzufinden als auf der Erde.«

Erich setzte eine säuerliche Miene auf.

»Jetzt sei endlich still, Lene, sonst sage ich meiner Tochter, dass sie dir heute Abend keinen Gutenachtkuss geben soll!«

Mit einem Seitenblick zu Ah-Kum entgegnete Helene: »Ich glaube nicht, dass *meine* Tochter mir das antun wird.«

Zhong räusperte sich und schlug vor: »Vielleicht gehen wir jetzt weiter. Es wird bald dunkel, und wir müssen noch einen Platz für das Nachtlager suchen.«

Derart ermahnt setzten Helene und Erich ihren Weg fort, und die anderen folgten ihnen.

Nach ungefähr zwanzig Minuten blieb Erich erneut stehen und gab Helene, die nach dem Grund fragen wollte, ein Zeichen, sie möge ruhig sein. Offenbar hatte er etwas gehört und spitzte die Ohren.

»Was ist denn?«, fragte Helene schließlich leise, weil sie es vor Neugier nicht mehr aushielt.

»Ein Plätschern, hörst du das nicht?« Erich zeigte nach

links, wo ein Wald aus Kiefern, Fichten und Birken stand. »Dort muss eine Quelle sein oder ein Bach. Wenn das stimmt, wäre dort ein guter Lagerplatz, und wir könnten unseren Wasservorrat auffüllen.«

Meng war herangetreten und hatte gehört, was Erich sagte. Er erbot sich, zum Wald zu laufen und nachzusehen, und Erich stimmte zu.

Seine Schulterwunde schien den jungen Chinesen nicht beim Laufen zu behindern, und schon bald hatte der Wald ihn verschluckt. Als er wieder zum Vorschein kam, winkte er eifrig mit der rechten Hand.

»Wir haben unseren Lagerplatz gefunden, wie es scheint«, stellte Erich erfreut fest, wandte sich zu den anderen um und sagte laut: »Ein paar Schritte noch, und wir haben es für heute geschafft.«

Mitten in dem Wald tat sich eine Lichtung auf, die von einem kleinen, aus den Bergen kommenden Bach geteilt wurde. Einen besseren Lagerplatz hätten sie nicht finden können, stellte Erich fest, und Helene stimmte ihm zu.

»Die Bäume ringsum bieten guten Schutz«, sagte Erich. »Ich glaube, wir können es heute wagen, ein Lagerfeuer anzuzünden.«

Es war das erste Lagerfeuer, seit sie ihren Marsch zurück zum Tal der Lotosblumen begonnen hatten. Vorher hatten sie nicht gewagt, ein Feuer zu entfachen, weil der Lichtschein nachts weithin zu sehen war – auch für General Lin Gangs Soldaten.

Erichs Entscheidung, ein Feuer anzuzünden, hob die allgemeine Stimmung. Auch wenn das Klima in dieser

Gegend eher mild war, hier in den Bergen konnte es zur Winterzeit bitterkalt werden. Ein Feuer bedeutete Wärme und auch warmes Essen, das Tao-Wei in seinem kleinen Kochgeschirr zubereiten würde.

Das Geschirr war, ebenso wie ein paar Vorräte und Decken, ein Abschiedsgeschenk Chao Li-Hus gewesen. Helene rechnete dem General seine Großzügigkeit hoch an, zumal seine kleine Armee die Sachen bestimmt selbst hätte gut gebrauchen können.

Begeistert von der Aussicht auf ein Feuer und warmes Essen, begannen die Kinder damit, im Wald trockenes Holz zu sammeln. Helene half Tao-Wei und Meng bei der Errichtung der Feuerstelle, während Erich, Zhong und Ma Cheung von den Kiefern und Fichten am Waldrand große Äste abbrachen. Ein Teil der Äste sollte als Untergrund für die Schlafstellen dienen, der Rest war zum Wärmen gedacht, weil die wenigen Decken nicht ausreichten.

Die Kinder brachten immer mehr Holz herbei, und Helene sortierte alle Äste und Zweige aus, die ihr nicht trocken genug erschienen. Das übrige Holz schichtete Tao-Wei fachmännisch auf, und bald brannte ein großes Feuer in der Mitte der Lichtung, verbreitete Licht und Wärme.

Helene hatte den Kindern verkündet, dass sie nun genug Holz gesammelt hatten, und so ließen sie sich in Erwartung einer warmen Mahlzeit rings um das Feuer nieder. Nur Ah-Kum fehlte noch.

Als sie nach ihrer Tochter Ausschau hielt, fiel Helene ein, dass sie Ah-Kum schon eine Weile nicht mehr gesehen hatte, und sie fragte die anderen Kinder nach ihr. Aber keins von ihnen wusste, wo Ah-Kum steckte oder wo genau sie zuletzt gewesen war. Helene fragte auch alle anderen nach Ah-Kum, aber niemand hatte die Kleine in den letzten Minuten gesehen.

»Ich verstehe das nicht«, sagte Erich. »Sie war doch immer bei den anderen Kindern.«

»Zum Schluss offenbar nicht mehr«, erwiderte Helene. »Aber niemand hat das bemerkt, auch ich nicht.«

Erich nahm sie in die Arme und strich beruhigend über ihr Haar.

»Du darfst dir keinen Vorwurf machen, Lene, wir alle waren beschäftigt.« Er blickte zum dunklen Rand der Lichtung, jenseits des Feuerscheins. »Ah-Kum kann ja nicht weit sein. Wir werden sie suchen!«

Helene wies die übrigen Kinder an, bei Tao-Wei und dem Feuer zu bleiben. Sie selbst machte sich mit Erich, Zhong, Meng und Ma Cheung auf die Suche nach Ah-Kum, und mit jeder Minute wuchs ihre Sorge.

Sie fragte sich unentwegt, was ihrer Tochter zugestoßen sein mochte, und sie hoffte, dass Ah-Kum sich einfach nur verlaufen hatte.

Helene trug die Blendlaterne, mit der Ning sie durch die alten Bergwerksstollen geführt hatte. Alle anderen hielten brennende Holzscheite in den Händen. In allen Himmelsrichtungen gingen sie in den Wald hinein und riefen immer wieder nach Ah-Kum.

Eine Antwort erhielten sie nicht, auch nicht, als sie den Suchradius vergrößerten. Sie fanden in der Dunkelheit nicht die geringste Spur von dem Mädchen.

In Helene machten sich die wildesten, erschreckendsten Phantasien breit. Möglicherweise war Ah-Kum ganz in der Nähe und steckte irgendwo fest, in einer Erdspalte oder in einem Fuchsloch. Vielleicht sah sie den Feuerschein der Laterne und der Fackeln und hörte die Stimmen, die unentwegt ihren Namen riefen, konnte aber, weil sie stumm war, nicht antworten.

Helene stellte sich vor, welche Angst das Kind auszustehen hatte, von welcher Verzweiflung es befallen war. Die Sorge um Ah-Kum trieb sie an den Rand des Wahnsinns, und sie begann am ganzen Leib zu zittern.

Irgendwann stand Erich vor ihr und nahm sie tröstend in die Arme. Er sagte mit bedauerndem Blick und mit vom vielen Rufen heiserer Stimme: »Für heute stellen wir die Suche ein, Lene. Wir haben den weiteren Umkreis des Lagers abgesucht, so gut es in der Dunkelheit ging. Wenn Ah-Kum hier wäre, müssten wir sie gefunden haben. Morgen bei Tagesanbruch nehmen wir die Suche wieder auf.«

Helene sah ihn fassungslos an.

»Wie kannst du so etwas nur vorschlagen, Erich? Es geht um Ah-Kum – um unsere Tochter! Sie muss irgendwo hier draußen sein, und sie schwebt in großer Gefahr, das fühle ich. Wir können sie nicht einfach im Stich lassen!«

»Wir lassen Ah-Kum nicht im Stich!«, sagte Erich in einem beschwörenden Ton. »Aber auch wir sind erschöpft von dem langen Marsch und der Suche. Wir müssen uns ausruhen. Sobald es Tag ist, sind unsere Chancen, Ah-Kum zu finden, viel höher.«

»Vielleicht ist es morgen schon zu spät, Erich!«, erwiderte sie laut, so laut, dass es fast schon ein Schrei war.

Erich zog Helene erneut an sich und streichelte sie sanft.

»Lene, wir müssen einfach hoffen, dass es nicht so ist.«

Es sollte beruhigend klingen, aber es war nur ein sehr schwacher Trost. Helene sah ihm an, dass auch ihm das bewusst war.

Sie blickte in die Dunkelheit hinaus, wo die schemenhaften Umrisse der Bäume mit dem Nachthimmel verschmolzen. Irgendwo in der Finsternis stieß ein Nachtvogel einen einsamen Ruf aus. Wahrscheinlich hatte Erich recht und es war tatsächlich aussichtslos, die Suche in der Dunkelheit fortzusetzen. Es fiel ihr schwer, das vor sich selbst zuzugeben.

Noch einmal schrie sie aus Leibeskräften Ah-Kums Namen in die Nacht hinaus, aber ihr Schrei verhallte ohne eine Reaktion. Natürlich konnte Ah-Kum nicht antworten, aber sie alle hatten gehofft, sie würde sich durch irgendwelche Geräusche bemerkbar machen.

Vergebens.

»Komm jetzt mit zurück ins Lager, Lene«, sagte Erich und zog sie sanft mit sich. »Auch du brauchst Ruhe.«

Als sie ins Lager zurückkehrten, hatten die Kinder längst gegessen und lagen auf ihren Schlafplätzen. Aber die beiden Ältesten schliefen nicht und fragten, genauso wie Tao-Wei, nach Ah-Kum.

Helene wollte ihnen antworten, aber in ihrem Hals saß ein dicker Kloß, und sie brachte keinen Ton heraus. Sie wandte sich von den Kindern ab, um ihnen nicht ihre Verzweiflung zu zeigen.

»Wir haben sie nicht gefunden«, sagte Erich matt. »Morgen suchen wir weiter.«

Tao-Wei wärmte die Gemüsesuppe auf, und die Männer vom Suchtrupp stärkten sich. Helene verspürte nicht den geringsten Appetit und wollte erst nichts essen, gab den Ermahnungen Erichs, sie müsse bei Kräften bleiben, dann aber nach. Erich behielt recht: Die warme Suppe tat ihr gut. Sie hätte Helene vielleicht gar richtig geschmeckt, wäre nicht die ständige Sorge um Ah-Kum, die kaum einen anderen Gedanken zuließ, stärker gewesen.

Nach dem Essen wollten sich alle schlafen legen, aber Helene war noch zu aufgewühlt. Sie wusste, dass sie kein Auge zukriegen würde. Daher setzte sie sich auf den Stamm eines umgestürzten Baums und blickte in die zuckenden Flammen des allmählich verlöschenden Feuers.

In ihrer Vorstellung trat Ah-Kum im nächsten Augenblick in den Lichtkreis, und alles war gut. Aber es blieb eine Wunschvorstellung.

Je niedriger das Feuer brannte, desto stärker wurde die Nachtkühle, und sie war dankbar, als Erich zu ihr trat und eine Wolldecke um ihre Schultern legte.

Trotzdem sagte sie: »Vielleicht solltest du die Decke lieber den Kindern geben.«

»Deine Selbstaufopferung in allen Ehren, Lene, aber du darfst es nicht zu weit treiben. Heute Nacht nimmst du die Decke, keine Widerrede!«

Er setzte sich neben sie und nahm sie in die Arme, und das wärmte sie noch mehr als die Decke. Aber es vertrieb nicht ihre düsteren Gedanken, die sogar noch zunahmen, je dunkler es aufgrund des verlöschenden Lagerfeuers wurde.

Schließlich konnte sie sich nicht länger beherrschen

und brach in Tränen aus. Erich gab sich alle Mühe, sie zu trösten, und sie war froh, dass er bei ihr war. Ohne ihn hätte sie sich vollkommen verloren gefühlt.

»Es ist so ungerecht, Erich!«, schluchzte Helene leise. »Ungerecht gegenüber Ah-Kum und auch ungerecht gegenüber uns. Sie hat schon so viel erleiden müssen, und wir haben sie gerade erst gefragt, ob sie unsere Tochter sein will. Warum wird das alles zerstört?«

»Wir wissen doch gar nicht, was mit Ah-Kum ist. Vielleicht steht sie uns morgen früh putzmunter gegenüber und hatte sich in der Finsternis einfach nur verlaufen.«

»Warum haben wir sie dann nicht gefunden?« Als Erich darauf keine Antwort wusste, fuhr Helene fort: »Erst Doktor Ehrmann und jetzt Ah-Kum – wir dürfen sie nicht auch noch verlieren!«

»Wir müssen einfach hoffen, dass alles gut werden wird, Lene. Du glaubst doch an Gott, dann bete für Ah-Kum!«

»Das habe ich schon, Erich, das habe ich schon die ganze Zeit. Aber vielleicht will Gott mich nicht erhören, vielleicht will er mich bestrafen!«

»Dich bestrafen?«, wiederholte Erich kopfschüttelnd. »Wofür sollte er dich bestrafen wollen?«

»Wegen Schui ling schan.«

»Dann müsste er mich bestrafen wollen und nicht dich. Ich bin der Einzige, der sich dort etwas hat zuschulden kommen lassen.«

»Nicht nur du, Erich, auch ich habe mich auf Schui ling schan versündigt. Ich habe alle glauben lassen, ich sei dort gestorben. Welche Sorgen sich die Menschen, die mir nahestanden, um mich machten, das habe ich einfach ignoriert. Ich habe nur an mich gedacht, nicht an sie. Vielleicht wäre Mutter noch am Leben, hätte ich ihr nicht solchen Kummer bereitet!«

»Und deshalb, meinst du, bereitet Gott jetzt dir Kummer? Für wie rachsüchtig hältst du ihn eigentlich?«

»Vielleicht will er mir eine Lehre erteilen, will mir zeigen, wie es ist, wenn ein geliebter Mensch von einer Sekunde zur anderen nicht mehr da ist, als hätte es ihn nie gegeben.«

Erich küsste sie auf die Stirn.

»Du weißt hoffentlich, dass das nicht so ist, Lene. Gott trifft ebenso wenig Schuld an Ah-Kums Verschwinden wie dich. Du darfst solche Gedanken einfach nicht zulassen.« Er küsste sie erneut und sagte: »Komm jetzt mit mir, wir legen uns schlafen. Versuch einfach, dich ein wenig auszuruhen. Wir brauchen unsere Kräfte morgen, wenn wir weiter nach Ah-Kum suchen.«

Willenlos wie eine Puppe folgte sie Erich zu dem Lager aus Zweigen, wo sie sich dicht an ihn schmiegte. Es dauerte noch lange, bis sie vor Erschöpfung einschlief.

Im Traum sah sie die Bilder vor sich, die Ah-Kum gemalt hatte. Aber nicht der Plüschteddy war auf ihnen zu sehen, sondern Ah-Kum selbst. Und die grauenhaften Käfer, deren Zahl ebenso zunahm wie ihre Größe. Sie hatten die Kleine eingekreist, und jetzt krabbelten sie auf Ah-Kum zu, um sie zu holen.

23

Als Helene aus einem sehr unruhigen Schlaf erwachte und das beginnende Morgenrot sah, war sie sich über ihre Gefühle nicht schlüssig. Einerseits konnte sie es kaum abwarten, die Suche nach Ah-Kum fortzusetzen. Andererseits war da tief in ihr eine Angst, die Angst, dass die heutige Suche ebenso erfolglos bleiben würde wie die gestrige.

»Wie geht es dir, Lene?«, fragte Erich, der neben ihr unter der Wolldecke gelegen hatte. Er strich sanft über ihre Wange und blickte sie besorgt an. »Du hast sehr unruhig geschlafen und von Ah-Kum geträumt. Nicht wahr?«

»Woher weißt du das? Habe ich im Schlaf gesprochen?«

»Eher geschrien. Immer wieder hast du Ah-Kums Namen gerufen.«

Helene erzählte ihm von den schrecklichen Träumen, und er nahm sie tröstend in die Arme.

»Es waren nichts als Träume, Lene. Träume, die nichts mit der Wirklichkeit zu tun haben.«

»Ja, Erich«, sagte sie leise, obwohl sie nicht davon überzeugt war.

Während des Frühstücks, das aus Tao-Weis Maisfladen und starkem Kaffee bestand, grübelte sie darüber nach, ob die Träume ihr nicht doch etwas hatten sagen wollen.

Immer wieder sah sie die grässlichen Käfer vor sich, die Ah-Kum umzingelten.

Gleich nach dem hastig eingenommenen Frühstück machten sie sich erneut auf die Suche. Wieder blieb Tao-Wei, der wegen seines verstauchten Fußes beim Laufen noch stark eingeschränkt war, mit den Kindern auf der Lichtung zurück. Was den Vorteil hatte, dass der Suchtrupp auch alles überflüssige Gepäck dort zurücklassen konnte.

Sie hatten beschlossen, das ganze Gebiet rings um das Lager erneut abzugehen. Die Chance, bei Tageslicht etwas zu entdecken, was sie in der Nacht trotz Laterne und Fackeln übersehen hatten, erschien ihnen nicht gering.

Wieder riefen sie lauthals nach Ah-Kum in der Hoffnung, sie könne sich auf irgendeine Art bemerkbar machen. Aber es war wie in der vergangenen Nacht: Der Wald schien sie mit Haut und Haaren verschluckt zu haben.

Ungefähr zwei Stunden waren seit Beginn der Suche vergangen, als ein unerwarteter Laut an Helenes Ohren drang. Sie kämpfte sich gerade durch ein ganzes Meer aus Farn, blieb aber schnell stehen und lauschte der Detonation nach. War das nicht ein Schuss gewesen?

Sie war sich relativ sicher. In der letzten Zeit hatte sie – leider – sehr viele Schüsse gehört.

Wenn sie sich nicht täuschte, kam er aus der Richtung des Lagers.

Aber Tao-Wei trug gar keine Schusswaffe bei sich!

Erich hatte seine Pistole dabei, Ma Cheung seinen Karabiner, und Zhong trug Mengs Karabiner. Der nutzte

Meng derzeit nichts, solange er seinen linken Arm in der Schlinge trug.

Sie verharrte noch einen Augenblick und wartete auf weitere Schüsse, aber alles blieb ruhig. Da lief sie los, zurück zum Lagerplatz, mit vor Aufregung klopfendem Herzen. Vielleicht hatte einer der anderen Ah-Kum gefunden und einen Schuss als Signal abgefeuert.

Nach zwei, drei Minuten raschelte es links von ihr im Gebüsch, und Erich eilte herbei.

»Wer hat geschossen?«, fragte er.

»Ich weiß es nicht«, keuchte Helene. »Aber wenn mich nicht alles täuscht, kam der Schuss aus der Richtung unseres Lagers.«

Erich stimmte ihr zu, und sie setzten den Weg zum Lager gemeinsam fort. Unterwegs stießen sie auf Zhong, der sich ihnen anschloss. Auch er hatte den Schuss vernommen, aber keinen blassen Schimmer, wer ihn abgefeuert haben mochte.

»Vielleicht war es ja Ma Cheung«, mutmaßte er, ohne es selbst recht zu glauben. »Vielleicht hat er Ah-Kum gefunden.«

Helene sandte ein Stoßgebet gen Himmel, dass es so sein mochte, aber wenn sie ehrlich war, glaubte sie es nicht. Sie dachte wieder an ihre bösen Träume, und ein ungutes Gefühl breitete sich in ihr aus.

Kurz vor der Lichtung veranlasste Erich seine Begleiter zum Anhalten und sagte leise: »Solange wir nicht wissen, was es mit diesem Schuss auf sich hat, sollten wir uns dem Lager mit aller gebotenen Vorsicht nähern.« Er sah Zhong an. »Und wir sollten die Waffen bereithalten!«

Zhong nickte und nahm Mengs Karabiner von der Schulter, während Erich seine Pistole zog.

Als sie ihren Weg fortsetzten, waren sie darauf bedacht, so wenig Geräusche wie möglich zu verursachen. Erich, der voranging, bemühte sich, Äste und Zweige auf dem Boden vorsichtig mit dem Fuß beiseitezuschieben, damit Helene und Zhong nicht darauftraten.

Kurz vor der Lichtung blieb Erich abrupt stehen. Als er sich zu den beiden anderen umwandte, den Zeigefinger auf den Mund gelegt, war er blass im Gesicht. Er gab Helene und Zhong ein Zeichen, dass sie einen Blick auf den Lagerplatz werfen sollten.

Helene trat einen Schritt vor und sah vorsichtig durch ein Gebüsch. Fast hätte sie laut aufgeschrien – vor Freude, denn dort war Ah-Kum!

Sie hockte auf einem niedrigen Felsstein, nahe bei den anderen Kindern und dem Koch. Dann aber fiel Helenes Blick auf die beiden Soldaten in blauen Uniformen. Soldaten des Warlords Lin Gang.

Jeder von ihnen war mit einem Karabiner bewaffnet. Sie saßen auf dem Baumstamm, auf dem gestern Abend Helene und Erich gesessen hatten, und die Mündungen ihrer Waffen zeigten auf die Kinder.

Einer der beiden war noch jung an Jahren, Anfang bis Mitte zwanzig, mittelgroß und schmal. Seine Augen huschten unruhig hin und her, und er machte auf Helene einen eher unsicheren Eindruck, schien sich in seiner Haut nicht wohlzufühlen.

Der andere dagegen wirkte zu allem entschlossen. Er war in den Dreißigern und sehr kräftig. Wenn sie nicht alles täuschte, wiesen ihn seine Rangabzeichen als Feldwebel aus. Auffällig war sein Gesicht, das vollkommen haarlos war und über dessen linke Wange eine fingerlange rote Narbe lief.

Sie erschauerte unwillkürlich. Es lag nicht nur an der entstellenden Narbe, der ganze Anblick dieses Mannes jagte ihr Angst ein.

Helene, Erich und Zhong zogen sich ein kurzes Stück zurück, um sich leise auszutauschen.

»Jetzt sind meine schlimmen Träume doch wahr geworden«, sagte Helene angsterfüllt. »Die Käfer, die auf Ah-Kums Bildern nichts anderes waren als die Darstellung von Soldaten oder Banditen, haben sie in ihrer Gewalt!« Sie atmete tief durch und fuhr fort: »Warum nur haben Lin Gangs Soldaten so lange gewartet, wenn sie Ah-Kum schon gestern Abend entführt haben?«

»Offenbar wollen sie sich lieber bei Tageslicht mit uns anlegen«, sagte Erich. »Vielleicht hatten sie Angst, dass ihnen nachts jemand entkommen könnte. Oder es sind nicht mehr als diese beiden.«

»Auch dann müssen wir vorsichtig sein«, gab Zhong zu bedenken. »Zumindest der ältere Soldat ist ein sehr gefährlicher Mann!«

»Du kennst ihn?«, fragte Erich überrascht.

»Sie kennen ihn auch«, erwiderte Zhong. »Er heißt Sung, Feldwebel Sung, und ist verantwortlich für den Tod von Wu. Wären Sie damals nicht rechtzeitig erschienen, Herr Schweiger, hätte er auch Hao und mich erschossen oder von seinen Männern erschießen lassen.«

»Seltsam«, sagte Erich. »Mir kommt das Gesicht des Jüngeren vertraut vor, aber ich komme nicht darauf, woher ich es kenne.«

»Ich denke nicht, dass das jetzt wichtig ist«, warf Helene ein. »Wir sollten uns lieber überlegen, wie wir Ah-Kum und die anderen aus der Gewalt der beiden befreien können.«

Sie hatte noch nicht ganz ausgesprochen, da rollte ein weiterer Schuss über sie hinweg. Die Detonation war diesmal ganz nah. Fast gleichzeitig ertönten laute Stimmen, Schreie.

»Das kam von der Lichtung!«, zischte Erich.

Eilig schlichen sie wieder ein Stück vor, bis der Lagerplatz in ihrem Blickfeld lag. Dort standen jetzt zwei Männer, die eben noch nicht da gewesen waren: Ma Cheung und Meng.

Ma Cheung hatte beide Hände in die Luft erhoben, Meng nur die unverletzte rechte. Ma Cheungs Karabiner lag vor ihm auf dem Boden.

Die beiden Männer aus Lin Gangs Armee bedrohten sie mit ihren Waffen. Vermutlich hatte einer von ihnen einen Warnschuss abgegeben.

»Gib acht auf die beiden da«, sagte Feldwebel Sung zu seinem Kameraden. »Wenn einer auch nur eine Miene verzieht, verpass ihm einfach eine Kugel!«

Er drehte sich zu den Kindern um und hielt mit einer plötzlichen Bewegung die Mündung seines Karabiners gegen Ah-Kums Kopf. Ah-Kum begann zu zittern, rührte sich sonst aber nicht.

»Ihr drei da im Unterholz könnt jetzt auch herauskommen!«, rief der Feldwebel in Richtung von Helene, Erich und Zhong. »Eure Waffen lasst einfach da liegen, und die Hände hebt ihr hoch in die Luft. Ich weiß, dass ihr meinen Signalschuss vorhin gehört habt und da vorn herumlungert. Also kommt jetzt. Falls ihr flieht oder Ärger macht, blase ich der Kleinen hier ihr Gehirn weg!«

Helene, Erich und Zhong sahen einander betreten an, und der Kuli fragte leise: »Was tun wir jetzt?«

»Wir müssen tun, was er sagt«, antwortete Helene. »Ich glaube ihm, dass er sonst Ah-Kum erschießt.«

»Ich auch«, sagte Erich und legte seine Luger auf den Waldboden. »Zumal er noch genug andere Geiseln hat.«

Auch Zhong legte zähneknirschend seinen Karabiner ab. »Aber woher weiß Sung, wie viele wir sind?«

»Wenn er uns nicht beobachtet hat, dann hat Tao-Wei oder eins der Kinder es ihm verraten.« Erich zuckte mit den Schultern. »Es ist einerlei, woher er es weiß. Wichtig ist: Er weiß, wie viele wir sind und wo wir uns verstecken.«

»Wo bleibt ihr?«, schrie der Feldwebel. »Ich zähle jetzt bis fünf. Wenn ihr dann nicht …«

»Nicht nötig«, rief Erich. »Wir kommen ja schon.«

Als sie auf die Lichtung hinaustraten, sah Helene, wie sich Ah-Kums Gesicht aufhellte. Das Erscheinen ihrer Eltern und des Kulis schien bei ihr neue Hoffnung zu entfachen.

So erleichtert Helene auch war, Ah-Kum lebend und, wie es schien, äußerlich unverletzt vorzufinden, fragte sie sich angesichts der Lage doch, ob die Hoffnung ihrer Tochter berechtigt war.

»Da stehen bleiben!«, befahl der Chinese mit dem haarlosen Gesicht.

»Bitte, ich möchte mich gern um mein Kind kümmern!«, flehte Helene ihn an.

Der Haarlose schüttelte kaum merklich den Kopf und sagte scharf: »Stehen bleiben, habe ich gesagt!«

Zhong ergriff das Wort: »Haben Sie vielleicht Angst vor einer Frau, Feldwebel Sung?«

»Was, du kennst mich?« Die Augen des Feldwebels brannten sich auf dem Kuli fest. »Aber ja, natürlich, du bist einer aus dem Lián-Hospital! Ich finde es sehr rücksichtsvoll von dir, dass du beschlossen hast, deinem Schicksal nicht zu entgehen.«

»Niemand kann seinem Schicksal entgehen«, sagte Zhong gefasst.

»Bitte«, sagte Helene zu dem Feldwebel, »darf ich zu Ah-Kum?«

»Meinetwegen.« Sung nickte knapp. »Aber keine schnellen Bewegungen!«

Helene ging zu ihrer Tochter, kniete sich hin und schloss sie in die Arme.

Das starke Zittern des Mädchens ließ nach. Helene spürte Ah-Kums Erleichterung über die Nähe und den Schutz ihrer Mutter.

Den *vermeintlichen* Schutz, dachte Helene und suchte vergeblich nach einem Ausweg.

»Wie haben Sie uns hier aufgespürt, Feldwebel?«, fragte Erich und hoffte, dass sein Gegenüber ihm in die Falle gehen würde. »Ihre Kameraden sind schließlich von General Chaos Truppen überwältigt worden.«

»Glück im Unglück«, grinste Sung. »Wir beide waren

auf Spähtrupp. Als dann das Unglück geschehen war, kamen wir rechtzeitig zurück, um uns auf Ihre Spur zu setzen. General Lin Gang ist sehr erpicht darauf, Sie und die weiße Frau kennenzulernen. Ich glaube, da wartet eine hübsche Belohnung auf uns.«

Wahrscheinlich ahnte der Feldwebel nicht, dass er Erich damit eine wichtige Information geliefert hatte. Die beiden Männer in den blauen Uniformen waren tatsächlich allein, die Letzten von Tsai Jus Verfolgertrupp.

Zwei Männer zu überwältigen war eine leichtere Aufgabe, als es bei einer Vielzahl zu versuchen. Nur leider waren diese beiden hier bewaffnet, im Gegensatz zu Erich und seinen Leuten.

In seinem Kopf arbeitete es wie verrückt, aber ihm wollte kein Plan einfallen, wie die beiden zu überwältigen waren, ohne Ah-Kum und den anderen, die von den beiden Soldaten bedroht wurden, Schaden zuzufügen.

»Dann waren Sie die ganze Zeit hinter uns, Feldwebel Sung?«, spielte Erich sein Fragespiel weiter.

»So ist es. Wir haben nur auf die richtige Gelegenheit zum Zuschlagen gewartet.«

»Und der kam gestern Abend, als Sie Ah-Kum allein im dunklen Wald erwischten.«

»Wiederum richtig. Erst habe ich mich gewundert, warum die Kleine nicht einmal versucht hat zu schreien. Dann habe ich verstanden, dass sie eine Stumme ist. Eine Stumme, die nicht um Hilfe rufen kann.« Er lachte laut auf. »Die Geister meiner Ahnen müssen mit mir sein!«

Angesichts dieses dreckigen Lachens hätte Erich dem

Feldwebel in diesem Augenblick am liebsten seine Faust ins Gesicht gerammt.

Bemüht, das Vibrieren seiner Stimme, das seine Wut verriet, zu unterdrücken, sagte er: »Ich kann mir nicht vorstellen, dass die Geister Ihrer Ahnen die Entführung eines kleinen Kindes billigen.«

»Nicht so überheblich, *Herr Leutnant*«, sagte Feldwebel Sung, der die Abzeichen auf Erichs Uniform gesehen hatte. »Übrigens ist es sehr interessant, dass Chao Li-Hu deutsche Offiziere in seinen Reihen hat. Sind Sie ein offizieller Militärberater, den der deutsche Kaiser zu General Chao geschickt hat?«

»Nein, ich bin nur ein inoffizieller Flugzeugkonstrukteur, und niemand hat mich irgendwohin geschickt.«

»Ich weiß. Der Mann, der dem verfluchten Hund Chao das Flugzeug gebaut hat, mit dem der Feigling uns entkommen ist. Sie haben das Ding auch geflogen, oder?«

»Ja, das habe ich.«

»Dann wissen Sie auch, wo Chao und seine Truppen stecken und wie stark sie sind.«

»Nein, wir haben uns von ihm getrennt.«

»Sie wissen es!«, beharrte Feldwebel Sung auf seiner Ansicht. »Ihr seid bei ihm gewesen. Sagen Sie es mir, oder ich töte das Kind!«

»Nein!«

Der Aufschrei kam von Helene, der Feldwebel Sung während des Gesprächs mit Erich keine besondere Aufmerksamkeit gewidmet hatte. Gleichzeitig sprang sie auf, packte mit beiden Händen den Lauf von Sungs Karabiner und wollte ihm die Waffe entreißen.

Für einen kurzen Moment rangen sie miteinander, aber der Feldwebel war Helene körperlich weit überlegen. Er entwand ihr den Karabiner mit einer schnellen Bewegung und stieß den Lauf gegen ihren Kopf. Mit einer Platzwunde an der Stirn sackte Helene zu Boden.

Noch bevor Erich etwas unternehmen konnte, zielte Sung schon wieder auf Ah-Kums Kopf.

Ah-Kums Gesicht verzerrte sich vor Schreck, als sie ihre blutende Mutter vor sich liegen sah, und Tränen rannen über ihre Wangen.

»Ihr scheint mich nicht ernst zu nehmen«, sagte Sung mit harter Stimme. »Als Warnung für euch alle werde ich dieses Kind jetzt erschießen. Ihr werdet mir dafür noch dankbar sein. Eine wie sie ist ein Fluch der Götter. Eine Stumme ist zu nichts nütze!«

Erichs Puls raste, und sein Herz klopfte bis zum Hals aus Angst um Ah-Kum. Er konnte nicht länger warten, keine Sekunde, er musste jetzt etwas unternehmen. Auch ohne eine Schusswaffe musste er versuchen, diesen Wahnsinnigen aufzuhalten. Also stürmte er mit geballten Fäusten nach vorn.

Gleichzeitig bewegte sich Sungs Kamerad – oder Untergebener, denn er war ein einfacher Soldat. Er wirbelte herum, legte in einer schnellen Bewegung den Karabiner an und schoss.

Nicht auf Erich, sondern auf seinen eigenen Feldwebel, wie Erich überrascht registrierte. Die Kugel traf Sung in den Rücken.

Der Getroffene stieß einen kurzen Schrei aus und ging in die Knie, feuerte aber noch im Zusammenbrechen.

Zum Glück, dachte Erich, zielte sein Karabiner nicht länger auf Ah-Kum!

Dann traf ihn Sungs Kugel wie ein Hammerschlag gegen den Kopf.

24

»Papa!«

Ganz schwach drang die Stimme zu ihm, wie durch einen dichten Nebel. Eine helle Stimme, die ihn an einen fernen Glockenschlag erinnerte.

»Papa, wach doch auf! Bitte!«

Er fühlte etwas auf seinem Gesicht. Eine zarte Berührung, dann etwas Feuchtes. Wie Regentropfen. Warme Regentropfen. Sollte er die Augen öffnen und nachsehen?

Aber dann würden vielleicht die Kopfschmerzen noch stärker werden. Sie waren jetzt schon schlimm, kaum auszuhalten. Er sollte lieber schlafen. Wenn er wieder einschlief, konnte er die Schmerzen vergessen.

Wieder fühlte er etwas auf seinem Gesicht, wie kleine Hände, die über seine Wangen strichen.

»Papa!«, erklang es wieder wie ein Flehen.

Er überwand den Drang zu schlafen und öffnete die Augen. Erst sah er nur ein Flimmern, aber allmählich wurde sein Blick schärfer. Ganz dicht vor ihm war ein Gesicht, ein Kindergesicht mit verweinten Augen, und Tränen tropften auf ihn. Es war ein sehr liebes Gesicht, und er hätte dem Mädchen gern geholfen, wieder fröhlich zu sein. Er versuchte zu lächeln, ohne zu wissen, ob es ihm gelang. Alles fiel ihm so unendlich schwer.

»Ah-Kum«, brachte er schließlich hervor. »Geht es dir gut?«

»Ja, Papa, jetzt geht es mir gut.«

»Du sprichst ja, Ah-Kum«, stellte er mit schwerer Zunge fest, dann versank er wieder in seinem tiefen, erlösenden Schlaf.

Als Erich das nächste Mal erwachte, ging es seinem Kopf schon etwas besser, obwohl er an der linken Seite ein ständiges Pochen spürte. Vorsichtig tastete er mit seiner Hand nach der pochenden Stelle, und seine Finger berührten den Stoff eines Verbands.

»Das ist jetzt die neue Mode, deshalb tragen wir beide es.«

»Lene?«

Er drehte den Kopf und sah Helene, die dicht neben seinem Lager kniete und ihn halb lächelnd, halb besorgt ansah. Um ihren Kopf war ebenfalls ein weißer Verband gewickelt. Jetzt erinnerte er sich wieder an Sungs Hieb mit dem Gewehrlauf, der ihre Stirn getroffen hatte.

»Sehe ich auch so aus wie du, Lene?«, fragte er und musste schlucken, weil sein Hals rau und seine Mundhöhle merkwürdig trocken war.

»Viel schlimmer. Du hast Glück gehabt, das Sungs Kugel dich nur gestreift hat. Wir alle haben Glück gehabt.«

Erichs Erinnerung kehrte Stück für Stück zurück, und die ganze Szene stand schließlich vor seinem inneren Auge.

»Der andere Soldat, Sungs Kamerad, er hat auf Sung geschossen, richtig?«

Helene nickte und sagte: »Sung ist tot. Seine letzte Tat – oder Untat – war es, seinen Karabiner auf dich abzufeuern. Vielleicht geschah es sogar unabsichtlich. Aber wäre der andere Soldat nicht gewesen, hätte der Feldwebel wohl Ah-Kum getötet.«

»Ah-Kum, ja.« Erich lächelte. »Ich habe von ihr geträumt. Es war ein sehr schöner Traum. Darin konnte sie sprechen und hat mich ›Papa‹ genannt. Wirklich ein schöner Traum.«

»Das war kein Traum, Erich. Ah-Kum hat lange neben dir gesessen und Wache gehalten, bis du zum ersten Mal erwacht bist.«

»Aber, Lene, verstehst du nicht? Ich habe mir eingebildet, dass sie zu mir gesprochen hat. In meinem Traum konnte Ah-Kum sprechen!«

»Du verstehst nicht, Erich, Ah-Kum hat tatsächlich zu dir gesprochen. Es muss der Schock gewesen sein, als Sung auf dich geschossen hat. Du warst kaum zu Boden gegangen, da hat sie ›Papa‹ gerufen.«

»Ja, so hat sie mich genannt, wenn es kein Traum war.« Erich war sehr glücklich über diese Neuigkeit, und seine Kopfschmerzen erschienen ihm dagegen unwichtig. »Unter diesen Umständen bin ich sehr froh, dass der Kerl auf mich geschossen hat. Wie geht es Ah-Kum?«

»Sie schläft jetzt, und das wird ihr guttun. Sie hat viel durchgemacht und braucht einfach Ruhe.«

Erich sah sich in dem Halbdämmer um. Er lag auf dem Boden einer primitiven Hütte, erbaut aus Astwerk und mit ein paar Decken vervollständigt.

»Ich nehme an, wir sind noch auf der Waldlichtung.«

»Ja, du solltest noch nicht aufstehen, Erich. Du wirst dich noch ein wenig gedulden müssen, bevor du deine unvergleichlichen Fähigkeiten als Pfadfinder wieder unter Beweis stellen kannst.«

»Nur weiter so«, spielte er den Beleidigten. »Dann lege ich dich als erste Tat nach meiner Genesung übers Knie.« Er wurde wieder ernst und fragte: »Wo ist der Soldat jetzt, der uns geholfen hat?«

»Draußen, an einen Baum gebunden.«

»An einen Baum gebunden, warum das?«

»Er hat zwar Stein und Bein geschworen, dass er nicht zu Lin Gangs Armee zurückkehren und uns nicht verraten will, aber die anderen trauen ihm nicht so recht.«

»Ich möchte ihn sprechen.«

»Sobald es dir besser geht, werde ich ...«

»Nein, ich möchte ihn jetzt sprechen, bitte!«

»Gut«, sagte Helene und verließ kriechend die Hütte, in der kein Erwachsener aufrecht stehen konnte.

Kurz darauf kehrte sie mit dem Soldaten zurück. Er trug keine Fesseln, aber der wachsame Zhong kniete vor dem Eingang mit einem Karabiner im Anschlag.

»Es tut mir leid, dass man Sie festgebunden hat«, sagte Erich zu dem Mann in der blauen Uniform, dessen Gesicht ihm wieder seltsam vertraut erschien. Andererseits war er sich sicher, ihm noch nie begegnet zu sein. »Sie haben uns in einer lebensgefährlichen Lage geholfen und haben meiner Tochter das Leben gerettet. Dafür möchte ich Ihnen danken.«

»Ich konnte nicht zusehen, wie Sung ein Kind tötet«, antwortete der sichtlich aufgewühlte Chinese. »Ich bin kein schlechter Mensch, das müssen Sie glauben, Herr. Ich wollte auch nie Soldat werden. Ich wollte immer nur friedlich leben und habe in einer Fabrik in Tsingtau gearbeitet. Die Japaner haben mich aufgegriffen und an Lin Gangs Werber verkauft, nachdem die Fabrik in Trümmer geschossen worden war.«

Erich wurde hellhörig und musste an den alten Ho Dewei denken, der ihm nach seinem Absturz in den Bergen geholfen hatte. Was hatte der Chinese ihm doch erzählt? Erich erinnerte sich: Ho Dewei hatte mit seinem Bruder und seinem Sohn in einer Fabrik in Tsingtau gearbeitet, die von den Japanern beschossen worden war. Ho Deweis Sohn hatte den eigenen Onkel noch aus den Trümmern retten können, war aber seitdem verschwunden.

»Eine Frage«, sagte Erich zu dem jungen Chinesen. »Haben auch dein Vater und dein Onkel in dieser Fabrik gearbeitet?«

»Das stimmt«, antwortete der Chinese verwundert. »Ich konnte meinen Onkel noch aus den Trümmern ziehen, dann hat mich ein herunterstürzender Balken getroffen. Ich weiß nicht einmal, was aus meinem Onkel und aus meinem Vater, der auch dort gearbeitet hat, geworden ist.« Er seufzte schwer. »Ich hoffe, sie konnten zu Mutter und den anderen in die Berge zurückkehren. Wissen Sie etwas über das Schicksal meiner Familie?«

»Heißen Sie Shuo, Ho Shuo?«

Der Soldat nickte eifrig.

»Woher kennen Sie meinen Namen, Herr?«

Erich lächelte, als er an die Begegnung mit Ho Dewei dachte.

»Von Ihrem Vater, Shuo. Er und Ihre Mutter wissen nicht, wie es Ihnen ergangen ist. Sie wissen nicht einmal, ob Sie noch am Leben sind. Aber sie beten täglich für Ihre Rückkehr. Auch Ihr Onkel ist am Leben.«

»Sie haben meinen Vater gesprochen?«, fragte Shuo ungläubig.

»Ja, zum Glück kreuzten sich unsere Wege. Er hat mir in der Not geholfen. Er ist ein guter Mensch, ganz so wie Sie, Shuo.«

Erich erzählte von seiner Begegnung mit Ho Dewei und schloss: »Was haben Sie jetzt vor, Shuo? Sie wollen bestimmt so schnell wie möglich zu Ihrer Familie heimkehren.«

Ho Shuo sah Erich zweifelnd an.

»Bin ich denn kein Gefangener mehr?«

»Sie sind ab sofort ein freier Mann und können gehen, wohin Sie wollen«, entschied Erich.

»Endlich wieder frei, das ist gut!« Shuo lächelte und sagte dann: »Ich werde zu meiner Familie zurückgehen, aber erst begleite ich Sie ins Tal der Lotosblumen. Ich glaube, Sie können noch zwei helfende Hände gebrauchen.«

»Und ob wir das können«, seufzte Erich. »Ihre Hilfe ist uns sehr willkommen, Shuo.«

Helene fragte sich, ob Erich die richtige Entscheidung getroffen hatte. Sie warf dem jungen Chinesen einen skeptischen Blick hinterher, als er die Hütte verließ.

Erich hatte ihre Zweifel bemerkt und fragte: »Bist du mit meiner Entscheidung nicht einverstanden, Lene?«

»Sagen wir, ich habe ein paar Bedenken. Du setzt schließlich einen Mann auf freien Fuß, der gestern Sung geholfen hat, Ah-Kum zu verschleppen.«

»Shuo hat den Befehlen seines Vorgesetzten gehorcht, das aber sehr widerwillig. Seinen wahren Charakter erkennst du daran, dass er sich heute gegen Feldwebel Sung gestellt und unserer Tochter das Leben gerettet hat. Und sein Vater hat mich vor den Japanern versteckt. Es sind beides gute Männer, der Vater wie der Sohn.«

Sie sah Erich forschend an.

»Du meinst also wirklich, wir können ihm vertrauen?«

Erich nahm ihre Hände in seine und sah ihr in die Augen.

»Wenn wir hier in Schantung etwas Neues aufbauen wollen, ein Waisenhaus, dann brauchen wir vor allem eins, Lene: Vertrauen in unsere Mitmenschen – und in uns selbst.«

Dann zog er sie zu sich heran und küsste sie.

Helene schloss die Augen und umarmte ihn fest, als wolle sie ihn nie wieder loslassen. Endlich war sie Erichs Frau, nicht nur dem Gesetz nach. Wichtiger als das Dokument vom Standesamt waren ihre gegenseitigen Gefühle. Und denen, das wusste sie genau, konnte sie voll und ganz vertrauen.

Epilog

Qingdao, im September 2012

»Sie sind ja so stumm, Christa«, wunderte sich Yan-Tao, nachdem sie ihre Erzählung beendet hatte.

Draußen war es längst dunkel geworden, aber keine der beiden Frauen hatte gemerkt, wie die Zeit verflog.

Christa spürte jetzt aber, dass sie ein wenig erschöpft war, und das, obwohl sie nur zugehört hatte. Ihre Augenlider waren schwer, und in ihren Schläfen spürte sie ein leichtes Pochen.

»Ich muss das Ganze erst verarbeiten. Es ist eine wilde Geschichte, brutal, aber auch schön. Ich hatte so gehofft, dass Erich seine Helene gefunden hat und dass sie wieder zusammengekommen sind.« Plötzlich stutzte Christa und warf ihrer Gastgeberin einen prüfenden Blick zu. »Das sind sie doch, oder?«

»Aber ja, das habe ich Ihnen doch gerade erzählt.«

Yan-Tao sah Christa zweifelnd an, als glaubte sie, ihr Gast aus Deutschland habe nur mit halbem Ohr zugehört.

»Und Sie haben mich nicht nur angeflunkert, weil ich es gern hören wollte?«

Yan-Tao lachte.

»Ach, das ist es, Christa. Sie meinen, weil wir Chinesen so überaus höflich sind, habe ich Ihnen erzählt, was Sie gern hören wollten?«

»Nun ja«, sagte Christa nur und räusperte sich, weil sie fürchtete, die Chinesin beleidigt zu haben.

Aber Yan-Tao lachte erneut.

»Ich kann Sie beruhigen, Christa. Das ist haargenau die Geschichte, wie ich sie von meiner Großmutter gehört habe, und die wiederum hat es so von meiner Urgroßmutter gehört.« Sie erhob sich aus dem Sessel. »Ich mache uns einen kleinen Imbiss, ja? Bin gleich wieder da. Eigentlich wollte ich uns etwas kochen, aber ich habe zu lange geplappert. Ich bin wirklich eine unaufmerksame, unhöfliche Gastgeberin. Absolut unchinesisch, nicht?«

Mit einem leisen Kichern über sich selbst verschwand sie in der kleinen Küche.

Christa nutzte ihre Abwesenheit, um eine weitere Pille zu schlucken.

In Gedanken war sie noch im China des frühen zwanzigsten Jahrhunderts, bei Helene, Erich, dem General Chao Li-Hu und der kleinen Ah-Kum. Es war wirklich eine phantastische Geschichte, und sie konnte es kaum glauben.

Als Yan-Tao mit ein paar Sandwiches zurückkam, fragte Christa: »Was ist aus ihnen allen geworden? Hat General Chao seinen Widersacher Lin Gang besiegt und seine besetzte Stadt zurückerobert? Und hat er sich an Juan-Lan gerächt, seiner treulosen …«

»Konkubine?«

»Ja, so nennt man es wohl«, lächelte Christa. »Konkubine.«

Die Chinesin machte eine Geste der Ratlosigkeit.

»Das weiß ich nicht. Zuzutrauen wäre es ihm gewesen.

Aber es gab damals so viele dieser Warlords, große und kleine, und viele von ihnen sind in den Geschichtsbüchern nicht verzeichnet.«

»Aber Sie wissen bestimmt, was aus Helene und Erich geworden ist. Haben sie ihren Plan, ein Waisenhaus zu führen, verwirklicht? Vielleicht sogar im Tal der Lotosblumen?«

»Das ist eine andere Geschichte, aber für die ist jetzt keine Zeit.« Yan-Taos Blick ruhte auf Christa, wohlwollend, aber doch irgendwie ernst. »Jetzt sollten wir uns um Ihre Gesundheit kümmern.«

»Sie meinen wohl eher meine Krankheit«, seufzte Christa. »Das haben Sie bemerkt?«

»Ich habe einen Blick für so etwas, ich bin Ärztin.«

»Das wusste ich nicht.«

»Erzählen Sie mir von Ihrer Erkrankung, Christa.«

Christa kam der Aufforderung nach und berichtete so knapp wie möglich von der Krebsdiagnose.

»Bestenfalls noch ein Jahr, sagen die Ärzte.«

»Es gibt solche und solche. Ich zum Beispiel habe einen sehr engagierten Kollegen, der in Fällen wie dem Ihren große Erfolge erzielt hat, indem er moderne westliche Behandlungsmethoden mit klassischen chinesischen verbindet. Ich mache für morgen oder übermorgen einen Termin für Sie, dann wissen wir mehr.«

»Das ist sehr nett von Ihnen, Yan-Tao, aber Ihr Kollege wird für einen so kurzfristigen Termin wohl kaum Zeit haben.«

»Da er mir heute Vormittag zum wiederholten Mal erklärt hat, mich demnächst heiraten zu wollen, wird er sich die Zeit wohl nehmen müssen. Ansonsten hat er ein ernstes Problem.«

»Oh, so ist das.« Christa dachte an ihre Erkrankung und was sie alles durchgemacht hatte, bis sie sich mit der Diagnose abgefunden hatte. »Vielleicht ist es doch besser, wir lassen das mit dem Termin.«

»Denken Sie doch an Helene und an Erich, die haben auch nicht so leicht aufgegeben!«

Yan-Tao ging ins andere Zimmer und kam mit einem verzierten Holzkästchen wieder, das sie auf den Tisch stellte. Sie öffnete es, holte einen Gegenstand heraus und drückte ihn Christa in die Hand.

Staunend, fast ehrfurchtsvoll betrachtete Christa den grünen Anhänger mit dem Hund.

»Helenes Medaillon, das Jade-Medaillon!«

Die Chinesin nickte.

»Vergessen Sie nicht, was Helene zu Ah-Kum gesagt hat, als sie ihr das Medaillon schenkte: ›Es soll dich immer daran erinnern, dass man im Leben alles erreichen kann, wenn man nur daran glaubt.‹ Das gilt auch für Sie, Christa!«

»Woher haben Sie das?«

»Es ist ein Erbstück meiner Urgroßmutter.«

Yan-Tao nahm eine vergilbte Sepiafotografie aus dem Kasten, die eine sehr hübsche Chinesin in den Zwanzigern zeigte. Die Ähnlichkeit zu Yan-Tao war unbestreitbar.

»Das Bild stammt aus den Dreißigerjahren des letzten Jahrhunderts«, sagte sie.

»Ihre Urgroßmutter, Yan-Tao?«

»Ja, das ist sie.«

»Wie war ihr Name?«, fragte Christa.

»Sie hieß Schweiger wie ihre Adoptiveltern, Ah-Kum Schweiger.«

Nachwort

»Was ist aus eurem Erich geworden? Hat er Helene gefunden? Hat sie noch gelebt?«

Diese Fragen stellt die kleine Christa am Ende des Romans *Der Kuss der Schmetterlinge* ihrer Großmutter Amelie. Und diese Frage haben sich auch viele Leserinnen und Leser gestellt, nachdem Helene an den Klippen der Insel Schui ling schan verschollen und Erich mit seinem *Adler von Tsingtau* im Nachthimmel verschwunden war. *Das Jade-Medaillon* liefert allen Interessierten die Antworten. Allerdings müssen die Leserinnen und Leser, im Gegensatz zu Christa, nicht ein Menschenleben lang darauf warten.

Wie im letzten Roman auch gilt für die Schreibweise chinesischer Bezeichnungen, dass sie jeweils der in Deutschland bestehenden Regel zur Zeit der Handlung folgt. Darum heißt die Stadt im Hauptteil des Romans Tsingtau und nicht Qingdao. Darum auch liegt sie im Pachtgebiet Kiautschou und nicht in Jiazhou, das sich wiederum in der Provinz Schantung befindet statt in Shandong. Die Schreibweise chinesischer Namen folgt in den meisten Fällen dem Hochchinesischen.

Die Zeit der chinesischen Warlords beginnt mit dem Aufstand gegen die kaiserliche Qing-Dynastie im Jahr 1911 und läuft in der ersten Hälfte der 1930er-Jahre aus, als sich die großen Blöcke der Nationalisten und der Kommunisten bekriegen und es zum Zweiten Japanisch-Chinesischen Krieg kommt. In diesen wild bewegten zweieinhalb Jahrzehnten beherrschen Dutzende größerer und kleinerer Regionalfürsten das Land, schließen Bündnisse, kündigen sie auf, führen Seite an Seite Krieg oder bekämpfen sich gegenseitig.

Darunter befinden sich sehr schillernde Gestalten wie der mächtige Warlord Zhang Zongchang aus der Provinz Schantung, der auf allen Feldzügen seine Mutter mitnimmt, sich aber gleichzeitig mehrere Dutzend Konkubinen verschiedenster Nationalitäten hält. Da er sich nicht so viele Namen merken kann und auch nicht deren Sprachen spricht, nummeriert er sie der Einfachheit halber durch.

Zu den vielen skurrilen Geschichten aus dieser Zeit gehört auch die des Luftfahrtpioniers Franz Oster aus Tsingtau, der das Vorbild für Jakob Winterkorn im *Kuss der Schmetterlinge* abgegeben hat. Oster baute, wie im vorliegenden Roman Erich, tatsächlich für einen Warlord, den oben erwähnten Zhang Zongchang, ein Flugzeug, jedoch erst im Jahr 1927. Mit Osters Flugzeug allerdings hätte General Chao Li-Hu nicht aus Dairu entkommen können – es erwies sich nämlich als zu schwer, um sich in die Lüfte zu erheben.

Auch wenn Franz Oster dieser Erfolg versagt blieb, der Ruhm, als Inspiration für Erich und den *Drachen von Schantung* gedient zu haben, gebührt ihm allemal.

V.L.

Zeittafel

1840–1842
Im Ersten Opiumkrieg zwischen Großbritannien und China setzt sich die siegreiche europäische Großmacht für die britischen Handelsinteressen ein, nicht zuletzt für die Überschwemmung Chinas mit aus Indien importiertem Opium. China tritt Hongkong als Kronkolonie an die Briten ab und verspricht, fünf Häfen für den internationalen Handel zu öffnen.

1851
Der Taiping-Aufstand, entfacht von der christlichen Taiping-Sekte, beginnt. Er erschüttert China schwer und fordert letztlich zwischen zwanzig und dreißig Millionen Tote.

1857–1860
Nach bewaffneten Auseinandersetzungen mit Großbritannien, Frankreich, Russland und den USA (Zweiter Opiumkrieg) muss China weitere Häfen öffnen, Gebiete abtreten und Reparationszahlungen leisten.

1860–1864
Großbritannien und Frankreich helfen der chinesischen Regierung mit ihren Truppen bei der Niederschlagung des

Taiping-Aufstands und festigen dadurch die eigene Position in China.

1861
Eine preußische Gesandtschaft schließt in Peking einen Handelsvertrag mit China ab.

1868–1872
Der schlesische Geologe und Geograf Ferdinand von Richthofen erkundet China in mehreren Reisen, über die er später ein mehrbändiges Werk schreibt, um das Land in Deutschland bekannt zu machen. Sein besonderes Interesse gilt dem Kiautschou-Gebiet, das mit seinen Steinkohlevorkommen als Flottenstützpunkt geeignet erscheint, zumal sich die Bucht außerhalb der Taifunzonen befindet und, obwohl relativ weit nördlich gelegen, im Winter eisfrei bleibt.

1869
Der Norddeutsche Bund unter preußischer Führung stationiert mit Billigung Großbritanniens zwei Korvetten zum Schutz deutscher Handelsinteressen in Singapur. Damit beginnt eine dauerhafte Anwesenheit deutscher Kriegsschiffe in Ostasien.

1881
Die katholische Steyler Mission beginnt als erste deutsche Mission ihre Tätigkeit in der Provinz Schantung.

1885
China tritt Annam (Indochina) an Frankreich ab und verzichtet zugunsten Japans auf das Protektorat Korea.

1886
China tritt Birma an Großbritannien ab.

1894/95
Niederlage Chinas im Ersten Japanisch-Chinesischen Krieg. China tritt Formosa (heute Taiwan) sowie die Pescadores-Inseln an Japan ab und erkennt Koreas Unabhängigkeit an.

1896
Im Auftrag des Vizeadmirals Alfred von Tirpitz wird die Kiautschou-Bucht in Anlehnung an Richthofens Veröffentlichungen daraufhin untersucht, ob sie als deutscher Flottenstützpunkt geeignet ist. Das Ergebnis fällt positiv aus, und in Deutschland wartet man auf eine Gelegenheit, sich das Gebiet anzueignen.

1897
Im November werden zwei Missionare der Steyler Mission in der Provinz Schantung von Mitgliedern der chinesischen »Messersekte« ermordet. Das bietet deutschen Marinetruppen den Vorwand, die Kiautschou-Bucht noch im selben Monat kampflos zu besetzen.

1898
Im März schließen das Deutsche Reich und China einen

Pachtvertrag mit einer Laufzeit von neunundneunzig Jahren über das Gebiet an der Kiautschou-Bucht ab. Kapitän zur See Carl Rosendahl wird der erste Gouverneur. – Im Mai besucht Prinz Heinrich von Preußen, jüngerer Bruder Kaiser Wilhelms II., Tsingtau.

1898–1900
Die chinesische Vereinigung der »Faustkämpfer für Gerechtigkeit und sozialen Frieden« (Boxer) beginnt einen Aufstand gegen die Ausländer in China, dem sich schließlich das chinesische Kaiserhaus anschließt, das den ausländischen Mächten den Krieg erklärt. Diese schlagen den »Boxeraufstand« nieder.

1899
Im Februar wird Kapitän zur See Paul Jaeschke zweiter Gouverneur des deutschen Pachtgebiets.

1901
Im Januar wird Kapitän zur See Max Rollmann dritter Gouverneur des deutschen Pachtgebiets. – Im Juni wird Vizeadmiral Oskar von Truppel vierter Gouverneur des deutschen Pachtgebiets. Seine zehnjährige Amtszeit markiert die Blütezeit Tsingtaus.

1904/05
Japan siegt im Russisch-Japanischen Krieg um die Vorherrschaft in Korea und in der Mandschurei.

1911

Im August wird Kapitän zur See Alfred Meyer-Waldeck fünfter und letzter Gouverneur des deutschen Pachtgebiets.

1911/12

Im Oktober 1911 beginnt ein erfolgreicher Aufstand gegen die seit Jahrhunderten in China regierende Qing-Dynastie, die »Republik China« wird gebildet. – Im Februar 1912 dankt der letzte Kaiser der Qing-Dynastie ab, der erst fünfjährige Pu Yi. – Mit dem Niedergang des Kaiserhauses beginnt die Zeit der regionalen Militärmachthaber, der Warlords.

1912

Im September und Oktober findet ein erneuter Besuch Prinz Heinrichs in Tsingtau statt.

1914

Nach dem Ausbruch des Ersten Weltkriegs im August erklärt Japan dem Deutschen Reich den Krieg und fordert die Übergabe von Tsingtau, was Deutschland ablehnt. – Ende September schließen die Japaner den Belagerungsring um Tsingtau, und japanische Großkampfschiffe beschießen die Stadt. – Ende Oktober beginnen die Japaner die pausenlose Beschießung Tsingtaus von See und Land aus. – Am 30. Oktober schlagen die deutschen Verteidiger einen Sturmangriff der Japaner zurück, die Tsingtau ihrem Tenno als Geburtstagsgeschenk überreichen wollen. – Am 6. November verlässt der deutsche Marineflieger Gunther

Plüschow Tsingtau in seiner *Taube*, um wichtige Dokumente vor den Japanern in Sicherheit zu bringen. – Am 7. November kapitulieren die Verteidiger und übergeben Tsingtau am 9. November an die Japaner.

1917
Auf Druck der gegen Deutschland und seine Verbündeten kämpfenden Mächte bricht China im März die diplomatischen Beziehungen zu Deutschland ab und erklärt dem Deutschen Reich im August den Krieg.

1918
Nach Abschluss des Waffenstillstands im November werden die deutschen Liegenschaften in Tsingtau enteignet und fast sämtliche deutsche Firmen liquidiert.

1919
Im März werden die noch in Tsingtau lebenden Deutschen von den Siegermächten nach Deutschland ausgewiesen. – Im Vertrag von Versailles muss das besiegte Deutschland alle Rechte am Kiautschou-Gebiet ohne Entschädigung an Japan abtreten.

1920
Die Verteidiger Tsingtaus kehren aus japanischer Kriegsgefangenschaft nach Deutschland zurück.

1922
Japan gibt Kiautschou und Tsingtau, besonders auf Druck der am Chinahandel interessierten USA, an China zurück.

1926–1928
Die Kuomintang (Nationale Volkspartei) Chinas führt einen groß angelegten Feldzug gegen die Warlords durch, die »Nördliche Expedition«, auch genannt der »Nördliche Marsch«. Damit wird das allmähliche Ende der Warlord-Ära eingeleitet, und General Chiang Kai-shek etabliert sich als der neue starke Mann Chinas.